STARBURST
L'ACADEMIE TERRIENNE

Sébastien Hourticq

STARBURST
L'ACADEMIE TERRIENNE
Deuxième année : Résistance

BoD-Books on Demand

© 2018, Sébastien Hourticq
Éditeur : BoD-Books on Demand, 12/14 rond point des Champs Élysées, 75008 Paris, France
Impression : BoD-Books on Demand, Norderstedt, Allemagne
ISBN : 978-2-322-14416-7
Dépôt légal : Aout 2018

L'homme resserra sa cravate avant de s'engouffrer dans le sas de la grande tour de verre et d'acier. Derrière lui, les berges de la tamise se noircissait d'autochtones en costumes venus commencer leur journée de travail à la City. Le Tower Bridge se trouvait non loin de son bureau. Edmond avait une belle situation dans l'un des plus importants quartiers d'affaires et de finance au monde. Dirigeant d'une compagnie d'assurances, il appréciait particulièrement cet endroit, où se mélangeaient les architectures permettant à de vénérables bâtiments antiques en pierre de côtoyer fièrement de jeunes et élancées tours modernes.

Le vigile le salua avant qu'il ne prenne place dans l'ascenseur qui le conduirait directement à l'étage occupé par sa compagnie. Il était fier d'avoir implanté ses bureaux dans les plus hauts niveaux. Certes, le bâtiment était occupé par plusieurs entreprises mais peu pouvait se vanter d'avoir une vue aussi magique sur Londres.

Le trader pénétra dans le couloir et poussa les élégantes et lourdes portes en verre teinté, gravées au nom de sa société. A son arrivée, une jeune femme blonde assise derrière un bureau fait de bois précieux et d'inox moderne, se leva prestement pour l'accueillir. Il n'aurait pas qualifié Stecy d'éblouissante mais elle avait un certain charme. Son hôtesse d'accueil habituelle avait malencontreusement eu un accident de voiture en début de semaine et Edmond avait dû trouver quelqu'un rapidement pour la remplacer. Aussi, en attendant l'arrivée d'une intérimaire professionnelle, il avait fait le tour de ses effectifs et on lui avait déniché la dernière embauchée dans le service comptabilité.

Légèrement rondelette, Stecy n'était pas très grande. Elle n'en restait pas moins très charnelle avec des formes voluptueuses. Il avait flashé sur elle dès qu'on lui avait présenté. Elle lui adressa un grand sourire derrière ses petites lunettes d'intellectuelle, dévoilant entre ses lèvres pulpeuses barbouillées de rouge carmin, des dents d'une blancheur éclatante. Ses yeux, d'un bleu très clair, perturbèrent un moment le patron. Finalement, il lui tendit son manteau qu'elle s'empressa d'aller ranger dans une armoire discrètement dissimulée à même le mur. Lorsqu'elle s'éloigna, Edmond en profita pour regarder ses fesses se tortiller sous sa jupe noire trop serrée. Il réprima un début d'érection et fonça vers son bureau pour calmer sa soudaine envie de prendre sauvagement la jeune femme.

Il s'assit sur son confortable fauteuil en cuir et brancha son ordinateur afin d'y consulter les premières nouvelles de la journée. La vue à travers la baie vitrée de son espace de travail était effectivement sans pareil. Il faisait chaud et beau en ce mois de septembre et déjà les rues de la capitale se bondaient. Les péniches et les bateaux affluaient sur le grand fleuve pendant que les typiques bus rouge défilaient devant les monuments Londoniens du quartier. L'homme d'affaire reporta son attention sur les chiffres qui défilaient devant lui. Il n'arrivait pas à se concentrer. L'image de sa stagiaire hantait encore son esprit. Aussi, il décrocha son téléphone et composa celui du standard. La voix juvénile de sa jolie secrétaire lui répondit à l'autre bout du fil.

-Stecy, vous pouvez m'apporter du thé, s'il vous plait, demanda, sur un ton autoritaire, Edmond.

-Mais bien sûr, Monsieur Kertons, j'arrive tout de suite, répondit de façon enjouée la jeune femme.

Quelques minutes plus tard, la stagiaire en tailleur pénétra dans le grand bureau, les bras chargés d'un plateau sur lequel étaient posés une tasse et une théière avec quelques gâteaux. Ce n'était pas son métier mais elle était plutôt douée. Stecy avait terminé son MBA en finance. Elle avait vraiment eu de la chance de décrocher cet emploi au sein d'une compagnie où sévissaient de prestigieux courtiers en assurance. Quand on lui avait demandé de rendre service en faisant l'accueil une petite semaine, elle n'avait pas bronché, plutôt heureuse de faire une pause entre deux dossiers plein de chiffres à éplucher. Pourtant, elle aimait ça, les chiffres.

Stecy posa le plateau sur le bureau et remplit la tasse avec le liquide fumant et odorant. Kertons prenait chaque matin un mélange de feuilles entières de thés noirs Assam et Darjeeling. Ce thé irlandais était puissant et crémeux. Elle tendit ensuite à son patron la soucoupe chargée de son récipient en porcelaine en se penchant au-dessus du bureau.

Edmond, qui étudiait avec attention les tableaux de résultats fluctuant de ses traders, ne put s'empêcher de jeter un regard fugace au décolleté proéminent de sa secrétaire. Le corsage blanc avait bien du mal à dissimuler une volumineuse poitrine engoncée dans un soutien-gorge à dentelles acquis sans doute en solde dans une boutique bas de gamme. Il ne put refreiner son érection et la jeune femme s'aperçut qu'il reluquait avec un peu trop d'attention sa poitrine dévêtue. Aussi, tout en rougissant, elle se redressa rapidement et comme une gourde renversa la tasse de thé fumant sur le bureau en verre épais. Son patron reçut une partie du liquide sur sa chemise et son pantalon et ne put se retenir de rouspéter en la traitant de tous les noms d'oiseaux.

- Je suis vraiment désolée, monsieur, quelle idiote je fais, dit-elle en balbutiant, les larmes aux yeux.

Elle s'était grillée. Elle qui se voyait déjà embauchée en tant qu'expert-comptable au service finance après son stage, elle ne ferait pas long feu ici. Quelle poisse, ses rêves de carrière s'étaient envolés à cause d'une maladresse. Tu n'es vraiment qu'une gourdasse. Après tout, tu n'avais qu'à lui laisser te reluquer les seins.

Stecy avait consacré toute sa vie aux études. Elle grignotait un peu trop mais c'était une élève studieuse avec d'excellents résultats. Sa mère prolétaire habitait une banlieue ouvrière au sud de Liverpool. Elle l'avait élevée seule car son géniteur l'avait quittée avant sa naissance. Aussi, l'étudiante ne devait sa réussite qu'à elle-même et aux nombreuses heures passées à réviser et apprendre pendant que ses rares camarades s'amusaient dans les boites de nuit ou les stades de foot. De toute façon, même si on lui trouvait un certain charme malgré ses formes, elle fuyait le contact des autres pour se réfugier dans ses livres de mathématiques. Oui, elle était solitaire mais restait avenante et parfaitement sociable.

Edmond se releva et épongea avec un mouchoir en flanelle beige les tâches de thé.

-Un costume Cerutti à cinq cents Livres qui est bon pour la poubelle. Vous auriez pu faire attention, Miss Hequin, vous avez bien failli m'ébouillanter l'entre-jambe, rouspéta Edmond.

La jeune femme rougit de plus belle. Elle aurait voulu se transformer en petite souris et fuir le plus loin possible. Elle ne put retenir quelques larmes qui coulèrent sur ses joues.

- Nettoyez moi ça, ordonna son patron en lui tendant une boite de mouchoirs en papier.

La fille se précipita pour rattraper son erreur et entreprit de frotter méticuleusement le bureau en épongeant la marre de liquide. Une fois son travail terminé, elle allait rebrousser chemin avec le plateau quand l'homme l'apostropha.

- Vous n'avez rien oublié ? demanda-t-il, en montrant le bas de sa chemise et son pantalon trempés.

- Je suis vraiment confuse, monsieur. Je passerai au teinturier pour réparer tout ça. Je connais une petite boutique administrée par un asiatique qui fait des miracles. Vos vêtements seront comme neufs. La semaine dernière, je leur ai confié une robe sur laquelle j'ai renversé un peu de sauce à la menthe. Vous savez la sauce à la menthe ça tache vraiment, je la croyais irrécupérable…

-Miss Hequin, il suffit. Venez éponger le résultat de votre maladresse que je puisse me mettre à travailler. J'ai un autre costume dans la penderie de ma salle de bain.

Edmond avait bien réfléchi. L'étourderie de sa collaboratrice pouvait tourner en sa faveur. C'était risqué mais il en avait trop envi. Jamais personne ne lui avait fait un effet pareil. Il pensa un instant à sa femme mais chassa bien vite ces idées de son esprit accaparé par la fille qui se tenait devant lui, toute penaude. Voilà plusieurs mois que son épouse le délaissait.

De nouveau, sans trop réfléchir et pour rendre service du mieux possible, la jeune employée se précipita vers son patron. Elle entreprit de sécher ses vêtements en tamponnant les auréoles de thé avec les mouchoirs. Edmond, aux anges, pouvait largement la voir s'activer quand elle se penchait devant lui. Elle dégageait une puissante odeur de parfum plutôt agréable, sans doute accentué par une transpiration excessive due au stress généré par ses maladresses de l'instant passé.

La fille se redressa et tenta d'esquisser un sourire même si elle n'était pas vraiment fière de son travail.

-Vous n'oubliez rien, dit l'homme en désignant son pantalon.

- Mais, je croyais que, bon…

Devant le regard courroucé du trader brun, elle s'exécuta sans broncher. Elle n'avait qu'à ravaler sa fierté. Après tout c'était sa faute.

La jeune femme s'accroupit en relevant légèrement sa jupe dévoilant, plus qu'elle n'aurait voulu, ses collants noirs et ses petits escarpins brillant. Elle serra les dents et entreprit de frotter la tâche sur le haut de la cuisse de son patron. A sa grande surprise, elle constata qu'une bosse commençait à gonfler non loin de l'endroit qu'elle astiquait méticuleusement. Son boss était en train de prendre son pied à la voir le nettoyer. Elle leva la tête et le regarda l'air offusqué.

-Ne faites pas votre timorée, Stecy. J'attends ce moment depuis que j'ai posé les yeux sur vous.

Stecy réfléchit rapidement. Elle était plutôt douée pour réfléchir vite. C'était même un véritable ordinateur quand il le fallait. Effectivement, elle aurait pu lui répondre un truc du style « mais pour qui me prenez-vous, gros porc ? », se relever, le gifler et foutre le camp d'ici en claquant rageusement la porte. Elle pouvait alors dire définitivement adieu à sa carrière. Le boss avait le bras long et plus jamais elle ne pourrait intégrer de cabinets prestigieux. Ne fallait-il pas mieux remballer sa fierté et s'exécuter. Ses quelques amis lui avaient dit que, dans ce milieu-là, seule la promotion « canapé » permettait de grimper rapidement les échelons. Elle avait cru naïvement qu'un esprit aussi brillant que le sien pourrait entreprendre une carrière sereinement sans avoir à faire la pute pour grimper. La dure réalité des choses la rattrapait violemment.

Elle ne connaissait rien à ces choses-là. Stecy sentit de nouveau ses yeux s'embuer de larmes. Ils tentèrent d'échapper au regard carnassier de son patron mais elle rendit les armes immédiatement. Edmond avait une cinquantaine d'années et était plutôt bel homme avec un corps de sportif pratiquant. Après tout pourquoi pas, cet homme l'attirait énormément.

Son chef se lécha les lèvres et rapprocha son bas ventre de la tête de la jeune fille. A contre cœur, Stecy caressa doucement la bosse avec son mouchoir et sentit le sexe de l'homme tout gonflé à travers l'étoffe tendue. Voyant que la jeune fille avait capitulé, Edmond fit descendre doucement la fermeture éclair de son pantalon. Cette fois, Stecy paniqua. Allait-elle vraiment se prostituer pour obtenir les faveurs de son patron et bien démarrer sa vie professionnelle ? Elle hésita un moment comme hypnotisée et finalement capitula.

Si bien qu'elle tenta d'imiter les gestes d'une actrice qu'elle avait pu entre-apercevoir sur le net, juste par curiosité.

Edmond comprit de suite que la fille était novice. Pourtant, elle s'appliquait à lui donner du plaisir avec sa bouche comme l'aurait fait n'importe quelle fille de joie qu'il aurait payée. Malgré quelques rares erreurs, elle faisait ça plutôt bien.

Il déboutonna son chemisier et dégrafa son inélégant soutien-gorge par le devant laissant sa forte poitrine retombée sur son petit ventre plié. Elle avait vraiment une paire de seins naturels d'une dimension mémorable totalement en inadéquation avec sa petite taille.

Stecy ne put s'empêcher de gémir sous les assauts furieux de son amant. Edmond frissonnait de plaisir sous l'effort, heureux de violer cette poitrine opulente offerte à lui pour la première fois.

Alors que la sève grimpait rapidement dans son tronc, son regard fut attiré, derrière les vitres, par deux trainées de fumées blanchâtres qui se formaient dans le ciel. Ça ressemblait fortement au panache créé par des avions mais c'était bien trop proche de la ville et ça fonçait vers lui. Il n'eut pas le temps de réfléchir à un nouvel et potentiel attentat terroriste. Le plaisir le rappela, immédiatement, à la très agréable réalité du moment présent.

Stecy venait de se faire abuser en acceptant d'exécuter une première et mémorable fellation. Mais le pire dans tout ça, c'est qu'elle en avait pris un incommensurable plaisir.

Emma réajusta la trajectoire de son appareil en tirant légèrement sur son manche à balai.

- Je n'arrive pas à stabiliser la trajectoire. Le missile crée des interférences électromagnétiques, constata la pilote de chasse dépitée.

L'ogive nucléaire transperça un nuage et amorça sa descente vers la ville. Le burning fighter le talonnait juste derrière mais à chaque fois qu'Emma ajustait son tir et verrouillait l'arme intelligente, cette dernière trouvait une parade pour lui échapper. Il n'y avait plus une minute à perdre. Déjà, elle voyait distinctement les routes tentaculaires et les nombreux quartiers Londonniens. Il ne lui faudrait que quelques secondes de plus pour pouvoir apercevoir les voitures et les piétons. Alors, il serait trop tard.

- Hugo, donne tout ce que tu as pour me pousser ces moteurs à 200 %. Enclenche la post combustion.

- En pleine atmosphère terrestre ? Ce n'est pas raisonnable, répondit l'intelligence artificielle implantée en elle.

- C'est un ordre, répéta, calmement, le lieutenant Hasting. Maintenant.

L'engin trembla et Emma fut plaquée contre son siège. Elle faillit tourner de l'œil devant la si brusque et si violente accélération. Cependant, les compensateurs de gravité jouèrent bien leur jeu en limitant les jets encaissés par la combattante. Le chasseur se porta au niveau du missile et Emma percuta volontairement l'arme pour déstabiliser sa trajectoire. L'ogive se mit à tourbillonner dans tous les sens et son réacteur s'éteignit mettant fin à sa course meurtrière. Le vaisseau d'Emma se mit alors à pencher dangereusement vers bâbord. Elle tenta de redresser l'engin mais rien n'y faisait. Plusieurs voyants d'alarme s'allumèrent et clignotèrent dans l'habitacle. La voix calme d'Hugo raisonna dans sa tête.

- L'appareil est perdu. La post combustion a désagrégé les ailerons de stabilisation et les moteurs sont en train de bruler. Je t'avais pourtant prévenue.

Puis l'engin se mit à chuter rapidement en effectuant une vrille dantesque. Cette fois les stabilisateurs ne fonctionnèrent pas et la tête d'Emma se retrouva propulsée dans tous les sens. Elle cogna la verrière et malgré la présence de son casque et son harnais, la pilote perdit connaissance. Elle ne retrouva ses esprits qu'au moment où Hugo activa l'éjection et que son siège fut propulsé dans les airs. Plusieurs micro-fusées stabilisèrent sa chute et la jeune femme put reprendre les commandes de sa sommaire embarcation de sauvetage. Le parachute n'était plus d'actualité dans la technologie avancée équipant le burning fighter. Elle chercha son chasseur des yeux et constata qu'il allait s'écraser sur une grande tour en verre. Au moins, elle avait sauvé la ville. Puis en balayant les alentours avec son scanner, elle remarqua avec surprise que le missile était encore en activité. Il chutait lui aussi lourdement vers la tamise. L'étudiante espérait l'avoir suffisamment endommagé pour désactiver son système de détonation. C'est alors que l'engin se décomposa en plusieurs projectiles qui reprirent leur vol en créant autant de trainées blanchâtres dans le ciel que de meurtriers obus nucléaires.

Elle ferma les yeux quand les missiles frappèrent un à un les différents quartiers de la capitale créant chacun un petit champignon atomique dévastateur. Puis, juste avant que le souffle destructeur d'une explosion l'atteigne pour la désintégrer, l'image se brouilla devant elle.

Elle se retrouva allongée dans un caisson d'immersion qui commença doucement à s'ouvrir.

- Vous avez échoué, cette fois-ci encore, Lieutenant. Puisque je vous dis que l'exercice O.K.P.S. n'est pas réalisable par une deuxième année. C'est une équation complexe. De nombreux pilotes chevronnés de par la galaxie se sont cassés les dents dessus, renchérit le commandant Fleshter en l'accueillant avec un grand sourire aux lèvres.

- Un jour, je parviendrais à trouver la solution, mon commandant, je vous en fais le serment.

Stecy ouvrit les yeux quand la voix de son patron raisonna dans le haut-parleur de son poste de réception.

- Stecy, vous pouvez m'apporter du thé, s'il vous plait ?

Elle avait fait un bien étrange rêve érotique. Est-il prémonitoire ? Toute honteuse, elle sentait sa culotte toute mouillée coller entre ses cuisses.

Lorsqu'elle entra dans le bureau de Monsieur Kertons, la comptable fut surprise de voir un autre homme beaucoup plus âgé à l'allure noble. Est-il arrivé pendant son assoupissement ? Dans ce cas, il avait dû le dire à son chef et la situation allait tourner court.

- Miss Hequin, je vous présente Sir Hubert, il est directeur d'une prestigieuse école privée, rattachée à l'université de Cambridge où vous avez obtenu récemment votre MBA.

- Ravie de faire votre connaissance, répondit Stecy légèrement intimidée.

- Sir Hubert aurait besoin de nos services pour éplucher les comptes de son établissement. Puisque vous avez appartenu à Cambridge, j'ai pensé que vous pourriez être notre intermédiaire et lui apporter les conseils de notre maison. Qu'en dites-vous ?

Stecy sembla surprise de cette proposition. Monsieur Kertons avait-il suffisamment confiance en elle pour lui confier un client personnellement. Elle se mit à sourire de joie.

- Je serai heureuse de mettre à profit mes compétences et le savoir-faire de l'entreprise au service de votre école, Sir Hubert.

- Très bien, Lowell prendra en charge le dossier, vous allez sur place pour étudier les documents financiers et nous faire une synthèse de tout ça. En choisissant KERTONS vous avez fait le bon choix, Sir Hubert.

- J'en suis convaincu, répondit le vieil homme en scrutant de la tête au pied la jeune et mignonette débutante.

II

Emma grimpa dans sa chambre légèrement exténuée. C'était la cinquième fois qu'elle tentait l'exercice et malgré ses nombreux talents, elle était à chaque fois confrontée à un échec. Evidemment, elle était en deuxième année et il lui restait encore quatre ans pour se perfectionner avant de rejoindre l'élite terrienne au service du consortium de la voie lactée pour lutter contre le conglomérat d'Andromède.

La plantureuse brunette retira ses vêtements négligemment et fonça sous la douche. L'eau chaude lui fit un bien fou. Elle repensa un moment à l'incroyable année qu'elle avait vécue. La tristesse la submergea un moment quand elle se mit à penser à ses parents puis à Ester, Gary et finalement Christophe. Ils étaient tous morts en combattant les Néphilim, ces horribles extraterrestres qui avaient juré sa mort.

La vapeur d'eau avait envahi la minuscule salle de bain et la porte vitrée était couverte de buée. Elle s'amusa à dessiner une planète et un soleil sur la glace quand son regard averti perçut un mouvement dans l'autre pièce. Emma ferma immédiatement le robinet et sortit de la douche sans prendre la peine de s'essuyer. Le corps nu et bronzé ruisselant d'eau, elle pénétra dans sa chambre à la recherche de ce qui avait alerté ses sens. Rien d'étrange n'apparut à son regard et tout semblait normal pourtant elle était sûre qu'il y avait quelque chose d'anormal ici. Son lit était défait et l'armoire était ouverte. Effectivement, il y avait des fringues un peu partout mais rien de surprenant pour une chambrette de jeune étudiante lieutenant de la RAF et mannequin de surcroit. Elle activa son scanner mental et scruta la zone à la recherche d'un quelconque prédateur invisible. De toute évidence quelque chose brouillait facilement ses ondes et tentait de se dissimuler sous son lit. De deux choses l'une, soit elle fonçait vers la porte entièrement dévêtue pour chercher des secours, soit elle affrontait la menace, seule. C'était d'ailleurs surement un test idiot de Fleshter. Il était friand de ce type d'épreuve surprise qui mettait vos nerfs à rude épreuve. Intégrer la Shining Force n'était pas donné à tout le monde et cela devait se mériter. Sa main se posa sur la lampe de chevet qu'elle agrippa, prête à éblouir quiconque oserait surgir de sous sa couche. Son esprit dressa un puissant

14

bouclier mental et prépara diverses attaques redoutables. Souplement, Emma s'accroupit et scruta la pénombre. Quelque chose bougeait tout au fond, collée au mur. Des sanglots parvinrent à ses oreilles. A l'aide de la lumière, elle tenta de débusquer l'auteur de ces pleurnichements tout en restant sur ses gardes.

A sa stupéfaction, une petite fille entièrement nue était blottie sous son lit. Elle avait de jolis et longs cheveux roux complétement emmêlés.

- Qui es-tu et que fais-tu dans ma chambre ? demanda doucement Emma.

La fillette se recroquevilla sur elle-même cherchant de ses étincelants yeux verts un moyen de s'échapper.

- Allons n'ai pas peur, sort de la dessous, tu n'as rien à craindre. J'ai un petit frère qui doit avoir ton âge.

Emma tendit son bras pour la faire sortir. La gamine lui mordit un doigt et bondit hors de sa cachette pour fuir. Etrangement, elle se montra aussi vive et forte qu'un adulte, obligeant Emma à utiliser ses pouvoirs psychiques pour l'immobiliser. La tenant fermement dans ses bras, elle l'empêcha de se débattre. Au bout d'un moment l'enfant arrêta de geindre et de griffer comme un animal tout en gardant une respiration rauque inquiétante.

C'est à ce moment que ses yeux aperçurent le collier au cou de la fillette. C'était son collier, celui qu'elle gardait précieusement sur elle, jour et nuit. Celui qui lui permettait de porter contre elle la pierre de survivance et le médaillon de Bastet. Comment avait-elle pu s'en séparer ce matin en se levant ? Elle se maudissait de l'avoir oublié bien qu'elle soit certaine de l'avoir sur elle avant de se coucher hier soir. C'est avec horreur qu'elle constata que l'œuf de survivance avait disparu et que seul le médaillon pendait au collier.

- Mais qui es-tu ?

L'enfant la regarda avec des yeux apeurés et Emma comprit qu'elle ne pouvait être autre chose que celle qui était sortie de l'œuf.

Judith Fishburn se redressa en sueur sur sa couche. Malgré l'obscurité, elle parvint facilement à lire l'heure indiquée par son cartel d'alcôve en corne verte, signé Cuisin, d'époque Louis XV : 4h38 du matin.

La belle et filiforme brune aux yeux bleus était en nage. Le tissu de sa luxueuse chemise en soie de murier lui collait à la peau. Malgré l'heure plutôt matinale, ses sens exacerbés perçurent l'arrivée d'un visiteur inopportun derrière la porte de sa chambre. Quelques secondes plus tard quelqu'un frappait discrètement mais fermement contre la cloison en bois peint, encadrée de dorures.

- Entrez, dit Judith, ayant identifié la signature psychique de son visiteur.

Les Néphilim n'avaient pas besoin de se voir pour communiquer et leurs ondes mentales étaient bien plus efficaces qu'une carte de visite pour annoncer leur venue.

Une jolie femme à la peau noire entra dans la chambre plongée dans la pénombre et lui adressa une pensée empreinte d'une certaine émotion sans prononcer la moindre parole.

- Elle est arrivée, je suppose que vous l'avez ressentie ?

- Naturellement. Tous les Néphilim ayant pour origine la même colonie, même les plus mutins comme moi, ont perçu l'arrivée de la nouvelle reine. Nous sommes monogymes et lorsque notre reine réapparait, il est normal que les membres de la colonie en soient avertis.

- Pensez-vous que les autres colonies aient également reçu cette information ?

- Elles ont naturellement leurs espions qui seront bien vite informés. La bien vaillante colonie Uma faisait partie des principaux clans Néphilim. Je pense que la colonie guerrière Durga ou la terrifiante et sombre colonie Kali se sont réjouies de la disparition de notre reine. A part la toute puissante colonie Mahadevi, la colonie Uma était la seule à disposer d'une présence officielle dans ce secteur. Reste à savoir maintenant comment notre reine va évoluer et guider notre chemin.

- Allez-vous rallier sa cause, je nous croyais définitivement rebelles.

Judith fronça les sourcils et quitta son lit pour se diriger vers sa salle de bain. Sans porter un regard à son visiteur, elle entra dans la pièce d'eau et referma la porte derrière elle.

- Chasseresse, nous prendrons notre décision le temps venu. Pour le moment, faites le nécessaire pour que personne ne vienne troubler nos plans. S'il arrivait malheur à mes deux protégées, je ne donnerai pas cher de votre peau.

Peu de personnes avaient osé lui parler ainsi. Il était bien connu qu'il valait mieux être ami qu'ennemi d'une chasseresse Néphilim. Mais, elle connaissait l'histoire de Judith et frissonna en pensant ce qu'elle pourrait lui faire subir. Nora jouait très gros en travaillant avec Fishburn tout en apportant de faux renseignements au commandant des Mahadevi encore en place dans ce système.

La fillette dévorait son troisième steak saignant. Son appétit vorace semblait inextinguible. Le professeur Brain avait pourtant expliqué à Emma qu'elle prenait des forces pour se préparer à sa prochaine mutation. Le directeur l'avait placée dans un quartier de haute sécurité au sein d'un des bâtiments les mieux protégés du campus. Cependant, tout le confort moderne lui avait été garanti.
Emma s'approcha de la table, prit place sur la chaise en face de l'enfant et lui servit un verre de jus d'orange. La rouquine la gratifia d'un éblouissant sourire avant d'ingurgiter d'une traite le liquide sucrée.
- Je ne sais pas où tu mets toute cette nourriture mais si tu continues comme ça tu vas avoir une indigestion et le responsable logistique de la cantine va devoir mettre les clefs sous la porte.
L'enfant n'avait pas dit un mot depuis son apparition. Savait-elle parler ? Emma se doutait bien que la race évoluée des Népilim avait atteint un stade supérieur et que ce n'était qu'une question de temps avant que la reine dévoile ses capacités. Un agent de sécurité entra dans la pièce pour annoncer que la visite était terminée. Emma adressa un petit coucou de sa main à la gamine et allait quitter la salle quand une voix profonde et puissante raisonna dans sa tête.
- Ne part pas encore Emma, ta présence m'est bénéfique et tes ondes mentales structurent mes pensées. Tu es un peu ma génitrice après tout.
- Qui es-tu réellement ? As-tu des souvenirs ? demanda Emma, à voix haute, surprenant le gardien.
- Oui, je sais tout ce que tu sais et tout ce qu'il y a à savoir. Mais rassure toi, je ne représente pas un danger pour toi et les tiens. En tout cas, pas pour le moment. Après tout, je me suis nourris de tes pensées et de tes sentiments pendant ma croissance. Cela a orienté mon développement et a balisé les chemins que je vais pouvoir emprunter dans l'avenir.

- Allez, mon lieutenant, il est temps de partir, ordonna le militaire en attrapant le bras d'Emma.

A cet instant, la Néphilim se leva brusquement de sa chaise et fixa intensément le soldat. Il lâcha prise et fut soudainement projeté contre le mur par une force invisible. Incapable de bouger, il était plaqué contre le mur et fut soulevé du sol pour atteindre le plafond en suffocant.

- Arrête ça, commanda Emma.

- J'ai horreur d'être interrompue quand j'échange avec quelqu'un.

- On ne peut pas tuer quelqu'un pour ça, arrête, Charlotte.

Charlotte, c'est le premier nom qui lui était venu à la tête. Elle avait pensé à Charlotte aux fraises, sa poupée rousse aux tâches de rousseurs sous licence d'American Greetings. Elle embaumait le fruit préféré des enfants et l'avait accompagnée gaiement pendant toute son enfance.

- Charlotte, je trouve ça plutôt mignon.

Le soldat tomba sur le sol au bord de l'apoplexie. Emma se porta à son secours.

- Ne t'inquiète pas, il va bien. Il aura juste un peu mal à la tête en se réveillant.

La fillette fit la moue en léchant son doigt couvert de jus de viande. Emma la regarda avec une certaine peur qu'elle ne put dissimuler.

- Nous t'apprendrons à maitriser tes émotions, ajouta une nouvelle voix qu'elle identifia comme celle du professeur Brain. Nous te l'apprendrons, Charlotte.

Plusieurs élèves quittèrent la grande salle des chevaliers en chahutant sous le regard courroucé de leur professeur. Cette visite de Château de Hunedoara en Roumanie saoulait Claire plus que tout. Pourquoi on ne les avait pas emmené camper dans la forêt. Richard lui attrapa la main et l'entraina avec lui dans une discrète petite alcôve loin du regard des autres. L'adolescente protesta mais intérieurement elle avait attendu ce moment depuis le début du séjour. Son copain la plaqua contre un mur et l'embrassa tendrement.

- Arrête. T'es fou. Si le prof nous voit, on est mort.

Le jeune homme ne se laissa pas intimider et posa une main indiscrète sur ses fesses pour mieux la serrer contre lui. Claire pouvait sentir le désir de son mec mais ce n'était ni le moment ni l'endroit pour faire ces choses-là. Elle le repoussa donc violement tout en lui adressant un regard ravageur.

- Franchement, tu es chiante, Claire.

- Tu ne veux quand même pas me sauter devant tout le monde, répliqua la gamine.

- Tu n'as pas dit ça la dernière fois.

- Parlons-en de la dernière fois. Dans les chiottes du bahut.

- Et alors, tu as aimé non ? interrogea sur la défensive l'athlétique Richard.

Elle se remémora cette pitoyable scène où elle l'avait sucé pour la première fois, assise sur les lunettes crades des toilettes des filles. Puis, il l'avait prise en levrette en la collant contre la porte taguée. Elle n'en était pas à sa première relation et c'est vrai qu'elle avait pris son pied. La fille avait dû mordre violement son doigt pour ne pas crier de plaisir quand elle avait entendu des camarades rentrer dans la pièce sans se douter de ce qu'il se passait derrière l'une des portes.

Claire, voyant qu'une dispute allait sous peu éclater entre eux, se rapprocha de son homme et lui déposa un mignon petit baiser sur les lèvres qui coupa court à toutes ses répliques.

- Oui, gros béta, j'ai pris mon pied. Maintenant, rejoignons le groupe avant que notre absence ne soit remarquée. Je ne voudrais pas que Madame Tchernobyl nous colle une punition dont elle seule a le secret.

Leur prof tenait se charmant sobriquet des nombreuses séances de chimiothérapie qu'elle avait suivies pour lutter contre un terrible cancer du sein. La perte de ses cheveux avait été compensée par une perruque bon marché qui lui avait valu ces considérations outrancières dont seuls les jeunes ont le secret.

Claire et Richard sortirent de l'alcôve et traversèrent la salle désormais vide. Plusieurs fresques datant du XVe siècle au XVIIe siècle décoraient les murs en pierre. Des vitrines exposaient quelques objets d'époques sans grand intérêt à leurs yeux. Par les grandes fenêtres donnant sur la cour, on pouvait apercevoir la nuit qui commençait à tomber. Claire remarqua le groupe en contre-bas attroupé autour d'une grand puit ornementé profond disait-on d'une trentaine de mètres. Il ne fallait pas perdre un instant.

Quand elle reporta son regard vers l'escalier, Richard avait déjà disparu. Il aurait quand même pu l'attendre celui-là. Quel gougeât. Certes, elle était précoce et plutôt allumeuse dans son genre mais elle se demandait maintenant si avoir couché avec lui dès l'âge de seize ans n'avait pas été une belle connerie. Oh et puis non. Il la rendait heureuse et elle l'aimait.

- Richie, attends-moi.

Elle se mit à courir sans remarquer le cadavre livide de son ami reposant sur le sol derrière un banc en bois nordique finement sculpté par un ébéniste talentueux.

Alors qu'elle atteignait les premières marches, Claire sentit un courant d'air glacé l'assaillir. Elle se mit à frissonner. Puis tout devint sombre autour d'elle. Elle eut la même sensation, éprouvée il y a quelques années quand, avec sa famille, elle avait observé l'éclipse solaire totale. La température avait chuté, la luminosité s'était estompée très rapidement et les oiseaux avaient exprimé leur désorientation en cessant de chanter. C'est ce jour qu'elle s'était rendue compte à quel point le soleil était important pour la vie.

C'est alors que quelque chose l'attrapa par derrière. Elle voulut crier mais aucun son ne parvint à sortir de sa bouche muselée par un enchevêtrement de fils visqueux pas plus épais que des cheveux mais terriblement résistant. Son corps fut soulevé du sol et il pivota sur lui-même dans les airs. Claire ne pouvait à peine respirer. Les myriades de tentacules tels des serpents se frayaient un chemin en glissant le long de son corps. La fille les sentait carresser sa peau, passer sous ses vêtements et explorer ses parties les plus intimes. Une forme surgit de l'obscurité. Ses yeux embués de larmes ne lui permirent pas de voir distinctement qui pouvait se tenir là devant elle. Un à un les boutons de son jean sautèrent comme s'ils avaient été enlevé par une main invisible. Puis ce fut son tee-shirt qui fut arraché. Ses sous-vêtements ne tardèrent pas à craquer également sous l'assaut irrésistible des diaboliques filins. Nue, suspendue dans les airs, la lycéenne ne pensait plus qu'à une seule chose : que ce cauchemar cesse. La surprise et le pic d'adrénaline passés, la peur, le dégoût, la douleur et tout un enchevêtrement de sentiments plus que désagréable l'assaillirent d'un coup. Les longs fils semblaient provenir de son agresseur qui se tenait là à ses pieds. Il avait forme humaine mais il était impossible de distinguer ses traits, puis ses yeux brillèrent. Au même instant chaque câble minuscule perça la peau blanchâtre de la jolie jeune fille pour lui aspirer son sang. Mais pour Claire la lumière revint. Toute peur disparut d'un seul coup. Elle se sentait heureuse et euphorique. Une jouissance intense traversa tout son corps. Un mélange d'orgasme inégalé et de trip au cannabis puissance mille. Son corps, parcouru de spasmes, se cambra si violemment qu'elle se brisa la colonne vertébrale dans un ultime plaisir.

Mme Tchernobyl leva la tête quand la baie vitrée explosa et que le corps exsangue de son élève se défenestra. La Lycéenne française en voyage de langue s'écrasa sur le parvis du puit sous les regards horrifiés de ses camarades.

Le tueur mystérieux se remémora l'histoire du puit. Il avait été creusé pendant dix ans par des prisonniers turcs auxquels on avait promis la liberté s'ils trouvaient de l'eau. La promesse ne fut pas tenue et les bagnards furent tous massacrés après leur dur labeur. L'un d'eux avait laissé un message écrit avec son propre sang dans sa geôle : «Vous avez peut-être de l'eau, mais vous n'avez pas d'âme».

Oui, une âme le tueur n'en avait déjà pas il y a plusieurs centaines d'années. Les souvenirs affluèrent d'un coup pour le réveiller aussi surement qu'une bonne baignade dans un torrent d'eau vive et glacée. Son repos dans les profondeurs du château n'avait duré que trop longtemps. Le sang frais des innocents lui avait procuré le plus grand bien, même s'il aurait préféré épargner la fille pour en abuser ensuite autrement. Il avait été réveillé pour une bonne raison. Et cette raison portait le doux prénom d'Emma.

Chapman retira son gobelet en plastique plein de café du distributeur. Il le porta à ses lèvres et manqua d'en renverser sur son uniforme de service tellement il était chaud. En plus, la machine lui avait mis trop de sucre. Ce n'était pas bon pour son régime. Le gardien en chef avait décidé sous l'impulsion de son épouse de se remettre au sport pour perdre les quelques kilos emmagasinés au fil du temps à farniente au lieu de courir dans les bois. L'alarme sonore de sa montre lui indiqua qu'il était temps de rejoindre son poste de travail. Il passa la première zone de contrôle grâce à sa carte magnétique et fut salué par ses collègues en faction. Les zones suivantes furent beaucoup plus simples à passer car son identification avait été confiée aux machines et aux logiciels ultra-technologiques. Il n'avait qu'à marcher d'un couloir à l'autre laissant faire les invisibles détecteurs qui scrutaient son odeur, sa voix et même son ADN.

Il arriva enfin devant une porte qui coulissa pour le laisser entrer dans son poste de contrôle. Un siège en cuir, installé face à plusieurs écrans plats et une console informatique, l'attendait docilement. L'homme prit place confortablement, posa son gobelet et pressa son doigt sur le scanner. Une fois l'identification réalisée, les écrans tactiles s'allumèrent lui permettant d'accéder à ses programmes de travail. Il choisit de suite une connexion à la cellule de la mystérieuse prisonnière. Son niveau d'accréditation lui permettait d'accéder à l'ensemble des caméras et tous les systèmes sophistiqués d'observation du site. Il connaissait tout de l'école, de ses laboratoires, de ses zones secrètes et de son activité extraterrestre. Les IA dirigeaient l'ensemble du système mais c'est à lui qu'on avait confié la délicate tâche de rester vigilant. Il n'avait qu'à se balader virtuellement dans les différentes zones, patrouiller discrètement et reporter toute anomalie constatée qui aurait pu échapper aux machines. Mais rien n'échappait aux machines. Il se contentait donc de se balader dans les bâtiments et attendre la fin de la journée.

Chapman plaça deux électrodes sus ses tempes et activa le transport cérébral. Ce système, assez proche de celui utilisé par les élèves pour se projeter dans des réalités virtuels, lui permettait, grâce aux innombrables détecteurs, de voyager dans le complexe de Starburst comme s'il l'avait fait en se déplaçant à pied. Seulement là, il était totalement invisible et pouvait aller d'un point à un autre en un instant. Tous ceux qui connaissaient son emploi l'appeler « Ghost » car il pouvait très bien vous espionner dans les toilettes ou vous regarder ronfler dans votre lit. Le gardien se retrouva projeté dans les appartements prisons enfouis dans les sous-sols de l'école. On y mettait ici tous les éléments jugés extrêmement dangereux. Plusieurs Néphilim avaient été parqués dans cette zone. Chapman passa à travers un mur et se retrouva dans une salle de bain sommaire. Pile à l'heure pour le spectacle. Charlotte allait prendre sa douche. Il avait été impressionné par la vitesse de croissance de la fille. En quelques semaines, elle était passée du stade d'enfant à celui d'adolescente puis de femme. Depuis quelques temps sa morphologie n'avait plus changé et elle devait avoir atteint le niveau attendu de maturité. Un simple pommeau de douche était fixé sur le mur de la petite salle couverte de faïences blanches lui donnant un aspect de bloc chirurgical inquiétant. Des toilettes trônaient dans un coin. Charlotte fit tomber son peignoir sur le sol dévoilant son corps de déesse. Puis, elle pressa le bouton poussoir qui libéra le jet d'eau bienfaisant. Chapman observa à quelques mètres à peine d'elle les courbes parfaites de son corps athlétique et magnifiquement sculpté. Sa projection virtuelle ne lui permettait pas de ressentir tous les sens existant mais il disposait de l'odorat. Quel dommage car il aurait bien aimé l'aider à se laver. La femme devait avoir maintenant entre vingt et trente ans. Sa longue chevelure rousse étincelante de beauté descendait jusqu'à la naissance de ses fesses. Pourtant son visage aux yeux vert irrésistibles et aux discrètes tâches de rousseurs était resté très juvénile. Elle leva la tête pour mieux ressentir l'effet du jet sur son visage et se frictionna le corps avec un savon dégageant une infantile odeur de bonbon à la fraise. Quand elle parvint à ses parties intimes, elle écarta délicatement ses lèvres pour y faire pénétrer un doigt afin d'initier une friction qui sembla lui donner du plaisir. Chapman était aux anges. Il n'aurait pas rêvé mieux. D'habitude, elle se contentait de se laver mais là il avait le droit à une séance de masturbation intime rien que pour son regard pervers. C'était aussi bien qu'un peep show et en plus gratuit. Certes, il est vrai qu'il se rinçait l'œil assez souvent en espionnant les étudiantes dans leur salle de bain ou en tombant sur des ébats de couples qui pensaient être parfaitement cachés.

Charlotte intensifia ses gestes en se cambrant en arrière tout en écartant un peu plus ses jambes. Elle se mit à gémir de plaisir jusqu'à jouir dans un souffle rauque. Une femme fontaine, quel pied pensa Chapman tout excité. Il allait reprendre son travail quand Charlotte tourna son regard vers lui. Son corps ruisselait encore de gouttelettes d'eau.

- As-tu apprécié le spectacle ? Je l'ai fait rien que pour toi.

Le gardien perdit un instant tous ses moyens. Comment cette fille aux yeux vert perçant pouvait-elle le voir ?

- Ne t'inquiète pas, je ne dirai rien à personne. Ce sera notre petit secret à tous les deux.

Elle s'approcha alors de lui en souriant comme une enfant et il se retrouva paralysé incapable de mettre fin à sa projection.

Emma entra dans sa chambre en sueur. Cette séance d'entrainement physique l'avait poussé jusque dans ses derniers retranchements. Le concept était primaire mélangeant un semblant de parcours du combattant, des exercices de force physique et des épreuves de résistances mentales. Tous les soldats d'élite étaient passés par ce genre d'épreuves mais celles proposées par Starburst aux secondes années ayant intégré l'option « infiltration fantôme » étaient redoutablement plus perverses.

Elle retira son tee-shirt trempé et son court short pour filer sous sa douche afin de se décrasser du mieux possible. Plusieurs hématomes et ecchymoses recouvraient son corps. Un fils barbelé coupant avait même laissé une méchante estafilade ensanglantée sur son mollet droit. De toute évidence, elle ne serait pas au meilleur de sa forme pour sortir avec ses amis ce soir. Mais bon, pour une fois qu'ils pouvaient tous se retrouver en dehors de l'école, elle se devait de faire un effort.

L'eau tiède lui fit un bien fou. Elle prit un moment pour soigner ses blessures à l'aide de compresses que lui avait remis l'infirmière de l'établissement. En déchirant l'enveloppe métallisée, une agréable odeur sucrée lui chatouilla les narines. Les compresses recouvertes de produit, sans doute d'origine extraterrestre, la soulagèrent instantanément. La blessure se referma devant ses yeux ébahis. Toujours nue, elle s'étendit sur son lit, ferma les paupières et laissa divaguer son esprit. Quand elle se réveilla, son corps ne la faisait plus souffrir. La méditation profonde était une technique très efficace pour se régénérer mentalement et physiquement. Une voix toute proche la fit sortir immédiatement de sa torpeur.

- On dirait que tu as fait de beaux rêves, Emma.

L'anglaise se redressa sur sa couche prête à affronter son adversaire. Elle avait trop confiance dans les défenses de l'école et la fatigue lui avait fait oublier de dresser une barrière psychique. Pourtant chaque soir, elle se prêtait à cet exercice sécuritaire.

Charlotte se tenait assise sur une chaise juste à côté d'elle. La rouquine attrapa une pomme sur le bureau métallique et la mordit à pleines dents laissant le jus sucré couler sur ses lèvres et son menton.

- Que fais-tu ici, Charlotte ? Comment as-tu pu quitter tes appartements ? demanda Emma sur le qui-vive.

- Mes appartements ? Ma prison serait plus juste, s'emporta soudainement l'intruse.

Elle retrouva immédiatement son calme.

- Quant à mon évasion, rien de plus simple, vois-tu. Un certain Chapman m'a rendu service. Certes, je l'ai un peu contraint mais rassure-toi, il survivra.

- Et Brain, je croyais qu'il maintenait une défense mentale permanente.

- Brain, Brain, Brain, vous n'avez que ce nom à la bouche. Le grand télépathe n'y a vu que du feu. J'ai agis avec discrétion et méthodologie en créant un double psychique de moi-même. Il croit encore que je suis là-bas en train de travailler.

- Pourquoi t'es-tu échappée ?

- Je suis arrivée à maturité, Emma. Il est temps pour moi d'entrer dans la vie active comme vous dites. Mon rôle en tant que reine Néphilim n'est pas encore clairement écrit. Je ressens les miens. Ils sont en attente de mes orientations. Certains me craignent et veulent me voir disparaitre d'autres me réclament ardemment. Tout ceci est nouveau pour moi.

La voix du professeur Brain résonna dans leur tête.

- Félicitation Charlotte, tu as passé le premier stade de ton apprentissage avec brio. Il est temps pour nous, si tu l'acceptes, de commencer réellement ton entrainement parmi nous. Nous allons te faire découvrir le monde qui nous entoure. Laisse-nous te montrer et te guider. Tu seras ensuite seule à décider du chemin qui sera le tien. Qu'il te mène à nos côtés ou qu'il t'emporte loin de nous. Emma, tu as été la porteuse de la pierre de survivance, il te revient donc l'insigne honneur d'assister et d'éduquer notre jeune reine Néphilim. Vous sortirez ensemble ce soir et je suis convaincu que tout se passera pour le mieux.

- Mais, professeur, rouspéta Emma. C'est une dangereuse Néphilim, elle pourrait mettre en danger la vie de n'importe qui pour une simple réflexion.

- Il suffit. Charlotte saura parfaitement se tenir. Elle sait qu'il en va de son intégration et de sa survie parmi nous. Je n'ai jamais dit que la côtoyer serait sans danger mais tu auras sans doute plus à faire à la protéger de ses ennemis qu'à protéger les tiens de son humeur. En tout cas pour l'instant. Le directeur est averti.

La voix du professeur s'éteint sans laisser aucune chance à Emma d'étayer ses propos.

Charlotte était déjà en train de fouiller dans la garde-robe de la jolie brune. Elle en sortie une robe de soirée rouge très courte à paillettes.

- Celle-là m'irait comme un gant. C'est dommage que tu sois plus petite que moi.

- Très drôle. Je te préviens Charlotte, tu as intérêt à te tenir à carreau.

- Oui, maman. Après tout, tu es un peu ma génitrice n'est-ce pas ?

La Néphilim se mit à sourire devant le regard consterné de son interlocutrice.

Tous les regards se tournèrent vers les deux magnifiques jeunes femmes quand elles entrèrent dans l'amphithéâtre. Banguisa se leva et proposa aux deux arrivantes de prendre place à côté de lui. Mathilde lança à son compagnon un regard courroucé quand il dévisagea de façon un peu trop prononcé le superbe corps de Charlotte mis en valeur par une jolie robe à fleurs plutôt saillante. Chul-Hei restait silencieux comme à son habitude mais Emma était sûre que l'arrivée de l'inconnue ne le laissait pas indifférent. Depuis la mort d'Ester, Chul-Hei avait doucement repris gout à la vie. La curie Benetton avait subi un sacré régime dès sa première année d'existence. Deux pertes : Ester et Gary. Mathilde aurait bien aimé intégrer l'équipe mais on lui avait refusé catégoriquement ce changement d'affectation. Surement à cause des liens étroits qu'elle avait tissés avec le congolais Banguisa.

- Je vous présente Charlotte. Elle est nouvelle à l'école.

- Bonjour Charlotte, dit Banguisa en s'approchant pour lui faire la bise.

- Ravie de te rencontrer, répondit poliment à son tour la rouquine.

- Tu nous viens d'où comme ça, demanda le grand type tout souriant.

Ses paroles furent coupées par l'arrivée du directeur en personne. Tous se levèrent.

- Bien, je vois que petit à petit notre enseignement commence à faire son effet. Je vous informe que nous allons intégrer plusieurs nouveaux étudiants étrangers dans le cadre du programme d'échange interplanétaire. Ces derniers ont été triés sur le volet et font partis des meilleurs de leur école. Je vous demande de leur réserver un chaleureux accueil. Mademoiselle Strawberry pouvez-vous vous lever afin que tout le monde puisse vous voir ?

Charlotte se leva et fut ovationnée par une série d'applaudissements et plusieurs sifflets provocateurs.

- Mademoiselle Strawberry vient de la planète Mitra, j'espère que vous aurez un jour la chance de pouvoir vous aussi suivre une année d'enseignement sur sa planète. Leur université est l'une des meilleures de la galaxie. Elle sera intégrée à la curie Benetton et répondra aux ordres du Lieutenant Hasting.

Emma se pencha sur Charlotte.

- On va voir ce que tu vaux dans un affrontement en réalité virtuelle. Notre curie à un affrontement en pleine mer des caraïbes au cœur du 17e siècle ce soir. Ce match compte pour le championnat des deuxièmes années. Tu as intérêt à assurer.

Un boulet s'écrasa sur le pont vermoulu du galion. Deux marins furent projetés à la mer par l'explosion.

- Branle-bas de combat, cria le quartier-maitre.

Emma surgit sur le pont. Une vague déferlante manqua de l'emporter. En quelques secondes sa tunique d'officier anglais fut trempée. La tempête faisait rage. Elle s'accrocha à un cordage et rejoignit tant bien que mal son subalterne.

- A bâbord, Capitaine. Ils sont apparus dans le creux de la vague et ont tiré avant de disparaitre.

- Banguisa, à bâbord toute, commanda-t-elle par l'intermédiaire de son commutateur.

Une frégate apparut dans son champ de vision améliorée malgré la puissance des embruns. De toute évidence, sa manœuvre lui avait permis d'éviter la seconde salve qui passa non loin de la proue du navire.

- Préparez vos hommes au combat, nous allons les aborder.

Elle retourna dans sa cabine pour y retrouver Charlotte et Chul-Hei.

- Etes-vous partant pour un abordage ? Il me semble que c'est la frégate Pirate de la curie « Dynamo ».

Charlotte tira sa rapière et vérifia la poudre de son arme à feu. Chul-Hei lui sourit. De toute évidence, elle n'avait aucune appréhension et semblait maitriser parfaitement ce type de situation. Pourtant, c'était sa première plongée en réalité augmentée et son premier combat avec la curie Benetton.

- En avant, ordonna Emma.

Ils rejoignirent le pont.

Le galion prit de la vitesse et parvint rapidement à la hauteur de la frégate. Bien que taillée pour la course, cette dernière ne semblait pas être manœuvrée avec expertise. Le choc fut particulièrement violent. Le bastingage explosa en des myriades d'échardes de bois quand les deux navires se percutèrent.

- J'ai un mauvais pressentiment, remarqua Charlotte. C'est trop facile, on ne devrait pas y aller.

- En avant, c'est un ordre. Ils sont mauvais, c'est tout.

Sans attendre la fin du mouvement, Emma et sa curie sautèrent donc sur le pont prêt à combattre. A leur grande surprise, aucun ennemi ne vint à leur rencontre.

- Où sont ces rats, hurla-t-elle. Où vous cachez-vous bande de pirates ?

Le pont était vide. Ils entrèrent dans la cabine quand Chul-Hei perçut une odeur de brûlé.

- Putain, c'est un piège. Courrez…

Il ne put finir sa phrase quand les cales pleines de poudre du vaisseau explosèrent réduisant en charpies le groupe d'assaut.

Emma reprit conscience sur son siège. Comment avait-elle pu se faire avoir ainsi ?

- Bien jouée, Hasting, toute votre curie d'experts vient de se faire laminer par les derniers du classement, fit remarquer le commandant Fleshter. Il faut apprendre à jauger vos ennemis avec plus de recul et de discernement.

Charlotte s'étira et jeta un regard amusé à la jeune femme.

- Il fallait m'écouter, dit-elle avant de s'éloigner.

III

Hugo avertit Emma qu'un nouveau message venait d'arriver sur sa boite mail. Avec Hugo, il n'y avait plus besoin d'anti-spam. En véritable secrétaire, il s'occupait de faire le tri et d'avertir à bon escient sa collaboratrice de l'arrivée de tout message jugé important. Il lui suffisait de se connecter mentalement pour avoir accès au contenu du message qui s'imprimait automatiquement sur l'une de ses rétines.

Elle reposa la bande dessinée de science-fiction érotico-pornographique que lui avait offerte la jeune reine Néphilim. Cette dernière l'avait dénichée dans une librairie de Londres, le weekend dernier. Charlotte lui avait dit que l'héroïne, une certaine Druuna lui ressemblait très fortement. Emma n'avait pas les mêmes yeux et les traits de son visage étaient plus fins mais la plastique généreuse de la création de Serpieri lui collait comme un gant. Quoi qu'il en soit la BD l'avait envoutée et elle dévorait déjà le quatrième volume.

Emma constata avec surprise que Nicolaï était l'auteur de l'e-mail. Le trafiquant d'armes n'avait pas oublié sa proposition de collaboration. Il l'invitait à Singapour le temps d'un grand week-end pour participer au fameux tournoi « Finish Him ». C'était la seule occasion pour elle de remonter une piste sérieuse qui la mènerait peut être aux sources de ses origines. Ce gang aux tatouages de serpents était sans aucun doute lié aux Néphilim.

Elle décida qu'il était temps d'en toucher deux mots au directeur de l'école. La réaction de ce dernier fut assez surprenante.

-Votre histoire est assez rocambolesque mais j'ai suffisamment d'expérience pour reconnaitre une piste quand elle se présente à moi. Le gang des Rippers n'est pas inconnu de nos services. Cette secte mafieuse est, de prêt ou de loin, en relation avec les Néphilim. Leur chef que vous appelé Snake reste un grand mystère. Nous ne sommes jamais parvenus à mettre la main sur lui. Ce n'est peut-être qu'une légende mais il pourrait très bien être celui que vous avez rencontrez dans le désert Egyptien.

- Ou son chef, Apophis en personne.

- Emma ! Ne parlez pas de cette immonde bête originelle. Si elle était sur terre, les représentants de Paradis auraient déjà détecté sa présence et croyez-moi, plusieurs croiseurs seraient en orbite autour de la terre depuis bien longtemps. Non, je pense que c'est l'un de ses nombreux avatars. Quoi qu'il en soit, si on peut démasquer l'un des nombreux réseaux Néphilim, nous nous en porterons pas plus mal. Cela fera un excellent exercice de terrain.

- Vous m'autorisez donc à partir là-bas ? cria la jeune femme enchantée en laissant éclater sa joie.

- Choisissez un membre de votre curie qui vous accompagnera. Vous serez plus en sécurité à deux que toute seule. Mais par tous les dieux, restez prudente. Ce tournoi a très mauvaise réputation et pourrait se révéler fatal même à quelqu'un comme vous.

Singapour est située sur une île au sud de la Malaisie connue pour son extraordinaire réussite économique. A son arrivée, Emma et Chul-Hei furent frappés par la végétation luxuriante, présente même en plein centre-ville, cohabitant avec une urbanisation intense. L'un des quatre dragons d'Asie méritait bien le surnom de « Ville jardin ». Le climat équatorial, uniformément chaud et orageux tout au long de l'année était sans aucun doute l'un des facteurs prépondérant du développement de cette abondante verdure.

La cité-état aux soixante-quatre iles affichait ainsi la plus forte concentration de millionnaires rapportés à la population totale.

Nicolaï n'était pas venu les chercher personnellement à l'aéroport. Sans doute craignait-il d'être suivi ou surveillé. Cependant, un taxi avait été dépêché pour les déposer au luxueux Marina Bay Sands. Surplombant la baie, cet hôtel emblématique proposait un séjour de luxe avec une piscine à débordement sur le toit, une vingtaine de restaurants et un casino de renommée mondiale. Les deux membres de la Curie Benetton avaient décidé de se séparer dès leur arrivée pour éveiller le moins de soupçons possibles. Chul-Hei resterait en arrière, en observation, prêt à intervenir à toute sollicitation de sa chef.

Arrivée dans sa chambre dotée d'un mobilier moderne en bois foncé et dont le sol était revêtu de moquette épaisse, la jeune femme s'effondra sur son confortable lit. Elle alluma l'immense télévision à écran plat pour scruter les différents programmes sans en trouver un seul qui retint son attention. Son regard fut attiré par la superbe vue sur les toits de Singapour depuis les baies vitrées. Décidément sa vie était pour le moins bien agréable. Nicolaï avait tout prévu, du billet en première classe à la chambre d'hôtel tout avait été pris en charge par son amant d'un jour.

On frappa à la porte et un élégant membre du room service lui déposa un chariot sur lequel se trouvait un formidable bouquet de fleurs exotiques colorées. Parmi les Oiseaux du Paradis orange et bleus, les Héliconia avec leurs inflorescences de couleurs vives et voyantes, les Gingers Red King aux formes si tendancieuses, la cordyline et l'areca aux prédispositions graphiques apportant une touche de verdure, et les fleurs blanches, très rondes et parfumées du Plumeria obtusa Singapore, l'étudiante découvrit une enveloppe renfermant un courrier de Nicolaï.

Elle devait le rejoindre en soirée au casino de réputation internationale de l'établissement.

Emma profita d'un massage apaisant au spa Banyan Tree installé sur le Sky Park juché au sommet des trois tours de l'hôtel. Réellement détendue, elle pérégrina dans le parc paysager de la terrasse et savoura un cocktail au bord de la piscine à débordement en admirant une nouvelle fois la baie.

Son arrivée au casino ne passa pas inaperçue. La superbe jeune femme avait revêtu une robe en soie et cachemire aux couleurs bariolées d'inspiration asiatique créée par Hermès. Les voiles laissaient paraitre la nudité de son dos jusqu'au creux de ses reins. Ses cheveux, coiffés en un chignon compliqué de style ethnique, arboraient une jolie fleur rouge exotique.

Chul-Hei avait passé un smoking noir taillé prêt du corps qui lui donnait un air de mauvais garçon surgit tout droit d'un manga japonais. Il jouait calmement aux machines à sous en examinant d'un œil discret la grande salle remplie de tables de jeux où s'adonnaient avec passion de nombreuses personnes toutes élégamment vêtues.

Après avoir récupéré quelques jetons au comptoir, Emma prit poliment place à une table de poker, n'ayant pas encore aperçu

Nicolaï. Le croupier distribua les cartes avec professionnalisme. L'ensemble des joueurs semblait concentré malgré son arrivée en grande pompe. De toute évidence, seul le gratin mondain pouvait se payer le luxe d'entrer dans ces lieux. Une fois les cartes distribuées, Emma scruta chaque joueur et parvint sans grande difficulté à lire en eux comme dans un livre ouvert. Par leurs yeux, la télépathe pouvait voir leur jeu. Il va s'en dire qu'elle remporta haut la main les premières parties faisant chance d'un extraordinaire succès. Certains clients commencèrent à se montrer nerveux tandis que le croupier poussait avec son râteau les plaquettes pour faire grossir les monticules dressés devant la reine du soir.

Emma aurait dû mettre fin à son petit jeu, mais une certaine euphorie s'était emparée d'elle. Puis, un homme prit place en face d'elle. L'assemblée tout entière sembla se crisper à son arrivée. Le nouveau venu portait un élégant costume noir trois pièces plutôt vintage de type victorien agrémenté d'une atypique cape en velours. Il posa à côté de lui sa canne en ébène dont la crosse représentait une terrifiante tête de dragon en or finement sculptée dont les yeux de rubis semblaient briller de mille feux. Ses cheveux longs et soyeux formaient une étonnante queue de cheval ondulante nouée par un foulard brodé avec du fils d'argent. Sa tignasse semblait presque vivante, douée d'une vie propre. Elle ondulait doucement défiant la loi de la gravité. C'était impossible, son esprit lui jouait sans doute des tours. L'étudiante examina attentivement son visage et frissonna. Bien que ses traits soient fins, presque efféminés, ses yeux gris, associés à sa peau blanche et laiteuse, dégageaient une sensation de malaise profond. Elle ressentit une indicible terreur quand l'étranger plongea à son tour son regard dans le sien. La jeune femme dut détourner la tête pour ne pas crier d'effroi.

Le jeu reprit et le croupier distribua les cartes offrant à la jeune fille une main plutôt médiocre. Le cœur d'Emma se mit à battre la chamade et il fallut l'intervention d'Hugo pour réguler ses constantes vitales. Il n'avait rien d'un puissant armateur de la cité marchande ou d'un richissime touriste venu dépenser quelques dollars aux confins de l'Orient. La brune reprit son souffle discrètement et balaya ses émotions en se concentrant. Elle arma son onde mentale et la lança vers l'inconnu. L'onde s'écrasa contre un mur mais l'individu lui avait laissé transparaitre quelques brides d'un atroce spectacle qui aurait rendu n'importe qui d'autre aliéné mental à la vue de cette vision horrifique. Le choc en retour fut immédiat et impitoyable. Un léger filet de sang s'écoula d'une de ses narines. Elle dut se résoudre à quitter la partie en rassemblant à la va-vite ses gains qu'elle glissa dans son sac à main. Puis, la joueuse en détresse se leva précipitamment pour fuir cette personnification du mal incarné.

Alors qu'elle cherchait des yeux la première issue où elle pourrait fuir, une voix douce l'interpella.

- Excusez-moi pour cette entrée en scène théâtral mais je voulais savoir à qui j'avais à faire. Votre réputation semble être justifiée. N'importe quel humain aurait succombé à une telle subjection psychique.

Emma se retourna en serrant les poings, prête à affronter l'inconnu. Elle regrettait amèrement de ne pas avoir apportée son arme à feu. L'aura de mal qui l'entourait n'avait pas totalement disparu mais il apparaissait moins hostile.

- Je ne vous veux pas de mal, Emma Hasting. Oui, je connais votre nom, ajouta-t-il, en voyant la fille étonnée. Si j'avais voulu votre mort, vous reposeriez déjà inerte dans mes bras.

- Qui êtes-vous ? Un Néphilim ? Le comte Dracula en personne ? railla-t-elle pour dissimuler sa frayeur encore bien présente.

- Laissez-moi vous offrir un verre ? répondit-il en l'invitant à s'assoir au bar.

Il commanda un Blue Lagoon et Emma prit un cocktail de fruits frais pour garder son esprit et ses réflexes alertes.

- Que me voulez-vous ? demanda Emma encore sur la défensive.

- Mon employeuse va bientôt arriver Emma. Elle m'a chargé de vous surveiller et de vous amener à elle le moment venu.

- Votre employeuse ?

- Oui, vous portez sa marque à votre cheville. Je ne la porte pas réellement dans mon cœur mais je lui dois obéissance.

Les traits d'Emma se figèrent. Tout s'expliquait maintenant. On lui avait dit qu'il faudrait des années avant qu'on ne retrouve sa trace. Elle se mit à trembler en se remémorant les dernières paroles de la démonesse qui avait juré de la retrouver où qu'elle se cache. La propre fille de Satan venait sur terre pour elle. Son petit voyage astral allait-il signé l'arrêt de mort de sa propre planète.

- Rassurez-vous, elle n'est pas encore ici. Vous avez tout le temps de profiter de vos derniers moments sur cette terre.

- Quel est votre nom ? Vous semblez être sorti tout droit du passé. Est-ce qu'on vous apprend à vous costumer comme ça en Enfer ? Il faudrait vous mettre au gout du jour.

- Charmant, vous avez de l'aplomb. J'en ai dévoré pour moins que ça, répondit-il avec un large sourire dévoilant ses longues canines de vampire. Je m'appelle Țepeș. Certains m'ont connu sous le nom de Vlad III Basarab. Mais celui qui te parlera le plus est effectivement Drăculea et je suis sur cette planète depuis des siècles. Malgré mon nom, je ne suis pas le fils de Satan. Disons que je suis en quelques sortes un agent dormant d'Enfer réveillé récemment par l'arrivée de ma patronne. Vous trouver n'a pas été une mince affaire.

Emma examina les cheveux de ce mystérieux personnage et constata avec horreur qu'ils ondulaient comme de minuscules serpents doués de leur propre vie.

- Je t'ai cherché partout, Emma, dit une voix courroucée.

Nicolaï fit son apparition au moment le plus opportun.

- Nicolaï, te voilà enfin.

Elle se leva et se précipita dans ses bras.

- Tu as l'air d'avoir vu un revenant ?

Elle se retourna vers Țepeș mais ce dernier avait disparu comme par magie. Il n'y avait plus aucune trace de lui.

Ils firent l'amour en soirée mais Emma n'avait pas la tête à ces choses-là. Elle tenta pourtant de donner le meilleur d'elle-même pour ne pas décevoir son amant. Alors qu'elle ondulait sur lui, la plantureuse brunette crut apercevoir une ombre passer à travers les rideaux. Elle bondit hors du lit. Nicolaï ressentit son stress et mit fin avec compassion à leur ébat amoureux. Il passa un peignoir et se servit un verre de scotch avec un glaçon.

- Excuse-moi, Nicolaï, il s'est passé tellement de chose depuis notre dernière rencontre. Je suis un peu fatiguée par le vol, voilà tout. Pourtant, je suis tellement heureuse de te revoir.

- Tu es sur de vouloir participer à ce tournoi. Nous pouvons encore annuler notre participation.

Elle lui déposa un baiser sur les lèvres et avala une gorgée de son scotch.

- Ne t'inquiète pas, tu peux compter sur moi.

- Très bien. Repose-toi. Une dure journée nous attend demain. J'ai procédé à ton inscription. Tu endosseras l'identité de la « Louve de Sibérie ».

- Ce surnom me va très bien, répondit avec un sourire Emma.

La brume passa discrètement sous la porte d'entrée. Elle s'insinua dans toute la chambre à coucher et mystérieusement remonta vers le lit. Elle prit alors une forme humanoïde qui lévita juste au-dessus du corps nu d'Emma endormie. La chose prit consistance et bientôt Ţepeş se retrouva à quelques centimètres du visage de la belle étudiante. Ses lèvres s'écartèrent pour dévoiler deux longues canines qu'il plongea dans la jugulaire de la jeune femme afin d'en gouter le sang.

Emma se réveilla en sursaut. Son entrejambe était trempé et tout gonflé. Comment avait-elle fait pour jouir comme ça en pleine nuit ? Nicolaï somnolait encore à côté d'elle.

L'homme se releva avec difficulté. Il n'avait plus toutes ses idées en place. Comment cette fille avait-elle pu le mettre à terre aussi facilement. Il réajusta son bouclier et replaça son masque en acier de mirmidon sur son visage.

Emma tourna autour de sa cible avec vélocité. Pour l'occasion, elle avait charmé l'un des meilleurs hackers de l'école afin qu'il lui obtienne un accès illimité au processeur de formation accélérée. Ce système épatant permettait d'apprendre tout un tas de truc en quelques heures sans se fatiguer. Il ne fallait pas en abuser sinon le choc en retour pouvait être très violent. Certain avait même eu leur cervelle liquéfiée. Les capacités mentales évoluées d'Emma lui avaient permis de devenir un maitre en self combat en ingurgitant un nombre incalculable de connaissances dans l'art de vaincre et tuer son ennemi avec ses propres mains. Certes, ce n'était que de la théorie mais avec l'aide d'Hugo, ses gestes étaient beaucoup plus sûrs et précis.

Pour le moment, l'utilisation de ses attaques mentales avait été suffisante pour mettre en déroute ses adversaires. Une nouvelle onde frappa le « Gladiator » qui s'écroula au sol laissant son filet et son trident chuter avec lui dans la poussière de l'arène.

La foule en délire l'acclama. Emma se tourna vers la tribune principale. Le spectacle était impressionnant. Un colisée avait été reproduit à l'identique du modèle original de Rome érigé sous l'empereur Vespasien et finalisé en 80 après JC sous le règne de Titus. Seul le dôme transparent recouvrant cet immense amphithéâtre ovoïde prouvait que la scène ne se passait pas au temps des venationes et des munera mais bel et bien à notre époque. Près de cinquante mille personnes triées sur le volet avaient pu obtenir une place pour assister à ce tournoi sanglant où les meilleurs combattants du monde venaient s'affronter comme l'avaient fait en leur temps les gladiateurs de Rome.

Emma se demandait comment ils avaient pu construire en toute discrétion une chose aussi colossale sur une ile perdue de l'archipel, au cœur même de la jungle. Certes, il l'avait bien fait dans l'antiquité mais comment cette massive architecture pouvait rester inconnue du grand public. De toute évidence seule la technologie extraterrestre avait pu permettre ce genre de prouesse. Ils étaient donc sur la bonne piste.

La foule en délire réclamait la mort du vaincu mais Emma se montrait systématiquement clémente au plus grand damne de certains. Aussi, elle laissa l'équipe de nettoyage récupérer le corps de son adversaire en regagnant les vestiaires par une grille en fer forgé sous des applaudissements mitigés accompagnés de quelques huées. Les spectateurs voulaient du sang et des morts.

Elle quitta ses frusques composées d'une jupette grise et d'une cape à capuche taillée dans une peau de loup. Nicolaï lui avait fait confectionner un soutien-gorge en cuir marron mettant en valeur sa forte poitrine. Son déguisement se terminait par un masque de canidé plutôt effrayant. Il lui avait même imposé de porter une paire de longues griffes en acier pour rendre le spectacle plus attrayant.

A la sortie de sa douche, Nicolaï l'attendait avec une coupe de champagne à la main.

- Tu te débrouilles très bien Emma. Les choses compliquées vont commencer maintenant. Il te reste trois combats pour remporter la finale et pouvoir avoir l'insigne honneur de recevoir la récompense de Snake en personne. C'est à ce moment que tu pourras le frapper.

Il sortit une photo de sa poche et la montra à l'étudiante. Une ravissante fillette d'une dizaine d'année souriait en exposant ses dents bien blanches au photographe.

- Elle a des airs de famille, c'est Natacha, n'est-ce pas ? Ta fille enlevée par les Rippers.

- Oui, je voulais te montrer pour qui tu te bats et te rappeler que ta cause est juste, répondit Nicolaï. Tu mets ta vie en jeu à chaque combat pour moi et je ne saurais jamais comment te remercier pour ce geste.

Chul-Hei entra dans les vestiaires privés. Il laissa un instant son regard se promener sur les courbes magnifiques de sa partenaire dénudée avant de se faire rappeler à l'ordre par le trafiquant d'armes.

- Bon, ton prochain adversaire s'appelle « Pierrot le fou ». Je n'ai pas trouvé grand-chose sur lui, mais ses derniers combats ont été une vraie boucherie. Une fois qu'il le libère de ses liens, il attaque comme une bête fauve sans aucune technique et dévore ses victimes à grands coups de dents. Je l'ai vu encaisser des attaques dévastatrices sans broncher. Ce type ne ressent aucune douleur et n'a aucun sentiment.

- Il aura mal, Chul-Hei, il aura mal, ajouta Emma, je te le promets.

Emma s'étirait gracieusement pieds nus dans le sable de la zone de combat. La tribune centrale était désespérément vide. Cela ne devait pas trop l'inquiéter car on lui avait bien indiqué que Snake ne se déplaçait que pour la finale. Le service d'ordre était discret mais la redoutable militaire avait identifié plusieurs membres de la sécurité bien armés un peu partout dans les tribunes.

Son adversaire entra sur scène acclamé par des milliers de spectateurs. Effectivement, il apparaissait plutôt atypique. Deux infirmiers en blouse blanche tiraient un diable à roulettes sur lequel était ligoté Pierrot le fou. Massif, il était entravé par une impressionnante camisole de force en côtes de mailles. Sa brune chevelure hirsute lui donnait effectivement l'apparence d'un animal en furie. Une cage ronde munie de barreaux de fer était cadenassée autour de sa tête pour éviter à ses soigneurs de se faire mordre par inadvertance. L'un d'eux retira prestement le lourd cadenas pendant que l'autre desserra les sangles de sa tunique. Ils prirent leurs jambes à leur cou quand le patient commença à montrer des signes d'excitation. En quelques secondes, il se débarrassa de ses encombrantes entraves et se mit à grogner en direction d'Emma. De la bave blanche coulait des commissures de ses lèvres et ses yeux étaient vitreux. Sans attendre plus longtemps, il chargea en râlant les deux bras tendus vers sa cible pour l'agripper.

Emma déchargea une flèche mentale pour affaiblir son agresseur. D'habitude cette attaque psychique était suffisante pour prendre barre sur son adversaire. Mais, là rien ne se passa comme elle l'avait prévu. Le monstre ne sembla aucunement inquiété et elle dût l'éviter en roulant sur le côté. Sa nouvelle attaque mentale fut plus profonde et exploratrice. De nouveau, elle ne rencontra aucune résistance et traversa l'esprit du malade mental comme l'aurait fait une aiguille chauffée à vif dans une motte de beurre. La créature n'avait plus d'esprit à tourmenter. Emma se redressa et se mit à courir dans l'arène pour éviter les charges de plus en plus brutales de son ennemi. Il fallait agir vite et bien car la fatigue allait avoir raison d'elle. Plusieurs frappes télékinésiques déstabilisèrent un moment le forcené. Cela lui permit de placer quelques attaques de corps à corps normalement dévastatrices. Le corps de Pierrot saignait abondamment à cause des profondes entailles créées par les griffes aiguisées comme des tranchoirs d'Emma. Pourtant l'inhumain courait toujours. Il parvient même à l'agripper tentant de la mordre rageusement. La foule était en délire. Emma trébucha et Pierrot se jeta sur elle. Elle sentit sa mâchoire se refermer sur sa cuisse et une profonde douleur l'envahit. Elle lui décocha un violent coup de pied dans le thorax et le projeta quelques mètres plus loin en usant de ses capacités psioniques. Du sang coulait de sa blessure et elle se mit à boiter malgré l'injection massive d'antidouleur commandée par son IAI. Le malade mental, recracha le morceau de chair qu'il venait de lui arracher après l'avoir mâchouillé avec délectation. Il râla et s'élança à nouveau pour gouter à ce met délicieux. La vie d'Emma était maintenant sévèrement en danger.

- Je détecte des bactéries dans ton organisme. Ce type doit être porteur d'une maladie inconnue. Je vais tenter d'isoler les assaillants en libérant des nanoparticules médicamenteuses. Elles vont débusquer les germes et les détruire. Mais tu dois en finir rapidement car je ne réponds de rien si une nouvelle morsure t'injecte cette microfaune dans le sang.

- Je vais le déchiqueter cet enculé.

Emma se redressa et initia un semblant de mutation. Elle laissa son instinct de loup prendre le pas sur elle. Ainsi, dotée de la rapidité et de la puissance de Fenrir, elle chargea à son tour. Ses griffes pénétrèrent dans la poitrine du fou et elle le souleva au-dessus de sa tête grâce à sa force surhumaine. Le type tenta de se débattre griffant l'air et donnant de grand coup de dents à quelques centimètres de son visage. Puis, la guerrière projeta sa cible de toutes ses forces en direction des tribunes. Le corps de Pierrot passa au-dessus de la rambarde et s'écrasa dans les rangs des premiers spectateurs incrédules. Encore vivant malgré le choc, le forcené se releva et au comble de l'horreur se mit à attaquer sans vergogne l'auditoire tétanisé. Un mouvement de foule commença à s'amorcer quand les gens tentèrent de fuir pour sauver leur propre vie. Il fallut l'intervention de plusieurs agents de la sécurité et de nombreuses balles de fusils d'assaut pour mettre un terme à l'existence de ce malheureux. Il va s'en dire que les spectateurs, qui n'avaient pas été touchés par cette tuerie, acclamèrent la survivante, scandant son nom dans tous les gradins.

Emma rejoignit la sortie en titubant, et s'écroula dans les bras de Nicolaï venu la chercher.

Elle ouvrit les yeux dans un lit confortable. Chul-Hei était en train de converser houleusement avec le trafiquant. De toute évidence, il n'était pas très heureux de voir sa camarade jouer sa vie à chaque combat. Emma se leva et posa les pieds sur le carrelage froid. Son organisme génétiquement modifié avait purgé toute trace des bactéries extraterrestres et son affreuse blessure était complétement cicatrisée. Cependant, elle avait une faim de loup.
- Qui peut m'apporter un petit déjeuner ? Je meurs d'envie de croquer dans un pain au chocolat et de m'empiffrer d'œufs au bacon grillé. Et n'oubliez pas une grande tasse de chocolat chaud.
Nicolaï regarda sa maitresse avec des yeux de merlans frits.
- Comment as-tu fais pour te remettre si vite ? Tu étais à l'article de la mort quand je t'ai récupérée.
- Inutile de lui demander, elle ne te répondra pas. C'est un secret qu'elle garde jalousement, répondit pour elle, l'asiatique. Ravi de te revoir parmi nous, ma belle. Je vais te chercher ton p'tit déj.

Après avoir avalé une formidable collation, elle se décida à aller prendre un peu l'air et visiter cette impressionnante structure. Une véritable ville avait été aménagée en sous-sol pour accueillir des spectateurs venus des quatre coins de la planète. Des boutiques, des bars, des restaurants et des hôtels côtoyaient des zones de détentes agréablement décorées de végétation et de jeux d'eau. Tout paraissait luxueux à l'image d'un formidable complexe commercial construit sous terre. Décidemment, seuls les Néphilim avaient pu mettre la main à la patte pour construire ce genre d'endroit. Mais quel était donc le but de tout ça. Même un prix de billet exorbitant n'aurait pu couvrir tant de dépenses. Il y avait bien quelque chose de louche là-dessous. Elle devait en apprendre plus.
Apparemment, les espaces les plus profonds étaient interdits d'accès et elle se retrouvait confrontée, soit à une porte sécurisée fermée, soit à un redoutable garde armé qui la renvoyait dans ses pénates.
Dans l'un des couloirs rutilant du complexe, Emma admira des vitrines abritant plusieurs reconstitutions de scènes de combat

antique. Le décor était tout simplement hallucinant. Des mannequins criant de vérité s'affrontaient dans des combats dantesques. Cela lui faisait penser au couloir de l'académie qui comportait ce type de spectacle. Mais là, les scènes étaient beaucoup plus grandioses et réalistes. Elle s'arrêta devant un templier en train de charger, épée à la main, un groupe de Sarrazins en plein désert.

- Cet ordre fut créé à l'occasion du concile de Troyes, ouvert le 13 janvier 1129. Il œuvra pendant les XIIe et XIIIe siècles à l'accompagnement et à la protection des pèlerins pour Jérusalem dans le contexte de la guerre sainte et des croisades. Ce chevalier de l'ordre des Templiers participa activement aux batailles qui eurent lieu lors des croisades et de la reconquête ibérique.

Emma se retourna pour se retrouver face à un grand homme massif au visage carré. Il possédait de longs cheveux et une barbe parfaitement entretenu.

- Vous parlez de lui comme si vous le connaissiez, remarqua Emma.

- Disons que l'ordre ne m'est pas inconnu mais je ne souhaite pas vous embêter avec toutes mes histoires. Vous êtes venue admirer le spectacle ?

- Oui, mon père est dans la finance et me sachant férue d'arts martiaux, il m'a offert un voyage mémorable, mentit la jeune femme.

- Il est vrai que l'on ne fait pas mieux en termes d'affrontements. Avez-vous suivi tous les spectacles et la compétition principale ? Quel est votre favori ? s'enquerra le grand brun.

- La Louve de Sibérie me parait une bonne compétitrice. Et qui plus est, c'est une femme sauvage redoutable, répondit avec fierté Emma.

-Oui, elle est arrivée en demi-finale. Demain, elle devra affronter l'un des quatre autres champions dans une des épreuves les plus dangereuses de la compétition.

-Vous connaissez les autres prétendants au titre ?

-Personnellement, non. Mais mes sources m'ont donné quelques informations. Il y a Perceval le Galois, un chevalier en armure qui devrait vous plaire. On parle également d'une bête fauve ayant l'apparence d'un loup. Je donnerai cher pour le voir se battre contre votre favorite. Le dernier s'appelle Kūkai et c'est un moine bouddhiste aux techniques spectaculaires venant tout droit du monastère Shaolin.

- Votre accent est anglais si je ne me trompe ?

Il lui tendit sa grosse main ressemblant à une enclume.

- Edern Dyfning, ravi de vous rencontrer Mademoiselle …

- Janice Harper, enchantée de faire votre connaissance Monsieur Dyfning. Et effectivement, je suis anglaise.

- Vous êtes une ravissante anglaise. Souhaiteriez-vous que je vous conte l'histoire de ce chevalier ?

Edern Dyfning se révéla être un formidable conteur. Devant chaque vitrine, il agrémenta le spectacle d'anecdotes historiques et de détails que seul un historien chevronné aurait pu connaitre. Sa connaissance de l'art de la guerre impressionna Emma. Malgré son physique d'homme des cavernes, Edern était une personne très cultivée. Ils passèrent une grande partie de la journée ensemble à échanger leur connaissance sur l'histoire mais Emma se montra quand même prudente dans ses propos. Pourtant, il fut réellement impressionné quand elle lui décrit avec force détails la bataille d'Hastings.

-Vous êtes douée Emma, on dirait presque que vous avez vécu ce mémorable affrontement, constata-t-il.

En fin de journée, un spectacle de combat motorisé avait été organisé dans l'arène. Plusieurs véhicules customisés à la Mad Max joutaient dans un terrible affrontement de stock car. A la fin du spectacle la jeune femme abandonna son hôte d'un jour prétextant une subite fatigue. Elle retrouva Chul-Hei dans les appartements mis à sa disposition.

- Je n'ai pas avancé d'un poil dans mon enquête. Il faut impérativement que nous réussissions à pénétrer dans le niveau le plus bas.

- Pendant que tu te la coulais douce avec ton nouvel ange gardien, j'ai bossé pour ma part. De toute évidence le quartier général des Rippers se trouve au dernier sous-sol. Pour y accéder, il faut montrer patte blanche. Il utilise une sorte de scanner rétinien doublé d'un analyseur d'ADN. C'est hyper technologique et je n'ai jamais vu ça sur terre, si ce n'est à Starburst.

- OK, y a-t-il un moyen d'entrer là-dedans ? demanda la fille.

- Ça ne va pas te plaire.

- Parle, c'est un ordre.

- Certains membres font entrer des prostitués. Si tu attires le regard d'un de ces types, tu pourras pénétrer là-dedans. Mais, tu connais le danger. Je ne pourrais plus rien pour toi ensuite
- Ok, tentons le coup. Il nous reste peu de temps.

Emma pénétra dans le bar. Il était impossible de ne pas la remarquer. Pour l'occasion, la jeune femme avait passé une longue perruque blonde comme les blés et mis en place des lentilles de contact bleu clair. Sa peau bronzée et son rouge à lèvre carmin contrastaient magnifiquement avec sa courte tunique moulante blanche. De hautes bottes en cuir blanc brillant nouées par des lacets noirs finissaient de la transformer en véritable bombe sexuelle.
Elle s'approcha d'une table occupée par plusieurs mafieux tatoués.
- L'un de vous pourrait-il m'offrir un verre, demanda-t-elle ?
- On peut t'offrir même plus que ça, ma jolie. Prends donc place à côté de moi, dit l'un d'eux.
Emma s'assit en mettant bien en valeur ses cuisses dénudées. Après plusieurs verres, elle fit semblant d'être saoule et laissa ouvertement les types la caresser.
- Et, doucement les mecs ! On ne pourrait pas trouver un coin plus tranquille. Vous n'avez pas une chambre.
- On peut virer tout le monde et faire ça là, ne t'inquiète pas.
- Non, emmenez-moi, quelque part ou personne ne pourra m'entendre crier quand vous me prendrez chacun votre tour ou tous en même temps.
- Ok, on descend avec elle les gars.
Ils quittèrent le bar et la conduisirent vers une des portes d'accès au secteur inférieur. Du coin de l'œil, elle aperçut Chul-Hei, embusqué dans le couloir derrière eux. Il suivit discrètement le groupe. Le passage de la sécurité ne posa aucun problème même si l'un des gardiens se montra fort zélé en effectuant une fouille corporelle des plus intimes. Emma serra les dents mais ne broncha pas. La porte coulissa et ils entrèrent à quatre dans l'ascenseur. Ils arrivèrent dans un couloir de service technique dont la décoration n'avait plus rien du tout de merveilleux.
- On est où là ? demanda Emma, feignant une ivresse avancée.
- Chez nous ma grande, t'inquiète pas quand on en aura fini avec toi, on te ramènera là-haut. Enfin si tu peux encore marcher.

Ils éclatèrent de rire. Après quelques minutes de marche, ils arrivèrent devant une porte d'appartement qui ressemblait plus à une cellule qu'à autre chose. La fausse prostituée fut poussée dans la pièce et les trois hommes la jetèrent sur une paillasse immonde. L'un d'eux désactiva une caméra de sécurité dans l'angle supérieur gauche.

- Pas besoin que les copains se rincent l'œil.

A peine la porte fut fermée qu'Emma entra en action. Elle balaya les jambes de l'un des sbires et une fois qu'il chuta lourdement au sol, elle lui asséna un violent coup de paume dans la trachée. Avant que les deux autres ne réagissent, la jolie prostituée se releva sur ses deux jambes d'un geste rapide du bassin et projeta son pied en direction du visage du Rippers le plus proche. Il tourna sur lui-même projetant par la bouche un long filet de sang qui vint repeindre le mur blanc d'une longue trainée rougeâtre. Le dernier tenta d'agripper la guerrière mais reçut à son tour un puissant coup de tête qui lui explosa le nez. Aveuglé par sa propre hémoglobine, il ne put esquiver la clef de bras qu'Emma lui administra. Ils chutèrent tous les deux et des bruits de craquements écœurant confirmèrent à l'assaillante que sa proie venait de se rompre les cervicales. Sans sourciller, elle acheva les deux autres en leur brisant la nuque. On l'avait formé à ça et elle le faisait plutôt bien surtout quand ses victimes étaient des violeurs et des assassins.

Elle prit un peu de temps pour nettoyer son forfait et remettre un peu de gloss et de mascara. Impossible d'entrer en contact avec son coéquipier. Un système de protection, que même son IAI ne pouvait contourner, bloquait les transmissions. Il était temps d'explorer les lieux. Aussi, elle quitta la chambre et verrouilla la porte derrière elle avant de s'enfoncer dans une coursive peu éclairée.

Nicolaï examina sa luxueuse montre Breitling. Il n'avait pas vu Emma depuis hier soir. Le combat allait bientôt commencer et elle n'avait toujours pas fait son apparition. Il priait secrètement pour que rien ne lui soit arrivé. Cette fille était épatante et elle n'avait rien d'une personne normale, pourtant il savait qu'elle pouvait se montrer fragile sous sa carapace d'acier. Il n'avait jamais voulu trop en savoir sur elle. Elle était sa chance de retrouver sa propre fille et il l'avait saisi au vol. Oui, il s'était amouraché d'Emma mais ce n'était pas un véritable amour. D'ailleurs, elle aussi le considérait comme un véritable ami. Mais où donc étaient-ils, elle et son coéquipier ?

L'onde mentale d'Emma capta un mouvement à proximité. Elle plongea derrière une caisse en métal et généra un écran holographique mental pour se dissimuler. Elle avait appris ça dans son cour d'infiltration fantôme. A sa grande surprise deux Néphilim apparurent dans le couloir. Ils étaient armés et ressemblaient exactement à ceux qui les avaient attaqués dans le désert. Les extraterrestres passèrent à côté d'elle sans lui porter la moindre attention.

Il était inutile d'en chercher d'avantage, elle avait suffisamment de preuves pour faire envoyer une escouade de la Shining Force ici pour nettoyer les lieux. Soudain, une alarme sonore se mit à retentir. Elle entendit des pas de courses dans le couloir. Son méfait devait avoir été découvert.

Un groupe de Néphilim et de Rippers foncèrent dans sa direction. L'un des horribles êtres grisâtres tendit un doigt en direction de sa cachette et sortit son arme énergétique. Sans demander son reste, la jeune femme quitta sa cachette et se mit à courir à l'opposé de la galerie. Des traits d'énergie et des balles s'écrasèrent contre le mur à quelques centimètres d'elle. L'infiltrée se mit à courir comme une petite folle priant pour ne pas croiser une autre patrouille.

- Je ne sais pas où je vais ? Je suis dans le pétrin, Hugo.

Elle pénétra dans une gigantesque salle qui contenait de nombreuses pompes titanesque. De l'eau immonde bouillonnait dans d'immenses bassins de traitement. Une odeur pestilentielle envahit ses narines. La jeune femme emprunta une passerelle qui enjambait l'un des bassins quand un Néphilim surgit à l'autre extrémité. Il était trop tard pour faire demi-tour. Déjà l'escouade poursuivante faisait son entrée dans la pièce. Elle se mit donc à courir dans sa direction, en criant, tout en dressant un champ de protection mental. Un premier rayon d'énergie désintégra sa maigre défense psychique. Le second l'atteint de plein fouet. Titubante, elle n'eut d'autre choix que de basculer dans le vide pour éviter le prochain rayon meurtrier. Plusieurs dizaines de mètres plus bas, son corps fût englouti par des eaux boueuses et elle disparut sous les flots agités. Hugo avait bloqué ses voies respiratoires et reprit le contrôle de ses organes. Il devait minimiser sa consommation d'oxygène. Le corps d'Emma fut entrainé au fond par une aspiration et elle pénétra dans un gros tuyau qui la catapulta dans un réseau souterrain d'égouts. Lorsqu'elle rouvrit les yeux après avoir perdu connaissance un temps inconnu, elle se retrouvait à barboter dans de l'eau croupie, puante et recouverte d'immondices de toutes sortes. En tout cas, elle avait échappé pour le moment à ses poursuivants.

- Merci mon petit Hugo, je te dois à nouveau la vie.

- N'oublie pas que nous sommes deux là-dedans. Quand je te sauve la vie, je le fais autant pour moi que pour toi. Foutons le camp d'ici veux-tu ?

Elle s'aida du faible éclairage de loupiottes crasseuses pour retrouver une échelle en métal rouillé qui grimpait et se perdait très haut dans les ténèbres. Sa blessure la faisait souffrir et elle n'avait plus d'énergie pour se régénérer. Elle dut s'y reprendre à plusieurs fois, manquant de glisser à chaque tentative d'ascension, pour parvenir enfin au sommet et soulever discrètement la bouche d'égout.

A sa grande surprise, elle se trouvait au milieu d'un jardin à proximité d'une fontaine. Il n'y avait personne aux alentours. De toute évidence, elle avait réussi à rejoindre l'un des étages du complexe ouvert aux visiteurs. Epuisée, elle se traina derrière une imitation de kiosque à journaux avant de s'affaler au sol, épuisée. Hugo déclencha un appel de détresse à l'attention de Chul-Hei.

Ce dernier parvint très rapidement sur les lieux pour porter secours à son amie inconsciente. Lorsqu'elle reprit connaissance, son regard fut attiré par des écrans de télévisions géants retransmettant les prémices d'un combat. Son combat.

- Putain, j'ai été dans le coltard combien de temps dans les égouts ?

Le présentateur en tunique de centurion s'adressa à la foule en liesse.

- Ce soir, vous allez trembler mes amis. Nous allons vous offrir un spectacle digne des dieux eux-mêmes. Le roi Minos a demandé à Dédale de lui construire un labyrinthe pour y enfermer à jamais le Minotaure. Tous les neuf ans, Égée, roi d'Athènes, est contraint de livrer sept garçons et sept filles au Minotaure afin qu'il puisse les dévorer. Thésée, fils d'Égée, fut volontaire pour aller dans le labyrinthe et tuer le monstre. Voyons si nos héros auront autant de chance que lui. Je vous invite à contempler le labyrinthe du Minotaure.

Le sol se mit à trembler et des pans entiers de murs en pierre surgirent du sable de l'arène pour constituer un grand labyrinthe. Au centre du dédale un promontoire apparut doucement à la surface. Une colossale créature au corps d'homme musclé et à la tête de taureau y était entravée par de lourdes chaines solidement fixées au sol. De la fumée s'échappaient de ses naseaux. Un imposant marteau de guerre reposait non loin de lui.
- Laissez-moi vous présenter notre premier héros. Il nous vient tout droit d'Angleterre, on dit même qu'il a tué un dragon. Voici Perceval le Galois.
Un guerrier revêtu d'un harnois complet de chevalier fit son apparition. La visière de son casque était baissée et il portait un lourd bouclier arborant la croix des templiers ainsi qu'une longue épée. N'importe qui aurait dû utiliser ses deux mains pour manier cet espadon mais le géant en armure semblait parfaitement s'en accommoder avec une seule des siennes. Il fit tourner la lame au-dessus de sa tête et planta la pointe profondément dans le sol devant lui, arrachant des cris d'extase du public.
- Quant à notre deuxième prétendant, il nous vient des steppes glacées du plus profond de la Russie. Tremblez devant la fureur de la louve de Sibérie.
La grille se souleva mais personne n'entra dans l'arène.
- La louve aurait-elle prit peur ?

Nicolaï avait fait tout son possible pour retrouver Emma mais sans succès. Il s'était résigné à rejoindre les vestiaires espérant que sa protégée viendrait mais apparemment quelque chose de grave lui était arrivé.
Le Minotaure beugla. Perceval récupéra son arme et frappa son bouclier pour galvaniser la foule.

Puis, une ombre se traina sur la lice. Emma fit son apparition en boitant. Elle dressa ses griffes de fer vers le ciel et se mit à hurler comme une louve.

Les deux lutteurs entrèrent dans le labyrinthe par un côté opposé l'un à l'autre. Les murs se refermèrent derrière eux puis les chaines du monstre se brisèrent. Ce dernier ramassa son arme et s'avança doucement vers le couloir qui lui faisait face.

C'est alors que plusieurs cages surgirent dans le labyrinthe. Elles renfermaient en tout et pour tout sept jeunes femmes et sept jeunes hommes partiellement dévêtus. Ils semblaient tous affolés et terrorisés. La foule fut un moment stupéfait mais la folie d'assister à des meurtres barbares s'empara d'elle comme elle l'avait fait des centaines de fois dans un lointain passé.

Le flanc brulé d'Emma la lançait douloureusement et même les analgésiques administrés par Hugo ne parvenaient plus à calmer sa douleur. Seule l'adrénaline lui permettait d'avancer dans ce labyrinthe mortel. Les cris atroces du premier supplicié découvert par le monstre lui confirmèrent que ce n'était pas un jeu mais bel et bien une boucherie.

Quelqu'un approchait de sa position en courant. Elle n'avait pas assez d'énergie pour faire appel à ses capacités psychiques mais ses sens aiguisés de loup ne la trompaient pas. Une fille couverte d'une tunique blanche en haillons apparut au détour d'un couloir. Elle aurait pu être une camarade de classe d'Emma. Dès que la jeune fille aperçut la louve, elle hurla et tenta de battre en retraire mais un pan de mur coulissa et lui bloqua toute chance de fuite. Le labyrinthe était mouvant. Aussi, elle se recroquevilla contre la cloison priant le seigneur pour sa sauvegarde. Quelqu'un d'autre s'immisça dans le dos de la louve. Elle se retourna et vit fondre sur elle, l'un des prisonniers. La guerrière se retrouva plaquée au sol alors que son assaillant tentait de refermer ses solides poignes autour de sa gorge. Elle commença à suffoquer et dut lui administrer un coup de genou dans l'entrejambe pour le faire lâcher prise. Alors qu'elle allait se relever pour se défendre, la pucelle juvénile pleurnicharde lui balança un coup de pied en plein visage. Heureusement, le masque en cuir amortit le choc. Elle roula sur le côté et s'aida du mur pour se relever. Les deux individus étaient face à elle. Ils semblaient sous l'emprise d'une drogue sévère inhibant partiellement la douleur. De toute évidence, ils savaient se battre et, à coup sûr, il s'agissait sans doute de membres d'une bande rivale aux Rippers qui allaient payer de leur vie. Emma écarta sa cape et tendit ses bras pour faire surgir ses griffes de métal. Ils chargèrent tous en même temps. Le choc n'arriva cependant jamais. Emma passa à la vitesse de l'éclair entre eux et continua à courrir sans se retourner. Les deux agresseurs tournèrent les talons et s'écroulèrent au sol dans une mare de sang, sans vie.

Plus le temps passait et moins elle entendait de cris. Une nouvelle prisonnière déboucha d'un angle en courant. Très jeune, elle semblait avoir la mort aux trousses. Quand elle se retrouva face à Emma, elle freina sa course et hésita. La bimbo fit crisser ses griffes sur les murs créant des étincelles tout en s'avançant vers la gamine. Elle n'allait quand même pas tuer une enfant. Se débarrasser de dangereux psychopathes gangsters, c'était une chose mais tuer une môme même légèrement dégénérée, s'en était une autre.

L'enfant décida de rebrousser chemin mais sa route fut bloquée par la masse énorme du monstrueux Minotaure qui apparut dans la galerie. Son gros marteau dégoulinait de sang et sa gueule était encore couverte des restes de son dernier festin. La fille hurla et tenta de se retourner pour filer vers Emma. La bête se précipita sur elle et la projeta contre une cloison à l'aide de son épaule. Il souleva ensuite sa lourde arme et l'abattit sur la tête de sa victime pour lui écrabouiller le corps dans d'horribles gerbes de sang, de chairs et d'os. La confrontation était inégale. Aussi, l'étudiante de Starburst décida de rebrousser chemin laissant l'individu se nourrir de sa dernière proie. Ses sens exacerbés ne lui étaient plus d'aucun secours dans ce labyrinthe changeant. Son odorat était brouillé par l'odeur alléchante du sang et son ouïe était trompée par les acclamations de la foule qui redoublaient à chaque atrocité commise.

Elle entendit cependant parfaitement les cliquetis de métal du guerrier en armure l'instant même où il pénétra dans le même couloir qu'elle. Son armure était tâchée de sang. Il remonta son bouclier et avança à pas lent, la pointe de son arme en avant. Le combat était inévitable, maintenant.

La Louve se mit à courir vers son adversaire pour prendre de l'élan. Alors que le guerrier allait la pourfendre, elle prit appui sur le bouclier et s'en servit comme d'un tremplin pour bondir au-dessus de lui. Elle profita de cette manœuvre pour lui administrer de puissants coups de griffes sur son casque.

Bien que sa technique fût irréprochable, elle n'avait même pas égratigné le métal de l'armure de son adversaire. L'étudiante de Starburst se mit alors à courir à l'opposé pour trouver une échappatoire mais elle se retrouva bien vite dans un nouveau cul de sac.

Tel un tank, le mastodonte se retourna lentement et se mit à battre les airs avec son épée. On ne l'y reprendrait pas à deux fois. L'homme d'acier se mit à marcher d'abord lentement puis ses enjambées se firent de plus en plus longues et espacée. Emporté par son élan et sa masse, il gagna en vitesse et bientôt, telle une moissonneuse-batteuse lancée à grande vitesse dans un tunnel, il fonçait vers sa victime pour l'écrabouiller.

Le chemin d'Emma était bloquée. Impossible de tenter de stopper le guerrier. Il fallait de nouveau trouver une astuce pour s'échapper. La télépathe tira une flèche mentale mais le trait fut pulvérisé par le casque, sans doute spécifiquement conçu pour éviter toute tentative de manipulation psychique. Son adversaire avait bien étudié les combats et les techniques de son adversaire.

Elle se retourna et évalua la possibilité d'escalader l'un des murs. Les cris de la foule galvanisée par l'imminente confrontation lui parvenaient légèrement brouillés. De toute évidence, quelque chose bloquait les ondes sonores. En ramassant vivement une poignée de sable et en la jetant en l'air, des étincelles crépitèrent au-dessus de sa tête. Un puissant champ d'énergie invisible avait été activé et faisait office de plafond.

Dans quelques secondes, Emma allait se retrouver écrasée contre la paroi. Il fallait agir maintenant ou jamais. Elle concentra toute l'énergie qui lui restait et frappa le mur à sa droite conjuguant sa force physique à une puissante lame de fond psionique. La paroi explosa et un nuage de poussières lassa apparaitre une large brèche. Sans demander son reste, la fille plongea par l'ouverture évitant la furie d'acier qui percuta le fond du couloir dans un vacarme assourdissant. En se retournant elle constata qu'une ombre venait de passer de l'autre côté de l'ouverture. Le minotaure gronda et se jeta sur le guerrier en armure qui lui tournait le dos. A l'aide de sa masse, il frappa lourdement le heaume du chevalier parvenant sans difficulté à le faire voler dans les airs.

Avec stupéfaction et malgré le sang qui coulait, la jeune femme put reconnaitre le visage d'Edern Dyfning. Déconcerté, elle plongea à nouveau par l'ouverture pour surprendre le minotaure en lui enfonçant ses griffes profondément dans le flanc. Le monstre beugla et se libéra de la douloureuse étreinte à l'aide d'un coup de coude particulièrement foudroyant visant le visage de son agresseur. Emma tomba au sol et dut perdre connaissance quelques instants. La puissance de calcul d'Hugo fut mise à rude épreuve pour analyser l'ensemble des données qui lui parvenait. Sa porteuse avait fait un arrêt cardiaque suite à une commotion cérébrale déclenchée par le choc brutal. Il lança une série de décharges électriques pour relancer le cœur et régula le flux sanguin pour permettre aux nanobots de cautériser les microlésions de son cerveau avant qu'il ne soit trop tard. L'IAI libéra également dans son corps de la gardoïne. Cette drogue très rare n'était normalement pas autorisée et encore moins distribuée aux élèves de Starburst. Cependant le professeur Brain, avait, à l'insu de tous, fait injecter cette substance à la jeune femme, en confiant à Hugo l'ordre de l'utiliser en dernier recours.

La gardoïne était récupérée sur la planète « Garda » par les intrépides Terrasseurs. La seule façon de s'en procurer était effectivement de trouver, chasser et tuer un Gardonon. Cette créature mystique, effrayante et redoutable vit à la fois dans le monde des esprits et le monde des vivants. Son sang mêlé à d'autres substances dont la recette est jalousement gardée par les Terrasseurs permettait de fabriquer la gardoïne, une drogue permettant à son consommateur de passer temporairement dans le monde des esprits.

Quand Emma rouvrit les yeux, elle avait un sévère mal de crane. Une chouette hululait au-dessus d'elle. Par quelle sorcellerie s'était-elle retrouvée dans une forêt de chênes biscornus ? Un épais tapis de brume recouvrait le sol. Il y avait quelque chose de rassurant et d'inquiétant dans ce lieu étrange qui semblait irréel. Soudain, une forme spectrale surgit de la brume et s'avança vers elle. Le fantôme de son ami Gary l'avait retrouvé.

- Il suffit que je te laisse quelques mois seule pour que tu te mettes dans une bien embarrassante situation, cheftaine, annonça l'esprit.

- Gary, est-ce bien toi ?

- Oui, c'est moi mais pas en chair et en os comme tu peux le voir. J'ai gardé un lien psychique avec toi grâce au don de sang de Fauvette, je pense. Il m'est alors possible d'interagir parfois avec le monde des vivants et toi en particulier. Cependant, aujourd'hui, c'est toi qui est venue dans le monde des esprits. C'est un lieu très dangereux pour les vivants. Tu pourrais y faire des rencontres fatales. Nous allons donc faire au plus vite.

Emma entendit un peu plus loin des bruits de pas et des grognements.

- Qu'est-ce que c'est ?

- Mieux vaut que tu ne le saches jamais, répondit Gary, légèrement inquiet. Je n'ai pas le pouvoir de te protéger d'eux. Ce sont les ripailleurs. Ils sont attirés par les intrus et ont pour mission de les débusquer et les dévorer. Les moins chanceux sont conduits à leur maitre Legba le gardien. Je vais te renvoyer dans le monde des vivants. Concentre-toi et laisse ici toutes tes souffrances physiques et mentales.

Alors que les bruits se rapprochaient dangereusement, Emma purgea son corps et son esprit. Des serpents fantomatiques surgirent alors d'elle et filèrent dans la forêt. Puis les monstruosités apparurent. Emma n'eut pas réellement le temps de les apercevoir car sa vision se brouilla soudainement et elle disparut laissant Gary seul. Ce dernier lui sourit avant de s'évaporer à son tour.

Les grognements furent remplacés par un beuglement. Elle était de nouveau dans l'arène labyrinthique. Son masque ensanglanté reposait à côté d'elle, sans doute arraché lors de l'attaque. Cependant, elle se sentait miraculeusement en pleine forme. Oui, ses capacités étaient optimales. Plus de douleurs, plus d'épuisement, plus de tourments.

- Bienvenu dans le monde des vivants, j'ai cru un moment qu'on t'avait perdue, lui dit Hugo.

Emma perçut un mouvement sur sa gauche. Elle baissa la tête et évita la frappe puissante du minotaure. Son marteau rencontra le mur où se tenait la jeune fille un instant avant. Non loin de là, gisait au sol, le templier. Du sang s'écoulait d'une jointure endommagée de sa cuirasse.

Il fallait maintenant passer à l'action. Elle se mit à bondir et vola littéralement en direction du monstre. A chaque passage, elle esquivait habilement le poing ou l'arme de la lourde créature tout en lui assénant de pervers coups avec ses griffes de métal.

Pourtant, sa hardiesse au combat lui joua des tours car être en pleine possession de ses moyens ne signifiait pas être invulnérable. Lors d'une de ses passes d'arme, son adversaire à tête de taureau parvint à la saisir à la gorge. Il la souleva sans difficulté et commença à écraser sa trachée, laissant échapper de longs filets de bave de sa gueule puante. Les pieds d'Emma battaient l'air et elle suffoquait puis ses yeux se voilèrent. Elle entendit un cri de guerre et l'air parvint enfin à s'infiltrer jusqu'à ses poumons. En retombant au sol, elle vit qu'Edern s'était trainé dans le dos du minotaure et l'avait transpercé avec son espadon. L'homme bête s'écroula dans le sable, beugla une dernière fois et mourut dans des gargouillis de sang. Le chevalier en armure s'effondra à son tour. La jeune femme accourut à ses côtés. Son visage était couvert de sang et il se mit à tousser crachant encore plus d'hémoglobine.

- C'était donc toi, la louve de Sibérie. Qui l'eût cru ? Une frêle et jolie jeune femme comme toi. Ma vie touche à sa fin. Je vais rejoindre mes ancêtres. Apporte-moi mon épée.

Emma retira la grosse lame du corps de la monstruosité et tendit la garde au chevalier. Il sera la lame dans ses mains.

- Que Dieu te vienne en aide, Louve de Sibérie, cria-t-il en regardant la fille droit dans les yeux.

La tête d'Edern retomba sur le côté sans vie.

Emma serra les dents refoulant ses larmes. Elle n'avait connu Edern qu'une simple journée mais de toute évidence elle ne l'oublierait jamais.

- La finale va t'opposer à Kūkai qui à terrasser sans grande difficulté ses précédents adversaires, expliqua Nicolaï. On ne sait pas grand-chose de lui, si ce n'est qu'il a l'apparence d'un enfant moine bouddhiste. Cela semble extraordinaire mais ses capacités mentales sont telles qu'il terrasse ses ennemis rien qu'en les regardant. Il va falloir te préparer mentalement et agir rapidement.

- As-tu trouvé des informations complémentaires ? demanda Emma à Chul-Hei, en espérant qu'il ait pu accéder à des données confidentielles dans les archives de l'école.

Chul-Hei tira le bras de sa chef et l'entraina à l'écart.

- J'ai fouiné un peu partout sans rien trouver, puis je me suis dit que ce bon vieux Louis XIV me devait un petit service.

- Louis XIV, comme le roi de France ? s'interloqua Emma.

- C'est le nom de code d'un ami hacker en troisième année. Il a lancé ses « spyers » sur l'intranet de la fac et m'a trouvé un dossier complet sur ce Kūkai. Ecoute et prends des notes. Ce gamin n'a rien d'un enfant ordinaire. Ce n'est autre qu'un extraterrestre de la race des kshatriya. Ils se sont implantés en tout petit nombre sur terre vers 420 av J.C alors que l'alliance galactique était au plus mal. On leur doit le développement de la religion bouddhiste. Ils ne sont pas faits de chairs et de sang comme nous mais d'une recombinaison d'atomes les rendant invisibles à nos yeux. Ainsi, ils ont la capacité d'habiter les corps humains à la manière des Néphilim pour vivre parmi nous en toute sérénité. C'est une race pacifique tournée vers l'étude, le savoir et la méditation. De toute évidence les kshatriya ne portent pas dans leur cœur Apophis et ses alliés qui ont tentés d'exterminer cette race suite à leur refus de participer à une alliance. Ils prônent cependant la neutralité. Je ne serai pas surpris que Kūkai ait été entrainé avec le même objectif que toi : rencontrer le serpent et le tuer.

- Comment faire pour le vaincre ? A-t-il un défaut ? demanda Emma.

- Tu vas devoir mettre en pratique les leçons du professeur Brain et dresser une infranchissable barrière psychique. De toute évidence, ses pouvoirs ne sont que psioniques. Si tu l'approches suffisamment près, tu pourras terrasser son habitacle physique et remporter le combat. Il n'aura plus qu'à s'inscrire l'année prochaine... .

- Pour cela, il va falloir que je survive suffisamment longtemps, railla la jeune femme.

- C'est là où j'interviens. Les kshatriya sont fascinés par certaines ondes sonores qui ont un effet hypnotique sur eux. Une sorte de drogue, en fait ! Ça les met dans un état systématique de transe. Ces

ondes sont générées par les résonnances de certains grands gongs des temples bouddhistes. J'ai récupéré un enregistrement utraHD de ses ondes qu'il me suffira de diffuser par les haut-parleurs de l'installation lors du combat à un moment propice.
- J'espère que tu vois juste, railla, Emma.

Emma glissa le long d'un tronc d'arbre couché et manqua de trébucher. La finale ressemblait plus à une chasse à l'homme qu'à un combat de gladiateurs. On l'avait lâché au petit matin en pleine forêt sans aucune consigne. Pour le moment, elle essayait d'échapper à un groupe de rabatteurs armés dont l'objectif était sans aucun doute de la harceler pour l'affaiblir. En sueur, la jeune femme se hissa à l'aide d'une liane sur les hauteurs d'un arbre et laissa passer les quatre soldats en treillis. Un petit disque flottait non loin d'elle et filmait tout le spectacle.
Chul-Hei dans les tribunes ne manquait aucune miette du spectacle retransmis en direct et en trois dimensions dans l'arène. La mise en scène était incroyable. Il laissa Nicolaï ronger son frein et rejoignit les coulisses. Trouver le point de contact ne serait pas difficile mais ensuite il devrait laisser faire son IAI pour tenter d'établir la connexion et contourner les pare-feux. Cela pourrait prendre un certain temps et chaque minute perdue pouvaient être fatale pour sa coéquipière.

Emma se fraya un chemin à travers la végétation luxuriante à l'aide de ses griffes. Sa dernière rencontre avec l'un des groupes de chasseurs avait tourné court. Sa cuisse gauche portait encore la profonde estafilade d'un violent coup de machette. Heureusement, l'artère fémorale n'avait pas été touchée. Grâce à ses cours de survie à Starburst, elle avait improvisée un bandage avec des feuilles. Dans la jungle, il ne fallait pas se tromper mais son IAI était bien plus efficace que n'importe quel guide indigène. De plus, Hugo s'occupait de lui inoculer un mélange médicamenteux pour accélérer sa cicatrisation et inhiber la douleur. Elle quitta l'épais manteau de végétation pour pénétrer sur le lit presque asséché d'une rivière. La remontée fut laborieuse mais au moins, elle pouvait voir où elle mettait les pieds. De grosses pierres lui permettaient de se dissimulait facilement. Finalement, elle parvint sur un plateau rocailleux. D'ici, sa vision de la zone serait plus stratégique. Un petit lac d'eau clair déversait ses eaux dans l'étroite rivière en contrebas par l'intermédiaire d'une mince cascade. L'étudiante en profita pour assécher sa soif et s'asperger d'eau tout en restant sur le qui-vive. Les dangers pouvaient provenir de ses adversaires tout aussi surement que de la faune locale. Pour le moment, elle avait échappé aux morsures de serpents et aux griffes acérées des fauves. Il n'était pas question de se faire dévorer par un crocodile.

- J'ai purifié l'eau que tu viens d'ingurgiter comme une gloutonne. Elle était pleine de bactéries, expliqua Hugo.

- Merci, mon grand, je ne sais pas comment j'ai fait pour vivre sans toi.

Elle entendit du bruit venant de la lisière de la forêt vierge. Apparemment, qui que ce soit, ça n'avait pas l'intention d'être discret. La fille s'immergea rapidement dans le lac et se dissimula à proximité des plantes aquatiques du rivage. Un quatuor de mercenaires surgit des broussailles. Leurs traits asiatiques montraient qu'ils avaient été vraisemblablement recrutés localement et qu'ils ne semblaient aucunement dérangés par la chaleur et la moiteur environnante.

Puis l'attaque se produit soudainement. L'un des militaires se prit la tête entre les mains et commença à hurler avant de s'agenouiller pour se frapper le crane contre la roche. Il continua son automutilation devant le regard effaré de ses collègues. Finalement, le dément s'écroula dans une mare de sang. L'un des soldats leva son arme d'assaut et ouvrit le feu sur ses collègues. Il les faucha avant même qu'ils puissent réagir. L'un d'eux vient s'étaler dans l'eau à proximité immédiate de la cachette d'Emma. Le sang se mêla à la vase offrant à la brunette un bain qu'elle aurait, par-dessus tout, bien voulu éviter. Incrédule devant le massacre qu'il venait de commettre, le tireur effrayé, se vit lutter pour tenter de repousser sa propre arme qui se retournait contre lui. Incapable d'y parvenir, il hurla, agrippant avec sa main gauche, sa main droite désobéissante qui tenait le fusil. Puis la détonation eut raison de ses cris et il chuta à son tour une balle en pleine tête tirée par lui-même à bout portant. La jeune anglaise resta dissimulée un long moment. Immédiatement, elle avait dressé une barrière psychique dissimulatrice pour éviter toute détection mentale. Mieux valait jouer la discrétion que la confrontation. Elle emmagasinait depuis plusieurs heures de l'énergie psionique pour être capable de dresser une protection adéquate le moment venu.

C'est alors qu'un enfant s'approcha des cadavres. Maigrichon, il avait l'apparence d'un moine bouddhiste vêtu uniquement d'une toge orange du plus simple apparat. Aucunement gêné par cette scène morbide, il apparaissait serein et décontracté. Son visage se tourna vers Emma, dissimulée entre les plantes.

- Tu peux sortir de l'eau. Personne ne viendra plus nous déranger, dit-il avec une voix apaisante.

Emma obtempéra. Lorsqu'elle fit irruption hors de l'eau, sa protection était en place. Seuls quelques discrets disques flottants venaient perturber leur future confrontation.

- Bonjour, Kūkai.

- La louve de Sibérie. On dit beaucoup de choses sur toi. Je me demande ce qui est vrai et ce qui ne l'est pas.

Emma sentit une insidieuse et discrète onde tenter d'approcher ses défenses. De toute évidence, l'extraterrestre avait souhaité en savoir un peu plus sur elle mais il s'était rendu vite compte que la jeunette n'était pas aussi dépourvue que ça de protection psychique.

- Je me doutais bien que pour en arriver à ce stade, tu n'étais pas qu'une simple combattante. Voyons ce que tu vaux exactement, annonça-t-il, imperturbable.

Un second trait fut lâché plus violemment et alla s'écraser sur la muraille dressée par la terrienne. Puis d'autres suivirent toujours plus précis et plus puissants amenuisant petit à petit la forteresse invisible de son esprit.

Emma ne trouvait pas une seconde de répit pour pouvoir tenter une contre-attaque. Toute son énergie était accaparée à dresser ses défenses mentales. Puis les attaques s'arrêtèrent brutalement. L'arme… l'arme du soldat reposait à quelques mètres d'elle. Peut-être aurait-elle le temps de l'agripper et de tirer ?

- Ta technique de défense est classique mais ton professeur a bien travaillé. Nous allons passer à la vitesse supérieure si tu le veux bien.

- Brain, c'est le professeur Brain, dit-elle sans trop réfléchir.

Le kshatriya sembla un court instant déstabilisé avant de reprendre son attitude débonnaire. Il savait maintenant que son adversaire connaissait vraisemblablement ses origines.

La deuxième vague fut redoutable. Il ne laisserait pas la gamine se mettre entre lui et le serpent. Emma fut projetée dans l'eau sous l'impact de l'onde. Sa muraille se fendilla et bientôt de multiples flèches l'assaillirent de toute part. Puis tout se mit à trembler autour d'elle. L'eau se mit à bouillonner et à s'évaporer, la roche s'effrita et les végétaux se rabougrirent avant de s'enflammer.

Plonger au cœur d'une fournaise, la louve vit ses vêtements se consumer sur sa peau. Elle-même commençait à bruler. Elle dut déploya toute l'énergie emmagasinée depuis le début de la journée pour s'isoler de cet enfer. Le feu s'estompa aussi vite qu'il était arrivé. A bout de force, elle s'écroula au sol à moitié nue. Plusieurs traits avaient percé sa carapace et le kshatriya avait pu récupérer un certain nombre d'informations.

- Ton combat est terminé, il est noble mais tu n'as pas les capacités pour le mener à bien. Repose en paix avec les tiens, terrienne. Je vais m'occuper du serpent une bonne fois pour toute.

Emma pressa sur la détente et le fusil automatique cracha une volée meurtrière de plombs en direction de l'enfant. A sa grande surprise les balles ricochèrent sur un bouclier invisible réduisant à néant son dernier espoir de l'emporter.

- Beau baroud d'honneur. Le spectacle est terminé. Ne résiste pas. Plus tu résisteras et plus ça sera douloureux.

Il regarda de façon intensive la fille couchée au sol pour mieux la voir se tordre de douleur en prenant des positions grotesques qu'un corps humain normal n'aurait normalement pas pu prendre.

Soudain, quelque chose retentit au loin. L'onde sonore parvint aux oreilles de Kūkai. Il relâcha un instant son étreinte passablement perturbé par l'arrivée inopinée de cet agréable son. De toute façon la fille était maintenant inconsciente avec une grande partie de ses membres déboités. Une nouvelle note chatouilla agréablement ses tympans. Il savait intérieurement que ce ne pouvait être qu'un piège mais après tout qu'avait-il à craindre de se prélasser un instant en écoutant cette douce mélodie.

Emma ouvrit les yeux. Elle ne pouvait plus bouger ses bras, ni ses jambes. Pourtant elle ne ressentait aucune douleur.

- Tu as été littéralement démembrée. Heureusement, aucun os n'est cassé mais tu as de nombreux muscles déchirés. J'ai activé la régénération cellulaire mais il est temps de prendre une pilule du Professeur Brain, proposa Hugo.

Emma mordit violemment sa dent creuse et inhala le produit qui s'en échappa. Cette idée saugrenue de Banguisa se révélait finalement extrêmement efficace. La puissante drogue inonda instantanément tout son corps. Ses os se consolidèrent et ses chairs meurtries cicatrisèrent.

Kūkai se tenait non loin d'elle dans un étrange état contemplatif. D'un geste vif et rapide, la louve de Sibérie bondit vers sa proie. Ses griffes frappèrent l'enfant et lacérèrent son torse manquant de le découper en deux. Cette attaque meurtrière aurait dû avoir raison de n'importe qui mais le kshatriya n'était justement pas n'importe qui. L'enfant tituba et tomba sur les genoux en se tenant le ventre dégoulinant de sang. Il redressa sa tête rasée et sourit à Emma. Puis une redoutable attaque mentale paralysa la guerrière. Malgré les facultés fabuleuses apportées par la neurotoxine, Emma fut contrainte à son tour de reculer en titubant. Elle ne parvenait pas à se libérer de cette étreinte qui lui compressait la tête aussi surement qu'un étau. Ses yeux se voilèrent. Kūkai se redressa et s'approcha d'Emma. Il fallait en finir maintenant. Il se pencha sur elle et leva son bras. Ses ongles s'allongèrent pour devenir des griffes difformes. Puisqu'il ne l'avait pas tué avec ses pouvoirs mentaux, il la terrasserait au corps à corps. Il répugnait d'en finir comme ça mais ses forces s'amenuisaient également depuis l'horrible blessure qu'il avait encaissée. Alors qu'il armait son bras assassin pour l'abattre comme l'aurait fait un bourreau avec sa hache, quelque chose immobilisa son geste. Des sortes de filaments pratiquement invisibles enserraient sa poigne. Ce court moment d'incrédulité fut le moment opportun qui permit à l'étudiante de Starburst de reprendre le contrôle de son esprit. D'un mouvement circulaire, elle trancha la carotide du moine répandant une giclée de sang sur le sol rocailleux. L'extraterrestre abasourdi s'écroula au sol en émettant des gargouillis atroces. Il tremblota et s'immobilisa définitivement. Țepeș regagna immédiatement la pénombre du sous-bois. Son intervention discrète, à un moment propice avait changé le cours du combat. Personne, pas même les spectateurs, n'avaient pu remarquer ses invisibles filins. Mais les consignes de son employeur étaient claires. Surveiller et protéger Emma Hasting. La passion guerrière de l'étudiante lui avait considérablement compliqué la tâche.

Emma se tenait au centre de l'arène. Resplendissante de beauté, personne n'aurait pu imaginer qu'une heure avant, elle était à l'article de la mort. La technologie extraterrestre utilisée par la secte associée à ses propres capacités l'avait complètement soignée. Cependant le choc en retour encaissé par la prise des drogues du professeur Brain était encore bien présent. Inutile de pouvoir faire appel à ses capacités avant un certain temps. Pourtant, le moment ultime se profilait à l'horizon. Elle allait enfin être confrontée au chef du gang des Rippers.

La foule en délire applaudissait à tout rompre. Il est vrai que le spectacle avait été brillant et parfaitement orchestré. Nicolaï et Chul-Hei se tenaient non loin d'elle. Une voix se fit entendre par les haut-parleurs tridimensionnels de l'installation.

- Mesdames et Messieurs, le tournoi est terminé. Je vous présente le vainqueur. Vous la connaissez sous le mystérieux nom de la Louve de Sibérie. Le trophée tant mérité et tant convoité va être remis par votre hôte, le puissant SNAKE en personne.

Un rayon de lumière perça la voute nuageuse et une forme humanoïde descendit lentement vers le sol de l'arène. La mise en scène était parfaite et laissa bouche-bée les spectateurs. Puis la lumière s'éteignit brusquement.

Un homme à tête de serpent vêtu d'une armure antique en bronze se tenait debout sur le sable qui avait vu couler tant de sang. Emma remarqua un halo flou autour de lui. De toute évidence, il disposait d'un bouclier de protection énergétique. L'affaire n'allait pas être si facile. L'homme-reptile avança en direction d'Emma sans prêter attention à la foule.

- Je ne pensais pas te revoir de sitôt, Hasting. Je garde encore la trace de notre dernière rencontre dans le désert Egyptien.

Sa voix sifflotante était grave et mélodieuse, presque hypnotisante.

-Je me doutais bien qu'Apophis en personne avait des choses bien plus importantes à traiter que venir remettre un trophée à une terrienne sans importance, répondit Emma. Que vas-tu faire maintenant ? Dois-je de nouveau me métamorphoser en lionne et te dévorer cette fois-ci ?

- Détrompe-toi, jeune humaine. Je ne suis pas ton ennemi. Même si effectivement, mon dieu et maitre, n'a que faire actuellement de nos affaires, je suis son représentant sur cette planète.

- Ta dernière information a bien failli me couter la vie.

- Quoi qu'il en soit, tu es vivante et grâce à mes dires tu as pu en apprendre un peu plus sur ton ancêtre. Mes paroles n'étaient pas que mensonge. Apophis n'est ni le pantin de Paradis, ni un serviteur des enfers. Nous sommes la troisième force. Mais venons-en au fait. Pourquoi es-tu ici ? Pensais-tu vraiment rencontrer notre divinité ?

- Oui et j'aurais bien aimé mettre la main dessus pour m'en débarrasser une bonne fois pour toute comme l'aurait fait Bastet, cracha Emma.

La créature se tourna finalement vers la foule. Sa voix puissante, amplifiée par la technologie, raisonna dans tout le stadium.

- Comme le veut la tradition, moi SNAKE, grand maître des Rippers, vais exaucer le vœu de notre vainqueur. Parle Louve de Sibérie ? Que veux-tu ?

Cette question troubla Emma. Impensable d'attaquer maintenant devant tout le monde. Il y avait trop de gardes armés et le bouclier d'énergie assurait une protection efficace qu'elle ne pourrait pas contourner sans ses capacités mentales. Son regard croisa celui implorant de Nicolaï en retrait.

- Je souhaite que tu rendes à son père ici présent sa fille Natacha qui lui a été enlevée.

Cette réponse stupéfia l'assemblée.

- La Louve de Sibérie serait donc une paladine au service d'une noble cause. Comme c'est touchant. Soit, ce vœu, je peux l'exaucer mais j'ai bien peur que tu regrettes à terme cette surprenante requête.

Il ricana et siffla pour montrer son malsain plaisir. D'une main écailleuse, il dégaina un cimeterre courbé étincelant de pierres précieuses, accroché à sa ceinture.

- Voici ton trophée. Cette arme ancestrale a été forgée par les meilleurs maitres forgerons de l'Ancien temps. Notre dieu en personne lui a octroyé des pouvoirs divins.

Il pointa la lame en direction d'un groupe de spectateurs et un rayon d'énergie lumineux jaillit de l'arme pour frapper les tribunes, brulant et consumant les cibles atteintes.

La foule paniqua un moment mais les hurlements furent bientôt remplacés par une clameur d'hystérie. Le spectacle morbide continuait.

Il lança l'arme à Emma qui la rattrapa en plein vol.

- Inutile de la retourner vers moi, les condensateurs sont déchargés. Allons régler nos problèmes dans un endroit plus tranquille.

Des rayons de lumières réapparurent pour englober le petit groupe et les faire léviter dans le ciel.

Ils se retrouvèrent rapidement à l'intérieur d'une navette Néphilim qui fila en direction d'une destination inconnue. Un groupe de Néphilim armés les réceptionna dans la soute. Manu-militari, les membres de chaque prisonnier furent entravés à l'aide de bracelets aimantés anéantissant toute tentative de résistance. Emma ne broncha pas.

- Ne m'en voulez pas, mais ma confiance en vous est toute relative. Inutile d'utiliser vos capteurs incorporés à vos IAI, nos brouilleurs les ont désactivés, annonça Snake.

- Où sommes-nous et qui sont ces étranges types ? demanda Nicolaï, surpris par toute cette débauche d'effets spéciaux tout droit sorti d'un film de science-fiction.

- C'est trop long à t'expliquer mais ne t'inquiète pas, tenta de le rassurer Chul-Hei.

Quelques minutes plus tard, l'appareil se posa au sol. Ils pouvaient être n'importe où sur terre étant donnée la vitesse incroyable de ces engins extraterrestres. La rampe s'abaissa dévoilant l'intérieur d'un grand hangar souterrain creusé à même la roche. Les murs de couleur noire étaient sans doute faits de basalte. De la buée s'échappa de la bouche des prisonniers et ils frissonnèrent de froid. Le groupe traversa un couloir obscur sous bonne garde sans rencontrer âme qui vive et ils parvinrent rapidement dans une grande salle ou plutôt un étrange temple. Plusieurs colonnes noires et mates reliaient le sol au plafond à la manière des lieux de culte de l'Egypte antique. Pourtant la haute voute accueillait de larges globes lumineux diffusant une pale lumière verdâtre qui créait des ombres inquiétantes. La chaleur ici était étouffante et contrastait étrangement avec l'ambiance du hangar. Plusieurs gigantesques statues avaient été sculptées dans les murs. Elles représentaient toutes un homme à tête de cobra, la personnification d'Apophis.

Un groupe d'une trentaine d'individus portant de longues tuniques blanches psalmodiait un étrange quantique dans une langue gutturale inconnue. L'origine de la chaleur provenait d'un torrent de lave craché par l'immense gueule en pierre d'un dragon sculpté. Le magma en fusion se déversait telle une cascade dans une profonde cuvette avant de disparaitre dans les profondeurs de la terre par un trou béant.

Snake fit signe à l'une des adeptes d'approcher. Une adolescente, vêtue de sa fine tunique blanche, avança à pas lents vers le groupe, accompagnée d'un jeune homme. Ses paupières avaient été habilement recouvertes de khôl pour rendre son regard bleuté plus profond. Un rouge à lèvres violet décorait de façon inquiétante sa fine bouche. On pouvait deviner le contour de son corps mince à travers la fine étoffe. Malgré son jeune âge, elle ne devait pas avoir plus de seize ans, sa poitrine avait déjà pris de jolies formes et tendait le coton blanc sur sa poitrine. Sa longue chevelure blonde, tenue par un diadème doré représentant la tête d'un cobra en colère, brillait intensément à la lueur de la roche en fusion.

- Nat, Natacha, c'est toi, demanda, les larmes aux yeux, Nicolaï.

La gamine ne répondit pas, ignorant simplement les paroles de cet étranger. Il tenta de s'approcher mais l'un des gardiens lui asséna un violent coup dans le dos qui l'envoya rouler au sol.

- Voici, celle que vous m'avez demandée, dit l'homme serpent.

Il ricana.

J'ai bien peur qu'elle ne soit définitivement devenue l'une de nos plus vénérées prêtresses d'Apophis.

- Dis-moi, mon enfant qui sers-tu ?

- Toi, seigneur et notre dieu vivant Apophis, répondit l'adolescente avec une voix embrumée mais néanmoins envoutante.

- Admirez la toute-puissance d'Apophis, ajouta Snake.

Il fit un geste en direction d'une autre prêtresse.

-Va ma fille, Va, il est temps pour toi de rejoindre notre dieu dans les profondeurs de la terre.

Sous les regards horrifiés des terriens, la femme sauta dans le vide et plongea sans crier dans la lave pour disparaitre en flamme dans la fournaise.

Il se retourna vers la fille de Nicolaï.

- Offre le baisé du serpent à ton disciple, ma fille.

- Oui, maître.

Elle s'approcha calmement de l'acolyte et s'agenouilla devant lui. Natacha fit passer ses mains agiles, dont les poignets était enserrés dans des bracelets en or serpentant jusqu'à ses coudes, sous la tunique du garçon.

Nicolaï ne put supporter cette vision d'horreur. Il se mit à crier et à hurler en se débattant comme un diable. Emma et Chul-Hei décidèrent en concert d'entrer en action en s'élançant vers leurs gardiens. Cependant, leurs entraves se mirent à grésiller générant dans leur corps une onde électrique tétanisant leurs muscles et matant durablement leur futile tentative de rébellion.

Natacha, nullement dérangée par ce vacarme, était déjà en train de jouer avec son trophée, le dégustant comme si c'était une sucrerie. Son regard hypnotisant ne lâchait pas les yeux du disciple médusé jusqu'à l'arrivé soudaine de sa jouissance. Puis, d'un geste vif, elle sortit une petite dague courbe dissimulée sur son poignet et trancha le membre de l'homme. Le sang gicla, inondant son visage et son cou. La victime s'effondra en hurlant avant de décéder rapidement dans une mare d'hémoglobine. Natacha se releva avec un regard vicieux dans les yeux. Sa poitrine se soulevait au rythme de sa respiration haletante provoquée par l'excitation de son atroce assassinat. Elle se lécha les lèvres pour gouter avec délectation au mélange de sang et de semence humaine, tenant toujours dans une main son arme et dans l'autre son morbide trophée.

- Parfait mon enfant, va maintenant embrasser ton géniteur.

Natacha s'approcha de Nicolaï. Ce dernier, malgré son vécu, était sous le choc.

- Qu'ont-ils fait de toi ? Ils t'ont transformé en monstre inhumain ? Ma fille est morte, susurra-t-il entre ses dents.

- Embrasse-moi papa, dit-elle avec un large sourire sur les lèvres.

Elle attrapa la tête de son père et posa avec vigueur ses lèvres sur les siennes. Nicolaï tenta de se débattre mais en vain. L'enfant semblait douée d'une force surhumaine. Puis des boursoufflures apparurent sur la peau de l'homme. Emma se mit à hurler et à pleurer. Lentement la peau de Nicolaï se gonfla pour finalement exploser laissant un liquide verdâtre s'écouler des plaies béantes. Natacha relâcha son emprise dévoilant à tous ses crochets perlant de venin. Elle repoussa le corps à l'agonie de son père pour le laisser mourir dans d'atroces convulsions. Emma et Chul-Hei étaient abasourdis, choqués par l'horreur qui venait de se commettre sous leurs yeux. Les lumières se tinrent en bleu et la bouche du dragon se referma lentement bloquant le passage à la lave en fusion. La grande cuvette aux parois parfaitement lisses se vida rapidement dévoilant un escalier qui descendait vers l'ouverture béante creusée au fond. Une projection holographique apparut alors au centre du gouffre représentant en trois dimensions un homme musclé en simple pagne portant pour unique apparat un masque en or ayant la forme d'une tête de naja au regard étincelant. Tous les disciples se prosternèrent à l'unisson face à cette apparition monstrueuse. Même Snake, inclina largement son buste devant son maître Apophis. Ce dernier frappa le sol avec son sceptre provocant un bruit tonitruant qui paralysa d'effroi l'assemblée. Emma ressentit un profond malaise en portant le regard sur cette envoutante abomination. Elle pouvait ressentir à travers la représentation toute la force et la puissance incommensurable du dieu. Pourtant, bon nombre de mortels serait devenu fou en contemplant son image.

- Mon seigneur et maître, c'est un honneur de vous voir ici, siffla Snake avec révérence.

- Tu emmèneras personnellement la femme sur Aclamédia, j'ai pris mes dispositions pour qu'elle puisse être présenté aux Akashi.

- Aclamédia…, répéta embarrassé le serviteur.

Snake voulait certainement ajouter quelque chose mais sa longue expérience lui avait appris à ne pas poser de questions et surtout à ne pas contredire son dieu.

- Il en sera fait selon votre volonté, Apophis.

L'apparition disparut aussi brutalement qu'elle était arrivée.

- Il faut croire que mon maître te destine à quelque chose de plus cruel qu'une simple mort. Je ne te pensais pas si importante à ses yeux, déclara l'homme-serpent en regardant Emma toujours sous le choc.

Ils relevèrent les deux prisonniers et tentèrent de leur faire quitter la salle quand quelqu'un surgit de derrière une colonne. Emma reconnut de suite l'étrange individu qu'elle avait rencontré au casino. Que faisait-il ici et comment est-il parvenu à les suivre ?

Țepeș avança vers les gardes tout en évitant habilement le tir de leur laser. Il se mouvait avec célérité et de façon totalement inhumaine laissant un brouillard d'ombres derrière lui. Quand il parvint au premier Néphilim, il le démembra sans grande difficulté. Snake appela des renforts et attrapa la tignasse d'Emma, il lui souffla au visage une bouffée de gaz incapacitant et la tira par les cheveux afin de l'entrainer derrière lui par un passage transverse. Chul-Hei en profita pour rouler sur le sol et basculer dans le gouffre pour se laisser glisser le long de la pente de la cuvette. Les gardes étaient trop accaparés pour déclencher le système d'inhibition de ses menottes.

Snake entendait le combat faire rage dans son dos. Il connaissait ce satané tueur car il avait déjà été confronté à lui par le passé. La menace que représentait Țepeș était considérable et il n'était pas de taille à l'affronter seul. Il traina le corps inanimé de la fille sur plusieurs centaines de mètres et parvint enfin au hangar à navettes. Son vaisseau personnel l'attendait prêt à décoller.

Țepeș déboucha par la coursive où le serpent et sa captive étaient passés l'instant d'avant. Hélas, il était déjà trop tard. Une escouade complète de Néphilim lui bloquait la route et une longue navette effilée et brillante comme de l'or s'élançait déjà sur la piste d'envol. Il hurla et se jeta dans la mêlée en tournoyant pour mieux éviscérer, décapiter et démembrer. Plusieurs lasers l'avaient déjà blessé et le vampire ne devait pas abuser de sa résistance physique. Il dissocia ses atomes et se vaporisa en une brume cotonneuse pour mieux disparaitre.

Chul-Hei courrait comme en fou dans le conduit en pente douce que la lave avait emprunté. Derrière lui, il pouvait deviner qu'un certain nombre de poursuivants était à sa recherche. Par chance, il avait trouvé une mare de lave et en avait profité pour faire fondre ses menottes. Cela lui avait couté d'horribles brulures mais au moins il ne risquait pas de se retrouver au sol tétanisé par une décharge d'électricité. Il sentit un courant d'air frais devant lui. C'était bon signe. Finalement, il déboucha en sueur sur une plateforme qui se trouvait à plus d'une cinquantaine de mètres au-dessus d'une mer démontée. En haut et en bas, une falaise abrupte ne lui laissait aucune échappatoire. Les bruits se rapprochaient, il fallait prendre une décision et vite. Des tirs de laser fusèrent. Ses chasseurs n'étaient pas là pour le capturer vivant. Il se remémora un instant le terrible massacre de sa femme et de son enfant au bord de la falaise en Corée quelques années auparavant. Il était peut-être temps pour lui de les rejoindre. En bas, les vagues se fracassaient contre le flanc de la falaise projetant jusqu'à lui des embruns salées et écumeux. Le yakuza repenti sauta dans le vide pour aller à la rencontre de son destin.

Țepeș reprit forme humaine non loin du temple. Plusieurs patrouilles étaient encore à sa recherche. Les Néphilim avaient des moyens efficaces pour mettre la main sur leurs proies et même quelqu'un comme lui ne pouvaient éternellement berner leurs détecteurs. Il devait agir vite et bien. Il se faufila entre les ombres créées par la lumière blafarde et suivit discrètement la jeune prêtresse qui quittait la salle. Elle rejoignit ses austères quartiers. Țepeș pénétra, à sa suite, à l'intérieur de la lugubre cellule et verrouilla la porte de bois derrière lui.
Natacha se retourna sur la défensive, surprise de voir un homme dans sa chambre.
- Qui es-tu et comment oses-tu pénétrer dans les quartiers d'une prêtresse d'Apophis, hurla l'adolescente en agrippant son poignard et en exhibant ses crochets hors de sa bouche
Țepeș se plaqua au mur et sa chevelure ondula puis se mit à grossir. Ses cheveux louvoyèrent et prirent l'apparence d'une nébuleuse inquiétante de fils mouvants doués chacun de leur propre vie. Puis, ils filèrent comme des flèches en direction de la prêtresse pour l'emprisonner. Elle tenta bien de fendre l'air avec son arme mais dès qu'elle tranchait des filaments, ces derniers repoussaient plus épais et plus vivace encore. Finalement, elle fut soulevée du sol et écartelée car chacun de ses membres était enchevêtré aux cheveux du vampire.
- Je m'appelle Țepeș et je n'ai qu'une question à te poser. Où a été conduite la jeune humaine ?

Natacha ricana.

- Approche-toi que je t'offre le baiser du serpent. Il est dit qu'il n'y a pas plus puissante jouissance dans l'univers. Hélas, c'est généralement la dernière.

Țepeș s'approcha de l'enfant pour se tenir à quelques centimètres de son visage.

- J'ai toujours été impressionné par la faculté d'Apophis à transformer la plus innocente des créatures en une effroyable monstruosité.

Le corps de Natacha fut parcouru de spasmes quand son prédateur commença doucement à aspirer son sang. Il aimait bien s'en prendre aux plus jeunes, ils avaient toujours un gout succulent. En tout cas, la gamine semblait apprécier cette douce et lente mort. Au moins, il provoquait une mort dans l'extase et non dans la douleur. Qui du baiser du serpent ou de la morsure du vampire provoquait l'orgasme le plus intense ? Il n'avait pas la réponse à cette question.

Sans doute l'un des derniers de sa race, ils avaient été pourchassés aux quatre coins de la galaxie par bon nombre d'inconscients qui les capturaient pour en faire des bêtes de foire dociles. Les nantis payaient des sommes astronomiques pour subir une morsure de vampire « contrôlée » et ressentir une jouissance ultime. La princesse démone Lilith lui avait rendu sa liberté lors d'un raid sauvage sur la planète où il était asservi. Il avait donc une dette envers elle et s'était juré de répondre à son appel. Aussi, après sa fuite, il avait préféré se cacher sur une planète peu évoluée perdue dans la voie-lactée que l'on appelait terre.

Natacha se mit à haleter fortement, à gronder puis à crier de plaisir. Elle avait finalement rejoint le 7e ciel comme toutes les autres. Il relâcha son emprise et posa délicatement le corps de l'adolescente sur le sol. Elle rouvrit les yeux, l'air affolé. Cela troubla le vampire. Des larmes apparurent dans ses yeux et elle se mit à pleurer.

- Qui es-tu ? demanda Țepeș.

- Nat…je…je me rappelle de tout, hurla-t-elle.

La fille devait avoir une santé mentale exceptionnelle pour ne pas chavirer dans la folie. Il sonda son esprit et se rendit compte qu'elle ne simulait pas. De toute évidence sa ponction d'hémoglobine avait enrayé, voir annihilé l'empoisonnement de son corps. De nouveaux souvenirs affluèrent dans son propre esprit.

A cette époque, Ţepeş se cachait dans une grotte et évitait le contact avec les humains. Parfois, il descendait dans le village pour se nourrir du sang d'une vache ou d'un mouton. Un soir, alors qu'il aspirait le sang d'un animal dans une étable, un groupe de guerriers perses fit irruption sur la place. Ils rassemblèrent les villageois et se mirent à tuer les hommes et violer les femmes. L'une d'elle parvint à s'extirper du charnier et à se cacher dans la grange. La tzigane était belle avec une longue chevelure noire et une robe à carreaux colorés. Son corsage blanc, serré à la taille, était maculé du sang de ses concitoyens.

Plusieurs hommes d'armes pénétrèrent à sa suite dans la zone et commencèrent à la rechercher en la traitant de tous les mots injurieux qui leur venaient à la bouche. Elle fut rapidement trouvée et jetée en pâture au groupe qui l'encercla, prêt à en faire son affaire. Pourtant la femme ne se laissa pas intimidée. Elle sortit une lame et poignarda le premier assaillant. Les autres réagirent immédiatement et elle fut bien vite désarmée et jetée au sol pour finalement être immobilisée. Ţepeş savait parfaitement ce qu'il allait se passer ensuite. Viols et exécutions étaient monnaies courantes partout dans l'univers. Il tourna le dos et s'apprêtait à se fondre dans la nuit en sautant par la fenêtre du grenier quand il entendit la voix de la femme. Elle maudissait dans sa langue natale les soldats qui allaient abuser d'elle avant de la massacrer.

- Le seigneur Drăculea viendra s'abreuver de votre sang, bandes de pourceaux.

Drăculea…c'était le nom qu'ils avaient donné à Ţepeş quand, au bout de nombreuses années, les villageois avaient eu suffisamment de preuves pour être convaincus que la disparition des bêtes ne pouvait plus être mise sur le compte de la voracité des loups. Certains avaient affirmé avoir vu une ombre humaine volant dans la forêt et d'autres allaient jusqu'à dire qu'un esprit habitait la montagne. Ţepeş était donc devenu un monstre pour certain et une sorte de divinité pour d'autres. Malgré plusieurs battues, personne n'avait mis la main sur lui. Pourtant les cadavres d'animaux vidés de leur sang étaient bien réels. Il se rappelait maintenant l'origine de tout ça. Un matin alors qu'il s'abreuvait à la rivière, une enfant avait surgi de nulle part avec un seau à la main. Il ne l'avait pas entendu et se maudit pour sa maladresse. Pourtant, la gamine ne montra aucune peur. Elle lui adressa un large sourire et se mit à lui parler. L'IAI bioneural de l'extra-terrestre traduisit instantanément les mots prononcés.

- Bonjour, tu t'appelles comment ?

Țepeș ne dit rien. Il se contenta de l'examiner. Elle devait avoir une dizaine d'années et portait rien d'autre que des loques pour vêtements.

A cette époque, le vampire s'était recouvert d'un long manteau en bure noire et d'une cape à grande capuche pour dissimuler ses traits.

- C'est toi l'esprit de la forêt ? ajouta l'enfant.

Soudain, Țepeș perçut des bruits dans le dos de la fille. Une meute de loups bondit des fourrés. Ils devaient être sur sa trace depuis qu'elle avait quitté la sécurité du village. Ils avaient faim et furent légèrement surpris de ne pas avoir détecté la présence de l'autre humanoïde. L'alpha coordonna l'attaque en ordonnant à un male de frapper pendant qu'un second contournait la cible. Cependant le vampire était déjà en action. Il agrippa la gamine et projeta le loup qui s'était élancé sur elle avec le revers de sa main. Il la plaqua contre lui et s'élança dans les arbres en utilisant ses longs cheveux comme des lianes. La fille était blottie contre lui et ne semblait montrer aucune peur. Arrivée à la lisière de la forêt, à proximité du village, il lâcha la gamine et s'éclipsa rapidement.

- Merci, seigneur Drăculea, protecteur de notre village, cria-t-elle, alors que la forme disparaissait dans l'ombre des sous-bois.

La gamine qu'il avait soustraite au festin des loups n'était autre que la femme qui allait périr dans la grange.

Il s'avait qu'en intervenant, il risquait, à moyen terme, de compromettre sa propre sécurité et d'attirer les regards sur lui et à coup sûr il permettrait aux chasseurs de primes de remonter sa piste. Il fallait vivre dangereusement et sa vie séculaire d'ermite commençait à lui peser.

Il bondit au centre du cercle et activa ses redoutables tentacules filandreux. Tous les guerriers furent soulevés de terre et vidés de leur sang en gesticulant comme des marionnettes. Cette orgie lui fit le plus grand bien. Ivre de sang, ce soir-là, il anéantit l'ensemble de l'escouade de façon méticuleuse dans un parfait silence. Le légendaire seigneur Drăculea de Transylvanie était né.

- Où a été emmenée Emma Hasting ? demanda-t-il à nouveau.
- Sur Aclamédia, répondit la fille.
Aclamédia, la cité des Ayakashi. Peu de personnes dans l'univers savait où elle se trouvait, lui compris. Il devait en référer à Lilith car si Hasting était emmenée là-bas alors elle y périrait à coup sûr et ce n'était pas bon pour ses affaires. Son employeur ne lui pardonnerait jamais.
Il regarda l'enfant. Elle semblait avoir repris de son assurance. Elle lui rappelait incontestablement son premier amour terrien, la farouche tzigane.
- Viens avec moi. Tu n'as plus rien à faire ici.

IV

Emma ouvrit les yeux. Sa tête lui faisait un mal de chien. Sans doute était-elle sous l'emprise d'une puissante drogue. Elle tenta de rentrer en contact avec Hugo mais ce dernier resta silencieux. Couchée sur une natte en tissu gris puante et poisseuse, elle se trouvait dans une salle plongée dans la pénombre dont les murs en béton suintaient l'humidité. Il n'y avait ni trace de fenêtre, ni trace de porte afin sans doute de rendre l'endroit encore plus oppressant. A genou, les jambes repliées sur son ventre et les bras dans le dos, elle avait les membres ankylosés, ligotés par une grosse corde en chanvre. On lui avait passé un vulgaire corset noir mettant à nue sa poitrine et un porte-jarretelles soutenant des bas noirs transparents. De petits escarpins à talons aiguilles complétaient ce pitoyable portrait de fille de joie.

Passablement désemparée, elle chassa les larmes de ses yeux embués et scruta minutieusement l'endroit où elle se trouvait. L'odeur était pestilentielle. C'était une geôle couverte de tâches de sang plus ou moins séchées. Sur un banc de granit reposait une lourde tronçonneuse maculée également d'hémoglobine. Un tas de cadavres horriblement mutilés reposait dans un coin de la salle. L'étudiante entendit les rouages métalliques d'une machinerie grincer et un pan de mur coulissa lentement vers le haut.

Un homme, fier, entièrement nu et également solidement ligoté, fut négligemment poussé par un colosse en armure crasseuse de samouraï. Le géant aux traits cruels attrapa l'homme et le força à poser sa tête sur le bloc de pierre. Il agrippa sa tronçonneuse et la mit en route en tirant sur le câble de démarrage. Le moteur toussota et la chaine se mit à cliqueter. Puis, il la fit vrombir, le sourire aux lèvres. Une odeur d'essence portée par un nuage de fumée parvint aux narines de la fille.

- La vie ou la mort, guerrier, demanda l'homme en armure.

- La mort sera plus douce qu'une vie d'esclave au sein des Ayakashi. Tue-moi qu'on en finisse.

Il parla sans peur.

Le colosse sembla apprécier ses paroles et se lécha les babines. Il leva sa redoutable arme et l'abattit sur le crane du malheureux. La chaine déchiqueta la chair et les os dans un horrible bruit de destruction mécanique et organique. Le corps se mit à tressauter nerveusement. Le visage d'Emma fut éclaboussé par une gerbe de sang. Des petits morceaux de cervelles et d'os dégoulinèrent sur ses joues. Elle ne put retenir la violente nausée qui l'assaillit immédiatement.

Le bourreau poussa le corps déchiqueté avec son pied et le tira vers le tas de cadavres.

- Au suivant...Tient on dirait que c'est ton tour. Pas un seul, aujourd'hui, n'a souhaité vivre.

Il éclata de rire puis attrapa Emma par les cheveux et plaqua son visage contre le bloc de granit imbibé de sang et de chair humaine. Elle aurait bien voulu activer ses pouvoirs psioniques mais un puissant verrou mental associé aux effets handicapants de la drogue semblait annihiler ses capacités et saper toute sa force physique et sa résistance morale. Une profonde terreur vint alors s'immiscer au plus profond d'elle-même.

- La vie ou la mort, femme, demanda de nouveau le monstre.

- La...La...vie, bredouilla Emma, redevenue une simple jeune fille sans défense.

-Ai-je bien entendu ? N'est-ce pas croyable, en voilà une qui tient à la vie. Allons, laisse-moi t'achever, je ne te ferai pas souffrir. Il sera trop tard ensuite.

- Je veux vivre, cria l'étudiante de Starburst hystérique.

Le bourreau recula, impressionné.

- Sans doute ne sais-tu pas ce qui t'attend. Mais soit, tu vivras. Telle est notre coutume.

Il décocha un coup de poing au visage de la jeune fille qui perdit presque connaissance.

Elle sentit qu'on la tirait par les pieds à travers des couloirs obscurs où raisonnaient des cris de douleur et d'agonie. On la détacha et on lui arracha ses vêtements. Elle manquait de force pour lutter. Quelqu'un lui jeta plusieurs seaux d'eau au visage sans doute pour la laver. Puis on l'attrapa par les cheveux pour la trainer de nouveau dans un couloir aux murs moisis. Elle grimaça de douleur mais parvint à retrouver partiellement ses esprits. Elle entendait un bruit de foule qui criait et applaudissait. Le couloir la mena vers une grande zone lumineuse qui lui fit mal aux yeux. Elle sentit qu'on la soulevait du sol et qu'on la lançait en l'air. Elle retomba lourdement deux mètres plus bas manquant de se déboiter l'épaule. Emma se trouvait dans une sorte de grande fosse circulaire au sol recouvert de sable ocre. Tout autour, des gradins avaient été aménagés pour permettre à une population bigarrée d'admirer le spectacle. De gros projecteurs lumineux éclairaient la zone. Du coin de l'œil, elle put voir des soldats en armure du japon féodal retirer un cadavre de l'arène en le faisant passer par une grande grille ouverte.

Un guerrier aux cheveux grisonnant, vêtu d'un kimono sombre et portant deux longs katanas sur ses flancs, prit la parole.

- Bon qu'avons-nous maintenant au programme. Ah oui, un divertissement que vous adorez. Une nouvelle esclave à soumettre.

Il s'approcha d'Emma et lui souffla quelques mots à l'oreille.

- Tu vas passer un très mauvais quart d'heure. Accroche toi ma petite ça ne fait que commencer. Ta vie ne sera à ce jour que souffrance et douleur. Faites entrer les males.

La porte s'ouvrit et trois hommes entièrement nus firent irruption dans l'arène comme des chiens en chasse.

Emma hurla et tenta de se relever mais l'un d'eux était déjà sur elle. Il la plaqua au sol avec force et roula de côté pour se placer dans son dos. Un second prit place devant elle et se coucha dessus pour l'écraser. Elle tenta de se débattre mais son corps semblait dépourvu de force. Bien qu'elle fût une excellente combattante, Emma se retrouvait privée de toutes ses capacités, incapable de se défendre. Elle savait ce qui allait se passer et hurla de plus belle.

Après l'avoir violée et humiliée, ils la molestèrent en la trainant par les cheveux dans le sable de l'arène tout en la ruant de coups.

Pendant des semaines qui lui parurent des années, Emma devint le jouet sexuel des Ayakashi. Lorsqu'elle n'était pas prostrée dans sa minuscule cellule, on abusait de son corps ou on la battait. Ses tortionnaires étaient toujours masqués et on lui faisait porter une cagoule pour la déplacer de sa cellule à un lieu de torture ou de perversion.

Elle parvenait à tenir en se réfugiant, comme le professeur Brain lui avait appris, dans un monde imaginaire où elle vivait des moments heureux et agréable avec Christophe son amour disparu. Constamment droguée, l'étudiante ne savait plus ce qu'elle faisait.

Emma reprit connaissance une nouvelle fois. Son corps lui faisait atrocement mal mais elle luttait désespérément pour ne pas défaillir.

Un nouveau coup de fouet vint lui zébrer le dos en lui arrachant un énième cri de douleur. Attachée, nue, à un simple poteau de bois planté dans le sol, elle était devenue le jouet de son seul et unique bourreau. Elle ne connaissait pas son visage car il portait toujours un masque d'opéra de style asiatique de couleur verte et jaune. Les couleurs représentaient une idée ou une personnalité.

Ces masques permettaient à la personne qui les endossait, au même titre qu'un comédien dans l'opéra asiatique maquillé avec des couleurs ou motifs différents, de décrire un caractère ou un rôle particulier. Toutes les couleurs symbolisaient un trait de personnalité, leurs significations dans cette culture proche de la culture orientale étaient différentes de la culture dite occidentale. Ainsi, d'un point de vue occidental, l'usage du rouge symbolisait le danger, la menace, la couleur étant souvent associée aux démons et au diable, alors que dans la culture orientale cela représentait la loyauté et la droiture. Son bourreau portait les couleurs de la férocité, de l'impulsivité et de la violence.

L'existence d'Emma était devenue un véritable calvaire. Quand, elle ne se faisait pas battre et violenté, le tortionnaire l'humiliait devant un cercle restreint de mystérieux observateurs. Le temps ne comptait plus et elle ne savait pas depuis quand elle officiait en tant que martyre. Pourtant, elle luttait, malgré la privation de toutes ses capacités, pour garder un semblant de santé mentale.

On ne lui octroyait que quelques heures de sommeil dans une cage souillée par ses propres excréments et son urine. Elle lutterait jusqu'au bout même si plusieurs fois elle avait eu l'idée de tenter de mettre fin à ses jours. Puis finalement, elle craqua. La puissante Emma redevint la jeune fille anglaise qu'elle avait toujours été. Les tortures physiques et morales avaient eu raison de sa force mentale. Elle était dans sa tête une simple jeune fille, à point c'est tout. Le bourreau après avoir écorché vif une partie de son dos, lui administra une de ses pires drogues. Emma gisait à terre. Elle n'avait pas assez de force pour se relever. Par habitude, elle savait que l'homme masqué était suffisamment expérimenté pour l'attirer aux frontières de la mort sans jamais lui faire traverser. Plus d'une fois, elle crut avoir trouvé le repos éternel mais à chaque fois, il parvenait à la ramener à la vie. Pendue, privée d'air ou d'eau, suppliciée, il l'avait toujours ramenée parmi les vivants. L'homme lui leva la tête d'une main, souleva légèrement son propre masque et lui cracha au visage.

- Ce n'est pas encore aujourd'hui que tu mourras, jeune esclave.

Elle n'avait jamais voulu plier face à cet inconnu mais aujourd'hui elle se décida à la supplier.

- Par pitié, tuez-moi. Pourquoi jouez-vous avec moi ainsi ?

Elle passa les jours suivants dans le noir. Son esprit ne parvenait plus à divaguer pour se réparer. Elle avait vaincu la drogue des Marauders, mais le tortionnaire avait eu raison de sa santé mentale. Finalement, elle se laissa sombrer dans la folie, un état d'inconscience tel qu'elle n'était plus présente dans son corps et dans son esprit mais vivait autre part, loin de toute cette horreur.

Son corps ne lui faisait plus mal. Son esprit s'endurcissait de jour en jour. Elle constatait également que d'autres personnes souffraient des mêmes sévices qu'elle. Mais ils étaient de moins en moins nombreux chaque jour.

Alors qu'elle était en train de pleurer, une nuit, elle entendit une petite voix provenant de l'autre côté de la paroi. On avait dû réaménager les cellules car elle ne se rappelait pas avoir eu de voisin.

- Il y a quelqu'un de l'autre côté, j'entends des pleurs, demanda une voix fluette de gamin.

- Oui, il y a quelqu'un, répondit en chuchotant Emma.

- Je m'appelle Nezumi et toi.

- Je ne me rappelle plus trop. Emma, enfin, je crois.

- Tu es étrangère, ce n'est pas un nom de chez nous ça. Il rigola et Emma eut le cœur réchauffé en entendant le rire d'une enfant.

- Tu as quel âge Emma, moi j'ai dix ans.

Comment on pouvait mettre un enfant de dix ans en prison ?

- Dix-neuf ans, je viens d'Angleterre. Quand tout ceci va se terminer. Comment as-tu fait pour survivre jusqu'ici ?

- Il faut être forte Emma et tu sembles l'être car tu es encore en vie. Accroche toi à elle jusqu'au bout. Mon grand-père m'a enseigné l'art secret des transes chamanistiques. Grâce à elles, je peux forcer mon esprit à ne plus ressentir les châtiments octroyés. Prends une profonde inspiration et ferme les yeux. Pense à quelqu'un ou à quelque chose que tu aimes et imagine que tu veux le rejoindre.

Emma exécuta les consignes du garçon et se sentit effectivement mieux tout d'un coup.

Tous les soirs et parfois des jours entiers, Nezumi lui enseigna l'art secret par des techniques de concentration et de respiration. Elle fut elle-même très étonnée des résultats obtenus. Il est vrai qu'elle pratiquait cette forme de défense depuis son plus jeune âge en se réfugiant dans ses rêves pour oublier. C'est ce qui l'avait fait tenir dans cet enfer. Ses progrès étaient phénoménaux et toujours encouragés par son jeune ami.

- Vont-ils nous torturer jusqu'à la fin de notre vie ? demanda, un soir, Emma.

- Nul ne le sait. Nous sommes dans le clan Ayakashi des Ténébreux. D'horribles rumeurs et légendes circulent sur leur compte. Leur existence n'a jamais été avérée. Cette secte garde jalousement ses secrets, expliqua mystérieusement Nezumi.

Alors qu'Emma revenait d'une séance de fouettage, le dos en sang, elle tenta d'appeler son camarade mais personne ne répondit. Plusieurs jours passèrent sans que personne ne vienne la chercher. Nue, grelottante, elle parvint à éviter de mourir de faim et de soif en léchant la pierre humide d'où s'écoulait un maigre filet d'eau saumâtre et en croquant quelques malheureux cafards égarés. Proche de la fin, elle passa ses derniers instants au milieu de ses déjections abusant plus que déraisonnablement de sa faculté d'oublier le monde qui l'entourait par la seule force de son esprit.

La porte de son cachot humide et puant s'ouvrit. Un gamin entra vêtu d'un short et d'un tee-shirt.

- Viens Emma. Il est temps pour toi de renaitre de tes cendres et de te métamorphoser. Tu es la dernière survivante. Elle reconnut la voix de Nezumi mais elle n'eut pas la force de pleurer. Le gamin la prit par la main et la conduisit à travers les couloirs de la prison jusqu'à un escalier en pierre qui grimpait.

- Tu quittes les geôles mais ne te réjouis pas trop vite. Ton calvaire est loin d'être terminé. Rappelle-toi pour toujours mon enseignement et les épreuves que tu as traversées. Ils te permettront de surmonter les obstacles que tu rencontreras dans le futur.

Une main de femme vigoureuse l'attrapa et la mena dans une salle d'eau où elle fut soigneusement lavée. On lui fit avaler des médicaments, de la nourriture en petite quantité et on prit soin d'elle pour lui redonner forme humaine. Elle n'avait plus que la peau sur les os.

La femme asiatique en kimono noir avait un certain âge. Elle ne lui montra aucune compassion et n'échangea aucun mot ni aucun sourire avec elle. Elle se contenta de la remettre en forme. Emma, trop faible, ne prononça aucune parole.

Son bourreau attitré entra dans la salle. Instinctivement, elle fit un mouvement de recul.

- C'est bien. Tu as peur de moi et tu ne m'as pas oublié. Je m'appelle Tatsuya. Ce qui signifie « flèche de dragon » dans notre langue. Je serai ton éducateur et ton maître tout le temps que tu séjourneras dans notre temple. Tu devras constamment me craindre car si tu as montré une farouche volonté à vivre, je pourrai t'ôter la vie à tout moment si ton travail ne me satisfait pas.

Il sortit un écrin de sa poche et l'ouvrit dévoilant un collier en or relié à une chainette dorée ainsi que deux petits anneaux.

- Voici ton collier de servitude afin que tous connaissent ta condition. L'enlever signifiera pour toi la mort et le souhait d'en finir avec la vie.

Il passa le fin anneau de métal autour du cou d'Emma et tira les chainettes jusqu'à ses seins. Il prit une petite pointe dissimulée dans son ceinturon qu'il passa sous le feu d'une flamme.

- Tenez-la.

La femme lui agrippa fermement les mains.

Il perça adroitement un téton et la jeune femme hurla. Il prit un anneau et le passa dans le trou ainsi formé. Il recommença l'opération pour l'autre sein. Il retira une fiole en verre contenant un produit verdâtre qu'il déboucha. Une odeur âcre et une fumée s'échappèrent du récipient. Emma se tordait de douleur. Il aspergea ses blessures avec le liquide qui ruissela sur sa poitrine. Soudain, elle ne sentit plus la douleur et constata que les mutilations guérissaient miraculeusement.

Emma se relava avec l'aide de Tatsuya. La chainette d'or partait du collier jusqu'à l'anneau d'un de ses tétons puis passait ensuite par l'anneau du deuxième téton avant de retourner vers le cou. Tatsuya tira la chainette vers lui et fit se dresser douloureusement les seins de la jeune femme.

- N'oublie jamais ta condition. Tu seras une esclave tant que tu porteras ce collier. L'enlever signifiera la fin de ton calvaire et la mort aussi. Préparez-la pour la cérémonie d'intronisation. La grande prêtresse va consulter les ossements sacrés.

Emma fut vêtue d'un simple voile en soie rouge transparente. On la peigna, la parfuma et la maquilla. La femme prit même la peine de vernir chacun de ses ongles en rouge vif.

Elle retrouva un instant un peu de féminité et en contemplant sa maigreur et ses différentes blessures elle ne se trouva pas si mal que ça. Même si son collier était dégradant, elle le trouvait par ailleurs plutôt fascinant.

La femme âgée prit la parole en chuchotant.

- C'est un grand jour pour toi, ma fille. On va consulter les ossements pour toi afin de connaitre ton destin dans notre clan. J'ai vu passer de nombreux hommes et de nombreuses femmes avant toi. Certains ont survécu mais beaucoup sont morts.

Emma aperçut un fin collier accroché au cou de la femme. La vieille le remarqua et remonta son col pour le dissimuler.

- Prends bien soin de ton collier. C'est ton cœur. S'il t'est retiré alors tu mourras. Ce collier est doté d'un système explosif sophistiqué. Si tu tentes de t'échapper tu mourras. Tatsuya est un bon maitre. Apprends de lui tout ce que tu pourras. Il semble t'apprécier car ton collier est en or. Il a dû payer très cher cet investissement auprès des prêtres.

La porte s'ouvrit et Tatsuya entra.

- Allons, viens. Tu es ravissante, jeune esclave.

Emma sourit et elle se dit que cela faisait bien longtemps qu'elle ne l'avait pas fait. Tatsuya s'en aperçut et la gifla violemment. Elle s'écroula au sol.

- Ne montre jamais de faiblesse à tes ennemis. Tes émotions risquent de te tuer.

Elle se releva et essuya sa lèvre ensanglantée.

- Suis-moi maintenant.

Ils empruntèrent une galerie souterraine et parvinrent à un quai où attendaient plusieurs Ayakashi. Une rame de wagons effilés arriva en silence et Emma fut stupéfaite de voir fonctionner ce genre d'engin ici. Ils prirent place à l'intérieur. Le train magnétique traversa plusieurs stations et l'anglaise se rendit compte que le réseau devait être très étendu. Leur moyen de transport déboucha du tunnel et passa sur une fine passerelle de métal suspendue dans le vide.

Ils se trouvaient dans une gigantesque caverne dont les parois s'étendaient à perte de vue. En contrebas, elle aperçut une incroyable mégalopole grouillante d'activités. Comment une si colossale cité avait pu être construite sous terre ? D'immenses buildings de verre et d'acier côtoyaient des temples et des jardins d'inspiration orientale. Le moderne s'acclimatait pourtant parfaitement à l'antique rendant cette tortueuse ville particulièrement attrayante au regard.

- Voici la cité souterraine d'Aclamédia. C'est le repaire des Ayakashi et ta nouvelle demeure maintenant. Beaucoup pense que nous sommes des barbares sanguinaires mais nous vivons dans une société civilisée et hautement technologiques, certes basée sur des concepts brutaux et violents, mais qui nous ont permis de survivre jusqu'ici. Tu fais partie du clan des ténébreux. Nous sommes les moins nombreux mais les plus craints et les plus respectés des Ayakashi. Notre clan est secret et notre identité aussi. C'est pourquoi nous appartenons tous officiellement à d'autres clans. Ceci nous permet d'avoir une oreille partout. Mais notre allégeance va naturellement aux ténébreux. Notre réseau couvre toute la galaxie et va même au-delà de ses frontières.

Ils descendirent du train et rejoignirent à pieds, en empruntant de multiples ruelles encombrées par une foule bigarrée, un temple obscur et en piteux état, dressé dans un quartier malfamé.

Le couple pénétra à l'intérieur. Un groupe de colosses en armure de combat moderne braquèrent leur arme à énergie sur eux. Ils reconnurent de suite Tatsuya et les laissèrent passer. Ils se retrouvèrent dans une grande salle emplie de fumée odorante d'encens. De nombreux membres étaient là, tous vêtus de la même façon portant un masque de bouddha noir et une longue toge noire à capuche.

La zone était éclairée par des lampions multicolores contrastant avec la sévérité du lieu et les sombres vêtements des membres de l'assemblée. Au même titre qu'Emma, plusieurs esclaves se tenaient à côté de leur maitre ou de leur maitresse. Ils prirent place à proximité d'eux.

Emma reporta son attention sur les autres prisonniers. Ils n'étaient pas tous humains. Ces femmes ou ces hommes étaient cependant vêtus de la même façon qu'elle. Sur sa droite, une rangée d'une vingtaine de personnes portant un kimono noir et assises en tailleurs apparaissait totalement immobile. Leur visage était recouvert par une cagoule en tissu et un masque en argent représentant un démon cornu grotesque.

Une resplendissante Geisha fit son apparition devant l'assemblée en passant à travers un grand rideau en soie.

Son visage, fardé d'oshiroi, une poudre blanche artisanale, était complété par du fard à paupières rouge, de l'eye-liner noir et du rouge à lèvre vif. Seule sa lèvre inférieure était maquillée, ce qui lui donnait un air boudeur. Sa coiffure typique en pêche fendue était formée d'un chignon divisé en deux au milieu duquel apparaissait une étoffe de soie rouge.

Son kimono, fait de minces gazes de tissu, décolleté dans le dos, était de couleurs vives. Il était noué par une large ceinture portée en traîne avec un nœud qui remontait jusqu'aux omoplates, le bout traînant presque par terre. Ses pieds étaient chaussés de sandales en bois.

L'assemblée s'écarta respectueusement et ils baissèrent la tête à son passage. La femme semblait glisser majestueusement sur le sol.

Un premier duo s'approcha. La Geisha posa sa main sur le front de l'esclave et se mit à réciter un psaume. Elle retira une bourse en cuir de sous les plis de sa robe et en extirpa des osselets qu'elle jeta au sol. Elle consulta le présage ainsi décrit et annonça « fantassin ».

Tatsuya souffla à l'oreille d'Emma que la prêtresse venait de désigner par l'intermédiaire de leur dieu Yamata-no-Orochi, le dragon maléfique, la caste que l'esclave allait rejoindre.

- C'est une bonne caste qui forme de bons guerriers, ajouta-t-il.

- Il existe de nombreuses castes toutes rattachées à des écoles et des maisons plus ou moins prestigieuses. Notre clan a des pions dans toutes les castes.

Plusieurs « présages » furent annoncés et le tour d'Emma arriva.

Assez excitée de savoir ce qui l'attendait, elle se présenta à la prêtresse.

Même si elle ne savait pas où elle se trouvait exactement, sans doute quelque part dans l'une des deux galaxies qu'elle connaissait, la terrienne avait l'ambition de ne pas rester ici éternellement. Elle avait déjà perdu bien assez de temps et était convaincue qu'une fois ses capacités retrouvées, elle pourrait tenter de s'enfuir de cette effroyable endroit.

Quoi qu'il en soit, aujourd'hui, Emma ne voulait pas finir esclave du plaisir ou simple bonne à tout faire comme cela avait été le cas pour le pauvre duo précèdent. La secte n'acceptait que les survivants les plus téméraires et elle avait compris cela rapidement. En subissant les pires tortures et les pires privations, elle avait appris à s'endurcir. Cette sélection par les sévices permettait de ne garder que les plus forts, ceux qui voulaient vivre coute que coute quel qu'en soit le prix : les futurs membres du clan des ténébreux. Des êtres doués de capacités supérieures qui ne lâcheraient rien pour survivre et accomplir leur mission.

La jolie Geisha lui sourit et lui posa les doigts sur le front. Soudain ses yeux se convulsèrent et elle se mit à baver en parlant dans une langue gutturale inintelligible. Elle repoussa Tatsuya qui tentait de se porter à son secours et lança les osselets au sol. Elle retrouva soudain son aspect normal et scruta attentivement le sol. Le cœur d'Emma battait à tout rompre.

- C'est une rose épineuse, balbutia la prêtresse. Emma regarda Tatsuya qui n'en revenait pas. Un brouhaha monta de l'assemblée. Plusieurs membres s'approchèrent et examinèrent les ossements.

Un silence religieux se fit alors.

- Que ce passe t'il, Tatsuya ? demanda Emma.

La prêtresse prit la parole.

- Notre dieu a estimé avoir besoin des services d'une rose épineuse en ces temps troublés. Voyons si tu survis à la cérémonie du rosier.

Elle prit la main d'Emma et la conduisit dans une succursale attenante à la pièce principale. La salle ressemblait à un immense dojo d'inspiration orientale au parquet impeccablement ciré. L'un des murs était décoré d'une calligraphie, de sabres étincelants et d'une peinture représentant un bouddha serein. Un magnifique rosier trônait majestueusement au centre de l'espace. L'arbuste, haut de plus de deux mètres, protégeait, derrière d'épaisses ronces épineuses, de magnifiques fleurs aux pétales innombrables et bouillonnants, d'un rouge carné assez soutenu au centre, pâlissant sur les bords. Leur parfum puissant se mêlait à l'odeur de la cire du parquet pour former des effluves envoutantes voir enivrantes.

La Geisha retira une petite lame effilée dissimulée dans sa coiffe compliquée et coupa habilement une rose rouge sang prenant bien soin de ne pas toucher les délicats pétales.

- Approche, jeune fille et tends-moi ta main, ordonna-t-elle.

Emma s'exécuta.

L'étrange prêtresse lui déposa la fleur dans le creux de la paume. Les pétales perdirent alors leur couleur pour se teindre en blanc. Emma ressentit immédiatement une douleur insupportable et crut que son bras venait d'être arraché. Elle tomba au sol sentant l'indescriptible douleur remonter avec son sang dans tout son corps. Elle se sentit partir et se mit à défaillir. Une douleur sans nom et indescriptible la terrassa. Ses nerfs lui délivrèrent la plus intense douleur qu'un cerveau terrien ne puisse recevoir. En temps normal, elle aurait dû trépasser mais quelque chose la força à rester en vie pour supporter cet insupportable calvaire. Elle avait l'impression qu'on lui arrachait la peau et qu'on lui plantait des crochets dans la chair pour mieux la déchiqueter, lentement mais surement. La douleur était intense mais le pire était qu'elle ne s'arrêtait pas. Impossible de crier, impossible de faire cesser ce tourment digne d'une punition divine. Elle aurait préféré mourir que de subir cette torture sans nom. Son esprit tentait de s'échapper et de sombrer dans la folie mais à chaque tentative quelque chose l'empêchait de trouver cette échappatoire, préférant lui faire ressentir viscéralement la plus colossale des douleurs qu'un humain puisse ressentir. Immobile, ne pouvant plus respirer, elle subissait ce châtiment inexorable. Puis soudainement la douleur disparut aussi soudainement qu'elle était arrivée. Ses yeux étaient grands ouverts et elle pouvait à nouveau entendre ce qui se passait autour d'elle. Ses poumons en feu s'emplirent d'une bouffée d'oxygène salvatrice.

- Tu as survécu à la toxine de la rose. Ce puissant poison coule maintenant dans tes veines. Seuls les élus de notre dieu peuvent survivre à son effet. Ton sang sera l'une tes armes les plus

redoutables capable de tuer un être vivant en quelques secondes. Par ailleurs, cette toxine te permettra de suivre l'entrainement spécialement prévu au sein de la caste des assassins. Nous espérons que tu survivras aux épreuves qui t'attendent et qui feront peut-être de toi la rose épineuse des Ayakashi.
- Mais je ne veux tuer personne… .
Tatsuya la fit se taire et l'entraina derrière lui. En dehors du temple. Emma avait déjà appris à ses dépens qu'il lui était interdit de parler sans son autorisation.
- Mon instinct ne m'a pas trompé, petite. Tu es voué à un destin exceptionnel. Je vais te conduire au dojo des assassins. Ton entrainement sera cependant très spécial. Là où certains mettent des années à acquérir les compétences nécessaires à leurs missions, tu devras le faire en très peu de temps. Pour cela nous allons t'y aider, si tu survis naturellement.

Sous bonne garde, elle passa de nombreux jours à récupérer sa forme physique et à consolider son mental déjà fait d'acier. Un jour, Emma fut conduite dans une bâtisse en briques entourée d'une grande palissade surmontée de fils de fer barbelés.
- Voici ton uniforme d'écolière. Il appartenait à ma première fille et je serais heureux que tu le portes en sa mémoire. Elle n'a pas survécu à la 5e année. Saches que le taux de réussite n'est que de 10%. Il lui raconta cela sans aucune émotion dans la voix.
Elle passa donc une courte jupe plissée bleue foncée, des bas noirs arrivant au-dessus des genoux, des chaussures blanches à talons hauts, une chemisette blanche avec de courtes manches dont l'extrémité était décorée par trois liserés bleus, un col du même acabit, une courte cape bleu retombant jusqu'au milieu du dos et un gros nœud papillon rouge en guise de cravate. Le vêtement était légèrement trop petit et l'engonçait un peu.

- Va faire connaissance avec tes nouveaux amis dans ton dortoir. Nous commencerons l'entrainement demain. Ta prédestinée de rose épineuse ne doit être connue de personne. Tu m'as bien compris. Tu ne dois jamais en parler, annonça son maitre.
Elle opina du chef. Elle devait trouver un moyen rapide pour foutre le camp d'ici et revenir sur terre au plus vite.

Un homme l'amena jusqu'à un dortoir dont la porte était gravée d'un écusson représentant une tête d'humanoïde à l'aspect de sanglier. Elle poussa la porte et découvrit une salle aux murs blanchis à la chaux comportant cinq paillasses en bambou installée chacune devant une armoire métallique. Plusieurs jeunes gens discutaient entre eux dans la salle. Lorsqu'Emma fut poussée dans la pièce, le silence se fit.

Un asiatique brun à la peau mal rasé mais plutôt charmeur tripota la médaille de son collier et s'adressa à elle.

 - Pas mal la nouvelle. Une petite esclave en plus. Qu'est-ce que tu fais là. On n'est pas chez les esclaves du plaisir ici. Tu t'es trompée de dortoir.

Le reste du groupe éclata de rire sauf une petite gamine adorable en retrait. Emma avait appris que l'habit ne fait pas le moine chez les Ayakashi. Un enfant pouvait être redoutable comme elle l'avait vu avec Nezumi.

- Je suis Emma et j'ai été choisie pour devenir assassin ténébreux.

- Excuse-le pour cet accueil un peu froid, moi c'est <u>Yūko</u>. Bienvenue dans le dortoir des Bugbear, dit une jolie blonde aux cheveux longs et aux grands yeux bleus.

- Tu connais déjà, Wakitarō, notre chef et ainé de la bande, ajouta-t-elle.

Ce dernier la regarda de la tête au pied d'un air dédaigneux.

- Le grand balaise là, c'est <u>Umejirō</u>.

C'était effectivement un grand type musclé typé mongol avec une moustache impressionnante et le crâne rasé. Elle l'imaginait bien galoper à dos de pure sang sur la toundra glacée.

- La fillette au fond est muette. On l'appelle Silence.

- Moi c'est Tarō. Tu dois remplacer <u>Fukami</u>. Je l'aimais bien Fukami. Elle n'a pas eu de chance. Une balle en pleine tête ça ne pardonne pas, dit le dernier garçon. Il était très pale avec des cheveux longs qui lui tombaient sur son visage. Son costume rayé lui donnait un air de yakuza japonais.

<u>Yūko</u> s'approcha d'elle et s'inclina poliment.

- Tu es super jolie, comment on t'appelle ? -

- Emma, répondit la jeune fille.

Une sirène se mit à retentir de façon stridente. Les jeunes gens se précipitèrent vers leur casier et commencèrent à en sortir chacun une combinaison noire et tout un attirail d'armes blanches.

- Ouvre le casier de Fukami et équipe toi, nous partons au combat dans trois minutes, ordonna Wakitarō.

Emma ouvrit précipitamment le casier et trouva une combinaison moulante noire renforcée par des plaques de matériaux plastiques, du kevlar s'en doute. Elle se déshabilla sans aucune pudeur et passa le vêtement saillant. Elle remarqua que les garçons la mater avec une certaine envie. Elle se laissa regarder sans montrer aucune émotion, intérieurement, elle hurlait.

La terrienne attrapa deux katanas courts mais ne trouva pas d'armes à feu. La porte du dortoir s'ouvrit et un asiatique en uniforme gris leur annonça de se rendre immédiatement au gymnase n°3.

L'équipe s'engouffra dans le couloir en rang serré, armes au poing, prête à en découdre. Emma était très excitée. Elle eut cependant la gorge serrée en voyant la fillette Silence jongler avec un sabre aussi grand qu'elle.

- Contre qui vont-ils nous faire combattre cette fois ? s'enquerra la blonde <u>Yūko</u>.

- Aucune importance, on verra bien une fois là-bas. Tu sais te battre petite esclave, répondit le chef.

- J'ai participé à quelques escarmouches, répondit Emma.

Ils arrivèrent devant une porte qui les conduisit dans un sas. La porte se referma derrière eux et une lumière rouge se mit à clignoter.

- Préparez-vous au carnage, annonça un haut-parleur grésillant.

La porte devant eux s'ouvrit en coulissant rapidement dévoilant le théâtre des opérations. Une flèche siffla aux oreilles d'Emma et vint se planter dans le bras du mongole. Il ne broncha pas et arracha le projectile comme si c'était une vulgaire aiguille. Il se précipita hors du sas en courant et en roulant sur le côté à la recherche du tireur.

Wakitarō poussa Emma sur le côté quand un adversaire vêtu de noir se précipita dans le sas. Il engagea un corps à corps avec lui.

Emma passa l'entrée et se retrouva dans une reconstitution plutôt réaliste d'une discothèque. Un groupe ennemi se tenait de l'autre côté, abrité derrière des tables renversées. Elle fonça vers une banquette où s'était recroquevillée la blonde.

La terrienne remarqua Silence en train de contourner discrètement l'ennemi. C'est alors qu'un guerrier se laissa tomber du plafond juste devant elle. Tout ceci n'était qu'une ruse pour inciter son groupe à fondre sur l'ennemi retranché. Le guerrier la saisie au cou et commença à l'étrangler. Elle suffoqua et se retrouva à terre écrasée par son agresseur qui voulait en finir aussi vite que possible. Emma attrapa son coutelât dissimulé dans sa botte. Alors qu'un voile noir commençait à se former devant ses yeux, elle trouva la force de poignarder à plusieurs reprises l'étrangleur jusqu'à ce que sa masse inerte retombe sur elle. Elle reprit son souffle et constata que le combat avait rapidement tourné à l'avantage de son groupe. La fillette Silence avait tranquillement transpercée dans le dos un ennemi caché derrière une table. Wakitarō s'était débarrassé de son assaillant et <u>Umejirō</u> avait retrouvé la fille à l'arc qui passait un mauvais quart d'heure. Tarō, quant à lui, semblait prendre un malin plaisir à tourner son poignard dans le bras d'une autre jeune femme à l'agonie.

La sirène retentit de nouveau et tous les adversaires stoppèrent le combat. Les morts et les blessés étaient rapportés par les membres survivants. Emma se releva et rejoignit le reste du groupe.

- Bien joué, esclave, tu t'es bien battue pour une première fois, lança Wakitarō. Il lui lança un charmant sourire et Emma ne put hélas faire autrement qu'esquisser elle aussi un petit regard concupiscent.

- Ce groupe était pitoyable, nous avons eu de la chance. La prochaine fois, il faudra nous organiser, recommanda le sadique Tarō.

Un copieux repas leur fut servi dans leur dortoir. Emma trouva le sommeil rapidement mais fut réveillée en pleine nuit par des gémissements. Elle constata que Wakitarō et <u>Yūko</u> était en train de faire l'amour sans aucune gêne. La superbe blonde chevauchait son amant fougueusement soulevant ses fesses et répondant à ses assauts en se cambrant. <u>Yūko</u> remarqua qu'Emma les observait et elle la fixa intensément toute en se léchant les lèvres encore plus excitée de se donner en spectacle. Finalement, le couple s'écroula sur la paillasse et ils s'endormirent dans les bras l'un de l'autre.

- Ils ne sont pas vraiment amoureux ces deux-là mais ils perfectionnent leur sens en se faisant l'amour, chuchota Tarō.

Emma se tourna vers lui.

- Tu es là depuis combien de temps ?

- Ça doit faire six mois. On nous apprend tout un tas de truc pour nous transformer en véritable assassin. Le combat au corps à corps, le maniement des armes blanches, le tir à distance, les points névralgiques du corps humain, les poisons, les déguisements, l'infiltration, les langues, la résistance, j'en passe et des meilleurs. Il faut des années pour former un bon assassin, répondit Tarō.

- Je viens de la terre. On m'a enlevé et je ne sais même pas où je suis.

- Ne te méprends pas sur moi, jeune Emma. Je suis esclave comme toi. Il lui montra son collier. Les autres sont envoyés par leur famille pour suivre cette formation après une terrible sélection. Mais, n'oublie jamais une chose. Ils n'ont jamais vécu notre calvaire dans les geôles. Ce calvaire qui nous a rendu plus fort et plus résistant. Ils le savent. Les véritables assassins ténébreux sont tous des esclaves ou d'anciens esclaves. Ce ne sont pas ces enfants de familles riches éduqués depuis leur plus tendre enfance à tuer. Dors maintenant douce Emma. Je veillerai sur toi. La jeune fille sombra dans un profond sommeil réparateur.

Elle se réveilla en sursaut au petit matin. Tarō la tira du lit pour la conduire au réfectoire. La grande salle était entièrement carrelée avec de la faïence blanche tel un bloc opératoire d'hôpital. C'était sans doute pour la nettoyer plus facilement en cas d'accrochage sanglant entre élèves. Ils prirent leur petit déjeuner en tête à tête au milieu de nombreux autres étudiants en uniforme qui ne leur prêtèrent aucune attention.

- Et dire qu'on risque de se retrouver en face d'un de ces types dès cet après-midi, raconta Tarō.

Emma aperçut le tatouage représentant une grande tête de mort sur son bras gauche.

- C'est quoi, ça ? demanda-t-elle.

- Une erreur de jeunesse. J'ai fait partie d'un puissant gang avant de tomber dans les pattes des Ayakashi, trahie par mes propres associés. Tu n'as pas de tatouages ?

- Non, pourquoi ?

- Parce que tout le monde en a au moins un, ici. C'est une tradition. Si tu veux, ce soir, je t'emmènerai au dortoir des Artistes.

- C'est quoi ça le dortoir des artistes ?

- Ils sont un peu mystique et ils font passer leur art avant le combat. Mais ne te trompe pas sur eux, leur art les transcende et les rend extrêmement dangereux dans une rixe. Certains sont musiciens, d'autres font de la calligraphie ou encore de la danse. L'un d'eux est tatoueur. Il rend vivant les dessins qu'il fait sur toi. Il lui montra de nouveau son bras et soudain la tête de mort se mit à briller et le dessin d'un insecte blanc sorti de la bouche pour glisser sur la peau et disparaitre une fois arrivé à l'extrémité de sa main. Emma fut impressionnée.

- Comment tu as fait ça ?

- C'est la technique du tatouage vivant holographique. Le dessin n'est visible que si tu le souhaites et tu peux l'animer mentalement. Ça demande un peu d'entrainement mais ça fait son effet sur les filles ou en plein combat pour distraire l'adversaire. Emma gloussa en même temps que lui.

- Tiens, tiens, l'esclave Tarō a une nouvelle copine. Tu m'excuseras pour Fukami mais elle n'a pas eu de chance de tomber sur moi lors du dernier duel.

Tarō serra les poings et les dents mais ne répondit pas à la provocation du nouveau venu.

Emma se retourna et dévisagea un jeune asiatique blond un peu efféminé avec une cigarette entre les lèvres. Sa chemise blanche à dentelle et sa veste d'uniforme bordeaux cousue de fils d'or lui donnaient un air très précieux. Il était entouré de jeunes gens et de jeunes femmes également parfaitement habillés.

- Alors ma mignonne que fais-tu à trainer avec ce vaurien ?

- Pourquoi, es-tu mieux que lui ? Je ne vois là qu'un groupe de jeunes pétés de tunes qui importune deux personnes en train de déjeuner, répliqua Emma.

Elle ne vit pas le coup venir et reçut un magistral direct en plein visage. Elle tomba de sa chaise pratiquement assommée. Ses capacités mentales supérieures lui manquaient cruellement.

- Estime-toi heureuse que j'ai retenu mon coup. Tu es aussi une esclave à ce que je vois.

Un gardien s'approcha attiré par le bruit.

-Allons ! Quittons ces lépreux nous risquons d'attraper des maladies.

Ces compagnons éclatèrent de rire en s'éloignant.

- Emma, ferme ta putain de gueule quand tu ne sais pas à qui tu parles. C'est Fusajirō, un dernière année de la pire espèce. Il sera sacré assassin en fin de cycle. Ça fait dix ans qu'il étudie et survie ici avec sa clique. Il n'y a pas plus dangereux, expliqua-t-il.

Il essuya avec délicatesse le filet de sang qui coulait sur les lèvres de la fille.

- Alors, est-ce que l'on t'a dit à quelle sauce tu allais être mangée ?
- En tout cas, c'est la loi du plus fort qui règne ici.
- Oui, c'est une jungle un peu mieux organisée. Le matin, nous avons des cours en commun avec d'autres dortoirs des premières années. Ça se passe en simulateur et on nous apprend la théorie pour faire de nous de parfait assassin : médecine, poison, survie, infiltration, j'en passe et des meilleurs. L'après-midi est consacré au développement physique avec sports de combat, mises en situation, maniement des armes. Tes différents repas contiennent des amphétamines et des drogues censées améliorer tes capacités physiques et intellectuelles. Puis parfois, ils nous réservent des surprises avec des affrontements mortels entre dortoirs pour voir si on a bien retenu les cours. Il n'y a pas de note, le passage se fait si tu survis aux différentes épreuves de l'année. Finis vite ton bol de café, nous allons être en retard au cours de M.Tang Chi.

De toute évidence cette école, bien que différente de Starburst, avait le même objectif que l'académie terrienne, former des combattants à survivre quel qu'en soit le prix.

Ils rejoignirent une salle de classe où attendaient tranquillement plusieurs élèves dont ceux de son dortoir. Il y avait des jeunes mais aussi des beaucoup plus âgés. Cette école semblait ouverte à tous mais seuls des humains étaient visibles. Emma prit place devant un petit bureau vide. Lorsque le professeur Tang Chi fit son apparition, l'ensemble des élèves se levèrent avec respect et le brouhaha ambiant disparut instantanément. C'était un petit homme âgé et bedonnant, habillé en pantalon et veste traditionnelle asiatique de couleur noire. Il portait une longue et fine moustache blanche et une barbe taillée en pointe. Une toque en tissu noir et jaune cachait sa calvitie.

- Asseyez-vous, ordonna-t-il d'une voix cruelle.

Il commença son cours sans porter attention aux élèves ; en griffonnant du texte sur un tableau noir. Un « camarade » assit à côté d'Emma se mit à lui chuchoter quelques blagues salaces à l'oreille. Sans prévenir, Tang Chi se retourna et passa sa main sous sa veste. D'un geste vif, il sortit une étoile de métal et la lança en direction de l'élève perturbateur. Le shuriken se figea dans le bras du garçon qui cria de douleur.

- Monsieur Wiess, vous perturbez mon cours. La prochaine fois, je viserai votre gorge. Maintenant, allez-vous faire soigner à l'infirmerie avant de souillez de votre sang votre ravissante voisine. Vous êtes nouvelle ma chère, comment vous appelez-vous ?

- Emma, Monsieur.

- Dites-moi Emma, connaissez-vous le poison le plus violent ?

- Je dirais l'arsenic, monsieur.

-Vous faites erreur très chère. La toxine botulique est le plus puissant neurotoxique naturel libéré par la bactérie Clostridium Botulinum. Il est un million de fois plus puissant que l'arsenic. Aujourd'hui, je vais donc vous apprendre à utiliser cette toxine.

Le soir venu, Tarō lui proposa une petite virée nocturne dans un lieu tenu secret. Elle accepta de bonne grâce car elle le trouvait plutôt gentil et mignon. Ils quittèrent le dortoir à l'extinction des feux, au risque de subir les réprimandes des terribles gardiens qui sillonnaient les couloirs du dojo.

- Où va-t-on ? s'enquerra Emma.

- C'est une surprise. Suis-moi discrètement.

Ils passèrent le couloir et utilisèrent les toilettes pour échapper au passage d'une ronde de gardien. Puis après avoir dépassé plusieurs croisements, ils parvinrent à un couloir sombre sans lumière.

- Nous voilà dans l'aile des dernières années. Il faut être prudent car ils ont un droit de vie ou de mort sur nous. Les gardes ne passent pas ici. Il y a d'abord les ninjas qui ont acquis les sciences de nos ancêtres. Viennent ensuite les tireurs avec leurs armes à feu puis Fusajirō et son groupe d'infiltrateurs. Pour finir, le dernier dortoir est occupé par des amis que je vais te présenter.

Ils foncèrent et virent une porte s'ouvrir devant eux. Emma glissa au sol et roula de côté pour se dissimuler derrière un chariot plein de linges sales. Tarō se cola au sol tout contre elle.

- Ne bouge pas et ne parle pas, ordonna-t-il.

Un couple sortit dans le couloir. Ils reconnurent Fusajirō accompagnée d'une de ses ravissantes copines asiatiques. Elle portait une qipao d'origine mandchoue, une robe près du corps d'une seule pièce avec un col scindé qui descendait jusqu'aux chevilles.

L'homme plaqua sa copine contre un mur et passa sa main par la large fente aux niveaux des cuisses. La fille semblait prendre un certain plaisir car elle se mit rapidement à gémir. Puis le couple disparu au fond du couloir et Tarō prit par la main d'Emma pour la mener à destination sans dire un seul mot.

Ils arrivèrent devant un dortoir et Tarō frappa doucement à la porte gravée d'un symbole représentant une <u>Gǔqín</u>, une cithare à sept cordes chinoise. La porte s'ouvrit sans bruit laissant s'échapper une lourde fumée de cigarettes aromatisées et des notes de musiques mélodieuses.

- Tiens, Tiens, Tarō nous rend visite, dit quelqu'un. Entre mon pote, entre.

Ils entrèrent dans un dortoir enfumé occupé par trois hommes et deux femmes allongés sur leur paillasse.

- On est un peu pété car Hikiko a voulu essayer une nouvelle drogue à fumer de son invention. C'est de la bombe son truc. T'en veux, proposa un type louche aux cheveux coiffés en dreadlocks. Il était typé européen, la trentaine avec une petite paire de lunettes de soleil ronde sur le nez.

- Ouah, sympa ta nana, elle est toute mimi.

- Salut, je m'appelle Emma, enchantée de faire votre connaissance.

- Tu parles que je suis enchanté de faire ta connaissance, t'en veux ?

Avant que Tarō ne puisse s'interposer, Emma prit la cigarette roulée que le junkie lui tendit et, pour faire bonne figure, tira une bouffée. Elle se mit à tousser fortement et manqua de vomir. Sa vision devint floue et elle tomba au sol.

- Hidan, putain, c'est une novice, tu vas la tuer avec tes trucs, aide moi à la porter sur une paillasse.

Emma se sentait bien, elle ne voyait rien d'autres que des étoiles multicolores. Elle se mit à rigoler toute seule. Puis le déclic tant attendu se produisit. Le verrou mental sauta. Ses capacités mentales revinrent au triple galop tout comme la voix intérieure de sa fidèle IAI.

-Emma, je croyais bien avoir été désactivé, lui annonça Hugo. Seule ma fonction de traduction était opérationnelle.

-Te revoilà mon bon et fidèle Hugo. Il va falloir que nous fassions bonne figure pour rentrer sur Terre.

- Ca va petite, t'en fais pas. Ça va passer tout seul. Faut juste apprendre à ton organisme à purger les drogues. Ça viendra avec son temps.

Emma se rappela qu'elle avait en face d'elle, certes un drogué mais également un assassin en dernière année.

- Elle n'a pas de tatouage et ça serait super chouette si Kotomi pouvait lui en faire un.

- Tu as a de quoi payer Tarō ou bien est-ce ta jeune amie qui donnera de sa personne, lui demanda une voix endormie.

Emma se retourna et aperçut une fine et jolie asiatique couverte de tatouages et entièrement nue couchée sur sa paillasse. Ses longs cheveux noirs semblaient se mouvoir au grès des courants d'air. Emma fut estomaquée quand elle aperçut les tatouages bouger sur le corps de la femme. Un dragon se mit à cracher du feu et un serpent s'enroula autour de sa cuisse.

- Oui, je payerai mon tribu.

- Ainsi soit-il. Le preux Tarō à l'air de tenir à toi pour te faire un tel cadeau. Il va lui falloir quelques jours pour récupérer.

- Approche et voyons ce que nous allons faire pour toi, demanda Kotomi.

Emma, intriguée s'approcha et s'assit en tailleur à côté de Kotomi. Elle tira une dernière bouffée de sa cigarette et se releva pour plonger ses yeux dans ceux d'Emma tout en lui attrapant les poignets. Sa respiration s'accéléra et son rythme cardiaque aussi. Elle se sentit percée par le regard de la fille et son malaise grandit. Aussi, elle dressa une barrière mentale rapidement pour se protéger de l'intrusion de Kotomi. Cette dernière la relâcha.

- Intéressant, il est très difficile de lire dans tes pensées. Il semblerait que tu aies levé une barrière infranchissable ce qui est rare pour une première année. Tu gardes bien tes secrets. Alors, puisque je ne suis pas arrivée à deviner tes intentions, dis-moi ce qui te ferait plaisir.

Tarō était en train de siroter un verre d'alcool tout en échangeant des propos dénués de sens avec les autres membres du dortoir.

- Une rose, une rose ensanglantée pleurant du sang de ses pétales, répondit-elle.

- Intéressant, très intéressant. Je comprends maintenant les flashs perçus. Ton secret restera entre toi et moi. Tu me plais Emma. Je vais te faire un tatouage à la grandeur de la tâche qui t'attend. Déshabille-toi et ne fais pas attention aux autres.

La jeune femme s'exécuta dévoilant son collier et ses chainettes emprisonnant ses tétons. Les cheveux de Kotomi se mirent à onduler et ils glissèrent sur le bras et le corps nu d'Emma comme de minuscules serpents.

- Ne crains rien, la rassura Kotomi.

 Ses cheveux se mirent à suinter des liquides colorés et à dessiner seuls le tatouage. Le travail prit plusieurs heures et Emma se laissa bercer à demi consciente sous les caresses exquises de la chevelure de Kotomi parfaitement concentrée sur son travail.

- Voilà le chef d'œuvre de ma vie, annonça Kotomi fière d'elle.

Tarō fut tiré du sommeil par les exclamations de surprise des autres personnes.

Emma avait une rose rouge et épineuse sur le corps. L'animation était stupéfiante et criante de vérité. Il ne s'agissait plus d'un simple dessin animé mais d'une parfaite illusion d'optique en trois dimensions. La fleur prenait racine au nombril de la fille en perçant sa peau, grandissait rapidement en déployant ses épines et en serpentant entre ses seins et son cou. Les épines s'enfonçaient dans la peau faisant suinter des gouttes de sang qui perlaient sur tout le corps d'Emma. Le bouton grossissait pour éclore en une magnifique rose rouge foncé au niveau de sa joue. Les pétales s'envolaient dans toutes les directions et explosaient en de minuscules gouttelettes de sang.

- Incroyable, s'enthousiasma Emma en s'amusant à reproduire l'effet uniquement grâce à sa propre volonté. Comment ça marche ?

- C'est un art très ancien que j'ai pu pousser à l'extrême grâce à toi et à tes capacités spéciales. Tu pourras faire apparaitre et disparaitre cette illusion par la seule force de ta pensée. Tout est subjectif à partir du modelage de ta peau mais attention certain individu préparé mentalement peuvent se protéger de ce type de projection mentale. Tarō, je ne te ferai pas payer mes services car il serait incongru de faire payer pour un tel chef d'œuvre sur un support d'une telle qualité.

Elle éclata de rire et chuchota à l'oreille d'Emma.

- Que ce tatouage t'apporte le succès, rose épineuse.

Puis, elle posa ses lèvres sur les siennes et l'embrassa tendrement.

Ils quittèrent le dortoir des artistes raccompagnés par Kotomi en personne. Aucun première année ne s'interposa sur son chemin ce qui voulait en dire long sur sa réputation.

Le groupe passa devant deux portes battantes dont les poussoirs en laiton avaient été solidement fixés l'un à l'autre par une lourde chaine. Des signes cabalistiques et d'étranges dessins avaient été gravés dans le bois. Un profond malaise assaillit Emma lorsqu'elle jeta un simple coup d'œil à travers la vitre fêlée et poussiéreuse d'une des portes. De l'autre côté, une ombre, une forme était apparue un instant à la frontière de son champ de vision.

- C'est quoi cet endroit, demanda-t-elle, un peu trop inquiète.

- C'est l'aile interdite, elle abrite les anciens dortoirs des dernières années, répondit Kotomi. Mieux vaut que tu oublies cet endroit. Il s'est passé quelque chose d'effroyable dans ces lieux, il y a de nombreuses années. Ils ont dû réveiller une créature du monde des esprits ou quelque chose de ce genre qui les a tous massacrés. Il a fallu l'intervention des plus puissants professeurs et de nombreuses incantations magiques et spirituelles pour se débarrasser de la menace. Depuis, le couloir et les chambres sont hantés. Il y a bien chaque année des imbéciles qui se pensent invulnérables ou des illuminés en quête de vérité. A chaque fois, ils reviennent fous ou pire encore. Parfois même, on ne les revoit jamais.

Pendant plus d'un mois les cours théoriques et pratiques se succédèrent à un rythme effréné. Emma développait ses compétences de façon assidue avec l'aide de ses camarades de chambrée. Elle en profitait pour peaufiner un plan d'évasion et en apprendre plus sur l'endroit où elle se trouvait. Cependant, toutes ses tentatives se soldaient par des échecs cuisants. La sécurité était draconienne et tous les gardiens semblaient disposés de protections mentales et physiques accrus.

Tarō et elle dormaient ensemble. Ils leur arrivaient de faire l'amour quand la fatigue ne les clouait pas au lit. Emma appréciait la compagnie de Tarō mais elle n'avait pas de réels sentiments amoureux envers lui. Le garçon était, quant à lui, véritablement tombé sous son charme ou plutôt celui de Bastet.

 Le dernier jour du mois, Tatsuya vient la chercher.

- Tes résultats son excellent. Tu as survécu et cela montre que tu tiens à la vie. Nous allons changer ton existence dès aujourd'hui. Suis-moi.

Tatsuya la fit monter dans une berline noire volante et ils quittèrent le dojo pour s'envoler à vive allure vers un quartier moderne en périphérie de la cité souterraine. Le véhicule s'arrêta devant un grand bâtiment en verre, gardé par d'énormes robots de combat lourdement armés.

- Nous sommes chez Betsoyou industries. C'est ici que tu vas accroitre considérablement tes performances. La rose épineuse va recevoir son engrais pour pouvoir pousser, ironisa son maître.

Un petit homme à lunettes et au nez crochu vêtu d'une blouse blanche accueillit Emma et Tatsuya dans le hall d'entrée très moderne de l'entreprise.

- Ainsi donc voilà la rose épineuse. Elle ne semble pas si redoutable que ça. Elle a la toxine en elle. C'est incroyable. Je m'appelle Docteur Mishima. Ravi de vous rencontrer. Il s'inclina devant Emma qui fit de même.

Ils entrèrent dans un laboratoire ultra moderne. De nombreux aquariums renfermaient diverses espèces d'animaux étranges aussi bigarrés les uns que les autres et dont les races étaient inconnue d'Emma. Le groupe passa devant une chaine de montage où étaient assemblés des robots ayant une apparence humaine inquiétante.

- Nos derniers modèles de clones, plus résistants, plus forts, ils peuvent faire d'excellents combattants après leur programmation ou des servants multitâches efficaces. Qu'ils soient d' « Enfer » ou de « Paradis », nos clients sont toujours très satisfaits. La dernière rose épineuse a été formée il y a vingt ans. Depuis le programme s'est considérablement amélioré. La toxine qui coule dans ton sang va te permettre de survivre à l'injection massive d'améliorations biotechnologiques à laquelle nous allons te soumettre. Pour faire simple, tu as déjà des nanobots dans ton corps. Ce sont des milliards de minuscules robots qui travaillent de concert avec ton cerveau et ton IAI pour améliorer tes capacités. Nous allons les remplacer par des fentobots. Ils ne fonctionneront qu'en contact avec ton sang et la toxine que tu portes. Tu seras plus forte, plus rapide, plus résistante qu'aujourd'hui. Tu pourras cicatriser très rapidement. Tu devras apprendre à maitriser tes pouvoirs et peut être à en découvrir de nouveau. Je ne te cache pas que l'injection des fentobots est extrêmement douloureuse. Nous allons également te former grâce à un tout nouveau conditionneur mental repensé par nos chercheurs. Personne n'y a survécu mais nous avons déterminé une très forte probabilité de réussite avec toi, une fois que tu auras les fentobots en toi, expliqua le savant en se voulant rassurant. Le programme est extrêmement couteux et nous n'avons pas le droit à l'erreur.

Il les conduisit ensuite au cœur du bâtiment. La zone était ultra sécurisée et ils durent passer plusieurs postes de contrôle avant de pouvoir entrer dans le laboratoire central. Une grande cuve remplie de liquide noirâtre trônait au centre d'un immense hall. De multiples câbles et canalisations partaient de la cuve pour rejoindre des consoles informatiques et d'autres appareillages aux fonctions inconnues. Des scientifiques s'activaient dans tous les sens, lançant des tests ou pianotant sur leur ordinateur.

Une ravissante infirmière asiatique se présenta à eux. Elle était vraiment très sexy avec sa tenue moulante blanche et bleue fermée par une fermeture éclair sur le devant. Très échancrée au niveau du haut des cuisses comme un maillot de bain, elle laissait place à deux bas blancs et des petits escarpins bleus à talon. Une petite toque marquée d'une croix rouge complétait son uniforme plutôt osé.

- Docteur, la phase finale est prête. Nous n'attendons plus que le cobaye, dit-elle.

- Je crois qu'il est devant vous ma chère Fang Yin, répliqua le scientifique passablement agacé par la remarque inopportune.

L'infirmière rougit et rejoint son poste de travail jetant un regard d'excuses à Emma.

- Vous allez devoir vous dévêtir mademoiselle et vous plonger dans la cuve, demanda le docteur.

Emma s'exécuta la peur au ventre. Il était encore temps de prendre la fuite maintenant mais pour aller où. Il était encore trop tôt pour agir. Aussi, elle grimpa nue l'échelle et se laissa tomber doucement dans la cuve de liquide à l'aspect d'huile de vidange usagé. C'était cependant chaud et plutôt agréable.

- Préparez-vous au lancement du processus, cria le docteur.

La lumière s'éteignit et un gyrophare orangé remplaça l'éclairage rassurant.

- 4...3...2...1...0.... C'est partie pour la phase initiale.

Emma sentit quelque chose bouger dans la cuve. Un premier câble vint se fixer à l'un de ses pieds puis un second. Ses mains furent également emprisonnées. Les câbles se tendirent et commencèrent à l'écarteler. L'installation se mit à vrombir et des bulles se formèrent à la surface de l'eau brunâtre. Des éclairs d'énergie apparurent sur les machines.

- Baissez la puissance, vociféra un ingénieur à proximité. Une machine se mit à fumer et à prendre feu.

- Il faut tout arrêter, supplia un autre.

- Non c'est trop tard la phase deux commence, répondit le professeur.

Les câbles entrainèrent Emma sous la surface au centre de la cuve. Elle eut le temps de prendre sa respiration avant d'être plongée dans le noir. Son corps commença à la picoter puis les démangeaisons devinrent des piqures et des brulures. Bientôt, elle ne put retenir sa respiration plus longtemps et dut ouvrir la bouche. Le liquide noirâtre pénétra dans ses poumons mais à sa grande stupeur elle pût respirer tel un bébé baignant dans le liquide amniotique de sa maman. Elle voulut crier quand les brulures s'intensifièrent sur et dans son corps. Elle avait l'impression de se consumer et de fondre. Elle n'arrivait pas à perdre connaissance et seule son expérience de la maitrise de la douleur lui permit de garder conscience. Puis la douleur s'amenuisa. De nouveau son corps répondait à ses sollicitations mentales. Emma tira sur les câbles et les brisa. Elle tomba au fond de la cuve et frappa violement la paroi avec son poing. La vitre blindée ne céda pas mais commença à se fendiller.

Elle renouvela plusieurs fois son geste, galvanisée par sa nouvelle puissance. Finalement, la glace se brisa et elle fut projetée dans la salle emportée par la vague géante de liquide qui inonda la pièce.

La terrienne se releva sans difficulté et observa les scientifiques affolés qui couraient dans tous les sens. Elle se mit à rire le corps ruisselant de liquide noirâtre.

- Il semblerait que l'ingestion de fentobots soit une réussite, suggéra Tatsuya.

- Vous auriez pu éviter de tout casser mon enfant, il y en a pour des millions là-dedans, rouspéta le docteur.

- Vous aurez vingt ans pour tout réparer, Doc, ironisa Emma.

- Nous allons vous faire un checkup complet puis nous passerons à la phase 3. L'apprentissage.

- Suivez-moi Mademoiselle, demanda l'infirmière.

Elle la conduisit dans un vestiaire pour prendre une douche. Pendant qu'Emma se frottait, Fang Yin ne manqua pas une miette du spectacle. Elle en rajouta donc un peu en se frottant plus qu'il ne fallait entre les cuisses et sur les seins tout en prenant des positions légèrement provocantes. Finalement, Fang Yin lui apporta un peignoir pour se sécher.

Emma fut observée sous toutes les coutures. On lui demanda de courir sur un tapis roulant un masque sur la bouche pour évaluer ses capacités physiques. Elle n'en revenait pas. Elle pouvait courir vite sans se fatiguer sur plusieurs dizaines de kilomètres. Elle souleva sans effort plus de 200 kilos. Puis soudain, elle ressentit un vide. Elle dut mettre fin à l'évaluation pour retrouver son souffle. Elle était livide.

Un médecin prit la parole :

- Vous faites une crise d'hyperactivité. Vous avez puisé toute votre énergie. N'oubliez pas que les fentobots améliorent vos capacités mais utilisent, comme vos cellules, l'énergie de votre corps en quantité beaucoup plus importante quand ils sont sollicités. Si vous faites appel à eux trop longtemps alors ils ne pourront plus fonctionner faute d'énergie. Pire encore, vous pourriez y laisser la vie. Il vous suffit de vous nourrir ou de vous injecter une dose concentrée de glucose multivitaminé.

L'infirmière ajouta :

-Vous apprendrez à maitriser les fentobots pour en tirer toute leur quintessence et éviter une surconsommation de vos réserves énergétiques. Lorsque vous aurez repris un peu de poids et vos jolies formes vous aurez encore plus d'énergie.

Elle lui fit un clin d'œil et lui posa la main sur la cuisse. Emma se sentit rassurée et se prit même à imaginer embrasser cette jolie femme. L'infirmière dézippa sa fermeture éclair dévoilant une bonne partie de sa grosse poitrine et retira un petit tube caché entre ses seins. Il contenait des granulés. Elle le plaça dans le creux de la main d'Emma.

- Ces sont des pilules énergétiques. Un cocktail spécial de mon invention qui permettra de vous sortir des situations les plus difficiles. C'est un cadeau, ne le dites pas au docteur.

- Merci Fang Yin, vous êtes vraiment adorable, répondit Emma.

- Je vous plais ? demanda sérieusement Fang Yin en se pinçant les lèvres.

Emma inclina la tête de façon espiègle. L'asiatique se leva et alla verrouiller la porte de son cabinet. Elle s'approcha d'Emma et la fit se lever. Elle fit tomber le peignoir des épaules de la jeune fille dévoilant sa nudité.

- Tu as de jolis seins. Ton collier d'esclave est magnifique. Tu me permets d'y toucher.

Elle n'attendit pas la réponse de la rose épineuse et entreprit de jouer avec la chainette tout en effleurant son corps avec le bout de ses doigts. Elle s'arrêta sur les piercings des seins et se mit à les titiller puis à tirer la chainette doucement pour les faire se dresser. Emma se mit à gémir devant tant d'attention. Elle n'avait pas imaginé que ce collier pourrait lui procurer ces étranges sensations mêlant douleur et plaisir. Elle n'avait jamais fait dans le sadomasochisme mais semblait apprécier ça. Une part de Bastet était encore en elle, après tout.

- Le collier d'esclave relit des points névralgiques du corps. Bien manipulé, il procure beaucoup de plaisir à son possesseur, expliqua dans un murmure l'infirmière asiatique. Normalement ceci est réservé à ton maitre. Je dépenserai une fortune pour t'acheter si tu étais à vendre naturellement.

L'infirmière semblait être très sérieuse. Cela en disait long à la terrienne quant aux horribles coutumes des Ayakashi.

Elle prit un petit carnet et en déchira une page pour y griffonner dessus quelque chose.

- Ça c'est mon adresse personnelle. Si d'aventures tu souhaites obtenir de nouvelles pilules ou d'autres drogues qui améliorent ta libido, n'hésite pas à me rendre visite en soirée. De même si tu souhaites boire un verre, je serai ravie de te faire découvrir les bars les plus sympas de la cité.

Elle s'éclipsa laissant Emma heureuse d'avoir une nouvelle amie.

Après une nuit de sommeil agité dans le complexe scientifique, elle fut conduite dans la salle d'apprentissage qui n'était autre que le laboratoire à clones traversé la veille.

Elle prit place dans un siège en forme de cocon plutôt douillé. Le docteur lui administra plusieurs injections de produits étranges à l'aide de seringues puis elle fut mise sous perfusion. Elle commença à s'endormir en boule dans le cocon. Mishima plaça plusieurs électrodes sur son crâne et activa l'ordinateur central qui allait modeler les cellules de son cerveau pour lui apprendre en quelques heures ce qu'il aurait fallu des années au commun des mortels. Encore fallait-il qu'elle survive.

Emma se mit à trembler pendant l'opération puis son corps fut couvert de spasmes. De la bave apparut au niveau de ses lèvres. Puis soudain, son corps retomba inerte dans la couche. L'équipe scientifique s'activa autour d'elle.

- Elle a fait un arrêt cardiaque, nous la perdons. Vite le défibrillateur magnétique, hurla Mishima en observant la ligne plane de son cardiogramme et en écoutant le son continu strident.

- Non, attendez, ordonna Tatsuya. Elle lutte contre la mort.

Les bips du moniteur retentirent de nouveau indiquant que son activité cardiaque recommençait.

Le test se poursuivit sans autre alerte. Le corps d'Emma, aidée par les fentobots et piloté par son IAI amélioré, avait réussi à s'adapter.

Elle se réveilla en nage dans sa chambre d'hôpital. Il s'était passé quelque chose. Elle enleva les aiguilles des intraveineuses et posa ses pieds nus sur le sol glacé. Elle sortit de sa chambre et un membre de la sécurité s'approcha d'elle en lui intimant l'ordre d'aller se recoucher. Il voulut l'attraper par le bras mais, avec une facilité déconcertante, elle esquiva sa solide poigne. Elle frappa vite et fort du plat de sa paume l'abdomen de l'homme et l'envoya s'écraser contre le mur à plusieurs mètres de là. Comment avait-elle pu faire ça ? Ça lui semblait quelque chose d'innée.

- Félicitation Emma, vous venez de mettre au tapis en un coup l'un de nos gardes les plus compétents. Vous voilà l'une des plus redoutables combattantes de la cité. Demain, on vous enseignera d'autres compétences. Maintenant allez-vous coucher, ordonna Mishima.

Les séances d'acquisition de connaissances furent mêlées à des exercices physiques et s'enchainèrent sur plusieurs semaines. Emma était métamorphosée de jour en jour. Son corps repris ses attrayantes formes d'avant mais paraissait plus musclé. Elle emmagasinait des connaissances incroyables et son esprit en demandait toujours plus.

- Je sais réparer un moteur à propulsion supra-atomique de dernière génération, cria-t-elle enthousiasmée.

- Concentrez-vous sur des choses utiles, Emma. Que diriez si on s'attaquait à la médecine et aux points vitaux ?

- Ça me semble barbant mais pourquoi pas, répondit-elle.

Après plusieurs entrainements intensifs, sa personnalité même avait changé. Elle était plus froide et plus réfléchie. Tatsuya lui annonça qu'elle était prête à rejoindre le dojo pour tester ses acquis.

Dans le véhicule en route pour rejoindre son groupe, ils discutèrent.

- Je suis fier de toi, Emma. Tu as bien travaillé. Bientôt, tu seras capable de voler de tes propres ailes.

- Je pourrais aussi vous tuer sur le champ et quitter la cité pour retourner d'où je viens, répondit-elle froidement.

- Tu oublies ton collier d'esclave ma chère Emma.

- Mes compétences scientifiques me permettraient de le désactiver en quelques secondes. Vous voulez voir ?

- Ça ne sera pas nécessaire, je te crois sur parole. Donc si tu es si sûr de toi, met ton plan à exécution et terrasse moi. Nous sommes seuls. As-tu peur ?

Il tenta de la frapper au visage mais elle bloqua instantanément le coup avec son poignet. Par réflexe plus que par envie elle projeta son poing en direction du visage de son maitre mais son bras s'arrêta net. Elle fut parcourue d'un frisson et elle sentit son corps entier se tétaniser. Elle retomba dans son siège entièrement paralysé le souffle coupé.

- N'oublie jamais une chose. Tu es liée au clan pour toujours. Tes gènes ont été reprogrammés par les fentobots pour que nous puissions te contrôler. Aussi, si un jour tu venais à nous désobéir, à nous trahir ou à t'échapper alors tu mourrais. Tu es et tu resteras notre esclave jusqu'à la fin de ta vie.

Elle reprit conscience et ils n'échangèrent plus un mot jusqu'à leur arrivée au Dojo. Elle le quitta sans se retourner et il eut un petit pincement au cœur d'avoir dû lui infliger cet enseignement. Elle lui rappelait trop sa fille ainée, son unique enfant morte dans cette impitoyable école.

Lorsqu'elle arriva dans son dortoir, un mois après l'avoir quitté, elle constat qu'il était vide. Soudain, la porte s'ouvrit et Wakitarō pénétra dans le dortoir en portant <u>Yūko</u> en sang dans ses bras. Tarō arriva derrière lui, blessé au front. <u>Umejirō</u> et Silence étaient absents. Tarō s'écroula au sol et marmonna.

- Putain, on s'est fait massacrer.

Il aperçut Emma et sourit en tentant de se remettre debout.

Wakitarō coucha <u>Yūko</u> sur une paillasse.

- Il faut l'emmener à l'infirmerie tout de suite, elle perd beaucoup de sang, ordonna d'une voix calme Emma.

- On ne peut pas. L'exercice ne le permet pas. On doit se débrouiller tout seul sans aide extérieur, hurla Wakitarō proche de la crise de nerf.

Emma s'approcha de lui et le repoussa doucement.

- Laisse-moi voir ça.

Elle souleva le tee-shirt imbibé d'hémoglobine de la blonde inconsciente et examina la plaie. Elle avait dû recevoir un coup de sabre ou quelque chose dans ce genre-là. Son ventre était nettement ouvert sur toute la largeur et les entrailles commençaient à vouloir sortir de l'horrible blessure. Par chance, aucun organe n'avait été touché. Elle remit les intestins à leur place et pressa la plaie béante.

- Apportez-moi sa trousse de beauté, vite. Toi, presse la plaie fortement.

La rose épineuse fouilla dans la trousse que lui remit Tarō. Elle récupéra divers produits de beauté et commença à les mélanger en dosant minutieusement chaque portion dans un gobelet.

- Qu'est-ce que tu fais ? s'inquiéta Wakitarō.

- Je fabrique de la colle forte. Fais-moi confiance, on va pouvoir rafistoler tout ça.

- Elle est folle. Cette nana est folle, répondit-il. Elle disparait plus d'un mois pour revenir fabriquer de la colle.

Mais il ne s'interposa pas quand Emma l'écarta pour badigeonner l'intérieur de la plaie du produit visqueux et collant. La prise fut aussi rapide que si elle s'était servie de colle cyanoacrylate. Elle désinfecta l'extérieur avec un peu d'alcool mentholé retrouvé dans la trousse puis massa certains points névralgiques du corps de la jeune fille qui se contracta sous ses judicieuses et précises pressions.

- J'ai inhibé sa douleur pendant un certain temps. Elle pourra ainsi passer une nuit sans souffrir et risquer de rouvrir la plaie. Il lui faudra cependant des antibiotiques dès demain pour éviter l'infection.

- Tu t'es transformé en toubib pendant tes semaines d'absence. D'ailleurs où est ce que tu étais partie ? s'enquerra Tarō.

- Lâche-moi, Tarō, on n'est pas marié ensemble.

Son ton ferme et abrupt imposa le silence au combattant qui alla se coucher seul sur sa paillasse. Elle apprit de Wakitarō que Silence et le mongol avaient tous deux perdus la vie. Silence au cours d'un exercice stupide de gymnastique et le guerrier des plaines pendant un affrontement entre dortoirs.

Pourtant, dans la nuit, elle rejoignit Tarō pour lui offrir son corps et le consoler un peu.

-Je viens de Guanïs, annonça-t-il une fois leur furieux ébat terminé. C'est une petite planète agricole sans histoire, appartenant au système de Teflan. J'aidais mon père à cultiver ses champs. Nous avions une grande exploitation totalement automatisée et j'étais en train de passer mon diplôme de programmateur de bots quand les évènements se sont enchainés. La méga-corporation Itanizuka a pris possession de notre système grâce à une OPA hostile que notre confédération pacifique n'a pas pu contrer. Nos dirigeants n'ont même pas pu exprimer leurs plaintes fondées auprès du conseil des Saints de Paradis. Du jour au lendemain, nos vies ont changé. Nous avons été dépossédés de nos terres et ils ont placé à notre tête des incompétents. En moins de temps qu'il ne faut pour le dire, les ressources furent littéralement épuisées. Comme ça, ils pouvaient faire du cash et mettre fin à un potentiel concurrent. J'ai eu la mal chance de prendre la tête d'un groupe d'opposants. Ce qui m'a conduit directement ici. Et toi Emma, qu'elle est ton histoire.

- Pour ma part, j'ai eu la bonne idée de devenir à la fois la pire ennemie de la princesse des enfers et une épine dans le pied d'Apophis en personne. Quant aux Saints, je ne pense pas être leur meilleure amie.

Tarō se mit à rire.

- Je vois que tu n'es pas comme les autres, Emma. Mais à ce point, il ne faut pas me la faire à moi. Chacun a des secrets qu'il est bon de ne pas dévoiler.

Ils s'endormirent côte à côte sans échanger d'autres paroles.

Yūko reprit connaissance le lendemain et fut autorisée à rejoindre l'infirmerie car elle avait miraculeusement survécu. Grace à ses compétences médicales, Emma s'était attirée le respect du reste du groupe.

A midi, au réfectoire, accompagnée par son groupe, Emma était en train de déguster sans grande faim une pomme et du pain rassis avec un verre d'eau quand elle ressentit la présence d'une main qui allait se poser sur son épaule. Ses réflexes surhumains la firent se pencher vivement sur le côté pour éviter d'être touchée. La main passa à proximité d'elle et Emma l'attrapa et la tira en avant. Fusajirō allait s'écraser sur la table mais réagit en bondissant de façon surprenante au-dessus des attablés. Il se rétablit sans difficulté de l'autre côté et se retourna, le regard haineux.

- Ça tu vas me le payer sur le champ, hurla-t-il.

Il banda ses muscles et s'apprêtait à se jeter sur Emma quand une voix retentit dans son dos.

- Fusajirō, je veux vous voir dans mon bureau immédiatement.

C'était Tatsuya.

- Mais, monsieur le directeur, cette gamine m'a provoqué.

- C'est un ordre Fusajirō, seriez-vous en train de me désobéir, coupa court le sévère homme.

- Nullement, Monsieur, je viens tout de suite.

Il se tourna vers Emma.

- Quant à toi, tu ne perds rien pour attendre. Tu es déjà morte et enterrée. Profite bien des dernières heures qu'il te reste à vivre.

Il quitta le réfectoire sur les talons du directeur.

Ainsi donc, Tatsuya était directeur de l'école, pensa Emma. Il s'était bien joué d'elle.

Plusieurs élèves applaudirent le geste d'Emma.

La redoutable étudiante se retourna dans son lit. Quelque chose de froid se colla à sa joue. Elle n'était pas dans sa couche. Sa tête lui faisait un mal de chien. Elle ouvrit les yeux et s'aperçut qu'elle reposait sur le sol d'une pièce carrelée poussiéreuse jonchée de débris divers.

- Hugo, analyse de la situation.

- On dirait que tu as été victime pendant ton sommeil d'une attaque neurotoxique qui t'a profondément endormie. Les traces de drogue sont en passe de disparaitre.

-J'ai tout un tas de petits robots dans le corps et des capacités psioniques supérieures. Pourtant, je suis incapable de contrer une attaque en dormant. Elle est belle la technologie.

La jeune femme se redressa et se mit à frissonner. Ce n'était pas un courant d'air frais mais quelque chose de plus insidieux, de malsain. Etrangement, son esprit commença, malgré elle, à ressentir la peur. Elle sortit de la pièce et se retrouva dans un grand couloir qu'elle identifia que trop bien : le dortoir désaffecté des cinquièmes années. Celui qui était interdit. Celui d'où personne ne revenait. Qui donc avait bien pu la mettre la dedans ? Son maitre ou bien surement Fusajirō.

Puis une vision se mit à l'assaillir soudainement. Les murs, le sol et le plafond du couloir se brouillèrent pour laisser place au même endroit mais d'aspect moins dégradé. Plusieurs étudiants coururent vers elle et la dépassèrent. Emma les suivit du regard puis entreprit de se lancer à leur poursuite. Le groupe passa une porte, qu'elle franchit à son tour. Un escalier métallique abrupt richement décorait descendait au sous-sol. La scène se brouilla à nouveau et la jeune femme se retrouva face à des marches rouillées éclairées par une ampoule grésillante en passe de rendre l'âme.

Quelque chose de sombre et de mauvais se trouvait en bas. Tout son être lui disait de prendre la fuite maintenant sans se retourner mais une voix en elle l'implorait à poursuivre la descente. Elle suivit son instinct malgré la profonde terreur maintenant logée au cœur de son ventre.

Ses pas la conduisirent dans l'Ancienne chaufferie de l'établissement. Elle n'aurait jamais pensé que la ville technologiquement avancée disposait encore de ce type de vieilles chaudières à charbons. De toute évidence, elles n'avaient pas servi depuis des lustres. Sa vue se troubla à nouveau. Au centre de la pièce, plusieurs étudiants se tenaient debout à la pointe des branches d'un pentacle de sang tracé sur le sol. Une jolie et jeune asiatique à moitié dévêtue gisait au centre du dessin démoniaque. Ils chantèrent un quantique dans une langue gutturale inconnue, puis brusquement les trappes de chargement des chaudières s'ouvrirent et des flammes surgirent des ouvertures créant d'inquiétants balais d'ombres sur les murs.

Le corps de l'étudiante évanouie lévita soudainement au-dessus du sol. Ses bras tendus et ses jambes parfaitement alignées formèrent une croix chrétienne. Elle ouvrit des yeux révulsés et ses longs cheveux noirs s'animèrent tout autour d'elle. Puis elle cria. Un cri terrorisant et paniquant qui paralysa d'effroi la jeune anglaise jusqu'au plus profond de son être. Des éclairs s'échappèrent de ses mains et frappèrent un à un les autres étudiants qui se mirent spontanément à bruler.

Emma retrouva, grâce à sa volonté, le contrôle de son corps et fit volte-face pour courir en direction de l'escalier. Derrière elle, l'incendie prenait de l'ampleur. Arrivée en haut, elle prit son élan pour rejoindre la double porte. A chacun de ses pas, elle entendait et entre-apercevait des scènes d'horreur. Les étudiants étaient pris à parti par l'être infernal. Certains se mutilaient volontairement, d'autres se suicidaient mais la majorité devenait fou et s'entretuait de façon sanguinaire. Garçons et filles se violaient mutuellement dans une orgie bestiale où se mêlaient cris et sang.

Puis son maitre apparut devant elle. Il était plus jeune. Elle se laissa choir au sol et elle le vit passer à côté d'elle sans lui prêter la moindre attention.

Dans sa main droite, un long sabre étincelait à la lueur des flammes. Il se plaça face au corps désarticulé de l'étudiante qui flottait dans l'air. La créature prit alors la parole avec une voix grave qui ne pouvait pas appartenir à une jeune femme.

- Père, viens embrasser ta fille.

- Créature à la solde d'Enfer, retourne dans ta galaxie et laisse le corps de mon enfant.

La créature se jeta alors sur Tatsuya qui pour sauver sa vie dû l'empaler avec son sabre. Le corps de sa fille reprit vie, un instant, dans ses bras.

- Papa, pourquoi ?

- Ma fille.

Elle lui tendit un petit carnet en cuir tâché de sang et sa tête retomba sur le côté. Instantanément, ses traits prirent une teinte blafarde inquiétante. Puis la scène disparut laissant place à l'inquiétante réalité.

Un horrible spectre se tenait là où l'instant d'avant, la fille de Tatsuya avait trépassé.

Le corps éthéré de la fille flottait toujours dans les airs mais son visage exprimait une profonde et incommensurable haine.

Emma se mit à ramper en direction de la porte mais les battants étaient solidement enchainés. Sa force vitale lui échappait. Elle n'osait tourner la tête pour affronter cette horreur fantomatique. Un souffle glacé créa une mince couche de givre sur sa peau. Ses lèvres se mirent à bleuir. La terrienne était paralysée par la peur. Puis, une main se tendit vers elle.

- Prends ma main si tu veux vivre, lui dit gentiment Gary.

Elle puisa dans ses dernières ressources mentales pour agripper cette main sortie tout droit du néant. Les cris de rage dans son dos disparurent instantanément.

Gary se tenait à côté d'elle sous une apparence vaporeuse et lumineuse.

Ils se trouvaient dans la lugubre forêt du monde des esprits. Son ami lui aspergea le visage avec de l'eau fraiche qui provenait d'un petit étang dont la surface huileuse reflétait une pleine lune rougeâtre.

- Qu'est-ce que c'était ? demanda la jeune fille.

- Une créature ni vraiment morte, ni vraiment vivante. Elle appartient à la fois au monde des esprits et au monde des vivants.

- Un peu comme toi ?

- Non, je ne suis pas un spectre. J'ai juste reçu la faculté de demeurer dans le monde des esprits et de projeter mon esprit dans le monde des vivants. Je n'ai rien à voir avec ce monstre. Cependant, c'est fâcheux d'avoir croisé son chemin.

- Pourquoi ?

- Il ne te laissera plus jamais en paix.

- C'est-à-dire ?

- Il va te poursuivre où que tu sois et hanter tes cauchemars jusqu'à te rendre folle et avoir raison de toi.

- Il n'y a pas un moyen de s'en débarrasser ?

- Il y a toujours un moyen de se débarrasser de ses fantômes. Tu devrais commencer par enquêter et te renseigner sur cette fille. Mais, ne retourne jamais là-bas sans avoir un moyen de la vaincre sinon je ne pourrai plus rien faire pour te tirer de ses griffes. Je vais te ramener sur ton plan astral.

Emma n'eut pas le temps de remercier son ami et elle rouvrit les yeux dans sa chambrée, couchée sur son lit.

Le lendemain, Emma se présenta au bureau de directeur et demanda à s'entretenir avec lui.

- Que me veux-tu, esclave ? demanda Tatsuya, plutôt énervé par son inopportune arrivée.

Il était plongé dans l'examen d'un petit carnet en cuir qu'Emma reconnu de suite.

- Maître, je voulais vous parler de votre fille.

Tatsuya, leva les yeux de l'ouvrage et la regarda d'un air menaçant.

- Comme oses-tu?

- Je l'ai vu cette nuit et j'ai bien failli y laisser la vie.

Le directeur avala sa salive.

- Parle, je t'écoute. Tu es passé à côté des dortoirs interdits.

- Je ne sais qui m'y a laissé pour que j'y perde la vie. J'ai bien failli rendre les armes mais une connaissance m'a sauvé des griffes de votre fille.

- Ce n'est pas ma fille. Enfin ce n'est plus ma fille. Je vis hanté par ce spectre qu'elle est devenue depuis sa mort.

- Oui, je vous ai vu la tuer.

Tatsuya baissa la tête et perdit de sa superbe, un instant.

- Tu dis avoir échappé à ses attaques. Ce n'est pas la première fois qu'elle laisse quelqu'un se sauver en un seul morceau. Mais tes jours sont comptés, Emma. Ta force et tes capacités ne t'aideront pas à vaincre cette créature du monde des esprits.
- Il doit bien exister un moyen de s'en débarrasser.
- Ça fait dix ans que je mène des recherches sur le sujet et vois-tu, je n'ai rien trouvé de bien concluant.
Il reposa doucement le carnet dans le tiroir de son bureau.
- J'ai bien peur que ta vie soit finalement réduite à peau de chagrin, ma jeune élève, dit-il sur un ton réellement empreint de compassion.

Emma se réveilla en pleine nuit couverte de sueur. Une nouvelle fois, elle avait échappé de justesse au spectre mais à chaque fois, il se rapprochait d'elle. Ses nuits agitées ne contribuaient pas à la garder en forme pour les éreintantes journées qu'elle devait affronter.
Tarō s'inquiéta pour elle.
- Tu ne sembles pas dans ton assiette depuis ton retour, Emma. Qu'est ce qui ne va pas ?
Emma lui raconta finalement toute l'histoire. Tarō l'écouta attentivement, prit sa main et lui parla :
- Sur ma planète, j'allais souvent à l'église prier avec ma famille. Un jour, le père Kastani vint chez nous à la hâte et nous demanda de l'accompagner à son presbytère. Arrivés là-bas, nous avons découvert une famille de la région en détresse. Leur fille attachée sur un lit présentait des troubles inquiétants de la personnalité. Il nous dit qu'un démon mineur d'Enfer avait pris possession de son corps. Il était trop tard pour faire appel aux forces de l'église et il devait s'occuper de son cas immédiatement, sinon elle risquait de mourir. Lors de l'exorcisme, il dut se servir de mon corps comme d'un réceptacle temporaire pour chasser le démon. Ce fut, en dehors de mon passage dans les geôles des Ayakashi, le pire moment de ma vie. J'ai bien cru y laisser la vie. Je n'avais jamais affronté auparavant de créatures venant d'Enfer. Depuis cette étrange et douloureuse expérience, il m'arrive d'avoir des flashs en touchant des objets ayant côtoyés les forces démoniaques. As-tu quelque chose qui a appartenu à ce démon ?

- Non, mais j'ai vu le directeur prendre un carnet des mains de sa fille mourante.

- Il nous faudrait ce carnet. Sais-tu où il se trouve ?

- Sans doute dans son bureau.

Les deux jeunes gens s'éclipsèrent discrètement du dortoir. Le passage des gardes et le contournement des caméras de sécurité furent assez aisés pour Emma. Le crochetage de la porte du bureau fut quant à lui un peu plus compliqué. Finalement, ils entrèrent et refermèrent en silence la porte derrière eux.

- Le carnet est dans le tiroir du bureau.

- C'est ça que vous cherchez dit une voix provenant d'un coin de la pièce.

Comment n'avaient-ils pas pu repérer la présence du directeur ?

Tatsuya sortit de l'ombre. Il était vêtu d'un ninjustugi noir en coton couvert par un pantalon Hakama bouffant. Ses chausses Jikatabi lui permettaient de se mouvoir sans aucun bruit. Mais c'était son Ninja-Tô, son sabre court sorti de sa gaine qui inquiétait le plus les deux intrus.

- Le nombre d'armes utilisées par les Ninjas est impressionnant. Nous possédons jusqu'à cinquante armes différentes dissimulées dans les différentes parties de notre kimono, peut-être que je devrais vous décapiter avec mon sabre mais je pourrai tout aussi bien vous transpercer le crane avec un shuriken enduit de poison ou un Futokoro Teppô explosif.

- Maitre, pourriez-vous laisser Tarō consulter votre carnet ? Il dit avoir des dons de voyance en présence de ce type d'artefact.

A la surprise générale, Tatsuya, lança le carnet au jeune homme.

- De toute façon, votre témérité se doit d'être récompensée. Nous penserons à votre punition plus tard.

Tarō examina le carnet et se concentra un moment en fermant les yeux. Emma crut que rien n'allait se passer puis ses traits se crispèrent. Il se mit à serrer plus que de raison le carnet et son corps fut parcouru de convulsions. Emma dût le frapper violemment pour qu'il lâche l'objet démoniaque. Son visage reprit forme humaine immédiatement.

- Il faut détruire ce carnet. Il est le mal incarné. C'est le réceptacle du pouvoir du démon.

- Ce carnet est indestructible. J'ai tout essayé sans jamais y parvenir répondit le ninja.

Les murs du bureau se mirent à trembler et l'alarme se déclencha.

Tatsuya consulta ses écrans de contrôle et constata que l'aile interdite était en feu.

- Le démon n'était qu'endormi et nous venons de le réveiller. Pourquoi, n'avez-vous pas fait appel aux services de Paradis. Il vous aurait envoyé un exorciseur ou même un ange.

- Ne soyez pas stupide, les Ayakashi ne ferait jamais entrer un représentant de Paradis dans Aclamédia.

- Pourtant, vous avez fait entrer un démon d'Enfer. Il a falloir l'affronter et le détruire aujourd'hui. Etes-vous prêt, monsieur le directeur, demanda Emma.

- Allons-y.

Ils se précipitèrent en direction des dortoirs maudits. Le service de sécurité ne semblait pas vouloir entrer dans le couloir. Tatsuya sortit une clef de l'une de ses poches et retira la lourde chaine qui entravait les portes. Il agrippa son sabre et entra silencieusement. Le reste du groupe, plusieurs agents armés et les deux étudiants le suivirent. Les autres curieux furent sommés de retourner dans leurs dortoirs respectifs.

L'incendie provenait de la chaufferie mais n'avait pas encore atteint l'étage principal où ils évoluaient.

Une ombre passa furtivement dans leur dos et l'un des gardiens fut soulevé du sol pour être projeté sans ménagement contre le plafond. Il s'y écrasa dans un bruit écœurant. Son corps désarticulé retomba mollement sur le sol.

Rien, ils n'avaient rien pu voir.

Emma se concentra cherchant mentalement la présence de l'ennemi. Quelque chose approchait droit sur eux. Quelque chose de mauvais et d'effrayant.

Le spectre prit consistance soudainement au centre de leur champ de vision. Il avait l'apparence d'une jeune fille très pale portant une longue chevelure noire. De la fumée s'échappait de ses orbites vides. Certains gardes ouvrirent le feu avec leurs armes mais les projectiles traversèrent le corps éthéré de l'apparition.

- Père, tu es revenu pour moi. Quelle attention !

- Ma fille est morte, je te l'ai déjà dit démon. J'ai passé trop de temps à chercher un moyen pour t'anéantir. Il est temps pour toi de rejoindre les tiens.

La créature voltigea de façon saccadée tantôt visible et tantôt invisible jusqu'au groupe. Tatsuya chercha à frapper le fantôme mais rien n'y faisait. Ce dernier l'agrippa à la gorge et le souleva doucement jusqu'à ce que ses jambes ne touchent plus sol. Le ninja sentit la morsure du froid lui bruler le cou.

Emma tenta sa chance mais ses attaques n'avaient qu'un effet, celui de brasser du vide.

- Le carnet, hurla Tarō. Il doit être détruit par le démon lui-même.

Tatsuya, suffoquant, trouva la force de leur lancer le calepin démoniaque couvert de hiéroglyphes étranges et malsains.

Puis soudain, une force invisible souleva Emma du sol. A son tour, elle fut projetée contre le plafond mais pu amortir le choc grâce à un bouclier d'énergie mentale. Tatsuya allait succomber d'un instant à l'autre. Puis Tarō prit la parole.

- Que Dieu se lève et que ses ennemis soient dispersés ! Et que fuient devant sa Face ceux qui le haïssent !

Comme s'évanouit la fumée, qu'ils disparaissent !

Comme fond la cire en face du feu, ainsi périssent les méchants devant la Face de Dieu !

Juge, Seigneur, ceux qui me nuisent ; combats ceux qui me combattent !

Qu'ils aient honte et soient confus, ceux qui en veulent à ma vie !

Qu'ils reculent et soient confondus, ceux qui méditent mon malheur !

Le corps du spectre se mit à tressaillir et il lâcha une plainte lugubre comme s'il avait été contrarié. L'esprit semblait comme paralysé.

- Qu'ils soient comme la poussière face au vent et que l'Ange du Seigneur les pourchasse !

Que leur chemin soit ténèbres et glissade et que l'Ange du Seigneur les poursuive !

Car sans raison ils ont caché contre moi leur filet de mort ; ils ont fait à mon âme des reproches inconsistants.

Que la perte les surprenne ; que le filet qu'ils ont caché les prenne ; et qu'ils tombent dans leur propre piège !

Et mon âme exultera dans le Seigneur, jubilera en son salut.

Gloire au Père, et au Fils, et au Saint-Esprit !

Comme il était au commencement, maintenant et toujours, et dans tous les siècles des siècles ! Amen !

L'ectoplasme prit alors consistance devant leurs yeux. Sa bouche grande ouverte émit un cri perçant obligeant les membres du groupe à tenter de se boucher les oreilles en vain. La douleur était sans pareil. La monstruosité flottante se dirigea vers Tatsuya à genoux sur le sol. Une longue lame sombre apparut mystérieusement dans ses mains griffues.

-Tue-moi, créature des enfers. Qu'on en finisse, une bonne fois pour toute, hurla le guerrier de l'ombre.

Un sourire carnassier apparut sur le visage du démon lorsqu'il s'apprêta à frapper à mort le directeur.

Mais sa lame ne le transperça pas. Quelqu'un s'était interposé entre lui et sa cible. Un mince filet de sang s'écoula des lèvres de la terrienne. L'épée l'avait transpercé de part en part. Pourquoi s'était-elle sacrifiée pour sauver cet homme qui l'avait humiliée ?

Le spectre ne savoura qu'un très bref instant sa victoire. Il aperçut, cloué au ventre de sa victime, le carnet transpercé par sa propre arme. Le calepin s'enflamma spontanément pour se transformer rapidement en cendres. L'étudiante, au bord de l'évanouissement empala à son tour la créature qui avait repris consistance. Le monstre s'écroula au sol et se mit à bruler également.

Emma fut rattrapée dans sa chute par son maitre. Une forme éthérée s'extirpa du tas de cendres brunes. Sa fille fantomatique lui sourit de façon bienveillante avant de disparaitre en une explosion d'étoiles scintillantes. Le directeur serra dans ses bras le corps inanimé de sa jeune esclave. Il ne perdrait pas une seconde fille, pas cette nuit en tout cas.

L'alarme se mit à retentir.

- Encore, mais si ça continue à ce rythme on va tous y passer, s'inquiéta Tarō.

Le trio s'équipa sans motivation et suivit la sempiternelle lumière en direction d'une nouvelle arène. La porte s'ouvrit sur le sas et Emma prit la parole.

- Quoi que nous rencontrions derrière cette porte, ça sera bien plus fort que tout ce que vous avez déjà rencontré. Vous ne serez pas de taille à lutter. Je ne suis plus l'ingénue que vous avez rencontrée, il y a plusieurs mois. Je suis la rose épineuse et ceci est mon examen final. Alors, protégez-vous car je ne pourrais garantir la survie à tous.

La porte coulissa et le groupe se tapit au fond du sas. La zone ressemblait à une portion de forêt recouverte de gros rochers et de troncs d'arbres épais. Les cachettes étaient multiples.

- Restez, ici, je vais au-devant d'eux pour les empêcher de rentrer.

Emma dégaina ses deux sabres et posa un granulé d'énergie sur sa langue pour anticiper ses besoins en énergie à court terme. Son horrible blessure était depuis longtemps guérie. Pourtant, la guerrière garderait à jamais la scarification faite par l'arme impie sur son ventre musclé.

Elle se jeta dehors en roulant et rejoint à une vitesse hallucinante le premier rocher. Les tirs la manquèrent largement mais il ne fallut pas longtemps au snipper pour les corriger adroitement. C'était cependant déjà trop tard car la rose épineuse avait identifié sa position dans l'arbre. Elle ramassa une pierre et la lança à plusieurs dizaines de mètres sur le tireur embusqué. Le corps sans vie d'un homme tomba au sol.

- C'est un premier année cria Wakitarō, prends garde.

Les tirs reprirent de plus belle et Emma perçut des mouvements dans les fourrés. Un groupe de ninjas armés surgit en silence et de façon parfaitement ordonnée. Ils fondèrent discrètement vers la position d'Emma, armes blanches à la main, toujours couvert par les balles qui fusaient.

La guerrière au teint halé se jeta dans un buisson et courut dans le bois pour atteindre un gros rocher. Les balles ricochèrent à ses pieds. Un autre groupe apparut sur le rocher et elle reconnut avec effroi les artistes. Kotomi, aussi surprise qu'elle, intima l'ordre à ses compagnons de battre en retraite immédiatement. Pourtant l'un d'eux, galvanisé par la présence de la jeune fille, plaça une flute à ses lèvres et se mit à jouer une mélodie envoutante.

Emma se prit la tête entre les mains. Elle crut que ses tympans allaient explosés. Désorientée une seconde, elle ne put esquiver la lame d'un des ninjas qui s'était lancé à sa poursuite. L'arme blanche aurait tué n'importe qui mais elle n'était plus n'importe qui. Les fentobots bloquèrent l'épanchement de sang sous l'orchestration d'Hugo et la blessure se referma d'elle-même. Elle inhiba mentalement son ouïe, victime d'une attaque sonique orientée particulièrement déstabilisante. Le ninja, surpris par sa résistance, tenta de porter un nouveau coup. Mais Emma para sans difficulté avec son katana tout en assenant une terrible estocade avec sa deuxième lame. La frappe le coupa littéralement en deux. Les autres ninjas apparurent et se lancèrent à l'assaut en criant de rage après avoir aperçu le cadavre mutilé de leur compagnon.

Ils étaient d'excellents bretteurs et à quatre, Emma devait puiser dans ses différentes techniques pour ne pas se faire surprendre.

Le groupe des musiciens quant à lui avait disparu. Le groupe des tireurs devait se rassemblait quelque part pour mieux préparer son offensive. On lui avait envoyé toutes les dernières années. Par ailleurs, elle redoutait le moment ou les infiltrateurs feraient leur apparition. Ils ne la portaient pas dans leur cœur.

Il fallait en finir vite et bien avant d'être submergé. Aussi, elle passa à la vitesse supérieure et commença à courir de façon inhumaine entre ses assaillants. Ses frappes furent précises et destructrices. Les quatre ninjas, malgré leur expérience, ne purent résister à ses techniques et à sa célérité. En quelques secondes, ils étaient à terre, morts ou incapables de continuer la lutte. La terrienne imperturbable chercha une position en hauteur en grimpant prestement dans un arbre. Il était temps de se transformer à son tour en chasseuse.

Le groupe des tireurs avançait prudemment en réalisant leur battue. Chacun était équipé d'une arme à feu bien spécifique propre à sa spécialité. Ils étaient normalement cinq. Elle avait eu l'un d'eux et seulement trois convergeaient dans sa direction. Elle scruta l'horizon et aperçut un éclat brillant fugitif. Immédiatement, Emma se jeta dans le vide pour éviter la balle du sniper qui explosa le tronc d'arbre là où elle se tenait une fraction de seconde plus tôt. La chute fut douloureuse et sa jambe se brisa plusieurs mètres en bas. L'anglaise roula pour se cacher derrière un autre tronc. Ses fidèles fentobots étaient en train de travailler quand elle entendit un sifflement. Son instinct de loup, perçut un souffle d'air et elle baissa sa tête pour échapper de nouveau à la mort certaine qu'aurait infligée la pointe d'une flèche acérée. Un nouveau groupe allait entrer dans la bataille.

L'étudiante de Starburst se plaqua au sol et rampa un peu plus loin à l'abri de ses ennemis. Sa jambe réparée, elle se confectionna à la va-vite un déguisement à base de fougères et de boue humide. Elle félicita les créateurs de cette zone pour la minutie des détails apportés au décor. Ainsi maquillée, elle entreprit de créer un piège en répandant un peu de son sang à l'opposé de sa cachette. Puis, elle se dissimula sous le couvert d'un gros rocher et bloqua sa respiration pour ne faire qu'un avec la végétation.

Le groupe des tireurs passa devant elle sans la remarquer et fila en direction des traces de sang. L'un d'eux toucha le sang et porta son doigt à sa langue pour vérifier sa consistance. Il fut pris d'un violent spasme et s'écroula sur le sol la bave aux lèvres. Il mourut en quelques secondes dans d'atroces souffrances sous le regard de ses compagnons désemparés. Le sang de la rose épineuse était bien l'une des plus puissantes toxines de la galaxie.

Emma repéra le tireur d'élite embusqué qui approchait en se déplaçant adroitement d'arbre en arbre. Elle attendit qu'il passe à sa hauteur pour effectuer un bond prodigieux qui la propulsa à la hauteur de sa cible. Complètement prise par dépourvue la femme en treillis perdit l'équilibre et chuta. La guerrière impitoyable retomba sur elle et lui brisa la nuque avec son pied. Elle attrapa son fusil à lunette et enfila sa tenue de camouflage ghillie. Ainsi dissimulée, elle put disparaitre sous la végétation avant que le reste du groupe ne parvienne sur le lieu de l'exécution.

Armée et bien entrainée, Emma était beaucoup plus dangereuse. Elle trouva une position, lui permettant de scruter l'entrée du sas par où elle était arrivée. Ni Wakitarō, ni Tarō n'était là. Il suffisait d'attendre patiemment qu'une cible se présente. Au bout d'un moment le groupe d'infiltrateurs fit son apparition par ce sas. Ils étaient tous vêtus d'une combinaison grise. A l'instant où ils pénétrèrent dans la zone, ils disparurent sous ses yeux médusés. Ses sens exacerbés de fauve en alerte perçurent des mouvements d'air déformant légèrement le paysage. Elle pouvait également voir les traces très légères de pas laissées par le groupe sur le sable. Leur réputation n'était pas démentie, il allait lui causer du fil à retordre. Mais elle avait perçu leur odeur. Les chasseurs étaient devenus des gibiers.

Elle attendit un moment et s'activa à piéger sa position en imbibant de sang des épines de ronces un peu partout. Ainsi protégé, elle reprit sa position fusil en main.

Le groupe restreint des tireurs réapparut, accompagné par un membre des artistes qu'elle ne connaissait pas. Par sécurité, elle le visa en premier et pressa la détente. Sa cible s'écroula au sol une balle en pleine tête. Puis, elle reporta son attention sur le reste du groupe qui très professionnellement tentait de rejoindre un abri en s'éparpillant méthodiquement. C'était sans compter sur son habileté au tir. Elle abattit les trois cibles en quelques secondes vidant le reste de son chargeur. Il fallait maintenant quitter l'abri en hauteur pour éviter d'être repéré à cause du bruit des tirs. Son fusil fut transformé en redoutable appas en le reliant à un astucieux mécanise artisanal déclenchant la chute de l'un de ses katanas imbibé de sang venimeux sur tout idiot qui tenterait de soulever le flingue. Elle était passée maitre dans l'art de la guérilla.

La jeune survivaliste, décidée à en découdre, s'embusqua en attendant une nouvelle proie. Ce fut un infiltrateur qui tomba dans le panneau. L'imprudent désactiva son bouclier holographique et ramassa le fusil. Il esquiva adroitement la chute du katana mais fut cependant éraflé par la lame ce qui suffit à le terrasser. Un second dut se piquer aux épines ensanglantées laissées derrière elle dans les arbres car elle entendit une chute lourde, suivie d'un cri d'agonie bref et douloureux. Elle pria pour que ce ne soit pas l'un de ses compagnons.

Puis, son ouïe repéra distinctement quelqu'un qui appelait au secours. C'était la voix de Wakitarō. Sa sagesse lui ordonna de ne pas bouger mais malgré son entrainement, elle ne put se résoudre à abandonner le chef des Bugbear. Elle quitta donc sa position sécurisée pour s'approcher de l'endroit d'où provenaient les cris.

Elle ne mit pas longtemps à atteindre un gros bloc de pierre sur lequel Wakitarō se tenait à genou la pointe d'un sabre sur la gorge. De toute évidence un autre infiltrateur et sans doute un artiste étaient également dissimulés à proximité. Ils étaient talentueux mais pas assez pour elle.

- Montre-toi salope ou nous tuons ton pote, cria l'infiltratrice qui tenait le sabre.

Celle qui avait flirté dans le couloir avec Fusajirō.

Son cri se perdit dans un gargouillement horrible noyé dans le sang quand Emma surgit dans son dos et lui transperça le ventre avec son épée. Elle rejeta le corps avec son pied et le laissa s'écraser au pied du rocher. Wakitarō devait être mis en sécurité au plus vite. Des balles fusèrent autour d'eux s'en parvenir à les toucher. Dans leur fuite, ils tombèrent nez à nez avec Haran et le joueur de flute. Le junkie hippie aux dreadlocks paraissait sous l'emprise de puissantes drogues et il se jeta sur elle comme un diable bondissant hors de sa boite. Le joueur de flute entama un nouvel air mais Emma isola ses sens et désactiva son ouïe pour ne pas subir de sévices mentaux. Wakitarō se mit à courir contre un arbre et se cogna la tête jusqu'à ce qu'il tombe au sol sans connaissance la face transformée en chair sanguinolente.

Emma esquivait les coups furieux de son adversaire et lui trancha un bras avec son arme blanche. L'artiste ne sembla pas le moins du monde perturbé par son membre mutilé et poursuivit ses frappes sauvages comme si de rien n'était. Elle dut esquiver plusieurs fois tout en gardant un œil sur le musicien qui tentait de la contourner. Ce dernier projeta soudain plusieurs micro-fléchettes à l'aide de sa flute transformée pour l'occasion en sarbacane meurtrière. Emma agrippa Haran et se servit de son corps comme d'un bouclier pour se protéger des projectiles. Le Hippie reçut dans le dos les fléchettes. Ses yeux se révulsèrent et il s'écroula au sol, tétanisé. La rose épineuse en profita pour lancer avec force son katana en direction du musicien dans le but de l'empaler. Il fut projeté en arrière sur plusieurs mètres, et cloué à l'arbre le plus proche.

Emma récupéra son arme et vérifia l'état de santé de Wakitarō. Ce dernier respirait encore. Elle le dissimula tant bien que mal dans un arbuste épineux après lui avoir prodigué les premiers soins.

Il ne restait plus grand monde à tuer. Aussi, elle retourna au pied du grand rocher où avait chuté la jolie Tahora. Elle lui retira ses vêtements. Puis, elle dépeça minutieusement la fille ne laissant que sa chair à vif sur ses os. Plus rien ne l'atteignait. Tous ses sentiments avaient été mis en veille à l'instant où elle avait franchi l'entrée de l'arène de combat. Ce n'était plus qu'une bête fauve en pleine jungle. Elle arracha le cœur et le porta à sa bouche pour aspirer l'âme de sa victime. Le loup en elle avait faim. Le sang poisseux et encore chaud fut intégré rapidement par les fentobots. Elle le dévora à pleines dents puis hissa le cadavre sanguinolent sur ses épaules et l'apporta au pied d'un arbre. Elle retira tous ses vêtements et confectionna une corde improvisée en lacérant ces derniers en de longues bandelettes. Le corps de Tahora put alors être suspendu par les pieds à une grosse branche. Son stratagème pouvait commencer. Elle se mit à crier à gorge déployée.

- Je vais tous vous massacrer jusqu'au dernier. Je vous ferai souffrir, je vous mutilerai et je vous dévorerai.

Elle ne tarda pas à voir arriver l'infiltrateur et l'artiste qui s'était dissimulé lors de la dernière attaque.

- Où est cette folle, chuchota l'un d'eux. Il se pencha sur elle et lui donna un petit coup de pied puis se retourna vers son collègue.

- Elle était trop mignone Tahora, le boss va être furax quand il va apprendre ça.

Des gouttes de sang tombèrent sur le bras de l'artiste. Il leva les yeux et découvrit avec horreur le cadavre mutilé et dépecé de la femme se balancer la tête en bas.

- Il faut prévenir nos chefs, nous avons à faire à une dégénérée.

- Je dirais même plus, vous avez à faire à une schizophrène anthropophage.

Le corps de Tahora, couché au sol, se redressa et se jeta sur les deux hommes pris par surprise. Emma avait revêtu la peau et les vêtements de Tahora pour les tromper à la perfection. Ils tentèrent de lutter au corps à corps pour leur survie mais sa force était telle qu'elle ne mit pas longtemps à briser la nuque du premier et à casser le bras du second. Il tenta de ramper pour lui échapper mais elle se releva et lui planta le katana dans le dos jusqu'à la garde.

Emma retira ses vêtements et la peau humaine. Nue et couverte de sang, elle fouilla le corps de l'infiltrateur et trouva l'appareil qui générait l'hologramme de dissimulation. Elle s'équipa du système de camouflage et partit à la rencontre des deux derniers survivants. Les deux chefs : Fusajirō et Kotomi.

L'arène était particulièrement grande et elle se demandait comment le clan parvenait à créer de tels paysages. Son énergie commençait dangereusement à baisser. Il lui faudrait trouver quelque chose ou quelqu'un à dévorer pour ne pas tomber dans les pommes avant la fin de la journée.

- Aide-moi, Emma, je t'en supplie.

Elle entendit ce cri de souffrance qui la fit frissonner. Etait-ce possible ? Elle se précipita dans sa direction et déboucha sur une grande clairière. Christophe se tenait devant elle. Elle désactiva son hologramme de dissimulation et courut vers son homme.

- Tu es vivant, tu es là pour moi ? Elle était éperdue de bonheur.

Christophe la prit dans ses bras et l'entraîna dans les fourrés. Il l'embrassa avidement et elle lui rendit ses caresses avec amour et passion. Quel bonheur de se retrouver dans ses bras. Elle se laissa abuser un moment par des attouchements plus qu'osés. Le prince Néphilim profitait de l'avoir nue collée contre lui. Christophe, enchanté, pénétra sa jeune maitresse violement. Il emprisonna entre ses solides poignes sa gorge et serra. Tout d'abord encline à ce petit jeu pervers très excitant, lui rappelant sa toute première fois, Emma commença à manquer d'air. Elle tenta de repousser doucement puis plus fermement son entreprenant partenaire. Il ne lâcha pas prise. Elle commença à se débattre mais rien n'y faisait. A bout d'énergie, elle ne pouvait plus lutter contre la force supérieure du Néphilim. Son visage devint blême et son regard vitreux. Elle se surprit cependant à jouir fortement sans pouvoir émettre le moindre bruit. Avant que la mort ne l'emporte, elle aurait au moins pris du plaisir une ultime fois avec l'amant de sa vie. Elle sentit une douce chaleur envahir le creux de ses reins. Son amant l'avait rejoint au septième ciel.

C'est alors qu'une gerbe d'hémoglobine vient éclabousser son corps et son visage. Une lame venait de transpercer le corps de

Christophe. Elle se libéra de l'étreinte fatale et constata avec surprise, tout en reprenant son souffle, que les traits du Néphilim changeaient. Elle voulut crier mais le corps qui tomba sur elle n'était pas celui de son amour mais celui de Kotomi. Cette dernière avait joué de ses pouvoirs de manipulation mentale pour la tromper. Comment avait-elle pu se faire avoir de la sorte. Elle ignorait que cette dernière avait également la faculté de changer d'apparence. Tarō retira sa lame et lui adressa un grand sourire. Une ombre passa à côté de lui. Son sourire se figea et du sang gicla de sa bouche. Sa tête tomba et roula au sol suivit par son corps décapité. Emma hurla de rage.

Fusajirō désactiva sa protection holographique.

- Ainsi, tu es la rose épineuse. Je suis le meilleur élève assassin de ce dojo. Voyons qui de nous deux remportera la mise.

Il leva devant lui son grand sabre et se mit en position de combat.

- C'est bien toi qui m'a drogué pour me laisser crever dans le dortoir maudit ?

- Oui, j'ai bien failli y laisser ma peau aussi.

- Tu es déjà mort mais tu ne le sais pas encore.

Ils foncèrent l'un vers l'autre et leurs lames s'entrechoquèrent. Fusajirō était effectivement un adversaire d'une toute autre envergure. Il ne semblait pas se fatiguer des attaques incessantes qu'elle lui portait. Ses techniques étaient parfaites. Des drogues associées à diverses améliorations cybernétiques devaient améliorer considérablement sa vitesse et sa résistance. Par ailleurs, son expérience du combat pratique était nettement plus importante que celle d'Emma. Elle fut touchée par plusieurs coups vicieux. Fusajirō fut cependant légèrement déboussolé quand il constata que les blessures qu'il infligeait se refermaient.

Elle sentait son énergie décroitre rapidement face à l'intensité du combat. Combien de temps encore pourrait-elle tenir face à un adversaire aussi parfait ? Passée en position défensive, il lui fallait réagir au plus vite. Elle tenta plusieurs bottes secrètes acquises lors de sa formation mais à chaque fois l'assassin la contrait ou encaissait de simples égratignures. Finalement acculée, elle sentit que la défaite approchait. Son énergie était épuisée depuis un certain temps et seul son mental la tenait. Les blessures avaient du mal à guérir seules. Cependant, Fusajirō commençait lui aussi à montrer des signes de fatigue. Sa garde était moins ferme. Emma activa son tatouage holographique.

- Qu'est-ce que c'est que ça, cria le guerrier en voyant la rose se former sur le corps de la jeune fille et les pétales filer vers lui et exploser en gouttelettes de sang. Il leva instinctivement son arme pour se protéger. En une fraction de seconde, il comprit son erreur mais c'était trop tard, la lame d'Emma était déjà profondément enfoncée dans son ventre. Il mit un genou à terre et tenta d'extraire le katana qui le transperçait. Du sang coula de la blessure.

- Tu m'as tué rose épineuse. Que la mission qui est la tienne couvre de gloire notre clan. Je te souhaite tout le succès qui est le tient.

Il s'écroula sur le sable, mort.

Emma se laissa choir à son tour en pleurant. Elle devrait s'endurcir pour survivre mais elle avait survécu. C'était le principal.

V

Galahad plongea dans la tranchée. Ses hommes étaient en train de se faire décimer sur le champ de bataille. Impossible de faire appel à l'artillerie ou à l'aviation, les deux lignes de front étaient bien trop proches. La plupart des engins de combat avait été détruit de part et d'autre. Aussi, chaque camp s'affrontait au corps à corps. A cet exercice, les démons, par nature, excellaient. Le simple fantassin tenait tête à de nombreux soldats bien entrainés. Heureusement, les armes et les protections du Consortium de la Voie Lactée dépassaient largement celle du Conglomérat d'Andromède. Cependant, ils avaient beau en tuer en masse, leurs ennemis revenaient toujours plus nombreux et plus meurtriers.

Il rampa discrètement vers sa cible. La créature était entourée d'une myriade de Fgrath, des sauterelles humanoïdes qui faisaient un excellent corps de reconnaissance. Il frappa vite et bien en surgissant de sa cachette. Le démon cornu s'effondra au premier coup d'épée. Cependant sa garde rapprochée allait lui donner du fil à retordre. Il déploya ses ailes et s'envola, pourchassé par l'essaim de monstrueux adversaires. Au-dessus de lui, le sol noir était constellé de cratères et de carcasses d'engins. Pourquoi se battre pour ce vulgaire caillou ? Voilà plus d'un mois qu'ils s'entretuaient dans ce coin perdu de l'univers.

Un tir de laser le toucha à la cuisse. Il piqua à une vitesse vertigineuse vers le sol pour semer ses adversaires puis slaloma entre les carcasses pour les voir un par un disparaitre incapable de le suivre dans sa folle échappée. Puis quelque chose de massif se dressa devant lui. Il esquiva le premier tir mais le second le toucha de plein fouet. L'ange s'écrasa au sol.
Son armure lui avait sauvé la vie mais il était bien amoché. Il reporta son attention sur son nouvel ennemi. Un titanesque robot de combat se dressait devant lui. Il pensait qu'ils avaient tous été détruits lors du début de l'opération terrestre. Ces géants de métal haut comme un immeuble étaient de véritables machines de destruction massive. Leur apparence cauchemardesque contribuait à instaurer un climat de terreur sur les champs de bataille. De multiples pointes

partiellement rouillées dépassaient de son blindage lui procurant une protection comme l'auraient faites les épines d'un hérisson. Face à tel adversaire, il avait peu de chance de survie et devait fuir sans tarder. Un nouveau tir bien placé le projeta à une dizaine de mètres plus loin. Le robot s'amusait avec lui en n'utilisant que des armes secondaires. Il aurait pu le tuer sans difficulté. Allait-il terminer son existence sur ce champ de bataille ? Il repensa à Emma. Cette fille le hantait. Il n'arrivait pas à oublier son visage. Il l'aimait d'un amour vrai presque aussi fort que celui qu'il portait à Dieu. Cette pensée lui donna un regain d'énergie qui lui permit de se cacher derrière une carcasse de tank pour éviter de se faire incinérer par un jet d'acide fumant. De toute évidence, l'autre avait décidé finalement d'en finir avec lui. L'ange vit les lances roquettes se déployer sur son bras gauche prêt pour l'expédier dans un autre monde qu'il espérait plus serein.

Cependant, une explosion se produisit à l'endroit même où les roquettes auraient dû être tirées. Etait-ce dû à un malfonctionnement ? Quelque chose de minuscule virevoltait autour du géant de métal et lui portait d'insignifiants coups qui se révélaient finalement mortels. En quelques minutes d'affrontement, le robot montra des troubles puis se déstabilisa avant de s'effondrer au sol.

Saint-Michel se posa à proximité de Galahad. Le géant ailé en armure de combat lui tendit la main pour qu'il se relève.

- Commandant ! Je ne savais pas que vous étiez dans le secteur.

- On dirait que je me suis trouvé au bon endroit, au bon moment. Je suis ici pour te confier une mission capitale venant directement de Dieu en personne. Tu vas vite comprendre pourquoi il t'a choisi.

Banguisa traversa le tarmac sous la chaleur étouffante et la moiteur des tropiques. Il était de retour dans son pays natal qu'il avait quitté plusieurs années auparavant. On ne pouvait pas dire que cela le réjouissait mais il devait reconnaitre qu'il aimait sa terre natale même si la RDC était l'un des principaux lieux au monde où des massacres de masse étaient commis en toute impunité. Les gouvernements des pays riches tendaient la main à un dictateur et aux chefs de guerre pour ramasser les ressources naturelles en délassant la population de plus ne plus pauvre et misérable.

Charlotte, la plantureuse rouquine, lui emboita le pas. Banguisa lui avait dit de mettre une tenue discrète et adaptée à la zone mais la fille n'en avait fait qu'à sa tête. Sa tenue d'hôtesse de l'air lui allait à merveille. Aussi, elle se trémoussait dans un tailleur bleu foncé et un corsage blanc laissant largement paraitre son opulente poitrine. Il est vrai qu'elle était sublime avec ses longs cheveux roux assortis à sa ceinture à gros nœud rouge et ses collants sublimant des escarpins noirs brillants.

- On reconnaît entre mille dans n'importe quel aéroport du monde un équipage d'Air France, avait dit Christian Lacroix. Pas seulement à ses « couleurs » bien sûr, mais à ce mélange d'allure et de style inexprimable.

Charlotte en était une ambassadrice extraordinaire.

Ils atteignirent la douane et les ennuis commencèrent pour Banguisa. Malgré sa couverture solide de reporter, les militaires commencèrent une fouille au corps et réclamèrent à leur « frère » de l'argent pour nourrir leur famille. Tu parles, c'était plutôt pour se payer de l'alcool ou une trop jeune prostituée au bordel.

 A sa grande surprise le déguisement d'hôtesse de l'air de Charlotte lui permit de passer sans trop d'encombres. De toute évidence, les soldats avaient reçu consignes de leur supérieurs de ne pas importuner le personnel navigant. Ce n'était pas bon pour l'image du pays. La fille eut quand même le droit à une palpation corporelle en règle par une femme en treillis.

Ils se rejoignirent derrière les vitres de la douane avec leur valise à la main.

Une charmante jeune métisse les attendait à la sortie. D'origine congolaise, elle était de petite taille et possédait un joli minois plutôt clair avec des yeux en amande et des joues proéminentes. L'autochtone aux cheveux courts portait des rangers et un short kaki enserrant un fessier magnifique que seules les africaines avaient la fierté de posséder. Son maillot de corps taché de sueur et imprimé d'un drapeau de la RDC usé, était trop petit pour elle. Il laissait paraitre un ventre plat et musclé ainsi qu'une magnifique poitrine, généreuse et parfaitement soutenue. Le gaillard réprima un début d'érection.

- Je vous attends depuis déjà une heure. Votre vol a eu du retard. Il ne faut pas tarder, dit-elle en français sans un seul accent du pays. Elle jeta un regard dédaigneux à Charlotte en la dévisageant de la tête au pied.

- Je suis sûr qu'elle est jalouse de tes fringues, répondit Banguisa quand la métisse s'éloigna.

- Ne t'inquiète pas pour moi, mon grand.

On lui avait imposé la jeune et jolie extraterrestre de Mitra malgré ses protestations sans fin. Il ne voulait pas devenir la cible d'une planète tout entière si elle venait à périr par sa faute dans un des coins les plus dangereux de la Terre.

Ils lui emboitèrent le pas pour grimper rapidement dans un Range Rover Commander parfaitement équipée pour affronter les affres de la jungle. Un massif congolais portant une casquette de baseball américain était au volant et démarra sur les chapeaux de roues.

- Je suis désolée de vous presser mais j'ai reçu l'ordre de vous accompagner au village de Nitani avant la tombée de la nuit. La route est longue et il nous faudra au moins six heures pour y arriver. Je m'appelle Kenyata, ravie de vous rencontrer, ajouta la fille.

Banguisa observa derrière la vitre les grandes maisons des riches habitants de Kinshasa. Puis le véhicule quitta le centre-ville pour rejoindre des quartiers plus pauvres où la misère prenait le pas sur le luxe décrépi. Les militaires étaient déjà moins présents. Le 4x4 passa à côté du stade et manqua de percuter un groupe de supporters enivrés. Ils étaient des centaines et auraient pu prendre à partie le véhicule mais au lieu de ça ils se mirent à chanter et danser dans les rues. Il faut croire que leur équipe avait gagné cette fois-ci. Finalement, ils quittèrent la ville tentaculaire et ses faubourgs mal famés pour pénétrer sur une piste de brousse qui laissa place à la végétation luxuriante le long du fleuve Congo.

Emma et Chul-Hei avaient disparu. Starburst n'avait trouvé aucune trace d'eux. Même le gros cerveau dans sa cuve n'avait pas été capable de trouver un seul indice. Aussi, Banguisa avait réactivé son réseau mafieux pour en connaitre un peu plus sur ce gang des Rippers. A sa grande surprise c'est en contactant le père Mathieu, celui-là même qui s'était occupé de son éducation pour le remettre dans le droit chemin, qu'il apprit de sa bouche que le gang avait un émissaire en RDC. Il avait convaincu le curé d'organiser une rencontre dans sa paroisse en prétextant une histoire de gros sous.

Le véhicule se mit à freiner brutalement.

- Qu'est ce qui se passe ? demanda Banguisa.

- Un barrage. Ce ne sont pas des militaires de l'armée gouvernementale. Surement des rebelles ou des mercenaires. Je n'en ai jamais vu aussi près de la capitale, répondit le conducteur.

- Il est trop tard pour faire demi-tour, annonça Kenyata. J'ai de quoi négocier avec eux.

- J'espère que vous n'allez pas leur proposer votre cul, déclama Charlotte sur un ton dédaigneux.

La métisse retira instinctivement un colt 45 caché sous son siège et le braqua vers l'extraterrestre d'un air menaçant.

- Et ça tu veux que je te le cure quelque part ?

Charlotte ne sembla aucunement paniquée en affichant un large sourire inquiétant.

- On se calme, mesdames et on garde son sang-froid. Les ennemis sont en face, ordonna Banguisa d'une voix tonitruante.

La voiture reprit sa route et s'arrêta au niveau du barrage. Il était constitué de deux camions rouillés et bâchés et des plusieurs véhicules tout-terrains dont la fin de vie avait largement été dépassée. L'un d'eux supportait une grosse mitrailleuse qu'un militaire braquait de façon intimidante dans leur direction. Ils étaient au moins une dizaine et tous biens armés. L'un d'eux pointa sa kalachnikov et fit signe au chauffeur de descendre. Kenyata sortit du véhicule les mains en l'air et s'adressa à lui en Inguala. Quelques minutes passèrent et elle revint à l'intérieur.

- C'est bon, ils vont nous laisser passer contre de l'argent.

Elle sortit une liasse de dollars de la boite à gant et retourna vers le soldat. Il acquiesça de la tête et empocha l'argent puis ordonna aux hommes de pousser leurs véhicules pour libérer le passage.

- Tu vois, elle a l'air de connaitre son job, remarqua Banguisa.

- Elle ne m'inspire pas confiance, ajouta la reine Néphilim.

Au moment où Kenyata allait rouvrir la porte, un autre soldat surgit d'un des camions. Il était torse nu et portait une casquette de général ainsi que de grosses lunettes de soleil. Il ordonna à ses hommes de faire descendre les passagers. Ces derniers s'exécutèrent en avançant vers la voiture l'air menaçant.

- Obéissons, lâcha Kenyata.

Ils sortirent tous du véhicule. Naturellement, Charlotte provoqua quelques rires et sarcasme parmi les hommes d'armes.

Le chef s'avança vers eux avec un pistolet à la main.

- Où va donc ce joli équipage ? demanda-t-il. Ce n'est pas tous les jours que l'on voit une hôtesse de l'air par ici. Dites les gars, vous vous êtes déjà tapés une hôtesse de l'air. En plus celle-là est plutôt bien foutue. Dis-moi ma mignonne, ça te dirait une petite passe dans mon camion rien que toi et moi pour commencer.

Banguisa posa une main sur le bras de Charlotte et se plaça entre elle et le militaire.

- Nous avons de l'argent et nous pouvons très largement participer à votre cause. Nos amis sont puissants et …

- Je n'ai que faire de ton fric et de tes amis. C'est son cul qui m'intéresse.

Le militaire tenta de le frapper avec la crosse de son pistolet. Banguisa esquiva habilement le coup mais un nouveau garde le braqua en lui imposant de se calmer.

Le chef attrapa le bras de Charlotte et la tira à lui. La fille semblait décomposée. Elle avait perdu de sa superbe et paniquait réellement.

- Laissez-moi, supplia-t-elle, les larmes aux yeux.

L'homme la gifla et l'envoya rouler à terre. Il se précipita sur elle et l'entraina dans le camion. Ils entendirent des cris et l'engin se mit à bouger. Charlotte criait et suppliait pendant que l'homme était en train de la violer sauvagement. Puis une fois son plaisir pris, il jeta la fille à l'extérieur. Tant bien que mal, elle referma son chemisier et réajusta sa jupe pour courir en direction de la jeep en pleurs.

- Laissez les partir, cria le chef de l'intérieur du camion. Ils ont payé leur droit de passage.

Les hommes rouspétèrent mais exécutèrent son ordre craignant pour leur vie.

La Range passa le barrage lentement.

Banguisa s'approcha de Charlotte pour vérifier son état de santé. Elle lui adressa un sourire carnassier.

- Accélérez, je pense qu'ils ne vont pas tarder à se rendre compte de la supercherie.

- Que veux-tu dire, par là ?

- Franchement, tu crois que je me serais fait violer sans broncher. J'ai joué la comédie pour me retrouver avec lui dans le camion. Je l'ai froidement assassiné et j'ai simulé mon agression sexuelle.

- Et sa voix.

- Tu as encore beaucoup à apprendre de mes capacités. On t'a bien dit que j'étais la meilleure de ma promotion pourtant. En tout cas merci pour le coup de main.

- Mais… .

Une balle siffla à leur oreille. Les puissants véhicules militaires se lançaient effectivement à leur chasse et malgré leur âge gagnaient déjà du terrain.

Kenyata ouvrit sa portière et se pencha à l'extérieur pour mieux ajuster les poursuivants. Banguisa récupéra un M16 et passa la tête par le toit ouvrant pour ouvrir le feu de façon méthodique. Ses tirs d'une précision chirurgicale mirent bien vite en déroute la guérilla. Pourtant une balle toucha à l'épaule la métisse qui ne put se retenir et tomba par la portière ouverte.

Charlotte ouvrit alors sa porte et se laissa à son tour tomber au sol. Elle roula et se rétablit de façon totalement inhumaine. La reine des Néphilim se surprenait elle-même. Pourquoi risquer une balle pour cette fille insolente ? Son instinct supérieur lui disait que cette femme avait son importance. Elle fonça dans sa direction, la souleva par la taille et la projeta dans les fourrés. L'instant d'après, une camionnette la percutait de plein fouet, l'envoyant rouler une dizaine de mètres plus loin. Les soldats descendirent mais Banguisa était déjà là pour les abattre méticuleusement. Il fallait faire vite car les autres véhicules arrivaient déjà sur eux. La grosse mitrailleuse cracha ses plombs dévastateurs non loin de lui.

Il chargea Kenyata sur son dos et la coucha sur la banquette puis il s'approcha de Charlotte. Elle ne bougeait pas et son corps avait une posture grotesque avec ses membres cassés qui se pliaient dans tous les sens. De toute évidence, il y avait aucune chance qu'elle ait survécu au terrible choc. Il chargea son cadavre sous le feu ennemi et redémarra en trombe pour semer leurs poursuivants.

La balle avait traversé l'épaule de Kenyata en ne touchant, par miracle, ni os, ni artère vitale. Elle devrait se remettre vite. Après avoir désinfecté la plaie, il lui fit un bandage et lui administra un antidouleur à l'aide d'une seringue. Elle le regarda sans brocher.

- Je suis désolé pour ta copine. Elle s'est sacrifiée pour me venir en aide. Jamais personne n'avait fait ça pour moi. Je lui dois la vie.

Dans le coffre, Banguisa jeta un coup d'œil sur le corps sans vie de Charlotte. Putain, comment ils en étaient arrivés là ?

Le véhicule parvint finalement au village. Il n'avait pas changé depuis la dernière fois où il l'avait quitté pour partir en Angleterre. Sa grande église en torchis ocre et ses maisons en tôles lui donnaient un aspect de bidonville. Pourtant les habitants étaient de braves gens, cultivateurs pour la grande majorité.

Ils furent accueillis sur le perron de l'église par l'ecclésiastique et tous les enfants du village. Bon nombre était orphelin. Le curé avait l'apparence d'un vieux bonhomme qui portait le poids des années sur ses épaules. Malgré son âge avancé et la fatigue, il semblait toujours animé par une étincelle divine qui lui donnait une énergie extraordinaire. Il fut consterné d'apprendre la mort de Charlotte.

- Nous ferons une cérémonie à sa mémoire dès demain. Qu'elle repose en paix dans la demeure du Seigneur.

Le curé en sueur les conduisit dans son presbytère et leur offrit un verre d'eau glacée.

- J'ai un groupe électrogène et un réfrigérateur que la paroisse m'a offert. Vous pourrez dormir ici en paix. Je suis heureux de te revoir Banguisa même si ta venue ici semble apporter le malheur à tes amis. Pourquoi donc as-tu souhaité rencontrer ce chef de guerre ? Nous risquons gros dans cette histoire.

- Merci, mon père, de nous apporter votre aide. Nous vivons dans un monde bien étrange et seul Dieu peut nous apporter son aide. Je suis un combattant à son service. Des amis, fidèles serviteurs du

Seigneur, ont disparu. Ce chef de guerre, membre d'un gang international portant le nom de Rippers, est la seule piste dont je dispose pour retrouver mes amis. Je ne peux hélas pas vous en dire plus pour le moment.

- Je vois, tes secrets sont tiens et je te viendrai en aide, mon enfant. Mulumba, le chef de guerre, sera là demain, à ma demande. Je t'en conjure ne fais rien qui pourrait mettre en danger la vie de mes paroissiens. S'il vient, c'est qu'il a une relative confiance en moi car nombre de fois j'ai porté secours à ses camarades blessés, de pauvres bougres du coin, embrigadés dans sa milice paramilitaire.

- Rassurez-vous, mon père, nous ne ferons rien qui pourrait vous porter préjudice, répondit Banguisa, pas certain du tout de ses dires.

Après un repas local fait de poulet à l'arachide, de riz et de bananes plantains, Banguisa rejoignit le bord du fleuve pour fumer un cigare cubain acheté chez un caviste réputé à Londres et qu'il avait caché dans une double poche de sa veste. Assit sur un ponton, il avalait de grandes bouffées de fumée en regardant le reflet du soleil se coucher dans les eaux boueuse du fleuve. Depuis longtemps, les moustiques n'étaient plus un problème pour lui, pourtant il en écrasa un, plutôt téméraire, sur son bras.

- De retour au pays, dit une voix masculine dans son dos.

Il se retourna pour voir un jeune homme plutôt grand, chichement vêtu.

- Jean Bryce, tu n'es pas encore tombé de ta barque pour te faire dévorer par un crocodile.

Banguisa se précipita dans ses bras.

- Tu m'as manqué, mon frère.

- Toi aussi mon ami et te voilà revenu au pays.

- Oui, j'ai quelques affaires à régler ici avant de me retourner en Angleterre.

- Allez viens, raconte-moi ta vie, là-bas. Je veux tout savoir. Combien as-tu tombé de filles ?

Ils s'en allèrent bras dessus, bras dessous.

Il quitta son ami tard dans la nuit pour aller se coucher au presbytère. L'alcool de palme l'avait sérieusement enivré et il titubait légèrement quand il croisa Kenyata. C'était aussi une bonne façon d'oublier la mort de Charlotte.

- Tu ne dors pas, ma belle.

- Non, et toi tu n'aurais pas dû boire. Tu auras besoin de toutes tes forces demain.

- Qui es-tu exactement, raconte-moi ton histoire ? demanda Banguisa.

- Il n'y a pas grand-chose à raconter. J'ai été fille mère à l'âge de 14 ans. Mon enfant n'a survécu que trois mois avant d'être emporté par le choléra. J'ai décidé de fuir la guérilla pour rejoindre la capitale cachée dans les cales d'un bateau qui descendait le fleuve. Puis de bordel en bordel, je me suis faite un peu d'argent pour finalement monter une boite de guides touristiques.

- Ok, mais ta vraie histoire, c'est quoi, le coupa le grand étudiant.

- La vraie… . Mon père était un riche industriel belge. J'ai suivi les meilleures études avant d'être recrutée à Brazzaville par l'armée française. Comme tu dois t'en douter, je fais partie du service action de la DGSE et j'ai le grade de capitaine. Et toi. Pourquoi mes supérieurs m'ont demandé d'assurer votre sécurité. Tu sembles avoir des liens étroits avec notre pays.

- Capitaine de la DGSE. Je ne suis qu'un élève officier de la RAF au sein d'une académie Anglaise. Je n'ai pas le droit hélas de t'en dire plus pour ta propre sécurité mais ma mission est capitale.

- Et la rouquine ?

- Une élève également.

- Vous n'êtes pas des élèves comme les autres ou tu me racontes des cracs. Votre façon de combattre surpasse celle des meilleurs agents que j'ai côtoyés. Vous êtes un peu jeune pour des doubles zéros du MI6. Mais tu as raisons, nous avons tous des secrets à garder. C'est un honneur de combattre à tes côtés.

Elle lui déposa un baiser sur la joue et le raccompagna jusqu'à son lit. Après avoir soulevé la moustiquaire, il s'écroula et se mit à ronfler sans demander son reste. Dommage, elle aurait bien fait l'amour avec lui cette nuit.

Banguisa se réveilla avec un méchant mal de crâne. Il s'aspergea le visage avec l'eau tiède d'une bouteille d'eau minérale. Le bruit d'une rafale de mitraillette termina définitivement de le réveiller. Il souleva son matelas pour en sortir le M16 et demanda à son IAI de le placer en mode combat.

- Que dit ton radar ?

- De Nombreux véhicules sont arrivés dans le village. Des hommes armés en nombre sont en train de rassembler les villageois.

Banguisa se plaqua le long d'une fenêtre et observa l'extérieur.

- Où sont les étrangers ? demanda un militaire en treillis au père Mathieu.

- Les voix du seigneur sont impénétrables, mon fils. Venez confesser vos pêchers. Vous ne voyez pas que vous effrayez ma communauté, Mulumba. Il n'y a que de saines brebis, ici.

- Je n'ai que faire de tes histoires, vieux fou.

Mulumba tira son revolver à gros calibre de son étui et tira une balle en pleine tête du curé. Ce dernier s'écroula sans vie sur le perron de son église. Les gens hurlèrent.

- Rasez moi ce village et trouvez-moi les étrangers. Je ne veux pas d'autres survivants, cria le militaire.

Il était grand et fortement musclé. Vêtu d'un gilet pare-balles beige, d'un treillis uni et d'un étrange casque d'explorateur colonial historique, il paraissait tout puissant. Dans une main, il portait une machette parfaitement aiguisée et dans l'autre son gros 44 magnum à six coups.

Le massacre commença méticuleusement. Banguisa ajusta plusieurs soldats mais leur nombre faisait leur force. Quand il en tuait un, deux nouveaux revenaient à la charge. On aurait cru qu'il avait affaire à une véritable armée. La capitaine de la DGSE et son chauffeur semblait également donner du fils à retordre à la guérilla mais bientôt il n'entendit plus de coups de feu en réplique aux mitraillages en règle des assaillants. Putain de guerre. Et dire qu'il allait crever ici chez lui alors qu'il avait survécu à temps de pièges dans des zones de guerre bien plus redoutable. Mais voilà, à chaque fois, il était accompagné de sa curie. L'union fait la force avait dit le commandant Fleshter. Emma lui manquait cruellement. Elle leur aurait trouvé un plan d'évasion. C'était certain.

Il enregistra la position des ennemis grâce au scanner et activa un visuel du satellite espion qu'il avait détourné. La recrue de Starburst était cernée. Il s'était fait piégé comme un rat mais il donnerait cher de sa peau. Puis, Mulumba se présenta devant le presbytère. Il tenait contre lui la jolie métisse et il braquait son calibre sur sa tempe.

- Sors de là et je lui laisse la vie sauve.

- Obéis lui, supplia la militaire française.

Banguisa savait qu'elle n'avait aucune chance de survivre mais son cas n'était pas meilleur. Il avisa l'hélicoptère qui venait de faire son apparition au-dessus de la place du village. Un vieux modèle mais suffisamment puissant pour pulvériser son sommaire abri à l'aide de ses roquettes. Il posa son arme et sortit les mains sur la tête en enjambant les cadavres des soldats qui avaient tentés de lui faire la peau. Immédiatement des hommes le mirent à terre et lui ligotèrent les mains avec des liens en plastique. Il n'avait pas à faire à de simples de rebelles mais à une véritable armée d'élite déguisée en ploucs de la jungle.

Kenyata repoussa Mulumba.

- Rasez moi ce village de cutéreux, nous allons pouvoir interroger ce jeune élève, dit d'une voix glaciale la jolie métisse. Emmenez-le à l'intérieur de l'église, je vais m'occuper de son cas.

Le massacre commença. Banguisa ragea et voulut se débattre en vociférant mais l'un des soldats le frappa avec son fusil à la tempe pour le faire taire.

Il rouvrit les yeux, ligoté sur un siège face au seigneur sur sa croix en bois. Le corps de Charlotte avait été glissé dans un sac mortuaire pour éviter sa décomposition prématurée. Les coups de feu et les cris atroces des victimes exécutées avaient cessé.

Kenyata et Mulumba se tournèrent vers lui.

- Ainsi tu recherches les Rippers. On peut dire que tu les as trouvés, mon grand, railla Mulumba avec un fort accent, tout en jouant avec sa machette.

- Tu leur voulais quoi aux Rippers ? demanda Kenyata.

Elle avait pris une apparence cruelle, presque malsaine.

- Je vous tuerai tous de mes propres mains. Et si je meurs avant, mes amis vous retrouveront et vous feront payer ce crime contre l'humanité, hurla Banguisa.

- Que veux-tu de nous ? Je n'aime pas me répéter, hurla la métisse.

- Votre chef, je veux rencontrer votre chef. Je ne parlerai qu'en sa présence.

- Tu veux rencontrer Snake, et bien je te souhaite bien du plaisir. Maintenant, tu vas nous dire pourquoi tu veux voir notre chef.

Crois-moi, j'ai un très bon moyen pour arriver à te faire parler, tu vas adorer.

Kenyata passa sa langue sur ses lèvres de façon assez provocante et ordonna à son complice de monter la garde devant la porte.

Elle s'avança vers Banguisa et posa sa main entre ses jambes.

- Voyons voir ce qui se cache là-dessous.

Elle s'agenouilla devant lui et descendit doucement la fermeture éclair de son pantalon.

- Ne me touche pas, sale putain.

Il lui cracha au visage. La fille se releva et essuya tranquillement la salive qui coulait le long de sa joue. Elle passa ensuite son doigt mouillé entre ses lèvres avec délectation.

- Tu n'as aucune idée de qui je suis, Banguisa … et tu vas bien vite l'apprendre à tes dépends.

Elle se remit au travail en plongeant la main par l'ouverture béante du pantalon.

 - Quand je te disais que j'avais un talent pour ça. On peut dire que tu es plutôt bien membré. Tu as du en contenter plus d'une avec cet engin.

Banguisa n'en pouvait plus. Il aurait voulu hurler et se débattre mais il ne pouvait que contempler le viol de son propre corps par cette perverse assurément très douée.

Entre deux sucions, elle lui demanda d'où il venait et pourquoi il voulait voir son chef. Il refusa de parler malgré le plaisir et l'envie de tout dévoiler. A l'instant, où elle sentait qu'il allait venir, elle relâcha sa pression pour mieux le frustrer.

- On va passer aux choses sérieuses. Je puis t'assurer que tu vas parler.

Elle retira son tee-shirt pour dévoiler sa grosse paire de seins dressés puis fit glisser son short à ses pieds. Elle ne portait pas de culotte. Banguisa n'en pouvait plus. Il bavait et succombait doucement mais surement à ce supplice. Elle l'avait littéralement vampirisé.

Maintenant, il prenait réellement un plaisir malsain et se surprit à répondre à ses questions entre deux halètements de bien-être. Oui, il lui dirait tout ce qu'elle voulait pourvu qu'elle continue à le baiser comme ça. Non, il ne devait pas parler d'Emma. Non.

N'était-elle pas une fidèle servante d'Apophis ? Il lui avait donné le pouvoir des prêtresses, celui d'obtenir d'un être humain tout ce qu'elle voulait en utilisant les charmes de son corps. Elle était la grande prêtresse de Snake en personne. Oui, elle était devenue une experte avec son corps. Elle savait faire parler quiconque dans son lit.

Sa poitrine voltigeait dans toutes les directions à chacun de ses mouvements, envoyant des arcs de sueurs dans les airs. Elle ruisselait et tremblait de plaisir en se servant de l'étudiant comme s'il s'agissait d'une simple monture qu'elle chevauchait. Ce dernier avait cessé toute résistance, il était dans un état second. Sans doute avait-il déjà tout raconté.

Effectivement, Kenyata avait obtenu ce qu'elle voulait, il ne lui restait plus qu'à porter le coup de grâce. La jouissance de l'homme serait sa fin. Banguisa ne pouvait même pas utiliser ses mains ligotées pour enserrer cette poitrine sauvage ou caresser ce fessier doué de tant de célérité. Quelques va-et-vient suffirent pour le faire définitivement craquer. La prêtresse se releva sans plus lui prêter aucune attention.

- Mulumba, rentre et montre lui ce que l'on fait à ceux qui osent me souiller de la sorte.

Le géant noir fit irruption dans l'église avec sa machette à la main. Il s'approcha le sourire aux lèvres, leva son arme et l'abattit violement sur le poignet de Banguisa. La lame trancha sa main et s'enfonça profondément dans le bois épais de l'accoudoir du siège. Le tortionnaire retira le long couteau laissant le sang gicler sur le sol. Banguisa en état de choc n'avait pas eu le temps de crier. Le bourreau réitéra son geste pour amputer le bras encore valide de sa victime. Cette fois le torturé lâcha un long cri de douleur quand son membre tomba mollement au sol. Son IAI rentra en action pour lui administrer les premiers soins et tenter d'endiguer les hémorragies mais le congolais délirait déjà à cause de ces atroces mutilations.

- Laisse le crever, ici, ordonna la métisse. On rentre à la base.

Ils quittèrent l'église sans jeter un seul regard au supplicié.

Mulumba ramassa une bouteille de bière fraiche dans la glacière et la lança à son acolyte. Il n'y avait plus âme qui vive. De nombreux morts, villageois et militaires, jonchaient le sol terreux imbibé de sang séché. Le massacre avait été total. Il aperçut un peu trop tard le reflet provenant de l'arme manipulée par Nora cachée dans les fourrés. Le laser lui déchiqueta la face droite rependant une bonne partie de sa cervelle au sol. L'assaut fut brutal et soudain. Les Néphilim invisibles fondirent sur les militaires et les taillèrent en pièces. Chacun s'était positionné discrètement à quelques mètres de leurs cibles pour frapper de concert et ne laisser aucune chance de répliques aux soldats. Ils tombèrent tous au sol en quelques secondes et dans un silence presque total. Les Néphilim de Nora étaient tous aguerris au combat et en parfaite symbiose entre eux depuis le retour de leur reine.

Nora voulait Kenyata vivante pour l'interroger. Elle avait suivi la scène et n'en avait pas perdu une seule miette. Aussi, elle s'occupa personnellement de la prendre en chasse. La Chasseresse Néphilim ne mit pas longtemps à la retrouver. Elle se trainait pitoyablement en gémissant, la jambe brulée par un tir de laser.

- Qui, qui êtes-vous ? Mon maître ne vous pardonnera pas cet affront, traitresse Néphilim.

- C'est toi la traitresse à ton peuple terrien, sale garce.

Nora l'assomma sans rencontrer la moindre résistance et ordonna à son groupe d'assaut de l'amener à bord du vaisseau dissimulé non loin.

Elle entra dans l'église et découvrit le corps de Banguisa. Il n'était pas encore mort et son IAI devait lutter ardemment pour le maintenir en vie. Un bras et une main gisaient au sol.

- Emmenez cet humain et réparez-le avant qu'il ne succombe.

Nora s'approcha du sac mortuaire et ouvrit la fermeture. A sa grande surprise, il contenait les restes d'un militaire récemment tué. Quelque chose se laissa tomber dans son dos et une main griffue se referma sur son cou.

- Ma reine, je suis extasiée de pouvoir enfin vous rencontrer. Votre peuple vous attend avec impatience.

Une onde télépathique lui répondit immédiatement.

- Vous avez mis un certain temps à me retrouver.

- Pourquoi avez-vous coupé le lien psychique qui nous relie à vous ? Nous sommes perdus sans votre présence. Vous êtes notre boussole, répondit Nora.

La Reine Néphilim reprit sa forme humaine.

- Vous avez choisi une apparence physique des plus gracieuses votre majesté. Jamais, puissant n'a eu si magnifique allure.

- Garde tes compliments à celle que tu sers. Je sais beaucoup de chose sur toi, Nora. Ta fidélité au nid est toute relative.

Nora avait enfoui au plus profond d'elle-même ses pensées les plus traitresses. Une jeune reine ne pourrait pas la confondre.

- Tu ne sais que ce que je souhaite te faire savoir, pensa Nora.

Elle enchaina.

- Je suis maintenant à votre service, ma reine. Dictez-moi ce qu'il vous sierra et j'exécuterai vos ordres.

- Je vais rétablir entièrement notre réseau neuro-télépathique.

Charlotte activa son réseau neuronal et établit la connexion psychique avec son nid. Tous les Néphilim du clan Uma qui avait gardé leur lien actif dans le système solaire surent instantanément que leur Reine était de retour parmi eux.

L'avion filait à bonne allure en direction de l'ile volcanique. Charlotte avait pu pénétrer l'esprit de Kenyata et obtenir les informations qu'ils recherchaient. Benguisa s'était empressé de convaincre Sir Hubert d'envoyer une curie pour l'aider à retrouver Emma et Chul-Hei. Les Néphélim avait fait un excellent travail de reconstitution moléculaires. Son bras gauche et sa main droite étaient comme neufs. Des implants cybernétiques recouverts de tissus humains synthétiques avaient remplacés ses membres. Il disposait maintenant d'une force accrue et d'une dextérité sans égale.

Les Vermillons s'étaient portés volontaires. Malgré la disparition de Christophe, ils restaient particulièrement puissants. Un certain Esteban, d'origine espagnole avait intégré l'équipe et se montrait plutôt efficace. Cassiopée quant à elle avait repris le commandement de l'équipe.

- Nous serons sur place dans quelques minutes. Préparez-vous pour le grand saut.

Chaque membre s'équipa d'un réacteur dorsal et ajusta le casque de sa combinaison de saut. Lorsque la rampe du gros porteur fut complètement abaissée, ils se jetèrent dans le vide pour se laisser filer vers la surface.

A une centaine de mètres de leur objectif, ils activèrent leurs rétrofusées pour éviter un mort certaine. C'est exactement à ce moment que des tirs de laser les accueillirent chaleureusement.

- Ils nous ont repérés, commenta Banguisa.

- Sans blague, on n'est pas aveugle, fit remarquer Baltazar.

Les lasers s'écrasèrent sur une barrière invisible.

- Restez groupés, je viens de générer un champ de force. On fonce dans le tas et pas de quartiers.

Le commando se dirigea vers l'origine des tirs et se mit à ouvrir le feu avec son propre armement. En quelques minutes, il avait investi le hangar neutralisant les tourelles automatiques de défense.

- Le comité d'accueil n'est pas digne de son nom. Soit on nous a laissé entrer pour mieux nous piéger, soit les Néphilim sont à la ramasse en ce moment.

- Tais-toi Banguisa, ordonna Cassiopée. De toute évidence, ils ont été prévenus et ont évacué leur base. C'est une chance pour nous. Notre raid aurait tourné court si nous étions tombés sur le gros de leur force. Cette installation apparait comme plutôt immense. Restez sur vos gardes.

Ils quittèrent leur équipement de vol et pénétrèrent plus avant dans la base.

- Apparemment, il y a eu un terrible combat ici. Il n'y a plus de corps mais les impacts de laser et les traces d'explosions récentes parlent d'elles-mêmes.

- Je capte un signal faible d'une IAI. C'est celle de Chul-Hei. On fonce.

Le groupe pénétra dans le temple impie. Une odeur âcre régnait dans l'immense salle.

- La source du signal se trouve en bas. Il faut descendre là-dedans.

Soudain des bruits de tambour se firent entendre. Ils résonnèrent dans les couloirs accompagnés de multiples rires aigus. La cacophonie se rapprocha rapidement. Les ombres des corridors furent bientôt chassés par une lueur rougeâtre vacillante.

- Je connais que trop bien ce bruit. Ne restons pas ici, notre vie est en très grand danger, annonça, la peur au ventre, Cassiopée.

Elle fut la première à se jeter dans le trou et fut suivie rapidement par le reste de la troupe.

- C'est quoi ces trucs ?

- Une horde de diablotins, répondit Esteban, les dents serrées. J'en ai rencontré lors d'un stage en bordure extérieure de la voie lactée, l'année dernière. Une pure coïncidence. Nous n'aurions jamais dû être confrontés à ces créatures. Tel un tsunami ou une armée de fourmis rouge, ils ravagent tout sur leur passage, ne laissant que mort et désolation. Un pur produit infernal qui n'a rien à faire sur Terre. Une horde de ces saloperies a tué tous mes coéquipiers de curie. Il faut évacuer et tirer un missile nucléaire sur l'ile.
- Comment ces trucs sont arrivés ici. Les Néphilim ?
- Je ne pense pas, répondit leur chef. Ces trucs ont dû les attaquer. Une autre force est entrée dans la partie. Une force étroitement liée à Enfer.
Ils accélérèrent l'allure sans parvenir à distancer le brouhaha derrière eux. Finalement, le commando parvint sur le promontoire qui donnait sur la falaise.
- Le signal provient d'en bas. De toute façon, il faut descendre. On n'a pas d'autres choix. Je reste ici pour vous couvrir, descendez avec vos elastocordages.
- Je reste avec toi, chef, proposa Melchior.
- Tu n'y survivrais pas. En plus d'être voraces, ces bestioles sont intelligentes, télépathes et venimeuses ajouta Esteban.
Au même moment, plusieurs petites créatures ailées à la peau rougeâtre et dotées d'ailes membraneuses surgirent de l'obscurité faiblissante. Cassiopée ouvrit le feu et parvint à en abattre une avec la plus grande difficulté. Banguisa hurla quand l'autre se mit à lui mordre profondément le bras tel un avide piranha. Il la projeta contre le sol et l'écrasa avec la crosse de son arme. Son bras inhumain le faisait atrocement souffrir.
- Décampez, je vous rejoins.
Cassiopée dressa une barrière psychique et ouvrit le feu avec son fusil à balles explosives. Le reste de la curie sauta sans demander son reste, mais Banguisa se ravisa au dernier moment. Il sortit avec toute la peine du monde un pain de C4 de son sac et régla un détonateur qu'il enfonça dans l'explosif. Cassiopée était submergée. Une myriade de créatures l'entourait et s'agglutinait sur elle. Déjà plusieurs morsures défiguraient sa combinaison de combat.
Le géant noir lança son explosif, fonça vers la télépathe, l'attrapa par la taille et se précipita dans le vide. Une seconde après, la terrible

explosion ravagea le corridor soufflant les créatures et projetant des blocs de pierres. Banguisa activa, malgré son bras blessé, son elastocordage qui se fixa instantanément à la paroi. Le système ralentit sa chute automatiquement l'amenant lui et sa coéquipière évanouie à quelques centimètres des vagues. Il plongea pour éviter la pluie de roches. Apparemment, les autres s'étaient déjà enfoncés dans les eaux. Il plaça une capsule respiratoire devant sa bouche et fit de même pour Cassiopée. Ce système léger leur permettait de convertir instantanément l'eau en air respirable. Son IAI le guida vers une ouverture dans la roche en contre-bas. Après quelques minutes de nage dans un boyau étroit, ils percèrent la surface de l'eau pour déboucher dans une petite grotte sous-marine.

- Cassiopée est mal en point, son pronostic vital est sérieusement engagé. Il nous faut une aide médicale d'urgence, précisa Banguisa.

- Je m'occupe de contacter une unité d'extraction.

Cassiopée ouvrit les yeux.

- Il est là. Je le sens, tout près de nous.

- Tout doux, ma jolie.

Cassiopée fixa les yeux de Banguisa qui s'apprêtait à lui injecter le cocktail médicamenteux réglementaire.

- Merci, dit-elle avant de défaillir à nouveau.

Melchior balaya la zone en modulant sa vision thermique.

- Il y a quelqu'un de vivant derrière cette roche.

Il s'approcha et découvrit le corps de Chul-Hei profondément endormi.

- Malin le type. Il a modulé ses fonctions vitales pour se plonger en hibernation forcée. Il doit avoir une sacrée maitrise de lui.

Une heure plus tard, un groupe de nageurs de combat surgit dans la caverne.

-SEAL Team 5, nous avons trouvé le paquet. On vous évacue vers le sous-marin. Etes-vous opérationnel pour nager jusqu'à là-bas ?

-On a deux blessés mais ça ira.

-Capitaine Trevis, Commandant de l'USS Louisiana. Je ne sais pas de quelle unité vous faites partis mais on m'a donné l'ordre de vous récupérer et d'atomiser ce cailloux. Nous allons lâcher nos tridents

II D5 et rayer ce petit coin de paradis de la carte pour plusieurs centaines d'années.

Banguisa lâcha la main de Cassiopée qui fut conduite dans le bloc opératoire.

Le sous-marin prit de la distance et les codes de lancement allaient être entrés quand le membre de la curie Benetton s'y opposa.

- Nous ne pouvons pas détruire cette ile. L'un de nos hommes est peut-être encore là-dedans.

- Qu'est-ce que vous me racontez là ?

- Emma Hasting est ma chef de groupe. Elle est lieutenant de la RAF. Nous avons des preuves formelles de sa présence récente là-bas.

- Banguisa, nos détecteurs n'ont rien trouvé là-bas. Elle n'était plus sur l'ile, ajouta Baltazar.

- Je retourne sur place scanner la zone. Nous n'avons pas couvert tous les secteurs.

- Vous n'irez nulle part, soldat. Ici, le patron c'est moi, répliqua le capitaine.

L'africain s'apprêtait à dégainer son arme quand quelqu'un dans son dos lui posa une main sur l'avant-bras.

- Je comprends ton désarroi, vieux frère, mais Emma n'est plus là-bas, ni même sur Terre.

Il se retourna et fit face à Chul-Hei, diminué physiquement mais le sourire aux lèvres. Ils se prirent dans les bras.

- Emma ne peut pas être morte, c'est une force de la nature.

- Qui te dit qu'elle est morte. La dernière fois que je l'ai vu, on l'emportait vers une planète du nom d'Aclamédia.

VI

Depuis deux semaines Stecy épluchait les comptes de l'école. Elle y avait trouvé quelques anomalies mineures et avait constaté que le budget était particulièrement important pour une petite structure dont elle n'avait jamais entendue parler auparavant. Un soir, alors qu'elle avait la tête plongée dans un dossier, son patron fit irruption dans son bureau.

- Dites-moi Stecy, votre travail se passe bien dans cette école ?

- Oui, j'ai trouvé plusieurs choses un peu étranges mais leurs comptes sont bien tenus.

- Parfais, parfais. J'ai de nouveau besoin de vos services. Un nouveau client d'une envergure très importante souhaite nous confier la gestion de ses placements. J'ai été convié à un diner d'affaire et il a voulu que vous m'accompagniez.

Stecy ne put s'empêcher de rougir.

- Mais, moi, pourquoi ?

- Je crois bien qu'il a fait partie de l'école dont vous faites le contrôle de gestion. Quand il a appris que vous étiez en charge de cette mission, il s'est montré très intéressé pour vous rencontrer afin sans doute d'échanger avec vous. Enfin peu importe. Si votre présence peut nous faire décrocher ce contrat, je vous engage définitivement. Il sortit son portefeuille en cuir et en tira une liasse de livres.

- Avec ça vous pourrez vous trouver une robe et une parure correcte sur Knightsbridge ou Bond Street. Allez chez Harrods de ma part, ils vous feront un bon prix et gardez la facture.

Stecy attendait son patron sur le perron de son appartement. Il ne s'était pas moqué d'elle en lui donnant plus de deux mille livres Sterling pour s'habiller. Peut-être après tout, avait-elle, par inadvertance, réussi à le charmer ? Quoi qu'il en soit, la comptable surdiplômée avait passé un excellent samedi à trainer dans les boutiques de luxes.

Sa robe en soie multicolore, imprimée d'un motif floral et cachemire baroque signature d'Etro, était agrémentée de finitions en dentelle noire délicate. Elle avait opté pour un fond de robe noir afin de procurer l'opacité nécessaire à ses parties les plus intimes. Une paire de bottines lacées à talons hauts lui avait fait gagner plusieurs centimètres. La robe était parfaitement ajustée et son décolleté suffisamment saillant pour mettre en valeur sa poitrine proéminente. Malgré les voiles, on ne pouvait pas louper ses formes aguichantes et ses seins d'une taille déconcertante. Ce type de vêtement était à l'opposé de sa personnalité discrète mais elle savait qu'habillée ainsi, elle ne laisserait pas son entourage indifférent et devrait clairement émoustiller son patron.

La Bentley d'Edmond arriva enfin avec de nombreuses minutes de retard. Déjà certains voisins commençaient à la reluquer de façon dérangeante. Ce fut un soulagement pour elle de pouvoir se glisser dans le véhicule dès que le chauffeur lui ouvra la porte.
- Vous êtes resplendissante Miss Hequin, dit Edmond poliment en lui jetant un coup d'œil distrait. Dépêchons-nous si nous ne voulons pas arriver en retard.
Elle s'était attendue à un peu plus de considérations. S'était-elle finalement trompée à son sujet ? N'était-elle pas à la hauteur dans sa tenue ?
L'intérieur cosy fait de cuir beige et de ronces de noyer très british de la luxueuse limousine lui remonta de suite le moral. Stecy était aux anges et du lutter pour ne pas laisser éclater sa joie.
- La cliente que nous allons voir est la duchesse de Brompton. Je ne sais que peu de chose sur elle mais sa famille est considérée comme l'une des plus discrètes d'Angleterre.
Edmond passa le voyage les yeux collés à son smartphone pour échanger avec ses traders ou ses courtiers en bourse de l'autre côté de la planète. Elle l'entendit parler en plusieurs langues et il ne lui prêta pas plus attention quand elle remonta négligemment sa robe pour faire apparaitre le bas de ses cuisses nues.
Lorsqu'ils arrivèrent à la propriété, un service d'ordre impressionnant passa le véhicule au peigne fin. Des agents de sécurité armés scannèrent leur visage avec un détecteur portable et vérifièrent leurs pièces d'identité. Stecy fit le parallèle avec les contrôles qu'elle avait dû subir à son entrée à l'académie Starburst, la seule et unique fois où elle s'y était rendue.
Finalement, le véhicule fut autorisé à emprunter l'allée couverte de graviers pour atteindre un splendide jardin à la française entourant

un manoir des fameux « Home Counties » situés autour de Londres. L'élégante bâtisse géorgienne couverte de lierres était toute proche de la Tamise.

Ils furent accueillis sur le perron par un nouvel agent de sécurité qui les conduisit à l'intérieur d'une salle de réception élégante. Les hauts plafonds, les murs tapissés de livres, les lustres brillants et les cheminées antiques ajoutaient un caractère noble et agréable à la décoration. Pourtant, il était évident que la maison bien que parfaitement entretenue n'était pas habitée le plus clair du temps.

Une triste sonate vint à leur rencontre lorsqu'ils passèrent la porte d'entrée. Non pas qu'elle n'était pas agréable à écouter, au contraire, son interprète était sans aucun doute un virtuose, mais une mélancolique tristesse s'en dégageait.

Le regard de Stecy fut attiré par un petit tableau à l'huile sur cuivre illustrant une scène fantastique de l'enfer avec ses nombreuses créatures monstrueuses.

- C'est l'œuvre de Jacob Isaacsz Swanenburgh. Il a été le premier professeur de Rembrandt et il tient sa célébrité pour ce type de scènes imageant l'enfer. D'ailleurs, c'est le titre du tableau. Ça doit valoir dans les 40 000 livres, expliqua Edmond.

Stecy ne put s'empêcher de scruter le paysage et l'un des personnages représenté : Une femme nue aux formes attirantes portant des ailes de chauve-souris ainsi qu'une queue à bout en flèche, telle celle des diables capta son attention. Elle crut un moment qu'elle avait bougé. Ça ne pouvait être que le fruit de son imagination. Quoi qu'il en soit, cette peinture de maitre la rendait très mal à l'aise.

Une fois le vestibule passé, ils se retrouvèrent dans le dos d'une femme en train de jouer à un piano à queue noir brillant. Elle termina tranquillement son morceau puis se leva pour s'avancer à leur rencontre.

Sa beauté était sans égale. Vaporeuse et aérienne, sa robe rouge misait sur la transparence pour un effet habillé/déshabillé des plus subtils. Portée sur une robe bustier courte et satinée près du corps, cette création de luxe réussissait parfaitement le mariage délicat d'une dentelle fine et d'un voile ultra léger. Le haut foncé de ses bas noirs visibles à travers la fine étoffe s'accordait miraculeusement avec sa longue chevelure brune et ondulée. Ses yeux d'un bleu fluorescent étincelaient aussi fortement que le magnifique collier de saphir qui se perdait entre ses seins parfaits. Fine et élancée, leur hôtesse se déplaçait avec grâce et voluptuosité. Pourtant, malgré sa beauté, quelque chose de malsain semblait se dégageait d'elle. Quelque chose de dissimulé qui inquiéta Stecy, mais qui renforça son désir. Pour le coup, elle se trouvait misérable par rapport à cette tentatrice, initiatrice de nombreux pêchers inavouables.

- Monsieur Kertons, vous êtes le bienvenu dans ma demeure.

Elle serra la main du courtier sans lui prêter plus attention et se retourna vivement vers Stecy.

- Vous devez être Miss Hequin, je suis enchantée de faire votre connaissance.

Lorsqu'elle lui tendit la main, Stecy ressentit un vague de chaleur lui parcourir tout le corps. Puis un froid glacial transperça sa peau jusqu'à ses os. Elle ne put réprimer un frisson qui laissa de marbre l'inquiétante femme.

Un vieux majordome aux cheveux blancs et à la tenue d'apparat impeccable fit discrètement irruption dans la salle.

- Si vous me permettez madame, le diner est servi.

- Allons donc voir ce que l'on nous a mijoté de bon.

Ils prirent place autour d'une table faite de verre et d'étain dans un salon plus intime à la décoration très moderne qui contrastait fortement avec le reste de la maison. Edmond se montra professionnel en vantant les mérites du cuisinier et en complimentant dès qu'il le pouvait les beautés de la maison de la duchesse. Il tenta à plusieurs reprises de mettre en avant sa société et les services qu'il pouvait lui proposer pour faire fructifier son argent.

- J'ai peu de temps à vous consacrer, monsieur Kertons. J'ai effectivement un petit pactole que je souhaiterais vous confier. Une petite centaine de millions de Livres Sterlings qui n'attendent que vos bons soins pour être judicieusement placés. Les chiffres m'ennuient et vous aurez tout loisir d'établir les papiers avec mon intendant à la première heure demain.

Elle s'adressa à Stecy, après voir délicatement but une gorgée de Bordeaux à la robe noble et foncée.

- Votre tenue est très sensuelle, Miss Hequin. Je suis certaine que votre patron vous a trouvé très attirante ce soir.

Edmond faillit s'étouffer et Stecy, comme à son habitude, sentit la chaleur lui monter au visage et ses joues devinrent cramoisies.

- Edmond, vous m'autorisez à vous appeler Edmond, n'est-ce pas ?

Elle n'attendit pas sa réponse pour continuer.

- Edmond m'a dit que vous aviez visité Starburst.

- Oui, enfin, visiter est un bien grand mot, le directeur m'a reçu dans son bureau et je n'y suis allée qu'une seule fois. Je dois y retourner la semaine prochaine. Une bien belle académie, plutôt méconnue mais très mystérieuse. Avez-vous été étudiante à Starburst ?

- Oui, j'y ai passé les cinq plus belles années de ma vie, à passer des journées la tête dans les bouquins ou sur les bancs, à écouter de vieux professeurs sans intérêt.

Stecy pouffa et la duchesse lui rendit son sourire.

- Vous passerez personnellement le bonjour à Sir Hubert de ma part.

Le regard envoutant de la plantureuse créature la transperça. Soudain, Stecy ressentit des contractions dans le bas de son ventre. Elle eut la soudaine impression que quelque chose jouait avec sa secrète intimité. Un regard fugace lui confirma physiquement que rien ne se trouvait entre ses jambes. Elle resserra les cuisses pour chasser cette sensation gênante mais le plaisir commença à grimper doucement mais surement. Elle s'adonnait très rarement à des plaisirs solitaires dans sa baignoire et l'impression qu'elle ressentait était presque identique. Allait-elle jouir en plein diner avec son patron et une cliente importante ?

Stecy devint toute rouge et serra les dents tant la sensation était jouissante. Elle aurait voulu crier. Aussi, en balbutiant, elle s'excusa et demanda à s'absenter pour aller aux toilettes, de façon un peu honteuse, sous le regard étonné de son patron.

Elle quitta la salle à pas lent puis une fois caché au regard des autres, elle prit de la vitesse pour courir les jambes serrées jusqu'aux WC.

La comptable s'engouffra dans le box et s'assit sur les toilettes en enlevant à la va vite son collant. Elle se mit à haleter bestialement en jouissant intensément.

Toute penaude, elle réajusta ses vêtements et nettoya méticuleusement le fruit de son forfait. Quelques touches de gloss et un peu de rouge à lèvres maquillèrent les signes de son hystérie passée. Lorsqu'elle passa de nouveau devant le tableau, elle ne put résister, malgré l'appréhension, à lui jeter un dernier coup d'œil. A sa grande stupeur, l'inquiétant personnage à l'aspect de démone avait tout simplement disparu. Avait-elle trop bu ?

- Vous avez l'air d'avoir vu un fantôme, Stecy, remarqua la jolie brune quand la comptable réapparut dans la salle à manger.

Effectivement, elle n'était pas dans son assiette. Elle se sentait salie et n'avait qu'une hâte : rentrer chez elle pour prendre une bonne douche et se cacher ensuite sous ses draps.

En fin de soirée, ils prirent congés de leur hôtesse et rejoignirent leur véhicule pour rentrer sur Londres.

- Charmante mais plutôt étrange cette Duchesse mais nous allons signer un juteux contrat. On dirait qu'elle vous a plutôt apprécié, Miss Hequin.

- Oui, cette soirée n'était pas une soirée comme les autres. Je ne sais pas si je suis faite pour ce genre de sortie, Monsieur.

-Vous vous en êtes bien sortie, Stecy. Et je n'ai qu'une parole. Demain, vous signerez votre contrat à temps complet chez Kertons en tant qu'expert-comptable.

La soirée finissait plutôt bien pour elle. La jeune femme aurait voulu sauter au cou de son patron mais son éducation la rappela immédiatement à l'ordre. Edmond lui servit une coupe de champagne et trinqua amicalement à ses futurs succès au sein de la société. Elle devait faire attention à ne pas être trop pompette.

Stecy habitait dans le Nord de Londres. Ils traversèrent le quartier d'Islington, terre natale du new labor de Tony Blair. Plutôt résidentiel et de plus en plus huppé, c'était le fief des yummy mumies et des jeunes professionnels ayant des familles à charge. Elle n'avait pas pu acquérir un logement dans Angel car le quartier connaissait un engouement croissant et les prix de l'immobilier atteignaient des sommets. Aussi, avait-elle opté pour Camden Town qui gardait son côté bohème et hippy avec son grand marché et ses salles de concerts rock connues dans le monde entier. Avec plein d'entrepôts désaffectés, Camden Town était devenu assez récemment un terrain de jeu privilégié à Londres pour les artistes de street-art. Elle aimait bien se balader un peu au hasard dans les rues autour du marché pour tomber sur de très belles fresques, surprenantes et inattendues.

Ils longèrent le Regent's canal depuis la gare St-Pancrass. Construit au début du XIXème siècle, il permettait de transporter des marchandises à travers la capitale. Beaucoup de péniches étaient amarrées le long des quais ou naviguaient le long du canal, et Stecy passait un certain temps à les regarder franchir les nombreuses écluses.

Lorsque le véhicule arriva non loin de chez elle, ils constatèrent qu'un cordon de police avait été établi dans la petite rue. Le chauffeur interrogea l'officier qui montait la garde et faisait circuler les automobiles.

- Qu'est ce qui se passe, monsieur l'agent ?

- Un incendie. Les pompiers sont intervenus et ont réussi à éviter le pire mais tout un immeuble vient de bruler.

- Quelle adresse ?

Stecy se mit à défaillir quand le bobby anglais annonça sa propre adresse. Elle ouvrit la porte et fonça en direction de la rue en évitant les policiers. Son immeuble était encore fumant et totalement noirci. Les pompiers étaient en train de replier les tuyaux de leurs lances à incendie. La soirée avait dû être rude pour eux mais il semblait qu'on ne déplorait aucune victime. Pourtant, la comptable était en larmes. Certes, ce n'était qu'une location mais il y avait toute sa petite vie là-dedans. Tout était parti en fumée en quelques minutes. Edmond la rejoint pour la réconforter.

- Ne vous inquiétez pas, avec votre nouveau poste vous pourrez trouver un joli appartement sur Primrose Hill qui siéra mieux à votre statut. Allez, venez, vous allez passer la nuit à la maison et nous nous occuperons de vous trouver un hôtel dès demain.

Edmond habitait le prestigieux et recherché quartier Mayfair qui accueillait de grandes ambassades ainsi que des boutiques de luxe très prisées. Il avait acheté pour sa famille un appartement de standing dans un grand immeuble de style victorien dont les fenêtres donnaient directement sur les Jardins de Mount Street.

Ils furent accueillis par son épouse et ses deux enfants. Grande, fine et sportive, Mme Kertons était une charmante mère de famille avec des cheveux brun coiffés en chignon. Stecy s'était attendue à trouver une superbe blonde refaite au silicone ou au contraire une bourgeoise en tailleur de luxe mais il n'en était rien. Dans son intérieur, la jeune et jolie Mme Kertons portait un long cardigan bleu foncé sur une chemisette à boutons de couleur bordeaux. Un jean ultra moulant, partiellement délavé complétait son look plutôt décontracté.

Sans doute âgée d'une vingtaine d'années, sa fille Cynthia, à la limite de l'anorexie, avait un look rock british. Teintés de références musicales et culturelles anglaises, les attributs du rockeur londonien ne semblaient s'être jamais démodés. Non pas que les jeunes avaient envie de ressembler au quotidien à un Pete Doherty ou à une Marianne Faithfull dans ses plus belles années mais bien parce que les attributs du rockeur utilisés par petites touches savaient parfaitement mettre en valeur des vêtements plus sobres. Elle se la jouait garçon manqué avec sa longue tignasse mal peignée, son short court et sa veste en jean porté sur un T'shirt Union Jack. Ses bottes de dockers accentuaient son côté rebelle provocatrice.

Pour finir, le fiston Matt, sorti de l'adolescence, se voulait à la mode en portant un sweatshirt serré à capuche lui donnant le look du Desmond d'Assassin's Creed. Il avait les cheveux mi-longs et une barbe de trois jours affirmait sa virilité. Comme son père, il devait faire du sport car sa carrure était déjà impressionnante.

Après avoir écouté avec attention la terrible histoire de Stecy, toute la famille compatit à son malheur. Mme Kertons lui proposa une camomille et l'installa confortablement dans une coquette chambre d'invités du grand appartement. Bienveillante, elle lui proposa l'une de ses chemises de nuit en soie. Un peu gênée, Stecy accepta malgré le fait qu'elle n'avait pas la même taille. Après une douche réconfortante, elle se retrouva toute engoncée dans la fine étoffe avec ses seins qui ne demandait qu'à surgir à chaque mouvement. Cependant, c'était toujours mieux que de dormir toute nue chez son patron. Elle réussit cependant à trouver rapidement le sommeil, exténuée par cette journée riche en émotions.

Stecy ouvrit les yeux dans la nuit. Elle ne savait pas combien de temps elle avait dormi. A sa grande surprise, son corps ne lui répondit pas. Elle se leva mais ce n'était pas l'ordre qu'elle avait émis à son cerveau. Qu'est-ce qui ne tournait pas rond dans sa caboche ? La comptable ne pouvait être qu'en train de rêver ou bien encore faisait-elle une crise de somnambulisme. Jamais, elle n'avait eu à souffrir de ce type de pathologie handicapante. Et il fallut que cela arrive chez son patron. Elle voulut hurler et reprendre le contrôle une bonne fois pour toute en espérant se réveiller mais rien ni faisait. La jeune comptable n'était plus qu'observatrice dans un corps réduit à être un pantin manipulé par un inconnu.

Stecy s'approcha de la chambre de Matt et se surprit à deviner ce qui se passait à l'intérieur. Elle pouvait observer la chambre et le lit du garçon comme si elle se trouvait à l'intérieur. Tout ceci ne pouvait être qu'un cauchemar. Le jeune homme semblait s'adonnait à un plaisir solitaire sous sa couverture. Stecy éprouva un profond malaise à surprendre quelqu'un de cette manière dans sa plus profonde intimité. A sa plus grande horreur, elle se vit ouvrir doucement la porte pour la refermer aussitôt derrière elle. Matt fit un bond sur son lit et tenta de cacher rapidement ses parties intimes. Stecy posa un doigt sur ses lèvres et s'approcha pour s'assoir sur le rebord du lit.

- Ça sera notre petit secret à tous les deux. Je suis certaines que tu pensais à moi à l'instant. Tu n'as pas arrêté de mater mes seins.

Le garçon voulut protester mais se ravisa immédiatement quand elle glissa prestement une main entre ses jambes et commença à le masser.

- C'est mieux comme ça, n'est-ce pas ?

Il opinât du chef et se laissa retomber sur son oreiller. L'esprit de la blondinette était outrée, elle hurlait et rageait intérieurement, proche de la syncope en voyant son corps parler et agir sans qu'elle ne puisse le contrôler. Elle allait devenir folle. Pourtant elle ressentait tout ce qui se passait et n'en manquait pas une miette. Elle n'osait pas le reconnaitre mais elle trouvait cela tout à fait excitant pour son plus grand malheur.

Stecy fit sauter un bouton de la robe de nuit pour que sa poitrine bondisse au regard de Matt. Puis elle enserra le fruit de tous ses désirs entre ses seins et entreprit de lui donner du plaisir en haletant. Le sportif jouit rapidement dans cet écrin fabuleux. Couverte du fruit de son forfait, elle se leva et laissa le jeune homme sombrer dans un étrange sommeil. L'esprit de Stecy ne savait pas s'il devait défaillir également en s'écœurant de prendre autant de plaisir.

Le périple de son corps la conduisit devant la chambre de son patron. M et Mme Kertons dormaient à poings fermés. Le couple semblait faire lit séparé, par tradition sans aucun doute. Elle pénétra dans la chambre et s'approcha du lit de son patron. Doucement, elle souleva la couverture et commença à s'amuser avec son sexe. Il s'éveilla et faillit hurler mais elle lui posa une main sur la bouche qui lui intima l'ordre de se taire. Dans un souffle, elle lui susurra à l'oreille :

- Je sais que tu as envie de moi depuis le début. Laisse-moi te donner du plaisir.

Elle sentit le membre de son patron se durcirent dans sa main. Sans attendre, elle grimpa sur la couche silencieusement et s'empala sur le dard d'Edmond. Le boss jetait des regards atterrés en direction de sa femme à quelques mètres seulement de lui. Stecy, qui était vierge, ressentit une vive douleur et aucun plaisir lorsque son corps incontrôlable se déhancha doucement sur celui de M.Kertons qui répondait à ses mouvements du mieux possible. Ses mains étaient posées sur ses hanches et enserrées sa taille à travers la soie de la nuisette. Finalement, elle le sentit venir en elle et s'épancher en râlant. Mme Kertons s'était retournée sur sa couche mais avait toujours les yeux fermés. Stecy se retira délicatement et retomba sur le sol souplement. Kertons voulut se lever mais mystérieusement il s'écroula lui aussi sur son lit.

Elle se trouvait dans une forme admirable. Physiquement en tout cas, elle semblait avoir repris un tonus inattendu. Stecy s'en alla vers la chambre de la fille et plongea dans l'intimité de ses pensées.

Cynthia était une lesbienne qui n'avait pas encore fait son coming out. Elle travaillait en cachette dans le magasin Cyberdog à deux pas de l'appart de Stecy. Un magasin complètement dingue, avec techno à fond et gogo-danseuses dans des cages. On avait presque l'impression d'être dans le futur. Il proposait des robes très originales mais il fallait oser les porter. La jeune femme avait hérité du sens des affaires de son père et s'occupait du rayon cyberpunk où elle mettait en scène pour ses clients des dj, des danseuses et bien sûr des vendeurs dans une ambiance de folie pour écouler des vêtements surréalistes de folies et des bijoux futuristes, plus flashies les uns que les autres.

Alors qu'elle allait tourner la poignée, son attention fut attirée vers la porte d'entrée. Quelqu'un était en train de l'ouvrir. Elle se précipita dans sa chambre et se dissimula sous son lit après avoir caché ses propres affaires et remis en place les draps.

Puis soudainement, elle reprit possession de ses mouvements. Du bruit parvint dans l'entrée. On criait. Elle perçut des bruits de lutte et quelqu'un entra dans sa chambre et éclaira le lit avec une lampe de poche. L'individu portait des rangers de militaire. Stecy s'interdit d'hurler en se plaquant la main devant la bouche jusqu'à ce qu'il quitte la pièce en claquant la porte derrière lui.

Elle laissa passer un petit moment, puis entendit que la famille était maltraitée dans le salon. Mme Kertons semblait pleurer et Cynthia gémissait également. Une voix d'homme puissante semblait crier des ordres. Puis de nouveau son corps ne lui appartint plus. Elle se leva tranquillement et ramassa une petite paire de ciseau qu'elle glissa avec horreur entre ses seins. La porte ouverte, elle se déplaça sans bruit et très calmement vers le salon.

Le couple Kertons avait été ligoté au bar à l'aide de solides liens en plastique et leurs bouches avaient été bâillonnées. Matt gisait à terre et avait dû recevoir une sérieuse correction. Quant à Cynthia, à moitié dénudée, elle était allongée sur le canapé pendant qu'un des impromptus visiteurs commençait à la caresser. Lasse de ses pleurs, il la gifla violemment. Les types étaient trois et tous armés d'armes à feu. Ils portaient tous des cagoules noires à trois trous et une combinaison de commando à camouflage urbain. L'un d'eux brandissait un imposant couteau de survie devant le visage brutalisé d'Edmond.

- On a juste besoin de ton mot de passe. Alors parle et on laisse ta famille tranquille, sinon mon copain va se faire un plaisir de s'occuper de ta gamine.

Edmond tenta de se débattre en regardant sa fille et sa femme terrorisées.

- Enlève-lui le bâillon, ordonna le chef à l'un de ses hommes.

Il s'exécuta.

- Je vous dirai tout ce que vous voulez mais laissez-les en paix par pitié, gémit le trader.

-Très bien, ton code.

- 69425873MOIRA5832789

- Comme c'est mignon, le prénom de sa femme Moira. Hein, Moira, ce n'est pas touchant tout ça. Je te suis depuis plusieurs semaines, Moira. Je t'ai même vu baiser avec ton amant, une vraie putain ta Moira, Edmond.

Il sortit un smartphone et pianota un moment dessus.

- Ok, le code est fonctionnel, je vais le transmettre à notre commanditaire. Occupez-vous d'eux et faites tout cramer, comme tout à l'heure, à Camden Town.

- Et pour eux, chef.

- Maquillez ça en accident. Aucun survivant, c'est les ordres du boss.

- Je peux me faire la gamine avant ?

- Fais ce que tu veux mais fais-le vite, répondit agacé le responsable des opérations. Je vais contacter notre client en bas. Magnez-vous le train.

Il tourna les talons et faillit s'étrangler en apercevant Stecy imperturbable qui s'était placée entre lui et la sortie.

- T'es qui toi et qu'est-ce que tu fous là. Putain, je vous avais dit de fouiller les chambres, s'emporta-t-il. Tu ne serais pas la petite stagiaire aux gros nibards. On a fouillé ton appartement, ce soir pour voir si tu n'avais pas quelques photos compromettantes pour faire chanter ton patron. Désolé pour l'incendie, c'est un regrettable incident. Ta voisine a été trop curieuse.

Il éclata de rire et fit sortir la lame dentelée de son Gerber LMF II pour la manipuler avec virtuosité devant les yeux de la jeune femme.

- Viens là, ma poulette. On ne va pas te faire de mal, tu es super bandante dans ta petite nuisette trop serrée.

- Je vous laisse dix secondes pour quitter les lieux. Passez ce délai, je me montrerai moins magnanime avec vous.

Terrorisée, Stecy voulait prendre la fuite mais rien ne répondait à ses ordres désespérés. Simple spectatrice, elle se vit foncer en direction du malabar et lui planter sans difficulté son propre couteau dans l'épaule. Il tomba au sol lorsqu'il fut balayé par un mouvement rotatif spectaculaire des jambes de la comptable imperturbable. Elle récupéra avec célérité le couteau et visa la main d'un autre gangster qui voulait dégainer son arme. L'homme au sol reçut un coup de coude puissant au visage qui le mit définitivement hors-jeu. Aussitôt, elle bondit en direction de l'homme qui était encore couché sur Cynthia. Elle le percuta dans le dos et roula au sol avec lui. L'homme était imposant et très musclé. Il se releva d'un bond.

- Tu crois que tes conneries vont mettre à terre un ancien commando des SAS.

- Je mange des commandos à tous mes petits déjeuners, répondit la jeune femme imperturbable.

Elle passa à l'attaque de façon beaucoup trop rapide pour un être humain normal. Les ciseaux cachés surgirent entre ses mains. Elle frappa plusieurs fois des points névralgiques qui forcèrent le géant à tomber à terre incapable de bouger un muscle. Elle le désarma et reporta immédiatement son attention sur le dernier voleur. Il tentait de prendre la fuite mais déjà elle ramassait le SIG P230 à la ceinture de sa dernière victime. Elle enleva le cran de sureté et arma le pistolet pour lui tirer une balle dans la jambe. Il trébucha et s'écrasa au sol. Une fois sur lui, elle l'étrangla doucement jusqu'à ce qu'ils perdent connaissance. Méticuleusement, elle enserra leurs membres avec les liens afin de les emprisonner solidement. Ils vivraient tous. Puis Stecy reprit soudain le contrôle de ses mouvements. Elle devint toute pale et se demandait comment elle avait bien pu réussir un tel miracle. Les membres de la famille gémirent à l'unisson et elle se résigna à reprendre confiance en elle pour leur porter secours.

La police fut appelée immédiatement. L'ex-stagiaire inventa une histoire de pratiquante des arts martiaux passablement convaincante. Elle se trouvait dans de beaux draps mais fut bien vite adulée par le clan Kertons. De toute évidence, aucun des deux hommes ne gardait le souvenir de sa relation sexuelle avec elle. En tout cas, ils n'en avaient pas fait montre même si elle les soupçonnait qu'ils avaient cru faire un rêve à la façon qu'ils avaient de la regarder. Aussi, Stecy s'en trouva légèrement rassurée. Edmond Kertons plaisanta en lui proposant un poste de garde du corps et Cynthia la supplia pour qu'elle lui donne des cours de self défense. Seul Matt rageait de ne pas avoir assisté à la scène de combat. Ils étaient cependant tous choqués et furent pris en charge par les services de soins pour des examens approfondis. Stecy ne parla à personne de sa perte de contrôle et son étrange double personnalité.

Emma était assise en face de son mentor. Elle avait déjà fréquentée des restaurants chics dans son lointain passé. Pour l'occasion, elle s'était élégamment vêtue d'une jolie robe de soirée bleue nuit saillante mettant en valeur ses attirantes formes. Son décolleté osé montrait une bonne partie de sa poitrine gonflée et son sensuel collier d'esclave. La robe très courte laissait deviner le haut de ses fesses musclées. Ses talons aiguilles lui faisaient un peu mal aux pieds mais la rendaient encore plus désirable avec ses collants blancs. Pour la première fois, depuis bien longtemps, elle avait pris goût à se coiffer et à se maquiller à nouveau.

- Tu es charmante et désirable, Emma. Quand je pense que je n'aurai pas donné cher de ta peau, il y a quelques mois de ça.

Il prit un verre d'une boisson pétillante alcoolisée et l'approcha de la coupe de la jeune femme.

- Trinquons à ton succès. Ce jour fait de toi officiellement un membre du clan des ténébreux. Approche ta main.

Elle lui tendit et il pressa discrètement dessus un bout de papier collant. Il retira le morceau de carton gluant et elle découvrit un petit tatouage discret représentant un nuage noir.

- Ceci est la marque du clan des ténébreux. Il est indélébile et grâce à un procédé génétique secret seuls les membres de notre clan pourront le voir. Regarde voici le mien.

Effectivement, Emma aperçut le discret tatouage sur la paume de la main de son maitre.

- Ta véritable formation, celle qui va t'apprendre à manipuler et charmer les autres ne fait que commencer. La maison Kanasura forme depuis des milliers d'années les meilleurs gheshas de la galaxie. Tu vas suivre leur enseignement.

Il lui tendit une longue et jolie boite en noyer.

- Tiens un cadeau pour toi.

Emma le regarda en souriant, surprise par toutes ces attentions. Elle ouvrit le couvercle et découvrit avec stupeur qu'il contenait le Ninja-Tô de son maitre.

- Je ne comprends pas ! demanda-t-elle.

- C'est l'arme que tu as utilisé pour terrasser le démon. Ce katana est imprégné de son sang et dans tes mains, il sera capable de blesser n'importe quelle créature d'Enfer. Je n'ai jamais eu l'occasion de te remercier. Aussi, voici le cadeau qu'un maitre fait à son esclave.

Garde-le précieusement et utilise-le à bon escient. Mais revenons-en à nos affaires. Tu vois le gros type là-bas, entouré par ses gardes du corps. C'est ton premier contrat. Tu es gentille, attends que je sois parti avant de commencer le carnage.

Sur ce, Tatsuya vida son verre, épongea sa bouche avec sa serviette, se leva et déposa un baiser sur le front de sa jeune protégée.

- Bon courage, esclave. Et une dernière chose. Ne reviens pas au dojo, ta formation de combattante là-bas est terminée.

Il quitta les lieux sans se retourner.

Malgré son endurcissement, Emma avait les larmes aux yeux. Elle ne s'attendait pas du tout à cela. La dure réalité la rattrapait au grand galop. Elle se leva, prit la boite et avança vers la table. Deux gardes du corps se levèrent à son approche.

- Ravissante petite enfant, vous cherchez quelqu'un, demanda le gros type en costume cravate. Il était accompagné d'une jolie fille légèrement plus vielle qu'Emma et tout aussi bien foutue.

- Je crois que j'ai trouvé quelqu'un, répondit d'une voix froide l'assassin.

Elle balança un coup de genou dans les parties génitales d'un des hommes et effectua un coup de pied latéral qui envoya voler le deuxième garde contre une table. Dans le même mouvement, elle sortit le katana de son étui et décapita sa cible, éclaboussant de sang le visage de l'escort girl qui se mit à hurler.

La tueuse prit la fuite en direction de la sortie mais déjà un groupe d'assaut lourdement armé était en train de se mobiliser à l'entrée du restaurant. Sa cible devait être quelqu'un de très important.

Elle dût battre en retraite et courir vers les cuisines renversant serveurs et plateaux. Sa course la mena en direction des toilettes. C'est alors que deux gorilles encadrant un jeune homme parfaitement habillé surgirent des toilettes, juste devant elle. Tous furent surpris par ce face à face inattendu. L'analyse de la situation lui dicta d'abattre celui du milieu pour se créer un passage. Ce geste défensif, elle aurait à le regretter amèrement pendant bien longtemps. Le beau gars s'écroula, la lame plantée en plein cœur.

Arrivée dans le couloir technique, elle quitta ses encombrants talons aiguilles pour ne pas glisser sur le sol carrelé. Une grêle de balles explosives atteignit le mur à quelques centimètres de sa tête. Elle s'arrêta net et se retourna d'un geste vif. Après tout, pourquoi fuir quand elle pouvait tous les massacrer. Une rage furieuse s'empara d'elle.

Ses capacités surhumaines s'activèrent et elle remonta à une vitesse hallucinante le couloir esquivant aisément chaque tir qui lui était adressé. En moins d'une poignée de secondes, elle était sur ses ennemis l'arme au poing. Elle frappa de façon méticuleuse et chaque coup atteint sa cible. Elle se joua des balles qui lui étaient adressées et continua son balai mortel mutilant impitoyablement ses adversaires impuissants. En quelques minutes de sauvagerie tout était fini. Une vingtaine de corps baignait dans leur sang. Il n'y avait aucun survivant. Personne n'osa se mettre sur sa route quand elle quitta le restaurant. Emma, imperturbable, la tenue en haillons et couverte du sang de ses ennemis, se mit à courir dans la rue pour disparaitre dans une ruelle sombre.

Fang Yin passa une robe de chambre pour couvrir sa nudité et appuya sur le bouton du communicateur. Qui donc pouvait la réveiller à cette heure tardive ?

Sur le petit écran vidéo apparut une jeune fille mal en point. Elle reconnut de suite la jeune femme qui avait passé les tests dans son laboratoire.

L'infirmière lui ouvrit la porte de son immeuble et programma l'ascenseur pour qu'il la conduise jusqu'à son appartement. Emma suivit les flèches colorées qui apparaissaient sur le sol sans croiser aucun inopportun voisin.

Fang Yin examina l'étudiante mais ne constata aucune blessure apparente.

- Je suis navrée de te déranger, mais je ne savais pas où aller. J'ai dû remplir une mission, en soirée. Aussi, j'ai volé un véhicule et j'ai programmé ton adresse.

- Ok, tout va bien se passer, Fang Yin, se dit la jolie asiatique à elle-même. Ecoute, prends une douche. Je vais te préparer une concoction énergétique car tu as du puiser un peu trop dans tes réserves. Tu es en état de choc.

L'infirmière observa la rose épineuse couchée sur son canapé. Elle dormait paisiblement. Cette fille était très jolie et pourtant c'était un impitoyable assassin alors qu'elle n'était qu'une jeune adulte.

Elle posa sa main sur sa joue et la caressa doucement, laissant courir ses doigts sur ses bras nus, son dos et finalement ses fesses. D'un geste vif, Emma attrapa son poignet et ouvrit les yeux faisant hurler Fang Yin.

- Excuse-moi, répondit, d'une voix ensommeillée, la terrienne.

Fang Yin frotta son poignet meurtri et préféra retourner dans sa chambre qu'elle verrouilla à double tour. La femme qui était dans son salon pouvait se montrer imprévisible mais elle se devait de la guider du mieux possible.

Le lendemain, Emma fut réveillée par son hôtesse.

- Je dois aller bosser alors pas de bêtises en mon absence.

- Oui, maman, railla Emma.

Elle passa la matinée couchée sur le canapé à lire des romans contant les exploits des Ayakashi. La vie sur Aclamédia ressemblait de façon assez proche à celle qu'elle aurait pu avoir dans un Tokyo futuriste sur terre. Un peu avant midi, elle reçut un message neural via son IAI. Tatsuya la félicitait pour avoir rempli sa mission avec une redoutable efficacité et lui ordonnait de se rendre à la célèbre maison de thé des geishas de Kanasura.

La navette taxi la déposa devant une bâtisse construite sur deux étages créée pour durer. Celle-ci se caractérisait par un magnifique treillis en bois appelé « Kimusuko » qui couvrait tout le rez-de-chaussée.

Emma entra dans la salle de réception aux tatamis brodés d'or. Des joueuses de shamisen, instrument à cordes semblable au luth, divertissaient de nombreux clients venus sans doute parler affaires dans ce lieu discret.

Puis, une geisha s'approcha d'elle et l'invita à prendre place à une table dans la cour. Elle s'assit en face d'elle et lui proposa du thé vert accompagné de succulentes pâtisseries.

Elle n'arborait pas de maquillage marqué comme c'était le cas de ses autres congénères. Plus âgée, elle laissait place à sa beauté naturelle. Son kimono de soie n'arborait pas de couleurs vives et de motifs complexes. Il était fermé par une large ceinture se nouant dans le dos. Le nœud court confirmait qu'elle était une geisha confirmée.

Sa tenue était complétée par des chaussettes blanches, les tabi, et des sandales en bois compensées.

Pourtant, un profond charisme se dégageait de cette femme. Emma tomba immédiatement sous son charme.

- Devenir geisha est un travail de longue haleine et la consécration d'années de travail intensif. Nous n'aurons pas tout ce temps pour te former mais ton maitre nous a expliquer tes capacités supérieures. Les geishas se démarquent par la maîtrise de plusieurs types d'arts, qui sont généralement les danses traditionnelles, le chant, la littérature, la poésie, la composition florale ou encore la maîtrise d'instruments traditionnels. Outre le fait de divertir par leurs talents artistiques, nous sommes également versées dans l'art de la conversation et disposons d'une grande culture générale.

La geisha fixa attentivement Emma. Cette dernière se mit à rougir de façon incontrôlée. Tous ses sens entrèrent en alerte. Non pas pour se protéger mais pour capter la moindre once de plaisir irradiée par la femme. Emma était aux anges, subjuguée par cette déesse qui se présentait à elle. Il lui était impossible de dresser une barrière mentale ou de tenter de reprendre le contrôle. Son corps fut parcouru des plus agréables frissons. Ses muscles se relâchèrent, son corps s'abandonna, son regard devint flou et le temps se dilua. Une sensation de plénitude l'inonda et l'amena jusqu'à l'extase. L'explosion d'endorphines au moment de l'orgasme modifia radicalement son état de conscience ordinaire. Mais en même temps que ses sens et sa conscience s'affolait, l'ocytocine, l'hormone de l'attachement transforma son plaisir en amour. Puis l'instant d'après tout disparu la laissant dans un état de dépression avancé.

- Que m'avez-vous fait ?

- Tu as été victime du charme de la geisha. Cette puissante manipulation mentale nous permet de procurer un plaisir extrême à nos clients et d'avoir barre sur eux ensuite.

L'Ayakashi sembla subitement exténuée.

- Le choc en retour est toujours important et il ne faut pas abuser de cette science. Normalement, nous utilisons la danse ou la musique et de nombreux subterfuges visuels, gustatifs et odorants pour arriver à notre fin. Peu d'entre nous parviennent à user du charme avec la seule force de leur persuasion. Es-tu prête à découvrir notre secret ?

Au début de sa formation, la jeune fille effectua essentiellement des tâches ménagères au sein de l'okiya et assistait les geishas au quotidien ; un travail lourd et dur qui nécessitait une extrême docilité.

La terrienne débuta ensuite sa formation aux arts et suivit des cours intensifs. Au fil de l'apprentissage, elle se spécialisa dans la danse considérée comme le plus noble mais également dans le chant.

Lorsqu'elle commença à maîtriser les différentes spécialités, la maiko qu'elle était compléta sa formation en accompagnant Kumiko une geisha confirmée lors de ses rendez-vous.

Les deux geishas étaient liées par la relation de sœurs et la plus âgée transmit son savoir à la plus jeune en l'introduisant petit à petit dans le cercle fermé des geishas. Emma progressait très rapidement grâce à un apprentissage intensif associé à des séances d'implantions cybernétiques de savoirs. En quelques mois, elle avait atteint le niveau d'une geisha ayant plus de dix années d'expérience. Elle réussit à se faire remarquer et à construire sa propre clientèle.

Finalement, la cérémonie de changement de col, erikae, fut organisée en son honneur. Elle abandonna son col rouge d'apprenties au profit du blanc, réservé aux confirmées.

Cet apprentissage comblait vraiment de bonheur Emma. Elle utilisait ses capacités pour plaire et manipuler les autres et n'avait pas besoin de combattre ou de tuer pour arriver à ses fins. Ses prodigieuses capacités mentales associées à son charisme attrayant hérité de Bastet lui permettaient d'exceller dans l'art. Jamais de mémoire de Geisha ses consœurs n'avaient vu une élève atteindre un tel niveau en si peu de temps.

Tatsuya passa un soir à l'okiya et lui demanda de l'accompagner vêtue de sa tenue traditionnelle. Le véhicule démarra en trombe et s'envola rapidement au-dessus des premiers lotissements.

-J'ai été prié de me présenter face au conseil des cinq clans, aujourd'hui même. Ils souhaitent rencontrer la « rose épineuse », expliqua Tatsuya.

Ils arrivèrent au sommet d'une des plus hautes tours de la ville. Plusieurs robots massifs montaient la garde sur le toit. Ils étaient puissamment armés et patrouillaient de façon ordonnée autour de la piste d'envol. La zone était sous haute protection mais Tatsuya semblait avoir pignon sur rue. Aussi, aucun gardien mécanisé ne leur demanda de laissez-passer.

Ils empruntèrent un ascenseur sécurisé qui les conduisit directement dans une antichambre luxueusement décorée par l'utilisation de matériaux naturels comme le bois et le marbre. Emma fut impressionnée par son ambiance moderne et accueillante sans être ostentatoire. Le duo passa une épaisse porte en verre blindé pour arriver dans une grande salle de réunion.

Cinq personnes étaient déjà assises dans de confortables sièges en cuir noir autour d'une table ronde en ébène. L'éclairage tamisé donnait à l'endroit une ambiance propice au travail et à la concentration. Plusieurs calligraphies et gravures anciennes décoraient les murs lambrissés.

Les invités s'inclinèrent poliment et prirent place à côté des personnes déjà présentes.

Tous portaient d'austères costumes de travail et Emma fut largement déçue par ce spectacle. Elle s'était attendue à voir des princes en uniforme d'apparats ou des seigneurs de guerre en armures lamellaires, constituées de petites plaques de métal ou de cuir lacées les unes aux autres.

Parmi eux, une femme âgée prit la parole.

- Seigneur Tatsuya, vous n'êtes pas sans savoir qu'une attaque a eu lieu dans un restaurant du secteur Shakudo, il y a quelques mois. Il apparait que votre esclave ici présente est l'auteur du carnage. Confirmez-vous ce fait ?

- Effectivement, vénérée impératrice, la rose épineuse est une onna-bugeisha. Je l'ai envoyé en mission ce soir-là. Elle a rencontré plus de résistance que prévue et a dû employer toutes ses compétences pour se sortir de ce mauvais pas. Il y a eu des dommages collatéraux inévitables.

L'un des membres du conseil prit alors la parole et sortit subitement de sa réserve.

- Vous appelez la mort de mon fils ainé un dommage collatéral. Nous avons gardé cette information confidentielle mais il a été abattu par votre protégée.

Tatsuya apparut soudain tendu. Malgré sa position importante, il n'avait pas été mis au fait de ce regrettable incident qui pourrait lui couter très cher. Il jeta un regard furtif en direction d'un des membres du conseil : un vieillard à l'air érudit. Maitre Shikken était le chef suprême du clan ténébreux des Ayakashi. Il connaissait tout ce qui se passait dans la cité et même dans la galaxie bien avant les autres. Ses clignements d'yeux en disaient long. La vie du directeur de l'école et celle de sa protégée étaient en grand danger. L'impératrice reprit la parole.

- Sashimono, apportez-nous les preuves accablantes.

Emma ne savait trop quoi dire. Elle observait la scène sans oser dévisager quiconque.

L'un des membres du conseil qui n'avait pas encore parlé se leva tranquillement et s'approcha du siège d'Emma. D'un geste d'une rapidité inhumaine, il retira un stylet pointu de la poche de son costume et visa le cou de la rose épineuse.

Elle ne fut sauvée que par la vigilance accrue de son maitre. Au fait des manigances ancestrales qui s'étaient déroulées dans cette salle depuis la nuit des temps, il s'était attendu à ce méprisable coup bas. Il contra l'attaque du revers de sa main et bouscula l'assassin. De l'autre main, il sortit un petit calibre et ouvrit le feu dans sa direction, blessant l'homme à la poitrine.

Aussitôt des pans de murs s'abaissèrent dans le sol laissant entrer de redoutables robots combattants. Ils braquèrent leurs bras mitrailleurs et s'apprêtèrent à ouvrir le feu.

Tatsuya agrippa la main d'Emma et la tira à lui. Le duo glissa entre les jambes d'un des guerriers cybernétiques puis prit la fuite dans un obscur couloir de service.

Déjà derrière eux, le cliquetis mécanique des articulations servo-motorisées les informaient qu'ils étaient pris en chasse. Le vrombissement des mitrailleuses et les multiples impacts de balles autour d'eux créèrent un assourdissant vacarme.

- Il y a une station de voyage interplanétaire privée à cet étage. C'est le seul moyen pour nous de nous échapper, expliqua le directeur.

Ils esquivèrent habilement une patrouille d'agents de sécurité en armures et lourdement armés.

Leur folle course les mena devant un sas qui conduisait vers une petite salle circulaire qu'Emma identifia comme la zone de dématérialisation. Son maitre approcha sa main de son cou et lui retira sans effort et sans douleur son collier puis il la poussa à l'intérieur et verrouilla la porte derrière elle.

- Qu'est-ce que vous faites ? Venez, ils vont être sur nous d'une minute à l'autre.

- Ils sont déjà au bout du couloir, Emma. Si je ne les retiens pas quelques minutes, nous mourrons tous les deux, assurément.

Une balle le toucha à l'épaule et du sang gicla sur la vitre de la porte.

- Entre des coordonnées sur le clavier central et fuis, rose épineuse. Je te rends ta liberté. Fais honneur aux clans ténébreux des Ayakashi.

Son ancien maître se détourna d'Emma et fonça en direction des ennemis, en tirant sans vergogne avec son arme à feu.

Des larmes coulèrent sur ses joues. Son impitoyable maitre qu'elle avait rêvé de tuer de ses propres mains était devenu pour elle son guide et un père. Elle chassa son chagrin et fonça en direction de la console de commande.

- Quelles sont les coordonnées de Starburst ? demanda-t-elle à Hugo.

- Je vais me connecter et balayer les références disponibles. Lançons la dématérialisation sans attendre.

Emma se plaça au centre du cercle et la machinerie se mit à ronronner doucement. Alors qu'elle sentait ses membres s'engourdirent, une violente explosion magnétique provint du sas d'entrée. Un éclair d'énergie frappa les consoles de contrôle. Pourtant, elle ne put voir ses agresseurs car l'instant d'après son corps était téléporté à des milliers d'années-lumière d'Aclamédia.

La rose épineuse réapparut dans une nouvelle zone mais qui ne ressemblait en rien à la station de voyage de Starburst. Il y régnait un froid glacial et tout semblait en désordre. La technologie s'apparentait plus à celle des dieux anciens. Une très faible lumière éclairait l'endroit.

- Où sommes-nous, Hugo ?

- Je ne sais pas, Emma. J'ai bien peur que l'explosion ait déstabilisé l'aiguilleur de vol.

Emma se rapprocha d'un parallélépipède de pierre noire. Lorsqu'elle toucha le bloc, un clavier holographique couvert de hiéroglyphes de type égyptien apparut soudainement pour aussi vite s'éteindre.

- Plus rien ne fonctionne dans cet endroit.

La lumière devient de plus en plus faiblarde.

La terrienne était frigorifiée. De la condensation s'échappait de sa bouche à chaque respiration. Ses lèvres et ses paupières se gerçaient rapidement.

- Il faut que je trouve quelque chose pour me réchauffer sinon je vais me transformer en glaçon dans ce kimono.

Déjà ses membres s'engourdissaient et elle grelottait terriblement.

- Je ne vais pas parvenir à maintenir ta température corporelle à 37 °C très longtemps. Il fait dans les moins 80°C ici et ça continue à baisser, annonça l'IAI.

La brune sortit de la zone de transfert et constata que la salle suivante avait également plus que largement souffert. De nombreuses caisses explosées jonchaient le sol dans une sorte de grand entrepôt. Mais ce fut l'embarcation écrasée au sol qui réveilla ses angoisses les plus profondes : Une barque Mésektet. De toute évidence, elle se trouvait effectivement dans la pyramide volante du dieu Ptah ou, en tout cas, sa copie conforme.

Des rayons de lumière provenaient d'une brèche au plafond. En se rapprochant, elle aperçut des flocons de neige qui tombaient de l'ouverture. Puis, ses sens exacerbés détectèrent un danger. Un grognement se fit entendre dans son dos. Ce dernier se transforma en rugissement sauvage quand la créature dans l'obscurité se mit à charger la jeune femme. La chose était de bonne taille.

Emma rassembla ses dernières forces et dégaina son katana. Elle ne pouvait pas faire appel à ses capacités supérieures car le froid la paralysait complétement.

Une animal deux fois plus gros qu'un gorille et à la fourrure blanche surgit de l'obscurité. La guerrière se jeta de côté et s'écrasa sur une caisse pour éviter un choc fatal. La bête glissa sur la neige mais effectua agilement un demi-tour en agrippant une poutrelle de ses larges mains griffues.

Le monstre avait un long museau et une gueule garnie de crocs acérés à la manière d'un ours. Cependant il se déplaçait comme un primate balançant ses grands bras musclés d'avant en arrière. Il chargea de nouveau en rugissant. Les pieds de la guerrière étaient gelés et ne répondaient plus à ses ordres. Aussi, la terrienne utilisa le sol congelé à son avantage. Elle se précipita pied en avant et s'étala de tout son long sur la neige pour glisser sous le fauve. Sa lame déchira de haut en bas son poitrail déversant ses entrailles sur le sol. La bête s'écroula et son corps fut parcouru de soubresauts avant de s'immobiliser définitivement.

Les minutes étant comptées, Emma prit son courage à deux mains pour se glisser sous la carcasse. Avec ses dernières forces, elle aménagea un répugnant abri dans le ventre de la bestiole et s'y plongeât écœurée pour profiter de sa chaleur. En hypothermie sévère, elle sombra rapidement dans l'inconscience.

Sans idée du temps qui s'était écoulé pendant son état de fébrilité, elle rouvrit les yeux et fut assaillie par l'odeur pestilentielle de la charogne. Avec difficulté, la terrienne couverte de sang et de chair s'extirpa du cadavre. A sa grande surprise, la neige sur le sol avait été remplacée par des flaques d'un infâme mélange d'eau et de sang.

-Tu as dormis plusieurs heures. Etrangement la température s'est modifiée au cours de ton sommeil. Cependant, ne cherche pas à trouver une explication dans la mémoire du vaisseau. Il n'y a plus aucune réserve d'énergie. Je pense que notre arrivée a consommé les dernières ressources encore présente.

Par le trou, Emma aperçut une vive lumière et ressentit une chaleur bienfaisante. Cependant la température restait fraiche, et il ne faisait que quelques degrés au-dessus de zéro.

Elle se nettoya en grelottant à l'aide d'un mince filet d'eau qui coulait du plafond. Dans les décombres, plusieurs choses se montrèrent intéressantes. Dans un premier temps, elle dénicha plusieurs rectangles d'étoffes en mousseline. Imbibés de graisse d'animal, enroulés autour du corps puis maintenus à la taille par une ceinture pour être ramenés ensuite sur les épaules afin d'y être fixés par des fibules, ils firent un répugnant mais chaud haïk. Une peau de léopard, attribut traditionnel du costume sacerdotal de prêtre dans l'Egypte antique fut jetée sur son épaule de façon que la tête et les deux pattes de la bête pendent de chaque côté. Mais la découverte la plus réjouissante fut un sceptre-héqa représentant une crosse de berger. Grace à ses gènes, elle pouvait activer les pouvoirs de ce fabuleux instrument. Après un peu d'entrainement, elle fut capable de s'en servir pour éclairer et bien entendu tirer des traits d'énergie dévastatrice. Il lui fut bien utile pour se confectionner un feu de camp improvisé. Ainsi réchauffée, elle put déguster du « Yéti » grillé et boire de l'eau bouillie pour reprendre des forces.

Emma passa une bonne journée à fouiller le navire mais les principaux accès étaient solidement verrouillés. Elle ne trouva aucune trace de vie et doutait fortement que quelqu'un ait pu survivre là-dedans sans en maitriser la technologie. Le corps du prof et du Néphilim devait reposer quelque part dans les niveaux inférieurs.

Il fallait maintenant partir explorer l'extérieur. Sa survie en dépendait. De toute évidence, plusieurs personnes étaient passées par le trou béant avant elle. Il y avait même une échelle de corde rudimentaire qu'elle utilisa pour se hisser hors de la pyramide.

Un paysage au relief modéré, sillonné par d'énormes fleuves, se présenta à ses yeux. Une plaine où poussaient de petits arbustes, de grandes étendues d'herbes rases, des mousses et des lichens, côtoyait une forêt de conifères, ponctuée de marécages et de tourbières. Un couvert neigeux peu important donnait à cet endroit un caractère de carte postale. Au loin, un immense inlandsis avait arrêté sa croissance et délimitait la frontière de deux royaumes. La seule trace de civilisation prenait la forme d'un panache de fumée qui s'élevait à l'horizon sur ce glacier de très grande étendue. Emma entreprit donc de marcher en direction de cet endroit sous la chaleur bienfaitrice d'un petit soleil très lumineux.

Sa progression ne fut pas des plus aisées dans ce lieu magnifique mais pourtant inhospitalier. Maintes fois, la jeune terrienne s'enlisa dans les eaux bourbeuses des marécages ou glissa sur la neige fondue. Des hardes de grands ruminants aussi massifs que des bisons mais à l'apparence de cerf parcouraient les plaines. Emma fut témoin d'une sauvage attaque perpétrée par un groupe de panthères à la fourrure blanche mouchetée de noir. Ses instincts de louve lui dictait de se transformer pour prendre part à la chasse mais elle ne devait pas succomber à l'appel de la nature.

Dans le ciel, de puissants oiseaux aux plumages épais et blancs décrivaient de grands cercles pour mieux repérer leurs proies. Parfois, ils piquaient vers le sol pour ramener dans leurs serres d'étranges petits rongeurs ou d'inquiétantes créatures serpentines. D'imposants papillons remplaçaient adroitement les moustiques. Leur beauté presque hypnotique leur permettait d'approcher la jeune femme médusée pour lui soutirer un peu de sang terrien. Ils mourraient cependant immédiatement victimes de la toxine de la rose épineuse.

La faune se raréfia à mesure qu'elle se rapprochait de l'épaisse couche de glace. Elle avait mis plus de temps que prévu pour atteindre cette coulée de neige qui grimpait fortement. Le plus dure restait cependant encore à faire. Avant d'entamer l'escalade et une longue marche harassante sur le plateau neigeux, l'aventurière engouffra avidement ses dernières réserves de nourriture. La traversée se transforma bien vite en périple hasardeux voir mortel. La progression était considérablement ralentie par la neige épaisse et les multiples trous qu'Emma parvenait à éviter en sondant mentalement le chemin devant elle. Mais tout ceci devenait exténuant car elle devait puiser dans ses forces déjà bien amoindries. Puis, le jour commença à diminuer. Le soleil lumineux laissa place à un ciel sombre chargé de nuages noirs inquiétants.

La tempête arriva soudainement. Emma tenta de garder le cap un moment mais la colonne de fumée avait disparu de son champ de vision. Elle n'y voyait plus à un mètre. Les bourrasques de vent chargées de glace lui cinglaient violement le visage. Dans son dos une tornade commença à se former arrachant des blocs de neige pour les projeter aux alentours. Même elle aurait du mal à survivre face aux éléments déchainés. De plus, la température commença à chuter brutalement. Il fallait fuir au plus vite et trouver un abri.

La jeune femme se concentra, recroquevillée sur elle-même, pour se métamorphoser en loup. Les poils transpercèrent sa peau et ses os se mirent à craquer douloureusement. La louve noire prit dans sa gueule son maigre équipement et bondit dans la neige à la recherche d'un refuge. L'épaisse fourrure lui permettrait de contrer un temps la fureur des éléments. Pourtant son énergie physique commença rapidement à décroitre. Son ouïe fine et son odorat développé ne lui étaient pas d'une grande utilité dans cet enfer blanc. Sa vision de prédateur lui permit cependant de détecter une source de chaleur au loin. Elle courut dans sa direction en luttant contre les éléments. A bout de force, la louve se traina au sol. Une puissante lumière surgit alors du ciel et transperça les nuages créant un faisceau bienfaisant et protecteur autour de la bête. La jeune femme reprit sa forme humaine.

Une voix puissante provint des cieux.

- Le Dieu des dieux, le Seigneur, parle et convoque la terre du soleil levant jusqu'au soleil couchant. Je suis avec toi, Emma. Ta planète est en danger. Lève-toi et marche.

La lumière disparut aussitôt remplacée par le faible éclat d'une lampe tempête. La terrienne nue et frigorifiée s'écroula dans la neige incapable d'affronter ceux qui venaient à sa rencontre.

Lorsqu'elle ouvrit les yeux, la jeune anglaise s'aperçut qu'elle était enveloppée dans un sac de couchage qui reposait sur des fourrures d'animaux recouvrant un lit taillé dans la glace. Elle se trouvait dans un grand igloo. Les murs en forme de demi sphère était fait de neige compactée et de glace. Des tentures de fourrures blanches recouvraient les cloisons, sans doute pour conserver un semblant de chaleur. Il faisait froid mais Emma n'était plus frigorifiée. Une agréable lumière était diffusée par la voute de l'igloo au moyen d'un astucieux bloc de glace transparente. Plusieurs vêtements en peau avaient été laissés à côté de sa couche ainsi qu'une grosse paire de bottes artisanales, sans aucun doute à son attention. Bien emmitouflées dans ces hardes puantes, elle décida de sortir pour voir qui donc l'avait sauvée d'une mort certaine. La jeune femme passa un sas délimité par deux grandes peaux tendues et se retrouva au milieu d'un village constitué de multiples igloos aux tailles parfois impressionnantes.

Plusieurs créatures humanoïdes recouvertes de fourrures d'animaux firent leur apparition autour d'elle. Ils avaient tous un faciès similaire à celui d'un renard mais leur peau était celle d'un phoque ou d'une otarie. Certain portait des colliers d'ossements sculptés autour du cou mais la plupart tenait dans leurs mains vigoureuses de redoutables lances en ivoire et des arcs de belles tailles. L'un d'eux, plus grand que la moyenne s'approcha de la terrienne et se mit à bêler, grogner et rugir. Il la toisa de toute sa hauteur. Hugo traduisit les sons immédiatement et modifia la résonnance des cordes vocales de sa partenaire pour lui permettre de s'exprimer dans ce dialecte animal.

- En temps normal les étrangers ne sont pas les bienvenus chez les Kohana, mais je n'ai pas pu me résoudre à te laisser mourir de froid. Que fais-tu ici ?

- Je m'appelle Emma, je suis humaine et à vrai dire je ne sais même pas où je me trouve. Je suis arrivée grâce au téléporteur du vaisseau qui s'est écrasé non loin d'ici.

Une autre créature s'avança avec un air mauvais et se mit à haranguer la meute. Il portait en guise de cape une sorte de peau de requin dont la tête et la puissante mâchoire supérieure recouvrait le sommet de son crâne.

- Je vous l'avais dit. Cette chose venue du ciel était un signe de mauvais augure. Les dieux sont en colère et se battent dans les cieux. Nous devons sacrifier cette femme au dieu du vent pour apaiser son courroux. La saison de la chasse est arrivée, il nous aidera à trouver l'odeur du gibier.

- Anoki a parlé et c'est son droit. Moi, Sahale, chef de la tribu Kohana déclare qu'il ne sera pas fait de mal à … l'humaine, tant qu'elle n'aura pas défendu son point de vue. Les dieux l'ont peut être envoyée pour nous tester et nous devons juger son cas avant de la sacrifier. Ils nous verraient d'un très mauvais œil si elle était renvoyée à eux sans avoir pu délivrer leur message.

La foule sembla approuver ses paroles, au grand désarroi du Kohana belliqueux.

- Emma sera libre de circuler dans notre village et nous assurerons sa survie comme si elle faisait partie de la tribu car les Kohana savent se montrer hospitaliers et justes. Réunissons les anciens et allons débattre de tout ça au conseil afin de savoir si elle doit vivre ou mourir.

Ils rejoignirent un des plus grands igloos du village. A l'intérieur, une grande table ronde sculptée dans un gigantesque bloc de glace était percée d'un trou en son centre où brulait un foyer réconfortant. La chaleur dégagée faisait fondre la glace et l'eau dégoulinait dans des petites rigoles creusée à même la glace. Les vénérables Kohana installés tout autour lapaient avec avidité le liquide bienfaisant. Une forte et acre odeur de graisse brulée empestait l'atmosphère.

Sahale qui constata l'étonnement d'Emma lui expliqua que l'eau fondue prenait le gout de la graisse et apportait réconfort et joie aux Kohana. Elle déclina cependant poliment son offre de se désaltérer.

Le chef prit la parole quand tous furent installés autour de la table ronde.

- Vénérables Kohana, nous sommes ici pour juger la terrienne Emma que j'ai personnellement retrouvé mourante à la lisière de notre village.

L'un des vieux Kohana se mit à bêler.

- Ton geste est honorable Sahale. Tu ne dois pas le regretter. Raconte-nous ton histoire, humaine, dit-il en se retournant vers la jeune femme.

Sans rentrer dans les détails, Emma expliqua simplement qu'elle venait d'une autre planète et que ce qu'ils prenaient pour un navire volant des dieux n'était en fait qu'une machine fabriquée par des imposteurs qui s'était écrasée par inadvertance sur leur territoire.

- Elle ment, s'écria Anoki. Elle a des propos blasphématoires envers les dieux. Nous devons la sacrifier sans tarder afin de ne pas provoquer leur courroux.

- Nous n'avons jamais vu d'humain avant elle. Elle parle notre langue et semble douée de raison. Quoi qu'il en soit, elle n'est pas arrivée chez nous par pur hasard, répondit Sahale qui, sans aucun doute, tenait son rôle d'avocat de la défense le plus sérieusement du monde.

- Il est étrange que les ténébreux Ohanzee l'aient laissée traverser leur territoire sans lui mettre la main dessus. La pyramide échouée se trouve à la frontière de leur royaume.

- Oui, mais également à la limite de la nôtre. Ils ont dû la fouiller et prendre ce qui les intéressait sans demander leur reste. Ce sont des nomades pillards sans foi, ni loi.

- Emma, qu'as-tu à dire pour ta défense ?

- Vénérable assemblée, je ne suis pas une menace pour votre peuple. Je vous dois la vie sauve et si je peux faire quoi que ce soit pour payer mon dû, je le ferai. Je ne souhaite que retourner sur ma planète pour la sauver d'un grand danger.

- Tu es peut-être une espionne venue pour querir des informations ? Nous avons déjà vu les Ohanzee s'acoquiner avec d'autres créatures pour leur faciliter la tâche. L'inverse est tout aussi vraisemblable. Brulons-là et dispersons ses cendres aux quatre vents pour satisfaire notre dieu.

A cet instant, un Kohana femelle fit une intrusion fracassante dans la salle du conseil.

- Les leucomystax sont là. Ne les entendez-vous pas ?

Le sol se mit à vibrer doucement puis le tremblement devint plus important. Emma cru un instant que l'igloo allait s'écrouler mais il tint bon. La foule quitta rapidement l'abri pour s'élancer à l'extérieur. La terrienne avait du mal à tenir debout. Cette sensation de ne pas avoir un sol stable sous ses pieds était déconcertante. Le vacarme à l'extérieur était assourdissant. Puis elle vit au loin un épais nuage de glace et de neige tourbillonnant.

Les Kohana grimpaient déjà sur le dos de grandes créatures qu'on aurait pu assimiler à des lézards géants mais couvertes d'une épaisse fourrure blanche. Ils sifflaient avec excitation et une épaisse buée sortait de leur naseau.

Au milieu de toute cette effervescente, plus personne ne faisait attention à Emma. Sahale, chevauchant sa monture, s'avança pourtant vers elle et lui tendit son bras. Il portait un lourd sac à dos et tout un attirail de cordes et d'armes diverses.

- Monte, humaine. Tu vas assister à la chasse. Peu d'étrangers ont eu ce privilège. Ainsi, tu pourras vanter dans ce monde ou dans un autre la bravoure et la témérité des Kohana.

La cavalerie se mit en marche en direction du nuage inquiétant avec une rapidité déconcertante. Plus ils se rapprochaient et plus le vacarme devenait assourdissant. Le vent glacé leur fouettait le visage et la rose épineuse avait du mal à trouver son souffle.

Ils pénétrèrent dans la tempête qui les happa brutalement en les plongeant dans une inquiétante obscurité.

Alors, ce qu'elle vit de ses yeux à travers la poussière de cristaux soulevés du sol la tétanisa.

Les choses, car elle ne pouvait pas qualifier ça d'animaux, étaient gigantesques. Au moins de la taille d'un immeuble d'une dizaine étages, on pouvait les apparenter vaguement à de titanesques sangliers. Bien que leur corps soit trapu avec des flancs comprimés, ils disposaient d'un avant-train puissant et d'un cou massif. Leur tête volumineuse avait une forme conique prolongée d'un groin très allongé. Leurs oreilles triangulaires étaient dressées. Leur mâchoire supérieure comportait des grès particulièrement développées qui aiguisaient constamment leurs redoutables défenses. Quant à leur pelage de couleur gris-blanc, il était constitué de longs jarres très rêches ainsi que d'un épais duvet. Leur queue moyennement longue se terminait par un long pinceau de soies.

Il y en avait toute une harde. Les chasseurs prirent position dans leur sillage mais cette espèce-ingénieur avait développé des stratégies d'adaptation à la pression de chasse. Plusieurs se mirent à grommeler et nasiller puis le groupe prit de la vitesse. Emma était impressionnée par la célérité développée par ces énormes bêtes.

La troupe Kohana parvint à manœuvrer pour poursuivre et isoler l'un des mastodontes laissant le reste du groupe prendre la fuite. Mais le plus dure restait à faire. Plusieurs cavaliers s'approchèrent dangereusement du monstre. L'un des Kohana, trop imprudent, fut horriblement piétiné par le leucomystax. Emma ressentit une forme d'exaspération transparaitre de Sahale. Il fouetta sa monture et se précipita au-devant de la créature mais il était déjà trop tard pour sauver son partenaire de chasse démembré.

Emma pouvait sentir l'odeur bestiale de la gigantesque proie. Sahale manœuvra habillement et se plaça à proximité immédiate de ses pattes. Au-dessus de lui, à au moins dix mètres, se trouvait le poitrail de la bête. Il lâcha subitement les reines et se cramponna uniquement avec ses jambes à la selle. Le chef attrapa un grand arc et une lourde flèche reliée à un filin. Il banda son arme avec difficulté et décocha le formidable trait qui alla se figer dans l'épais cuir du leucomystax.

- N'aies pas peur, ma monture va s'éloigner rapidement, dit-il, avant de s'agripper à la corde tendue pour sauter dans le vide.

Ainsi suspendu et balloté dans tous les sens, il parvint, non sans mal à grimper le long du filin comme l'aurait fait une araignée habile le long de son fil de soie.

Déjà d'autres cavaliers suivaient sa manœuvre avec plus ou moins de succès. C'est alors que le monstrueux animal fit une soudaine embardée vers la droite. Il baissa sa tête et tenta de pulvériser avec ses immenses défenses l'attelage d'Emma. La jeune guerrière activa ses améliorations physiques et sauta à son tour pour éviter une mort certaine. L'étrange destrier fut propulsé en l'air comme s'il avait s'agit d'un méprisable insecte. Heureusement, le bond prodigieux de l'étudiante lui permit d'agripper une corde qui pendait sur les flancs du titan. Elle se mit immédiatement à grimper pour rejoindre le petit commando qui escaladait déjà cette montagne de fourrures et de muscles.

Sur le dos de l'animal, les Kohana utilisaient des gants et des bottes pourvus de longues griffes afin de s'assurer un semblant de stabilité. Emma se contentait de se frayer un chemin à travers l'épaisse crinière en tenant solidement d'immenses touffes de poils aussi épais que des joncs.

Sahale jeta un regard surpris à Emma et releva ses babines ce que la terrienne interpréta comme un semblant de sourire ou de satisfaction.

Plusieurs grosses créatures de formes insectoïdes surgirent de l'épaisse fourrure et chargèrent le groupe. De toute évidence, ces parasites n'avaient pas l'intention de se voir priver de leur garde-manger. Les Kohana s'en débarrassèrent sans grande difficulté avec l'assistance d'une jeune tueuse très douée.

C'est aux oreilles que la première attaque fut portée. Telles des fourmies guerrières, ils pénétrèrent les orifices à l'allure de grottes pour frapper au cœur du tympan afin d'annihiler l'équilibre de l'animal.

C'est à cet instant que la manœuvre se trouva être la plus dangereuse.

- Accrochez-vous, hurla le chef avant de frapper.

L'animal émit un grondement atroce et perçant avant de se mettre à courir dans tous les sens en bondissant. Plusieurs Kohana perdirent l'équilibre malgré leurs équipements et chutèrent pour s'écraser beaucoup plus bas. L'un d'eux fut propulsé en hauteur et retomba lourdement sur le dos de l'animal non loin d'Emma. Il allait se redresser quand une nouvelle ruade le fit glisser sur ses flancs. La jeune terrienne s'agrippa fermement et rattrapa au vol le malheureux qui passa tout près d'elle en gesticulant. Emma constata avec surprise qu'il s'agissait d'Anoki. Il se balançait dans le vide, suspendu à la frêle mais néanmoins puissante poigne de la fille. Ses yeux lui lancèrent un regard de défi. Emma savait qu'elle ne pourrait pas le soutenir éternellement ainsi. Déjà, ses forces s'amenuisaient et elle-même ne parvenait que difficilement à se maintenir en équilibre.

-Ta deuxième main, tends la moi.

Il hésita un moment, puis se résigna à lui attraper le poignet pour se hisser rapidement à sa portée. Ils rejoignirent avec beaucoup de mal la tête de l'animal sans échanger un mot.

Le mastodonte, fou de rage, continua sa course folle cherchant à faire fuir ces agaçants assaillants. La deuxième attaque fut portée à ces yeux afin de le priver de vue. Lors de l'opération, plusieurs chasseurs furent happés par la gueule pestilentielle du monstre aux abois.

Les cavaliers restés au sol le guidaient là où ils souhaitaient l'entrainer. Privée de ses principaux sens, la bête ne pouvait se rendre compte qu'elle se précipitait droit vers sa propre mort.

- Agrippe toi à-moi si tu veux vivre, hurla Sahale.

Emma s'exécuta sans demander pourquoi. A l'instant même où le leucomystax se jetait du haut d'une falaise immense, le Kohana et sa troupe sautèrent eux aussi dans le vide. Ils déployèrent instantanément d'astucieux parachutes artisanaux dissimulés dans leurs sacs à dos. Ainsi brinquebalés dans les airs, ils purent voir la colossale bête s'écraser au sol plusieurs centaines de mètres plus bas créant un petit cratère dans la neige. La chasse était terminée pour aujourd'hui.

Les Kohana auraient de la nourriture et des matériaux pour de nombreux mois. La viande serait rapidement congelée dans leur entrepôt souterrain. La graisse servirait pour l'éclairage et le chauffage. Quant aux os, ils auraient le même usage que le bois et les indigènes l'utiliseraient aussi bien pour le gros-œuvre que la fabrication d'objets artisanaux.

Le soir même une cérémonie fut organisée en l'honneur de leurs dieux pour commémorer la mémoire des morts. La troupe rassembla toutes les victimes de la chasse et ils se rendirent en bordure de mer sur une large banquise. Chaque trépassé reçut une sorte de bénédiction sommaire du chef, qui faisait également office de shaman, avant d'être couché sur la glace les uns à côté des autres.

- Il arrive, le grand Orcininae arrive, chanta, Sahale. Ce qui vient de la mer revient à la mer.

La troupe s'empressa de regagner la terre ferme laissant derrière elle ce bien étrange cimetière.

Puis dans la nuit, sous la pâleur de deux lunes, Emma put assister à un nouveau spectacle terrifiant. La glace de la banquise fut pulvérisée par une masse informe et gigantesque. La monstruosité n'avait rien à envier à la taille du Leucomystax. La terrienne réprima un profond frisson tant la ressemblance était frappante avec l'horreur qui les avait poursuivis dans les ruines englouties au japon. Un avatar sans doute de ce dieu inhumain et informe vénéré par les Kohana. La jeune femme dut détourner le regard quand la créature à l'aide de ses multiples tentacules porta à sa gueule béante les cadavres pour mieux les déchiqueter et les dévorer. Ce n'était pas une sépulture mais une offrande écœurante à un dieu marin extraterrestre.

Pendant quelques jours, la terrienne fut mise à l'isolement dans une bâtisse. Elle pouvait sortir de temps en temps pour se dégourdir les jambes ou profiter des soleils bienfaisants. La plupart du temps, un garde était posté devant son igloo et la suivait de près. Sa témérité lors de la chasse avait surement fait changer d'opinion le chef qui pensait peut-être maintenant qu'elle représentait un danger de par ses capacités.

Plusieurs adolescents Kohana s'intéressaient à elle et se montraient des plus curieux. Hardiment, ils bravaient les avertissements du gardien pour mieux approcher Emma et échanger quelques mots avec elle. Une jeune femelle s'était même amusée à coiffer sa crinière en imitant la longue chevelure d'Emma. Elle portait constamment un joli arc dans son dos. La terrienne lui trouvait beaucoup de charisme et elle apparaissait très féminine par rapport à ses autres compagnons. Légèrement vêtue malgré le froid, elle laissait paraitre des formes affriolantes et généreuses.

- Comment tu t'appelles ? demanda la terrienne.

- Poloma, ça signifie « arc » dans notre langue. Je suis une redoutable archère.

- Et bien montre-moi ça, veux-tu ?

Poloma retroussa ses babines et banda son arc avec une rapidité surprenante. Elle décocha une flèche et effleura une lampe suspendue à un poteau à plus de trente mètres.

- Joli tir. Tu es rapide et adroite.

- Et toi, tu sais tirer.

- Oui, je me débrouille.

- Montre-nous, jappèrent les autres membres du petit groupe tout excité.

Emma allait prendre l'arc quand l'un des gardes se rapprocha rapidement.

- Laisse-lui sa chance, vociféra Poloma. Que veux-tu qu'elle fasse ?

- Ce n'est pas une gamine qui va me dire ce que je dois faire.

- Non, mais c'est la fille du chef qui te le demande comme une faveur. Je serais à conquérir à la prochaine saison des amours et j'ai entendu dire que tu pourrais faire partie de mes prétendants.

Déboussolé, le gardien regarda à droite et à gauche puis acquiesça d'un signe de tête.

Emma prit une flèche et banda à son tour l'arc. Elle tira et accompagna la flèche d'une onde mentale pour guider sa trajectoire. Le trait sectionna le mince filin qui reliait la lampe au poteau. Elle s'écrasa au sol sous les éclats de joies des gamins.

- Joli tir, tu dois être une grande chasseresse dans ton monde. Je t'aime bien Emma.

- Merci Poloma, tu es adroite également. Les Kohana ont de la chance de t'avoir parmi eux.

En soirée, elle reçut une bien étrange visite. Anoki se présenta devant le seuil de sa porte. Il refusa de rentrer.

- Je ne te porte pas en grande estime et mes sentiments envers toi sont toujours les mêmes. Je suis convaincu que ton arrivée ici n'est pas de bon augure pour les Kohana. Cependant, tu m'as sauvé la vie à la chasse et je me devais de te remercier pour ça.

Il sortit de sous ses vêtements un objet taillé dans l'ivoire ressemblant à une pipe qui lui fourra dans les mains. Il y ajouta un sachet contenant une espèce de mixture graisseuse et mal odorante. Sans un mot, il lui tourna le dos et repartit tranquillement d'où il était arrivé.

Devant son air circonspect, son gardien prit la parole.

- C'est un calumet à rêves. Un objet très rare transmis de père en fils. Celui-là a été taillé dans une dent du grand Orcininae lui-même. Anoki ne s'est pas moqué de toi et sa propre vie a, semble-t-il, beaucoup de valeur à ses yeux. Je vais te montrer comme ça fonctionne.

Il bourra la pipe avec un peu de mélange et retira des silex de sa poche pour l'allumer.

Au petit matin, alors qu'Emma venait à peine d'émerger d'un rêve merveilleux causé par la drogue inhalée la veille, Poloma surgit dans l'igloo.

- J'ai pu négocier de passer toute la journée avec toi, annonça-t-elle un grand sourire aux lèvres.

- J'espère que cela ne t'a pas couté trop cher ?

- Disons que j'ai donné un petit acompte à ce cher gardien, dit-elle en s'essuyant sensuellement les babines avec sa langue.

- Sale petite peste, tu n'as pas honte, se mit à rigoler Emma.

Une fois dehors, la jeune Kohana, la conduisit discrètement derrière une habitation où les attendaient deux montures.

- Grimpe sur le plus grand, je l'ai apprivoisé moi-même.

Les lézards géants s'élancèrent sur la glace et quittèrent le village sans bruit.

- Je risque d'avoir de sérieux ennuis si on découvre que j'ai quitté le village.

- Tout va bien se passer. On sera rentré dans quelques heures et personne ne se sera aperçu de ta disparition. Ils sont tous occupés à préparer la cérémonie de la grande tempête.

- C'est quoi cette cérémonie ?

- C'est lors de la grande tempête que les esprits descendent du ciel pour emporter les plus braves d'entre nous et tout ce qu'ils ont besoin pour vivre là-haut avec les dieux. Même si je sais que c'est un grand honneur d'être choisi, j'aime mon père et ma mère et je ne veux pas qu'ils me quittent pour le royaume des dieux.

- Qui sont ces dieux ?

- Nos dieux sont nombreux. Le grand Orcininae règne sur l'océan mais le plus puissant est Qaniktak, le dieu du vent. Il vit dans les cieux, au cœur de la grande tempête.

Après avoir traversé l'immensité blanche, les deux aventurières arrivèrent dans une petite cuvette abritant un paysage improbable. Une série de cascades d'eau glacée se jetait dans un petit étang bouillonnant. De la vapeur s'élevait du sol recouvrant des mares de boue. L'air était chaud, presque suffoquant mais respirable.

Poloma fit descendre sa monture et l'attacha solidement à un rocher. Elle retira tous ses vêtements sans pudeur et plongea la tête la première dans la bourbe. Après quelques brasses, elle suggéra à Emma de la rejoindre.

La terrienne hésita un moment puis pour ne pas décevoir sa jeune amie, se mit également nue. Poloma sembla ne pas y perdre une miette en l'épiant avec un regard coquin. Emma se glissa doucement dans la tourbière et ressentit de suite une impression de bien-être surprenante. Ce bain était divin. Les deux femmes jouèrent un moment dans la mare puis leur corps s'effleurèrent d'abord doucement puis de plus en plus fortement. Emma trouvait ça particulièrement jouissif et sa compagne semblait également apprécier ces étreintes fugaces. Finalement la Kohana entraina l'humaine hors de la mare pour la conduire vers une petite chute d'eau. Elle prit une bonne respiration et bondit à travers la chute pour disparaitre derrière le rideau. Emma l'entendit crier et décida de la suivre. L'eau glacée lui coupa la respiration mais elle parvint à franchir l'obstacle en grelotant. La douche impromptue avait partiellement nettoyé son corps souillé. Il faisait chaud de l'autre côté, de la vapeur s'échappait d'une petite grotte faiblement éclairée par la lumière du jour filtrant à travers la chute d'eau. Poloma lui prit la main et la conduisit plus profondément à l'intérieur. Une étrange odeur d'humus régnait ici. Emma sentit sa tête tourner et elle se retrouva euphorique. Sa compagne semblait subir les mêmes effets.

- De puissants psychotropes saturent l'air de la caverne, avertit Hugo. Je lance le protocole de protection.

- Non, laisse faire. J'ai envie de ressentir les effets de cette drogue.

- Couche-toi là, ordonna Poloma, en lui montrant un lit de mousse.

Elle s'éclipsa du sauna et revient avec plusieurs plantes dans les mains. Elle se mit à les malaxer pour en faire sortir une huile verdâtre. Doucement et délicatement, la Kohana entreprit de masser sensuellement son amie. Les caresses étaient divines et Emma, droguée, couverte de sueur, ne put s'empêcher de s'abandonner entre ses mains bienfaitrices.

Les touchers se firent plus entreprenants et bientôt les deux femmes ne firent plus qu'un au cœur de la grotte. Elles s'aimèrent longuement et tendrement. Pour la première fois, la terrienne avait fait l'amour avec une créature d'un autre monde, une jeune Kohana très attirante.

C'est avec un profond regret que les deux amantes durent retourner au village. Serrées l'une contre l'autre, elles avaient longuement discuté de leur vie respective. Poloma était avide de connaissance. Elle se montrait vive et astucieuse dans ses raisonnements. Emma était cependant restée plutôt discrète sur ses activités.

Alors qu'Emma allait regagner discrètement ses pénates, le chef du village et plusieurs guerriers sortirent de l'habitation. Impossible de fuir et son cerveau étaient encore largement embrumé par la drogue.

- Tu me déçois, Poloma. Tu mets ta vie en danger avec cette étrangère mais aussi celle du village.

- Emma n'est pas une ennemie, c'est mon amie et nous n'avons rien à craindre d'elle.

- Tais-toi petite sotte.

Il lui décocha une claque qui l'envoya rouler au sol. Poloma redressa sa tête et le regarda avec un air de défi, des larmes de fureur plein les yeux. Cependant, elle resta à terre. Elle connaissait son père et ce n'était pas son habitude de la frapper. S'il l'avait fait c'était pour une bonne raison afin qu'il montre aux yeux de ses hommes qui était le chef ici.

Anoki surgit de l'ombre et prit la parole

- La punition pour trahison est normalement la mort par noyade dans un trou d'eau gelée. Cependant, Poloma n'est pas encore une adulte, aussi je préconise l'enfermement en cage pour une nuit. Cette torture devrait lui laisser quelques marques qu'elle n'oubliera pas de sitôt.

La pauvre Poloma fut obligée de se dévêtir sous les yeux des habitants de tout le village. En plus de la honte qu'elle pouvait ressentir, elle grelottait de froid car la nuit commençait à tomber. Sa mère ne pleurait pas mais la regardait avec des yeux compatissants. Elle aurait sans aucun doute pris sa place sans aucune hésitation.

La Kohana dut s'installer dans une cage en os minuscule qui ne lui permettait même pas de se tenir debout.

Emma entourée de gardes armés prit alors la parole.

- Poloma n'est coupable d'aucun délit. C'est moi qui lui ai demandé de me faire évader. Si quelqu'un doit être puni, c'est moi et pas elle.
- Tu seras puni en temps voulu et rassure-toi, ce qu'elle va subir cette nuit n'est rien par rapport à ce qui t'attend, expliqua gravement le chef.
- Emma, je suis désolée, hurla Poloma, au moment où on l'emmenait.

Dans son igloo, l'étudiante de Starburst se demandait comment son amie pouvait survivre à un tel froid. Les Kohana étaient cependant de rudes mammifères nés pour survivre à des conditions climatiques extrêmes. Heureusement, aucune tempête de neiges et aucun blizzard ne s'étaient levés pour le moment.

En pleine nuit, elle fut réveillée par des hurlements. A l'extérieur, il n'y avait plus trace de ses gardes. Quelques Kohana couraient à perdre haleine sans lui prêter attention. Puis quelque chose passa dans l'obscurité non loin d'elle. Emma ne put décrire précisément ce que c'était tant la vision fut fugace. L'instant d'après, la chose réapparut à la lueur des lunes, bondit et glissa silencieusement vers deux Kohana affolés. Elle était humanoïde mais ce n'était qu'une ombre, une simple ombre qui se mouvait au sol sans corps physique pour la créer. Quelle était cette diablerie ?
Au moment, où la forme allait atteindre les fuyards, la terrienne vit Anoki sortir de son igloo une torche à la main et la jeter en direction de la monstruosité. Cette dernière prit feu instantanément. Plusieurs pantins sombres à la peau huileuse comme le pétrole prirent forme non loin d'eux.
- Les Ohanzee nous attaquent, hurla-t-il.
Un peu plus loin, Emma aperçut Poloma s'agitait dans sa cage. Un sombre adversaire l'avait contourné pour mieux la frapper. L'assaut des Ohanzee fut rapide et destructeur. Leur invisibilité sommaire leur conférait un avantage indéniable même si le feu paraissait leur plus grand ennemi. Poloma fut extirpée de sa geôle et soulevée du sol par son assaillant qui, immédiatement, la propulsa avec force à terre afin de la mettre hors d'état de nuire. La créature aux gestes désarticulés plaça nonchalamment le corps inanimé de la

chasseresse sur son épaule et s'empressa de prendre la fuite avec son butin.

Emma allait le prendre en chasse quand un des pillards fit son apparition devant elle. La terrienne muta immédiatement et se jeta sur lui pour mieux le déchiqueter. Il était de consistance partiellement visqueuse et c'est ainsi qu'il pouvait se mouvoir comme une ombre sur le sol pour mieux reparaitre ensuite sous les trait d'un vulgaire pantin humanoïde sans bouche ni yeux. Son astucieux camouflage ne trompait pas les sens aiguisés du loup et son odorat évolué. Cependant, ses crocs ne parvenaient pas à blesser sa proie. Emma avait l'impression de se battre contre un golem de boue. Pourtant sa consistance était bien réelle et elle encaissait durement ses terribles coups de butoirs.

La louve s'extirpa cependant de l'enlacement meurtrier de son adversaire. Elle bondit en l'air pour renverser une lampe et l'asperger d'huile brulante. Immédiatement, il prit feu en gesticulant et en émettant un cri inhumain effrayant.

Elle jeta un regard en direction du kidnappeur de la jeune Poloma mais il avait déjà disparu dans la nuit. Anoki la regardait un peu plus loin d'un air surpris. Emma se replongea dans la bataille avec hargne.

Le raid fut bref mais sanglant. Plusieurs Kohana gisaient au sol et une partie des réserves de nourritures avait été pillée. Seule Poloma manquait à l'appel.

Les Kohana tinrent conseil au petit matin Emma avait été attachée afin qu'on puisse garder un œil sur elle.

- Les Ohanzee ont frappé fort cette nuit. Leur attaque éclair était parfaitement bien orchestrée. D'habitude, ils se montrent moins discrets, préférant nous prévenir de leur assaut afin de nous plonger dans la terreur la plus profonde mais nous laissant le temps de nous organiser. De toute évidence, ils ont changé leur tactique.

- Poloma est perdue. A l'heure qu'il est, ils ont déjà atteint la frontière de leur territoire. Personne n'est jamais revenu vivant de leurs sombres cavernes au cœur des montagnes.

- J'irai la chercher, annonça Emma au milieu des bêlements, grognements, et autres rugissements.

- Qu'est-ce que tu dis humaine ? Personne ne t'a invité à parler, dit le chef en haussant le ton. Si ma fille a disparu, tu en es la principale responsable.

- Ecoutez-là, grand Sahale, demanda humblement et calmement Anoki. J'ai vu cette nuit Emma sous la forme d'un animal. Elle a tué plusieurs Ohanzee. De toute évidence, elle n'est pas leur alliée. C'est sans aucun doute une envoyée des dieux. Elle est là pour nous tester.

- Tu voulais la sacrifier et voilà maintenant que tu en fais un messie.

- J'ai fait une erreur.

- Poloma est morte et personne ne pourra la sauver.

Emma se redressa et brisa sans difficulté ses liens. Elle désarma les deux gardes avec une facilité déconcertante et les menaça avec leurs propres lances.

- Je suis Emma Hasting, élève en second année à l'académie Starburst. Je suis lieutenant de la Royal Air Force et terrienne. Certain me connaissance également sous le nom de rose épineuse.

Des ronces grimpèrent le long de son corps et des boutons explosèrent pour former des roses écarlates au parfum enivrant. L'illusion était parfaite et elle déclencha un affolement dans les rangs des Kohana. Certains se jetèrent à ses pieds, d'autres tentèrent de s'éclipser.

- Es-tu une envoyée des dieux ? demanda, Sahale, impressionné mais sur la défensive.

- Je ne suis pas l'envoyée de vos dieux. Mais, je suis sans doute la seule capable de ramener ta fille auprès des siens. Guide moi jusqu'à leur repaire et je puis t'assurer qu'ils mourront jusqu'au dernier. J'excelle dans cet art.

Sahale et Emma quittèrent le village à dos de lézards sur les traces des Ohanzee. Ils parvinrent rapidement à la frontière de leur territoire et continuèrent leur chemin dans le marécage que la terrienne avait traversé récemment. Son arme des dieux anciens serrée contre elle, l'étudiante était prête à en découdre.

- Les Ohanzee craignent le feu et la lumière du jour. Pour le reste, ils sont quasiment indestructibles. Comment vas-tu t'y prendre ?

- Ce que tu viens de me dire m'a donné une idée. Nous devons nous rendre à la pyramide.

- C'est un lieu interdit.

- Pour toi, peut-être mais pas pour moi, ni pour tes ennemis.

Le vaisseau de Ptah gisait toujours dans la toundra. Emma grimpa à l'intérieur et revient une heure après les bras chargés tôt petit cylindre métallique.
- Qu'est-ce que c'est ?
- Notre sauf conduit chez les Ohanzee. Fais-moi confiance.

Ils continuèrent leur dangereux périple évitant avec habileté les prédateurs monstrueux de la région. Bien qu'il ne soit pas dans son élément, Sahale semblait bien connaitre la région. De toute évidence, il avait déjà exploré ce territoire.
- Tu sembles bien connaitre le secteur ? demanda Emma.
- J'ai passé l'épreuve du survivant avec succès sinon je n'aurais pas eu l'insigne honneur d'être chef de mon clan.
- En quoi consiste cette épreuve ?
- Tout prétendant, dois survivre plusieurs semaines sur le territoire des Ohanzee. Seul un futur chef revient vivant. La nuit va bientôt tomber, nous devrions nous reposer. Il serait dangereux de tomber sur une patrouille d'Ohanzee en pleine nuit. Ils sortent presque toujours la nuit, presque toujours. Sa voix semblait empreinte d'une certaine inquiétude. Sahale avait subi l'enfer sur ce territoire et il tentait tant bien que mal de dissimuler sa peur primale. Seul l'amour de sa fille l'avait conduit à remettre les pieds sur ce territoire cauchemardesque. Emma s'en rendrait compte bien assez tôt.

A son tour de garde, l'attention de la jeune fille fut captée par des mouvements en contre-bas. Quelque chose de gros et de rapide avançait à travers les broussailles. Un troupeau de grosses autruches aux plumes verdâtres surgit des buissons. La jeune femme se dissimula derrière un tronc d'arbres pour les laisser passer quand plusieurs ombres se jetèrent sur les gros oiseaux. Ces derniers furent rapidement maitrisés par les chasseurs ténébreux. Elle les observa discrètement en intensifiant sa vision nocturne. Tous ses sens étaient aux aguets pour réagir aux moindres dangers.
Les Ohanzee se déplaçaient sans aucun bruit en glissant sur le sol. Ils dépecèrent en silence les animaux et empilèrent les morceaux de viandes dans de grands sacs en les recouvrant de petites graines. Le

groupe rebroussa chemin avec son butin sans qu'aucun mot ne soit échangé. Emma lança une onde mentale mais ne parvint pas à capter de signal. De toute évidence, ils ne communiquaient pas par télépathie.

Ils reprirent leur route tôt le matin mais leurs ennemis n'avaient laissé derrière eux aucune trace. Heureusement, Sahale les guida avec dextérité jusqu'au pied d'une petite montagne. Dissimulés dans le sous-bois, ils purent voir une route escarpée qui grimpait en serpentant entre des arbres de plus en plus clairsemés. Deux grands pieux surmontés par des cranes de gros animaux figuraient le début du sentier. Au sol, de nombreux ossements avaient été méticuleusement alignés pour créer un semblant de voie. Toute personne douée de raison aurait immédiatement fait demi-tour comprenant qu'elle n'était pas la bienvenue.
Emma tendit l'oreille et s'élança vers l'entrée suivie de près par son guide de moins en moins rassuré.

Ils atteignirent après plusieurs heures de marche éreintante le sommet du petit mont sans rencontrer aucun ennemi. Une grande vallée se révéla à leurs yeux. Une épaisse couverture brumeuse lui donnait une apparence dangereuse et inquiétante. Seuls les plus grands arbres parvenaient à percer le rideau blanc.
- Nous sommes arrivés au cœur de leur territoire. Nous devons nous montrer très prudents maintenant. En bas, sur notre droite, tu verras l'entrée de leur caverne. Elle est surement bien gardée.
Ils s'approchèrent très discrètement et finirent leur progression en rampant dans les herbes.
Effectivement, des ombres se mouvaient dans l'obscurité de la grotte. Elles ne s'exposaient pas à la lumière du jour mais de toute évidence restaient attentives à tout ce qui pouvait se passer à l'extérieur.
- Nous devons agir dès maintenant. Si nous attendons trop longtemps, la nuit risque de nous être fatale, annonça Emma.
- Quel est ton plan pour rentrer là-dedans sans se faire repérer ?
- Qui t'a dit que je voulais me montrer discrète ?
La jeune femme se saisit de son sceptre Héqa et en tendit un autre au chef des Kohana.

-Tu ne pourras pas te servir de cette arme mais je vais te montrer comment remplacer sa batterie à l'aide de ces petits cylindres. Nous allons rester collés et surtout ne me perd pas. Lorsque mon arme sera vide de son énergie, tu devras m'en donner une nouvelle et recharger rapidement l'autre. Est-ce que c'est compris ?

- Je te fais confiance, envoyée des dieux, répondis Sahale.

Emma sortit de sa cachette et sauta au milieu de la route juste devant l'entrée béante de la grotte.

- Ohanzee, je ne viens pas en paix. Vous avez enlevé mon amie et vous allez le payer de votre vie. Telle est la volonté de la rose épineuse.

Son sceptre s'illumina fortement et elle s'élança en courant vers l'entrée, suivie tant bien que mal par l'homme animal.

Tout était silencieux dans la pénombre du refuge des Ohanzee. Des ombres courraient sur les murs et Emma ne parvenait pas à distinguer si c'étaient des ennemis ou un simple jeu de lumières.

Lorsque la grotte fut inondée de lumière blanche aussi intense que celle délivrée par leur soleil, les Ohanzee avaient dû battre en retraite. Les murs étaient recouverts de peintures rupestres saisissantes montrant des scènes de chasses ou de liesses. Ces créatures étaient passées maitre dans l'art pariétal.

Ils progressèrent un moment, sans être inquiété, sentant le danger roder non loin d'eux. Quelques créatures ombreuses tentèrent de s'opposer à leur avancée mais elles furent invariablement pulvérisées, carbonisées ou grièvement brulées.

La terrienne ne s'attendait pas à découvrir un réseau de galeries aussi vaste et aussi bien aménagé. Ce qu'elle avait pris pour une simple grotte préhistorique s'apparentait plus à une citadelle souterraine. Tant qu'elle disposerait de batteries, la lumière de son arme et ses traits d'énergie tiendraient à distance les ennemis. Cependant, elle ne donnait pas cher de leurs peaux à la première pénurie énergétique.

La terrienne perçut des grattements sur son côté gauche. Deux insectes géants ayant l'apparence de scolopendres aux multiples pattes velues foncèrent vers elle. Ses rayons d'énergie s'écrasèrent sur leurs solides carapaces chitineuses. Sahale tenta d'en abattre un avec sa lance mais l'arme ne parvint qu'à blesser l'un des animaux.

Ils se retrouvèrent acculés et cernés de toute part. L'ennemi se montrait plus rusé et puissant que jamais.

Emma ferma les yeux une fraction de secondes. L'ensemble de ses améliorations s'activèrent instantanément. Les fentobots démultiplièrent ses capacités de combat étroitement pilotées par son IAE. La tueuse lacéra les veines d'un de ses poignets et projeta son sang en direction des deux créatures. Puis, d'un geste vif, elle le vaporisa avec son laser. Le gaz chaud et empoisonné aspergea les monstres qui s'écroulèrent au sol. Ils se tordirent de douleur avant de rendre l'âme dans d'horribles bruits de succions.

Les minutes étaient comptées maintenant. Ses fentobots allaient rapidement consommer sa propre énergie vitale et elle n'avait pas de pilules spéciales pour les alimenter.

Hugo projetait dans son esprit un plan en trois dimensions des lieux déjà explorés. Emma sonda les niveaux suivants et capta de nombreuses ondes télépathiques non loin d'elle. Les deux infiltrés grimpèrent une pente raide et pénétrèrent dans une grande salle taillée à même la roche.

Dans le mur de gauche, des alcôves avaient été aménagées afin d'emprisonner différentes créatures derrières des barreaux en os. Il y avait quelques Kohana d'autres tribus mais également de nombreux autres êtres qu'Emma n'avait jamais rencontrés auparavant. Les prisonniers semblaient plongés dans un état de profonde léthargie, fruit d'une puissante drogue administrée quotidiennement.

En se concentrant, elle parvint à détecter la présence de Poloma. A l'aide d'un violent coup de pied, elle pulvérisa la porte de la cellule. Sahale entra et récupéra sur son dos sa fille bien aimée incapable pour le moment de se déplacer.

La terrienne repoussa une nouvelle attaque des Ohanzee. Son regard fut attiré par une créature blottie derrière une stalagmite dans un coin de la geôle. Elle ne rêvait pas. Un Néphilim de la pire espèce se trouvait face à elle. Il portait une fine combinaison noire comme celle qu'Emma avait revêtue dans le vaisseau mère avant la mort de Christophe. Son ventre était aussi gonflé que celui d'une génisse prête à mettre bas.

Il leva un bras mais la rose épineuse ne lui laissa pas le temps de finir son geste. Elle bondit sur le côté et à une vitesse prodigieuse fonça sur le Néphilim pour le plaquer à terre. La crosse chauffée à blanc de son sceptre se posa à quelques centimètres de la gorge de son ennemi. Ses traits changèrent immédiatement et il prit alors l'apparence d'une très jolie eurasienne. Une voix humaine cria en anglais derrière-elle.

- Non, Emma, ne tire pas.

En se retournant, elle aperçut avec stupeur le professeur Grenod qu'elle croyait mort lors de leur périple en Egypte. Il semblait particulièrement affaibli et très durement marqué par sa captivité.

- Professeur, mais qu'est-ce que vous faites ici dans cet enfer.

- C'est une longue histoire, mais baisse ton arme, je dois la vie à Irmeïa, ma compagne qui porte notre enfant.

Emma resta interloquée. Le Néphilim, sous les traits d'une humaine, se releva et s'approcha de Grenod pour se blottir dans ses bras.

- Tout va bien, ma chérie.

- Oui, je le sens bouger en moi. Notre enfant sera fort et vigoureux.

- Je suis en plein cauchemar et je vais me réveiller, dit tout haut Emma.

- Garde ton calme, Emma. Nous avons de nombreuses choses à nous raconter mais ce n'est ni le moment, ni l'endroit. Comment comptes-tu nous faire sortir d'ici ?

- Pouvez-vous courir ?

- Irmeïa a fait le nécessaire pour nous immuniser contre la drogue mais ces créatures sont insensibles à ses attaques mentales.

- Tu sais te servir de ça ? demanda Emma en lui tendant le deuxième sceptre et la dernière batterie.

- Oui, répondit l'eurasienne en passant une main dans ses longs cheveux noirs.

De toute évidence, elle avait pris une apparence des plus agréables aux yeux du professeur.

Emma les guida vers la sortie en travaillant de concert avec le Néphilim pour abattre les quelques Ohanzee qui osaient encore se dresser sur leur chemin.

L'air frais à l'extérieur leur fit le plus grand bien. Mais la nuit était tombée depuis longtemps maintenant. Emma vida son arme sur les gros rochers en aplomb de l'ouverture pour créer une petite avalanche de pierre qui bloquerait pour un temps le passage principal. Cela leur donnerait sans doute quelques heures pour fuir la vallée. Mais les Ohanzee disposaient surement de passages secondaires pour sortir de leur forteresse.

Harassée, la jeune fille tenait à peine debout. Le reste du groupe semblait en aussi piteux état qu'elle. Seul le Néphilim ne montrait aucune trace de fatigue. Ils mirent plus de temps que prévu pour redescendre la pente de la montagne et rejoindre les lézards laissés loin derrière eux dans la forêt. Parfaitement apprivoisés, ces derniers surgirent rapidement de leur cachette quand leur maitre les siffla. Un réel lien existait entre les Kohana et leur monture à sang froid.

Personne ne s'était lancé à leur poursuite. Les Ohanzee avaient sans doute renoncé à les prendre en chasse. Ils avaient payé un lourd tribut cette nuit-là. Il leur faudrait sans doute longtemps avant de reconstituer leur force et revenir piller le territoire Kohana.

Sur le chemin du retour, Grenod raconta son incroyable mésaventure. Lors de sa fuite dans la pyramide, il avait percuté un Néphilim et avait vu avec horreur la porte se refermer devant lui. Puis la pyramide avait décollé signant définitivement son arrêt de mort. Le professeur ne se laissa pas abattre pour autant. Il enferma le Néphilim inconscient dans une pièce nue et en condamna solidement la porte. Puis, il entreprit de comprendre comme fonctionnait cet engin. Dépourvu des gênes nécessaires à le piloter, il parvint cependant à déchiffrer un bon nombre d'indications qui lui permirent de se servir manuellement des fonctions secondaires de survie. Mais de toute évidence, il ne tiendrait pas longtemps sans l'aide du Néphilim.

Il tenta alors de communiquer avec lui. Ce dernier se trouva être une ravissante jeune femme, le suppliant de la libérer. Ceci le troubla très fortement. Il n'osa pas ouvrir la porte et se contenta de l'observer par les caméras holographiques. Ils discutèrent des jours entiers, chacun tentant d'en apprendre un peu plus sur l'autre. Puis le vaisseau connu une avarie inexpliquée. Une explosion endommagea la zone où se trouvait le Néphilim. Ce dernier fut grièvement blessé. Grenot ne put se résoudre à le laisser mourir.

Il porta son corps mourant dans la piscine de Ptah. Irmeïa ressortit nue du bassin. Elle était magnifique. Le liquide régénérant ruisselait sur son corps d'eurasienne à la morphologie sans défaut. Au lieu de prendre contrôle de son esprit et de le terrasser, l'extraterrestre s'approcha de lui et lui fit l'amour de façon éhontée sans cacher son plaisir. Irmeïa et Grenod s'aimèrent et s'accouplèrent. Loin du nid et sans reine, le Néphilim avait laissé parler ses propres sentiments faisant fi du passé.

Il se passa de nombreux mois avant qu'ils puissent de concert parvenir à comprendre le fonctionnement du vaisseau et à en reprendre le contrôle. Ces mois de labeur solidifièrent leurs liens et Irmeïa montra rapidement des signes de grossesse. Alors qu'ils étaient presque parvenus à maitriser la navigation stellaire, la pyramide fut attaquée par un vaisseau inconnu et s'écrasa sur la planète. Après un temps de survie, ils furent capturés par les Ohanzee.

Bien qu'Emma ne puisse douter des sentiments d'Irmeïa, elle pensait que les Néphilim ne pouvaient pas donner naissance en dehors de leur reine pondeuse.

Le professeur fut ravi de découvrir le village des Kohana. Emma et Sahale furent acclamés en héros et la jeune Poloma n'eut d'yeux que pour sa sauveteuse humaine.

Le jour de la tempête arriva à très grand pas. Grenod ne voulait pas en perdre une miette. Ils assistèrent aux préparatifs finaux et à l'élection des élus. Ce fut un moment dramatique pour Poloma quand son père fut sélectionné. Cependant, ce dernier déclina l'honneur qui lui était fait, estimant que son rôle était de servir le clan jusqu'à sa mort. Peu de Kohana avait refusé cet insigne honneur. Aussi, Anoki fut choisi pour le remplacer. Il accepta avec joie.

La tempête fit son apparition en soirée. Un gros nuage noir apparut à l'horizon. Il était parcouru d'éclairs étincelant. Le vent se leva brusquement et se mit à souffler fortement faisant tournoyer dans les airs des volutes de neiges.

Les Kohana festoyèrent longuement partageant leur diner festif avec leurs invités. Autour d'un grand feu dans l'igloo principal, ils dégustèrent de la liqueur de poisson avec des tranches de viandes rôties à la graisse.

En fin de soirée, les élus furent conduits à l'extérieur et s'installèrent au centre du village à côté des nombreux présents qui avaient été emballés dans des peaux de bêtes.

Emma était curieuse de voir ce qui allait se passer. Il était cependant interdit de rester dans le village pendant l'arrivée des envoyés des dieux. Aussi, tout le clan partit en direction de l'endroit où était apparu le grand Orcininae, malgré la météo peu clémente.

Emma, Grenod, Poloma et Irmeïa s'étaient cependant arrangés pour fausser compagnie aux habitants et revenir discrètement sur leurs pas. Ils ne voyaient pas grand-chose à travers la tempête de neige mais ils purent trouver une position confortable dissimulée à l'entrée d'un igloo à l'abri des intempéries. Les élus chantaient et gesticulaient pour acclamer l'arrivée imminente des envoyés des dieux.

Puis la tempête se calma subitement. Des lumières percèrent les nuages et illuminèrent le village. Ils virent des choses se déplacer vers les élus. Ils pouvaient voir clairement leurs empreintes laissées dans la neige mais il était impossible de distinguer une forme si ce n'est peut-être un léger halo flou et indistinct.

- Les esprits, serviteur de Qaniktak, le dieu du vent. Ils viennent chercher les élus, annonça Poloma stupéfaite.

- Incroyable, répondit Grenod médusé.

Irmeïa ne sembla pas partager son émerveillement. Elle se tendit comme si elle s'apprêtait à combattre.

- Nous sommes en danger, ici. Ils ne sont pas ceux que vous croyaient.

Emma lança une onde mentale et rencontra une surprenante résistance.

- Une barrière de protection passive. C'est de conception militaire.

Les créatures stoppèrent leur progression vers les élus et certaines convergèrent en direction de leur cachette.

- Ils ont dû te repérer, humaine. Tu n'as pris aucune précaution.

- Comment, je pouvais savoir qu'il disposait d'un champ de protection psy militaire. Je n'ai même pas cherché à rentrer dans leur esprit.

- La bonne nouvelle, c'est qu'ils n'ont rien tenté contre nous du même genre. Voyons de quoi, ils sont faits.

- Non, Irmeïa, tu n'es pas en état de combattre. Laissons-les partir, demanda Grenod.

Le Néphilim le regarda avec compensation et se retira dans l'igloo. Ils se dissimulèrent derrière des peaux dans l'obscurité de la demeure et attendirent.

Quelque chose écarta les tentures de l'entrée et pénétra dans l'habitation. Emma ne bougeait pas. La terrienne avait généré une bulle d'isolation psychique afin de camoufler ses amis à toute forme de détection. Son champ protecteur pouvait être maintenu que quelques minutes mais elle espérait que cela serait suffisant. Elle se trouvait à quelques mètres de lui. Elle pouvait voir sa forme maintenant. Partiellement transparent, il avait l'apparence d'un humanoïde et tenait une arme dans ses mains. L'intrus scruta l'intérieur un instant et il fut rejoint par un autre esprit.

- Putain, Josking, il y a personne ici.

Il désactiva sa combinaison révélant son apparence à tous.

Emma faillit crier de surprise. Un membre de la Shining Force se trouvait devant elle. Enfin, il avait l'apparence d'un des soldats d'élite. Les écussons étaient différents et la tenue plus négligée. Une tête de mort percé d'un poignard remplacé celui des forces armées terriennes.

- Bon, on plie les gaules, cet endroit me fait flipper. On prend les offrandes et on ramène les esclaves au vaisseau. Les potes vont se casser sans nous.

Le dernier arrivant était déjà reparti dehors et le second allait le rejoindre quand il fut attiré par l'endroit où se cachait Poloma. Il revint sur ses pas et souleva la peau. Elle était juste en face d'elle, effrayée et respirant bruyamment.

- Je jurerai qu'il y a quelque chose… .

Il tendit les mains et toucha la fille invisible à ses yeux. Instantanément, l'illusion disparut.

Surpris par sa découverte inopinée, il agrippa sauvagement la gamine. L'instant d'après, il gisait mort sur le sol, terrassé par une attaque éclair d'Emma. La rose épineuse réfléchit rapidement. Elle avait une chance de se débarrasser des « esprits » mais de toute évidence, ils organiseraient des représailles sanglantes et les Kohana n'en réchapperaient pas.

Elle retira la combinaison à son porteur décédé et se glissa à l'intérieur.

- Je vais prendre sa place et voir ce qu'il en ait. Vous ne bougez pas d'ici quoi qu'il arrive. C'est bien compris ?

Poloma la prit dans ses bras. Elle embrassa sur la bouche la jeune Kohana et lui sourit. Emma attrapa son sabre.

- Prends soin d'elle et fais attention à toi, Professeur, dit-elle en franchissant la porte. Quant à toi Néphilim si tu manigances quelque chose contre mes amis, je te retrouverai et te tuerai.

Emma sortit à l'extérieur.

- Elle ne reviendra pas, n'est-ce pas ? annonça Poloma, les larmes aux yeux.

- Non, elle suit son destin, répondit Irmeïa.

VII

Emma rejoignit le commando à l'extérieur. Ils étaient en train de rassembler les offrandes. Les élus, quant à eux, avaient été endormis à l'aide de pistolets paralysants. Ils lévitaient déjà dans un rayon de lumière qui les faisait grimper à grande vitesse vers les nuages. A son tour, Emma fut captée par un puissant rayon tracteur qui la propulsa dans le ciel. Elle perça les nuages et se retrouva en dessous d'une imposante frégate de l'espace. Le rayon la guida vers un grand hangar où elle fut réceptionnée par les membres d'un équipage bigarré constitué de nombreuses races extraterrestres variées.

Un groupe d'humains plaçait les élus endormis dans des cages à barreaux électromagnétiques. Emma frissonna. Ils ne pouvaient être que des trafiquants d'esclaves. En temps utile, elle devrait porter secours à Anoki car il ne pourrait pas survivre à la servitude qui l'attendait mais pour le moment, elle devait en apprendre plus.

- Rejoins ton escouade, on va mettre les voiles, c'était la dernière moisson, lui cria l'un des hommes en charge de la manutention.

Dans les vestiaires, elle s'isola du reste du groupe en s'enfermant dans les toilettes puis attendit qu'il n'y ait plus personne pour sortir et se déshabiller.

Avec l'aide d'Hugo, elle força un casier à cellule électronique et trouva une combinaison grise moulante à morphologie automatisée. Elle dut se mettre nue à l'intérieur. Ses formes la rendaient plutôt sexy mais c'était semble-t-il le standard des uniformes de l'équipage : confortable et régulé en température. Elle glissa son Ninja-Tô à sa ceinture, dernier vestige matériel de son passage sur Aclamédia. Il était temps d'aller explorer ce vaisseau.

Elle croisa plusieurs personnes qui ne prêtèrent pas une seconde attention à elle. Ragaillardie, la terrienne prit un peu plus d'assurance et s'engouffra dans une coursive secondaire en suivant le panneau lumineux qui indiquait « quartier équipage ». Au détour d'un couloir, un groupe d'individus louches bloqua sa progression.

- Dis-donc mignonne, tu n'as pas froid aux yeux toi. Je n'ai jamais vu une navigatrice stellaire descendre dans les bas-fonds pour saluer son équipage. Tu prends de sérieux risques à venir ici sans escorte, ajouta-t-il d'une voix sifflante.

- J'aime vivre dangereusement, répondit la jeune femme sur la défensive.

- Je ne t'ai jamais vu avant. Il faut dire que je ne peux pas connaitre les deux mille cinq cent membres d'équipages de l'Amargasaurus. Tu as été enrôlé dans ce foutu navire pirate lors de la dernière escale sur Wallony ?

Son interlocuteur était particulièrement laid. Il avait un faciès de lézard à la peau albinos écailleuse. Son corps humanoïde musculeux se terminait par une longue queue qui battait l'air. A chaque parole, une langue fourchue surgissait de sa gueule garnie de petits crocs acérés.

- Oui, c'est ça.

Elle fit un pas en avant pour passer, mais son interlocuteur lui bloqua le passage en l'attrapant par la taille à l'aide de ses mains griffues.

- Il va falloir payer pour passer. Et j'ai bien l'impression que mes potes et moi on ne va pas se contenter de quelques écus mais plutôt de ton cul, vois-tu. Quand on en aura fini avec toi, tu seras juste bonne à faire le tapin, ma beauté.

Emma se dégagea agilement et propulsa violement son agresseur au sol en le faisant basculer avec son épaule.

Le lézard se remit vivement sur ses pieds et se mit à siffler.

- Tu as du répondant, gamine. Mais quelques soient tes améliorations physiques, tu ne rivaliseras pas avec un jerk. On est tous les trois condamnés à la crucifixion magnétique par Paradis elle-même. Le pire châtiment de notre galaxie.

Ses yeux se mirent à rougir intensément. A une vitesse déconcertante, il se projeta au plafond et se mit à courir à l'envers en direction d'Emma. Sa langue surgit hors de sa bouche et fouetta l'air pour frapper la terrienne. Elle ne put esquiver le coup et une longue zébrure lacéra sa combinaison. Une substance visqueuse et malodorante se mit à ronger les tissus attaquant sa peau. Emma bondit sur le côté et activa ses fentobots. Les trois sbires se regroupèrent.

- Tu ferais mieux de quitter ta parure ma chérie, si tu ne veux pas fondre comme un glaçon exposé aux rayonnements d'une naine blanche. Ses deux acolytes humains éclatèrent de rire.

Emma dut se résoudre à enlever son uniforme brulant et s'exposer entièrement nue aux regards pervers de ses adversaires.

- Tu es bien canon comme minette.

L'un des humains d'apparence trapue et fortement poilue chargea, mais cette fois Emma était prête à l'accueillir. Bien qu'il soit rapide, il ne put esquiver son crocher droit impitoyable. Il s'envola en l'air et s'explosa la tête sur le plafond. Son corps retomba lourdement sur le sol. Le lézard passablement énervé s'apprêtait à charger quand une voix raisonna dans son dos.

- Stop.

Un homme âgé aux cheveux grisonnant venait d'entrer dans la coursive. Il portait un uniforme noir et avait bel prestance.

- L'Ancien, elle vient de butter un de mes gars.

- Je ne veux pas le savoir, Grigo, si elle l'a fait c'est sans doute pour une bonne raison. Je ne pense pas qu'une enfant se ballade nue ici de sa propre volonté. Foutez-moi le camp d'ici avant que j'en parle au capitaine en personne.

Il avait posé sa main sur son pistolet laser accroché à son ceinturon de service.

Les deux pirates ramassèrent le cadavre de leur camarade.

- On se retrouvera mignonne, lacha Grigo, avant de s'éclipser.

Le vieil homme détacha sa cape en velours et la lança à Emma.

- Je ne te connais pas, jeune fille. Pourtant, j'enregistre chaque membre d'équipage que je recrute dans mon IAI et pas un seul ne passe pas devant moi avant d'intégrer l'Amargasaurus. Serais-tu un passager clandestin ?

Emma s'emmitoufla dans la cape.

- Merci, monsieur. Si je vous racontais toute mon histoire, vous ne me croiriez pas. J'ai pénétré dans le navire lors de votre dernière razzia. C'était pour moi la seule chance de retrouver la civilisation.

- Il faudra m'en dire plus en temps utile. Quoi qu'il en soit, ce que j'ai vu de mes yeux suffit à me faire penser que tu pourrais nous être utile. Abattre un Galérien d'un seul coup de poing, ce n'est pas donné à tout le monde. Survivre à un Jerk encore moins. Je t'embauche en tant que matelot. Quel est ton nom ?

- Hasting, Emma Hasting, monsieur

- Bien, Hasting, ici, tout le monde m'appelle « l'Ancien ». Je suis le maitre d'équipage de ce foutu rafiot. Suis-moi, nous allons trouver des vêtements plus saillants à ta personne.

- Tu as l'outrecuidance de me donner un ordre femelle. Comment, oses-tu parler ainsi à ton capitaine ?

- Capitaine, c'est une nouvelle recrue, elle n'est pas encore bien au fait de toutes nos règles, tenta d'expliquer calmement, l'Ancien.

-La vie de cet esclave Kohana t'importe donc tant que tu vas jusqu'à me menacer de lui laisser la vie sauve devant mes propres hommes. Emma serra ses poings mais l'Ancien lui posa une main amicale sur l'épaule pour la calmer.

- Soit, j'accepte de le laisser vivre. En contrepartie, tu recevras dix coups de fouet.

D'un geste d'une rapidité inimaginable, il sortit le manche de son fouet énergétique et fit claquer la pointe lumineuse à quelques millimètres du visage d'Emma.

- Approche, ordonna-t-il.

Elle s'exécuta.

- Jolie morceau pour une humaine. Ça me fait presque de la peine d'abimer une si jolie créature. Emparez-vous d'elle.

Deux marins agrippèrent chacun un bras de la terrienne. Elle aurait pu facilement s'en défaire mais toute action hostile aurait mis définitivement fin à la vie d'Anoki.

- Parfais, voyons voir ça de plus prêt.

Il déboutonna un à un les boutons du corsage de la jolie brune afin de découvrir sa poitrine. Ses gros seins montaient et descendaient au rythme de sa respiration.

- Attachez-la au mat central.

Les marins s'exécutèrent en piaillant et en jacassant. Tout le monde ne semblait cependant pas prendre plaisir à ce spectacle d'un autre temps. Ligotée au poteau en métal, partiellement dévêtue, la rose épineuse offrit son dos aux caresses insupportables du fouet.

- Tiens bon ma grande, peu de monde pourrait survivre à ça mais tu as en toi les capacités et les ressources pour y arriver, encouragea le maitre d'équipage compatissant.

Le fouet claqua sans relâche et lui mordit la chair jusqu'au sang. Chaque coup laissait une profonde coupure ensanglantée. Emma avait bien activé son système d'annihilation de la douleur mais les lanières de pure énergie du fouet contournaient sa protection psychique et biologique pour répandre un message de douleur à tout son corps. Même les fentobots semblaient incapable de calmer son calvaire. Au septième coup, elle capitula et sombra dans un coma salvateur.

La jeune terrienne reprit connaissance dans un grand lit. Son dos lui faisait encore mal mais le système de cicatrisation accéléré de son corps avait déjà fait effet. Cependant, à jamais, elle garderait une trace indélébile des morsures du fouet énergétique. Un simple peignoir avait été posé sur une chaise en bois à côté du lit. Elle le passa et sortit de la chambre. Au centre d'une grande pièce lumineuse décorée de multiples plantes grimpantes aquatiques, se trouvait un grand bassin d'eau bouillonnante. Le capitaine était presque entièrement immergé et seule sa tête dépassait de la surface. Il se redressa. C'était une impressionnante créature. Il devait faire au moins deux mètres cinquante et sa musculature était parfaite. Sa peau était grise comme la roche et sa tête sans cheveux était anguleuse et aussi massive que son corps. Telles celles d'un requin, ses paupières se rétractaient pour protéger ses yeux du liquide en lui donnant une couleur blanche inquiétante. Dépourvu de nez et d'oreille, il disposait d'ouïes qui courraient à la base de son cou. Il sourit dévoilant plusieurs rangées de dents acérées.
- Prends place avec moi dans mon bassin. Bienvenue dans mes appartements privés. Allons, ne fais pas ta timorée.
Un petit plateau lévitait non loin de lui. Il portait une grappe de fruit ayant l'apparence du raisin mais de couleur bleutée.
- Du Birdy pure. Extrêmement rare. Tu en veux ?
Emma, plutôt surprise, par le revirement de situation, fit tomber son peignoir et se glissa dans le bassin. L'eau était tiède et bienfaisante. Une odeur d'iode lui rappela des souvenirs d'enfance à Polperro.
- Vous me fouettez à mort et ensuite vous me conviez à partager un bain dans vos appartements privés. Je n'y comprends plus rien.
- J'ai lu en toi, Emma Hasting. Je n'avais jamais vu quelqu'un rester conscient après trois coups de fouet énergétique. Je pense que

l'Ancien a vu juste en te prenant sous son aile. Je ne suis pas dupe. Il attend que je commette une erreur pour lever une mutinerie et il a besoin de quelqu'un pour me provoquer en duel. Je vois juste n'est-ce pas ?

Même si Emma ne laissa rien paraitre et tissa une protection mentale à toute épreuve, elle fut contrariée de constater que le capitaine avait tapé dans le mille. L'Ancien avait fomenté un plan pour se débarrasser du despote et son bras vengeur prenait la forme d'une terrienne redoutable.

Il prit un grain de fruit et fit signe à Emma d'approcher.

- As-tu déjà dégusté un grain de Birdy pure ?

- Non.

Il rigola.

- Sais-tu ce que c'est exactement ?

Hugo chercha rapidement dans son encyclopédie et lui annonça que c'était une puissante drogue qui rentrait entre autre dans la composition du cocktail solaire.

- A aucun moment tu ne dois consommer ce truc-là. Ca perturberait ton jugement et tes sens de façon catastrophique, annonça-t-il ?

- Est-ce irrémédiablement dangereux ?

- Non, pas d'effets secondaires, si ce n'est ce que tu pourrais être amenée à faire sous l'emprise de ce produit.

- Oui, une drogue, répondit finalement Emma.

- Une drogue très puissante mais qui n'a aucun effet durable et qui ne crée aucune accoutumance. La drogue ultime. Si j'avais voulu te tuer, tu le serais déjà. Des milliards de personnes tueraient père et mère pour une seule goutte de Birdy.

- J'ai déjà expérimenté le nectar de Batna et également l'ambroisie de Paradis, répondit-elle en s'exécutant.

Elle connaissait le risque mais n'avait pas d'autre choix qu'accepter en ouvrant sa bouche. Il y glissa sensuellement et adroitement un grain.

Emma croqua le fruit. Une explosion de saveurs lui inonda la bouche. Ses sens vacillèrent et sa vue se troubla. Elle tenta de rétablir ses connections nerveuses mais rien n'y faisait. Le colosse l'attrapa dans ses bras et la serra contre lui. Elle défaillit.

Emma reprit ses esprits au milieu d'une immense plaine d'herbes grasses qui s'étendait à perte d'horizon. Les rayons d'un gigantesque soleil procuraient à sa peau entièrement nue une agréable sensation de chaleur. Le parfum émanant de multiples fleurs colorées la combla définitivement de bonheur. Elle roula dans l'herbe et se mit à rire comme une petite folle.

Puis une vive lumière l'éblouit. Quand elle rouvrit les yeux, elle se trouvait devant l'ange Gabriel.

- Emma, Dieu t'a choisi. Laisse-moi entrer en toi afin de donner corps à son souhait.

Emma ne put et ne voulut résister à l'ange. Il était si beau et si attirant. Sa jouissance était si intense qu'elle ne pouvait pas retrouver la raison. Gabriel l'aima, comme jamais personne avant lui, ne l'avait aimé. Un amour si tendre et tellement divin. Elle lui donna tout son être, jusqu'à atteindre l'extase et la béatitude devant la grâce de l'envoyé divin.

Le capitaine la prit avec violence mais pour elle la douleur n'était que plaisir. De grosses vagues se créaient dans le bassin à chacun de leurs mouvements. Il empoigna sa longue chevelure mouillée et la tira en arrière pour mieux apprécier les mouvements désordonnés de ses seins maltraités. Finalement, il la retourna afin qu'elle puisse s'agripper au rebord pour lui offrir sa croupe dressée. Il l'empala et la fit gémir de plaisir même si chaque coup de butoir la pourfendait douloureusement. La jouissance du pirate s'exprima à son paroxysme quand un épais et abondant liquide bleuâtre se répendit sur les fesses de la jeune droguée. Il avait encore des réserves et son excitation n'était pas encore assouvie. La petite garce allait encore goutée à sa virilité. Il lui restait encore de nombreuses zones érogènes à explorer.

Plusieurs heures après, il mit fin à leurs ébats. Les effets de la drogue commençaient à s'estomper et Emma risquait de ne plus être aussi réceptive à ses violences sexuelles. Elle était couverte de bleus, de morsures et de griffures. Pourtant, elle le regardait tendrement demandant de nouveau à se faire « aimer ». Il la jeta dans le bassin pour la nettoyer, puis la ressortit en l'attrapant par les cheveux pour finalement lui assener un terrible coup de poing qui la mit K.O.

A son réveil, elle ne se rappellerait plus de rien. Il appela les gardes installés devant la porte de ses appartements.

- Ramenez-la à l'Ancien. Il saura quoi faire.

Il avait hâte d'en découdre avec elle sur le ring.

Tout ce qui s'était passé dans la cabine ne fut pas enregistré par le cerveau d'Emma, ni même par le disque dure d'Hugo. A jamais, ces évènements lui resteraient inconnus à son réveil. Pourtant Emma se rappelait chaque détail de son incroyable rencontre avec l'Ange Gabriel.

L'Ancien perça le rang des matelots et se plaça devant le capitaine. Une nouvelle secousse frappa le vaisseau.

- Vous devriez prendre le cap 1.24.37 et le tenir à allure maximum.

- Depuis quand l'Ancien a des compétences de navigation. Le seul moyen d'éviter cet astéroïde c'est de suivre la route que j'ai indiquée et que l'ordinateur de bord a confirmée. Maintenant, occupez-vous de vos hommes et de rien d'autre. C'est un ordre. Tous à vos postes, je ne veux plus vous voir ici.

Les membres d'équipage reprirent leur activité sans broncher.

L'alarme de bord se mit à retentir dans le vaisseau.

- Alerte collision, préparez-vous à un impact imminent, annonça une voix sans timbre.

Les murs se tinrent en rouge. Le vieux s'agrippa à une barre de sécurité et Emma fit de même.

Le navire fut rudement secoué et les coursives s'emplirent aussitôt de gaz et de fumée.

- Rapport d'avarie, demanda l'Ancien par l'intermédiaire de son IAI.

- Impact latéral. L'un des ponts est détruit. Les portes anti-explosions ont été activées.

- Rapport de perte, ajouta-t-il.

- D'après les informations des IAI ou leur non réponse, la perte est estimée à 37 hommes.

- 37 hommes…, il est temps d'agir Emma, suis-moi.

Ils prirent la direction du pont central en venant en aide aux blessés, quand ils le pouvaient.

Lorsqu'ils pénétrèrent dans la salle de contrôle, Emma croisa le regard du capitaine. Tous deux comprirent que le moment de l'affrontement était arrivé.

- Capitaine Squale, c'était la dernière erreur que vous commettiez sur ce bâtiment. En tant que représentant des matelots et maitre d'équipage, je vous somme de nous remettre votre démission sur le champ.

- Je vois vieillard et naturellement tu sais très bien que je ne ferai pas. Qui donc as-tu prévu pour me défier en duel ? La gamine, ici présente, n'est-ce pas ? J'ai vu son tatouage dans mes appartements. Je sais qui elle est.

Il sortit son sabre de son fourreau et activa la lame énergétique qui se mit à chauffer jusqu'à devenir rouge ardente. De son autre main, il empoigna son fouet et le fit crépiter bruyamment. Les officiers se reculèrent pour observer le combat.

L'Ancien sortit le Ninja-Tô d'Emma de sous son manteau et lui lança. Elle le rattrapa en vol et fendit l'air pour retrouver toutes ses sensations. Le capitaine ne prit pas la peine d'échanger quelques mots avec elle. Il voulait en finir vite et bien. Ses améliorations accouplées à des capacités physiques supérieures lui octroyaient une puissance de combat titanesque. Il n'était pas capitaine d'une frégate pirate pour rien. Même les anges avaient gouté à la morsure de sa lame et de son fouet. Emma croisa le fer immédiatement avec son ennemi. Il était beaucoup plus rapide que ce qu'elle avait imaginé. Le combat allait être plus difficile que prévu. La célérité des deux adversaires s'égalait mais Squale avait l'avantage de la force. Malgré ses fentobots survoltés et ses multiples techniques de combat, elle ne parvenait pas à trouver une faille dans la défense de son adversaire. Ce dernier, par contre, réussissait à placer des attaques meurtrières. Plusieurs de ces blessures commençaient à l'handicaper sérieusement. Les armes s'entrechoquaient en faisant crépiter des étincelles d'énergie dans l'air.

Emma ne parvint pas à esquiver un coup de fouet particulièrement vicieux et se retrouva propulsée à terre. D'horribles brulures la lançaient et plusieurs plaies ne parvenaient pas à se refermer. Elle ne retrouvait pas son souffle et respirait bruyamment. Squale savait qu'il avait gagné. Finalement, elle n'était pas si dangereuse que ça. Pas assez expérimentée sans doute. Il ne lui laissa aucune chance et bondit vers elle dans la ferme intention de profiter de ce moment de faiblesse de son adversaire pour lui planter sa lame en plein cœur. L'attaque décisive porta ses fruits. Certes, l'épée ne lui avait pas transpercé le cœur mais il l'avait transpercé de part en part. Pourtant quelque chose le tracassait. Pourquoi lui adressait-elle un dernier sourire malgré le mince filet de sang qui s'écoulait de ses lèvres ? C'est alors que son esprit vacilla. La terrienne avait réussi insidieusement et patiemment à saper sa barrière mentale. Il ne s'en était pas rendu compte. Une simple brèche insignifiante par rapport à sa muraille impénétrable avait fait écrouler tout l'édifice. Le capitaine s'effondra au sol victime d'une rupture d'anévrisme.

L'Ancien et Anoki se précipitèrent vers Emma pour lui porter secours.

- Nous allons te sortir de là, capitaine. Préparez le restorbots immédiatement, hurla-t-il devant les officiers et les membres d'équipage médusés.

Elle s'était déjà fait empaler une fois. Elle savait qu'elle vivrait.

Une nouvelle secousse fit sortir Emma de son sommeil. Elle ne se sentait pas très bien et avait la nausée. Le vaisseau fut à nouveau secoué. Ce n'était pas un impact d'astéroïde, non. Plutôt une explosion.

L'Ancien surgit dans la chambre de l'infirmerie.

- Tu sembles en parfaite santé, ma petite. Habille-toi et montre à cet équipage de vauriens ce que tu as dans le bide. Nous sommes attaqués.

Il lui tendit un sac. Elle découvrit à l'intérieur une élégante robe rouge de marquise et une perruque blanche du XVIIe siècle.

- C'est une blague ! Vous n'auriez pas quelque chose de plus adapté à la situation ?

- Nous sommes en plein combat et tu penses à la beauté de ta toilette ? Ça ira parfaitement aux circonstances. Tu dois marquer les esprits pour t'imposer définitivement auprès des hommes.

Emma s'exécuta et enfila les vêtements.

- Parfait, approche.

Il sortit un petit pinceau à manche métallique et s'activa à barbouiller ses lèvres de rouge et ses joues de blanc avec son instrument électronique.

- Excellent, te voilà devenue la sanguinaire et impitoyable baronne écarlate.
- Oui ça me plait, dit-elle en admirant son décolleté pigeonnant dans le mur miroir.
Anoki l'attendait dans le couloir. Il tenait une lourde lance en os dans ses mains.
- Me voilà ton garde du corps officiel, annonça-t-il fièrement. Je te dois à nouveau la vie.

Son arrivée dans le poste de commandement déclencha un mouvement de panique mais également de nombreux sifflements d'admiration. Anoki grogna et montra ses crocs.
Se prenant au jeu, Emma les toisa tous avec fierté.
- A vos postes, messieurs. Faites-moi un compte-rendu succinct de la situation.
Un jeune lieutenant qui devait avoir juste quelques années de plus qu'elle s'approcha.
- Un supercroiseur de Paradis, Madame. Il a surgit de derrière une petite lune et a engagé immédiatement les hostilités. Nous avons dû battre en retraite pour nous cacher dans la ceinture d'astéroïdes. Il a lancé quelques chasseurs pour nous débusquer puis nous traquer.
La fille prit en aparté le maitre d'équipage.
- La réédition est-elle une solution ?
- N'y pense même pas. Les Paradisiens ont pour ordre absolu d'exterminer tout vaisseau pirate comme s'il s'agissait d'un vaisseau d'Enfer.
- Ordinateur, quelles sont nos chances de survie fasse à ce vaisseau ? demanda Emma.
- Si nous restons dissimulés, les astéroïdes endommageront irrémédiablement le champ de force puis notre coque blindée dans approximativement six heures et dix-sept minutes.
- Je parle d'une confrontation directe avec l'ennemi en face à face.
- Nos chances de survie sont de 0,001 %, capitaine.
Emma réfléchit un long moment.
- Vos rayons tracteurs pour les marchandises peuvent être utilisés dans l'espace n'est-ce pas ?
- Oui, répondit l'Ancien. Qu'as-tu en tête ?
Elle lui expliqua son plan et il se mit à sourire.

- Tout ça me semble une vraie folie mais je donne les ordres à la maintenance pour exécuter tes ordres. Après tout qu'est-ce qu'on risque ?

- Capitaine Solanne, l'Amargasaurus vient d'apparaitre sur nos scopes. Il quitte sa cachette et fonce vers nous.
- Ils ont perdu la tête. Un face à face avec nous. Serait-ce un dernier baroud d'honneur ? Ordonnez aux psys d'intensifier la protection frontale et préparez notre armement. Nous allons les abattre dès la première passe.

l'Amargasaurus transperça la nébuleuse de poussières et de roches et fonça en direction du vaisseau de combat Paradisien. Ce dernier ouvrit immédiatement le feu afin de pulvériser son champ de force énergétique dans les plus brefs délais.
- Il va s'écraser sur nous comme le font les vagues de la mer contre une falaise, commenta le second du navire immense, d'un air satisfait.
Sur le pont de l'Amargasaurus, les officiers étaient aux abois.
- Capitaine, nous allons droit vers une mort assurée. Votre tactique a peu de chance de fonctionner. Ils ne vont pas tomber dans le panneau.
- Orienter nos boucliers à l'avant et sur bâbord et préparez-vous à leur balancer tout ce qu'on a.
- Tout ce qu'on a ?
- On n'aura pas une deuxième chance donc je veux que l'officier torpilleur lâche tous ses missiles et vide tous les chargeurs de ses canons bâbords. Est-ce bien compris ou est-ce que je dois vous le répéter ?
- A vos ordres, madame.
- En avant toute, moteur de manœuvre à pleine puissance.

Les premiers tirs frappèrent le bouclier d'énergie magnétique. L'Amargasaurus ne disposait pas d'un champ psy beaucoup plus efficace.
- Notre résistance baisse dangereusement, encore quelques coups et notre protection va voler en éclat.

Emma examina le cadran indiquant la puissance du bouclier avant. Elle se cramponnait à une barre pour éviter de tomber à chaque impact. Le Croiseur envoyait un déluge de feu sur eux. Le voyant vira au rouge.

- Barre à tribord, toute. Orientez le reste du bouclier sur notre flanc et lâchez notre petit cadeau.

La frégate grinça fortement quand elle effectua sa brusque manœuvre. Mais le navire en avait dans les tripes. Alors qu'il entamait un virage serré, il laissa un gros astéroïde le dépasser pour foncer à toute allure en direction du vaisseau de Paradis. Propulser par les rayons tracteurs, il se transformait en projectile destructeur. Le supercroiseur, trop gros et trop lourd n'eut pas le temps d'esquiver le météore qui le percuta de plein fouet. Ce choc mit à mal le champ de protection psy qui se déstabilisa un bref instant pour absorber cette colossale énergie afin de repousser le mastodonte. Ce court moment permit au navire pirate d'ouvrir le feu. De nombreux missiles et de multiples traits d'énergie fusèrent du côté gauche de l'Amargasaurus. Plusieurs d'entre eux pénétrèrent le blindage sans protection de l'ennemi. Il s'en suivit une série d'explosions qui déstabilisa considérablement l'engin spatial. Il n'était pas détruit mais en perdition. Cependant, Emma savait qu'une bête blessée pouvait représenter un danger encore plus important. Sous les applaudissements et les cris de joie de ses hommes, elle ordonna de quitter la zone à pleine vitesse et aussi loin que possible de son dangereux adversaire.

- Dans quelques heures, nous aurons emmagasiné suffisamment d'énergie pour passer en vitesse supraluminique.

L'alarme se déclencha soudainement.

- Alerte de niveau 1, un supercroiseur de Paradis vient de faire son apparition et fonce droit sur nous, avertit sans émotion l'intelligence artificielle de bord.

- Ce n'est pas possible ! Que font deux supercroiseurs dans ce trou perdu. On est trop loin de la ligne de front, s'interrogea l'Ancien. Il va nous foutre une vilaine raclée.

Au moment où Emma pénétrait dans la salle de contrôle, les premiers tirs commencèrent à fuser. Toute la démesure de sa puissance de feu n'avait pour but que de venger son camarade vaincu. Et quand un supercroiseur ouvre un feu nourri sur quelque chose alors ce quelque chose est très rapidement pulvérisé.

Les boucliers déjà mal en point tombèrent en quelques minutes et la coque blindée se mit à subir de plein fouet les agressions des armes.

- Nous avons perdu le pont nord et le hangar central, capitaine.

- Evacuez le vaisseau, cria, l'Ancien. Ordonnez à l'équipage de prendre la fuite. Le vaisseau est définitivement perdu.

Il agrippa le bras de sa protégée et l'entraina en dehors de la passerelle de commandement alors que la structure même du vaisseau grinçait horriblement. De multiples explosions secouaient l'engin. Le vacarme était à peine couvert par les cris des blessés dans le couloir.

Alors qu'ils rejoignaient une capsule de sauvetage, une explosion arracha un pan du mur devant eux. Ceux qui les devançaient furent immédiatement aspirés dans le vide pour mourir congelés dans l'espace. Une porte anti-explosion s'abattit devant eux et leur sauva la vie in extrémis. Le chemin était coupé et il était impossible de faire demi-tour.

- On va tous y rester, remarqua Emma.

- Si c'est notre destin de mourir aujourd'hui alors nous mourrons aujourd'hui, ajouta Anoki. Cependant, je n'ai pas dit mon dernier mot.

Le Kohana ouvrit une porte de service et fit entrer ses compagnons. A l'intérieur, il y avait des combinaisons de combat comme celles portées par la Shining Force mais vraisemblablement modifiées par les pirates.

- Elles sont utilisées par les mécanos pour faire des sorties extravéhiculaires non autorisées. J'ai vu des marins faire des réparations avec.

Le Kohana semblait s'être très rapidement adapté à sa nouvelle vie.

- J'ai déjà fait une sortie dans l'espace avec une nanocombinaison. J'ai failli y rester, déclara Emma. Mais celles-là semblent différentes.

Ils enfilèrent à la va-vite les scaphandres juste avant qu'une nouvelle explosion créait une brèche dans la coque. Le groupe fut propulsé dans l'espace au beau milieu des explosions. Anoki percuta un gros morceau de ferraille à la dérive et parvint à s'y maintenir. Tout ceci était nouveau pour lui mais il gardait ses réflexes de chasseurs et la survie faisait partie de son existence. Il rattrapa l'Ancien qui passa à côté de lui mais Emma tourbillonna trop rapidement pour qu'il puisse lui tendre sa main. Elle fila devant lui sans rien rencontrer pour arrêter sa folle course dans le vide sidéral. La jeune femme tenta de retrouver son calme et d'utiliser ses capacités psychiques pour retrouver un semblant d'équilibre. Elle parvenait à distinguer le croiseur paradisien et son propre vaisseau qui se couvrait d'explosions. Puis une lance passa à quelques centimètres d'elle. Emma l'empoigna immédiatement avec fermeté. Anoki accusa le choc lorsque le câble de sa corde de sureté se tendit mais il parvint à retenir le corps de son amie.

-Tu es incroyable pour un primitif, s'exclama l'Ancien dans le communicateur.

Il ramena Emma vers eux et elle put à son tour s'arrimer au morceau de coque à la dérive.

-Nous voilà dans de beaux draps. On ne risque plus d'exploser mais nos réserves d'oxygène vont vite s'amenuiser. Ce ne sont pas des scaphandres spatiaux.

Le souffle d'une énorme explosion les déstabilisa soudain. L'Amargasaurus venait finalement d'exploser en une gerbe de flammes rouges et bleues.

Leur frêle esquif s'aventura dans les noirceurs de l'espace.

Anoki plus massif que les autres commença à manquer d'air. Emma pour sa part avait immédiatement régulé sa respiration. Elle se savait capable de se plonger en quasi-hibernation si nécessaire pour limiter sa consommation. De plus, la combinaison retraitait son dioxyde de carbone expiré et l'essentiel de ses fluides corporels. Ainsi, elle disposait d'oxygène renouvelé et d'eau à consommer. De toute évidence la combinaison de son ami était défaillante. Elle ne pouvait pas se résigner à le laisser mourir ainsi.

Elle réprima une soudaine nausée et expédia une puissante onde mentale en direction du vaisseau paradisien. Aucun psy digne de ce nom ne pouvait louper son appel de détresse.

Effectivement, quelques poignées de minutes plus tard, une navette les abordait pour les récupérer in extremis à son bord. Plusieurs soldats armés les tenaient en joue pendant qu'un sous-officier en armure de combat s'appliquait à les faire sortir de leur scaphandre.

- Un non humain, un vieillard et une gamine accoutrée comme une fille de joie. Drôle d'équipage que vous faites là. S'il ne tenait qu'à moi, je vous aurai laissé crever sur votre astéroïde de fortune comme les vulgaires pirates que vous êtes. Mais vous aurez le droit à un procès équitable et à une pendaison par strangulation magnétique rapide.

Les prisonniers furent débarqués dans un des immenses hangars du colossal vaisseau. De par sa taille, le navire devait abriter des centaines de milliers de personnes.

- Amenez-les au bloc de détention 10-24. Ils seront interrogés par un inquisiteur en temps voulu.

Les mains entravées par des menottes énergétiques, ils furent conduits par une barge en lévitation vers un grand couloir. Lorsqu'ils s'engouffrèrent dans le tunnel plus sombre, la terrienne en profita pour amadouer l'un de ses gardes.

- Je n'arrive pas à respirer avec ce corset et ses menottes serrées. Vous ne pourriez pas me donner un peu plus de mou.

Elle se mit à respirer plus bruyamment en gonflant sa forte poitrine manquant de faire exploser son décolleter. Elle s'apprêtait à user du charme des geishas quand soudain une nouvelle nausée la prit. Elle tenta de la refreiner et fit appel aux services d'Hugo mais rien n'y fit. Emma ne put s'empêcher de vomir.

- Elle est toute blanche, elle va faire une syncope. J'espère qu'elle n'a pas une maladie ou un virus à la con. « Central Babel » nous demandons un examen médical immédiat de la prisonnière WTRI87.

- Emma reprit rapidement ses esprits et profita de la situation pour envoyer son genou en plein visage de son tôlier le plus proche. Avec sa seconde jambe, elle propulsa l'autre hors du véhicule et il alla s'écraser contre un panneau de circulation. Une onde mentale bien placée pulvérisa ses menottes. Le troisième garde était déjà pris à parti par Anoki qui l'enserrait dans ses grands bras. L'Ancien lui assena une terrible manchette qui le mit à terre.

- Drôle d'idée que tu as eu là, ma chère enfant. Ils vont nous traquer et nous fusiller sur place maintenant.

- On change d'embarcation. Sautez… maintenant.

Emma enjamba la barrière de sécurité et bondit vers le plateau d'une barge vide autopilotée qui filait en sens inverse. Anoki entraina le vieil homme et ils sautèrent tous les deux manquant de peu de louper leur nouveau carrosse.

Des tirs de laser retentirent devant eux et des gerbes de métal en fusion volèrent un peu partout sur le pont. Un barrage de sécurité avait déjà été constitué. Le véhicule tangua dangereusement et percuta la cloison avant de s'immobiliser.

- Rendons les armes, proposa l'Ancien. Ils sont bien plus nombreux.

- Tu sembles mal me connaitre. Restez, ici. Je m'occupe d'eux.

Emma surgit de derrière la carcasse du véhicule. Les membres de la force de sécurité furent légèrement interloqués de voir apparaitre une jolie fille en robe de marquise cramoisie.

- Fuyez bande de fous, la baronne écarlate ne fait pas de quartiers, hurla l'Ancien.

La fille en profita pour activer ses améliorations et dresser une barrière psychique de protection. Elle était déjà sur les premiers assaillants quand les hommes reprirent leurs esprits. Une arme en main violement subtilisée à l'une de ses victimes, elle s'appliqua à rendre ses adversaires inoffensifs sans pour autant les tuer. Son travail était presque achevé quand un personnage en toge entra dans son champ de vision. Il était massif et portait une longue robe blanche et une cape à capuche en velours noir. Barbu, il arborait néanmoins une tonsure de moine. Dans sa main droite, il empoignait une sorte de long bâton qui se terminait par une croix. Il s'adressa à elle avec une voix douce et calme.

- Tu devrais cesser tes exactions, immédiatement, hérétique, avant que le courroux de Dieu ne s'abatte sur toi.

Emma décida cependant d'engager le combat avec lui.

Il empoigna sa croix et la brandit dans la direction d'Emma. Une vive lumière l'aveugla immédiatement. Elle dut fermer les yeux pour ne pas perdre la vue. Puis son corps se vida de toute énergie. Acculée, elle dut poser genou à terre face à tant de puissance. Rien n'y faisait, l'être en face d'elle était bien plus puissant qu'elle.

- Qui êtes-vous ? bredouilla-t-elle.

- Impressionnant, tu aurais déjà du trépasser face au feu de la croix divine. Qui donc te protège ainsi. C'est un réel miracle. Je suis impressionné par tant de volonté.

Il accentua son attaque en intensifiant la puissance de la lumière émergeant de la croix.

- Je suis un Grand Inquisiteur de l'ordre de Saint Dominique.

Il vit la fille tomber au sol. Sa robe était relevée et lui dévoilait l'impudent spectacle de son intimité. Dans quelques instants, cette fille de Satan succomberait au feu sacré. Puis, il vit la marque du soleil imprimer dans la chair de sa cuisse et il entendit une voix dans son dos. Une lame imposante percuta son bâton et lui fit lâcher.

- Cette femme est sous la protection de Dieu, ne le vois-tu pas, inquisiteur.

Emma put enfin retrouver l'usage de ses sens. Son attention fut attirée par un grand guerrier en armure dorée doté d'ailes majestueuses repliées dans son dos.

- Galahad ? cria-t-elle.

L'ange lui sourit.

Elle fonça vers lui et se jeta dans ses bras, ivre de bonheur.

- Tu sembles en avoir fait du chemin depuis notre dernière rencontre, jeune Emma.

- Comment se fait-il qu'on se retrouve ici, au fin fond de la galaxie ?

- Dieu m'a dit que je te trouverai ici et que je devais veiller sur toi.

VIII

Stecy relit plusieurs fois le journal. Elle n'en croyait pas ses yeux. Plusieurs agressions avaient été commises non loin de son hôtel. Décidément, les choses ne tournaient pas rond dans sa tête en ce moment. Souffrait-elle d'un dédoublement de personnalité ? Pourquoi, se passait-il, depuis un certain temps, tous ces évènements étranges autour d'elle. Avant, sa vie était tranquille, une vie peu mouvementée, passée à travailler et parfois à se distraire en lisant, rien de plus.

Elle traversa la rue dans le but de s'engouffrer dans la station de métro bondée pour rejoindre la gare afin de se rendre à Starburst quand un véhicule à forte cylindrée s'arrêta à son niveau.

La vitre teintée se baissa, dévoilant un type patibulaire au crâne rasé. Un tatouage de serpent courrait le long de son poignet. A l'aide d'une bombe lacrymogène, il lui aspergea au visage une bonne dose de gelée glaciale mais pourtant elle ne ressentit aucune douleur. Deux autres malabars surgirent dans son dos et lui attrapèrent chacun un bras pour la pousser sans ménagement à l'arrière du véhicule. La jeune femme tenta de se débattre mais en vain.

Le véhicule repartit dans un crissement de pneus laissant très peu de témoins de l'enlèvement derrière lui.

Le conducteur jeta un coup d'œil au rétroviseur interne et examina la jolie petite blondinette. A première vue une nana comme ça n'aurait pas pu se débarrasser d'une équipe entière de soldats entrainés mais il connaissait une partie de la vérité.

- Miss Hequin, gardez votre calme. De toute évidence, vous n'êtes plus la même depuis un certain temps. N'est-ce pas ?

Trop effrayée pour parler, elle lui fit un signe affirmatif de la tête.

- J'ai donc toute votre attention. Je vais faire très vite car nous avons peu de temps. Vous avons appris très récemment que vous aviez un accès privilégié à l'académie Starburst et nous recherchons une personne qui se trouve, malgré elle, enfermée dans ses murs. Grace à votre coopération, nous pensons pouvoir lui venir en aide. Pour ça, nous vous demandons une seule chose. Rencontrez le directeur et faites-lui avaler cette pilule. Puis demandez-lui de vous conduire à la prêtresse d'Apophis. Une fois avec elle, pointez la pierre de cette bague dans sa direction.

Il lui tendit un petit cachet blanc de la taille d'une sucrette et une vulgaire bague en argent sertit d'une pierre ayant l'apparence d'un gros rubis.

- Quelque chose de très dangereux est en vous, Miss Hequin. Il a la faculté de prendre possession de votre corps. Nous l'avons neutralisé pour une bonne journée. Si vous faites exactement ce que l'on vous dit alors nous vous débarrasserons définitivement de ce parasite. En attendant, aucun mot à quiconque de tout ceci. Sinon votre pitoyable petite vie se transformera en enfer. Est-ce bien compris, Miss Hequin ?

La comptable, les larmes aux yeux, acquiesça une nouvelle fois. Elle prit la pilule et la plaça dans la poche de son chemisier puis elle passa la bague à son doigt.

- Très bien, Stecy vous avez fait le bon choix. Vous avez la journée pour agir. Après, il sera trop tard.

La voiture freina et les deux gardiens descendirent en poussant la fille en dehors du véhicule. Ce dernier reprit sa route immédiatement pour disparaitre au détour d'une ruelle.

Stecy toujours en pleurs se releva péniblement. Dans quel cauchemar avait-elle mis les pieds et pourquoi elle ne se réveillait pas ?

Le directeur ouvrit personnellement la porte de son bureau.

- Je suis surpris que vous m'ayez demandé personnellement, Mademoiselle Hequin. En temps normal, mon emploi du temps chargé ne me permet pas de répondre à vos questions de comptabilité. Mais vous sembliez en détresse. Qu'est-ce que je peux faire pour vous ? Vous avez l'air bouleversé.

Il prit place derrière son bureau et l'invita à s'assoir.

- Je souhaitai m'entretenir avec vous concernant une découverte incroyable que j'ai détectée lors de mon expertise.

Stecy n'avait pas besoin de simuler son bouleversement. Elle était réellement paniquée.

Sir Hubert fronça les sourcils.

Elle avisa la flasque de cognac posée sur un guéridon. Comment avait-elle pu monter un plan aussi idiot ? Stecy avait honte d'elle. Elle aurait dû aller voir la police et tout raconter mais qui l'aurait cru. Depuis plusieurs heures, elle ne ressentait plus cet insupportable malaise d'être contrôlé par quelqu'un d'autre. Elle tenta son va-tout.

- Voulez-vous que je vous serve un verre de bourbon pour vous préparer à ma révélation bouleversante ?

- C'est du cognac Louis XII, ma chère enfant, un mariage unique de mille deux cents eaux-de-vie de 40 ans à plus de 100 ans d'âge. Il est dit que ce « flacon » fut acquis en 1850 par Paul-Émile Rémy Martin, auprès d'un paysan qui l'aurait trouvé sur le site de la bataille de Jarnac opposant, en 1569, le duc d'Anjou au prince de Condé. Mais, pourquoi pas ! Servez-nous un doigt de ce don des dieux. Il vous remettra d'aplomb. Vous semblez en avoir plus besoin que moi.

Stecy s'approcha du guéridon et souleva délicatement le récipient en verre. Toute en volutes, la carafe en cristal invitait par ses formes à se souvenir du Grand Siècle. Les pampilles qui semblaient la protéger du temps, telle une carapace, lui donnait une expression unique, comme hors du temps. Enfin, les fleurs de lys imposaient leur signature royale au plus profond du cristal.

Stecy versa un peu de nectar dans deux verres à dégustation tout en y plongeant discrètement dans l'un d'eux la petite pilule qui se désagrégea rapidement.

Elle revint vers le bureau et tendit le précieux récipient au directeur. Il réchauffa patiemment le verre à cognac dans sa main et savoura les arômes parfumés avant d'en siroter une première gorgée.

Elle s'était attendue à le voir changer d'expression mais rien ne se produisit.

- Alors cette révélation, je vous écoute, demanda-t-il, impatient.

Stecy avala sa salive. Son cœur battait la chamade.

- Je souhaiterai que vous me conduisiez devant la prêtresse d'Apophis que vous détenez quelque part dans votre académie.

Sir Hubert ne sembla aucunement troublé par sa demande.

- Si c'est ce que vous souhaitez, je peux vous conduire à elle. C'est normalement interdit mais pour vous je veux bien faire une exception. Nous parlerons de votre tracas ensuite.

Il se leva et se dirigea vers sa bibliothèque. L'un des meubles pivota dévoilant un escalier métallique en colimaçon qui descendait dans les profondeurs des étages inférieurs. Il lui fit signe de le suivre.

Ils arrivèrent dans une galerie dont les parois de métal réfléchissaient la pâle lumière blanche diffusée par le plafond éclairant.

Plusieurs personnes en blouses blanches et des agents de sécurité furent croisés en chemin mais aucun ne prêta attention au duo. Soit il le saluait, soit il se mettait au garde à vous à son passage. Finalement, ils arrivèrent face à une lourde porte blindée équipée d'un clavier tactile et de deux caméras de sécurité.

Sir Hubert pianota un long code et regarda les caméras fixement pendant quelque secondes. Une voix raisonna dans le couloir.

- Bienvenue dans le secteur de détention, Sir Hubert, votre code et vos constantes physiques sont conformes mais nous détectons une anomalie cérébrale mineure. Nous vous invitons à procéder à un examen neurologique dans les meilleurs délais, annonça une voix féminine monotone.

Un long moment s'écoula puis la lourde porte se déverrouilla et coulissa sans bruit dans le plafond pour dévoiler un ascenseur. Ils y prirent place et furent conduits rapidement loin de la surface.

Le bloc de détention se composait d'une dizaine de cellules spécialement étudiées pour emprisonner les plus insolites criminels et en particulier les ennemis extraterrestres.

Deux agents de sécurité armés firent leur apparition.

- Monsieur le directeur, les membres de la curie Benetton ont réussi à soutirer les vers du nez à la prisonnière. Ils sont partis en mission, il y a quelques heures.

- Justement, je suis là pour la voir. Conduisiez-nous à elle, ordonna-t-il.

- Votre accompagnatrice n'a pas le niveau d'accréditation nécessaire, Monsieur. Sauf votre respect mais elle ne devrait pas être dans cette zone, c'est une violation de…

- Soldat, je réponds de Miss Kertons comme de moi-même.

- Très bien, Monsieur, mais je devrais consigner cet évènement dans le rapport journalier.

Ils les conduisirent devant une lourde porte en métal qui se déverrouilla au moment où le garde se présenta devant.

Une femme métisse vêtue d'une combinaison moulante en lycra jaune fluorescent lévitait au centre de la petite pièce. Elle semblait endormie.

Stecy n'était pas loin de perdre son sang-froid. Trop d'étrangetés surgissaient dans sa vie ces derniers temps. Tout cela était inconcevable. Elle serra fortement la bague qu'on lui avait remise, impatiente que tout ceci se termine.

- Voilà celle que vous vouliez voir, répondit, un peu las, Sir Hubert. Elle s'approcha mais les soldats lui intimèrent l'ordre de ne pas bouger.

- Laissez-la, voulez-vous. J'ai toute confiance en elle, répéta en hurlant le directeur.

- Je voudrai lui parler, c'est vital, demanda, le plus calmement possible, la petite comptable.

Elle gratifia, à l'un des gardes, son plus beau sourire enjôleur.

Le soldat programma le champ de stase et la métisse se positionna automatiquement debout face à eux. Elle ouvrit les yeux et tenta de bouger sans succès.

La prêtresse se mit alors à vociférer dans sa langue natale.

Stecy en profita pour braquer discrètement la bague en direction de la prisonnière. Le bijou se mit à chauffer. Puis, soudain, la métisse disparut comme par magie.

La lumière blanche du plafond se tint immédiatement en rouge et une alarme stridente se mit à retentir.

- Alerte intrusion. Ceci n'est pas un exercice. Sécurité compromise dans le secteur de détention. Je répète, ceci n'est pas un exercice, répéta la voie féminine de l'unité centrale.

Les soldats levèrent leurs armes en direction de Stecy mais le directeur se mit entre eux et elle.

- Voyons, gardez votre calme.

- Vous n'êtes pas dans votre état normal, Monsieur. Une unité d'inquisitors va arriver. Ne faites pas un geste.

Les ondes mentales des inquisitors ne tardèrent pas à frapper les intrus. Stecy se retrouva à genou en train de se tenir la tête à deux mains suppliant que la douleur cesse. Puis les verrous sautèrent. Sir Hubert sembla retrouver sa lucidité mais celui qui habitait le corps de Stecy reprit conscience.

La possédée se précipita vers les militaires en esquivant adroitement leurs tirs. Elle les désarma sans mal en les projetant violement sur la cloison et se plaça dans le dos du directeur pour mieux l'agripper au cou. Deux androïdes firent leur apparition au fond du couloir mais leurs ondes mentales semblaient inefficaces face à cet impitoyable opposant.

Stecy observait la scène sans pouvoir agir, réfugiée à un endroit secret dans sa tête où elle ne se sentait pourtant plus du tout en sécurité.

- Dis-moi où est Emma Hasting, vieillard ou je te tue ?

- Qui que tu sois, tu ne tireras rien de moi.

- Sans doute ne craints-tu pas la mort mais la vie de celle qui porte tes gènes est entre mes mains.

- Laisse ma petite-fille en paix, ce n'est qu'une enfant.

Stecy n'y comprenait plus rien. Qu'est-ce que c'était que cette histoire de petite-fille. Elle perdait la tête.

- Qui es-tu ? demanda le directeur sur un ton interrogateur qui laissait paraitre une inquiétude non dissimulée.

- Je suis Mahalath, démone majeure Succube. J'ai plusieurs million de servantes sous mes ordres, toujours prêtes à envahir votre galaxie. Ne me prends pas pour une vierge inassouvie, je suis une dévoreuse d'enfants et une récolteuse de semence. J'engloutis et je rôde la nuit pour mieux servir ma maitresse la reine Lilith.

Stecy ramassa un pistolet à la ceinture d'un des soldats et le plaça sur sa tempe.

- Le temps passe, mon bon monsieur. Vos artifices psychiques n'ont aucun pouvoir sur moi. Parle maintenant ou tu auras sur la conscience la mort de ta descendante pour le restant de tes jours.

- Aclamédia. Elle est sur Aclamédia, balbutia le vieil homme, qui avait, en quelques minutes, perdu de sa superbe.

- Stecy, vous m'entendez.

Quelqu'un s'adressait à elle mentalement.

- Je suis le professeur Brain. Ne vous inquiétez pas, je communique avec vous par télépathie. Le monstre qui est en vous ne peut pas nous entendre. Vous seule avait la capacité de le chasser de votre corps. Vous êtes un être supérieur Stecy, vous tenez ça de votre grand-père. Concentrez-vous et ne pensez qu'à une seule chose, une chose qui vous rend en colère. Faites grossir cette colère à son paroxysme et hurler votre horreur au monde entier pour en expulser la lie qui vous habite.

Stecy hurla son désespoir. Toute cette peur et cette rage qui la consumait depuis de nombreux jours. Elle tomba au sol, inconsciente, forçant Mahalath à montrer son vrai visage.

Le démon s'extirpa sans mal de cette enveloppe charnelle devenue inutile. Le succube avait l'apparence humaine d'une très jolie femme nue au corps parfait. Cependant, ses jambes ressemblaient à de monstrueux serpents. La créature ouvrit la bouche et émit un cri strident en direction de ses ennemis avant de passer à l'attaque en déployant des ailes gigantesques à la manière d'un ange déchu.

Les androïdes furent détruits immédiatement mais les renforts arrivèrent très rapidement. Brain tentait du mieux possible de préserver les membres de la sécurité mais il savait qu'ils ne pourraient rien faire face à un si terrible ennemi. Les balles ricochaient sur son corps et les rayons d'énergie avaient autant d'effet qu'une piqûre d'aiguille sur le doigt d'une maladroite couturière. De son côté, la démone faisait un véritable carnage, volant d'une proie à une autre dans les étroits couloirs du complexe souterrain. Le combat prit des allures de champs de bataille.

Même l'action des curies de dernières années ne parvenait pas à freiner son impitoyable soif de sang.

Mahalath était parvenue à retourner en surface en se frayant un passage meurtrier. Elle trainait avec elle deux trophées intéressants, le directeur et la petite Stecy. Le premier, elle le réservait à sa maitresse, la seconde, c'était pour son plaisir personnel. Elle avait juste envie d'abuser de son corps une dernière fois et l'entendre crier. On ne la chassait par impunément d'un corps comme ça. Les terriens étaient pitoyables mais commençaient sérieusement à l'agacer. Les attaques physiques n'avaient aucun effet sur elle mais les puissantes attaques mentales commençaient à la fatiguer dangereusement. Elle avait participé à la conquête et à la destruction de nombreux mondes aux services d'Enfer. Ce n'était pas ici qu'elle capitulerait.

Puis apparurent face à elle, deux étranges personnages. L'un d'eux était une jeune femme d'une grande beauté et l'autre, elle n'avait pas ressenti sa présence, un ange de la pire espèce. Un tueur de démon venant tout droit de Paradis. Le guerrier ailé leva sa lourde lame énergétique et se précipita en direction du succube. Dans son dos, un groupe d'individus fit son apparition. Ils portaient de longues toges à capuche dissimulant leur visage et récitaient des paroles occultes : des manipulateurs d'énergie astrale, un groupe de sorciers capable de faire appel aux esprits et jouer avec les forces cosmiques. En temps normal, la démone aurait pris un malin plaisir à les pervertir pour retourner leurs artifices contre eux. Mais là, les duperies n'étaient plus de mise. Ayant dévoilé son vrai visage, elle était devenue la cible de ce qui se fait de pire dans l'univers : une bande d'occultistes imprévisibles, un ange massacreur et une humaine qui dégageait un pouvoir cosmique impressionnant. En l'absence de renforts, il valait mieux remballer sa fierté et prendre la fuite. Elle reviendrait en force avec sa maitresse et ses troupes pour raser le secteur, en temps voulu.

Mahalath repoussa l'attaque de l'ange. Il était effectivement entrainé à se battre contre les démons et représentait un réel danger. Ses deux proies étaient à ces pieds. Elle ne pourrait pas s'échapper avec elles. Tant pis. La créature repoussa le vieil homme qui ne représentait pas une menace et s'apprêta à porter un coup fatal à Stecy. Au moment, où, avec ses mains griffues, le monstre allait lui perforer le poitrail, Sir Hubert se précipita sur la créature avec un regain d'énergie incommensurable. La démone bascula sur le côté et emporta le directeur dans sa chute.

Elle allait se rétablir quand la fille brune passa rapidement à côté d'elle. Cette dernière lui porta un terrible coup au niveau du flanc gauche avec un sabre court. Du sang visqueux bleuâtre gicla aussitôt de la blessure.

- Reste en arrière Emma, cria l'ange qui s'envola pour fondre sur son ennemi.

Emma, Emma Hasting. Ça ne pouvait être qu'elle, une terrienne capable de blesser un démon supérieur, la prophétie disait-elle vrai. Ainsi donc, elle était revenue sur terre. Voilà des mois qu'on la cherchait en vain. Il fallait prévenir Lilith, immédiatement, pensa le succube.

Il piétina le corps de Sir Hubert et bondit vers le plafond. La puissance de son saut pulvérisa les poutres en métal et les blocs de béton pour qu'il puisse prendre son envol dans le ciel anglais. Galahad s'apprêtait à le prendre en chasse mais Emma posa une main sur son bras pour le retenir.

-Inutile de provoquer un affrontement ouvert. Bon nombre des habitants de notre terre pourraient y laisser la vie.

Emma jeta une poignée de terre sur le cercueil de Sir Hubert. Elle aurait voulu pleurer et exprimer son chagrin mais rien ne sortait. Ce moment lui rappelait celui où elle avait enterré ses propres parents puis sa meilleure amie. De nombreuses personnalités avaient été invitées à la cérémonie et Emma ne put s'attarder plus longtemps devant la tombe du directeur. Elle allait fêter ses vingt ans et neufs semaines s'étaient écoulées depuis sa fuite de la planète des Kohana. Son regard fut attiré par une adolescente en robe noire dont le visage était recouvert d'une voile. Cette dernière l'observait sans équivoque en se désintéressant purement et simplement de la cérémonie. Cela l'intrigua et la dérangea presque. Elle aurait pu faire usage d'une exploration psychique pour sonder discrètement son esprit mais ce n'était ni le lieu ni l'endroit pour ce genre d'exercice. Certes, elle se savait en danger mais on lui procurait maintenant une protection digne d'un président.

La fille tourna les talons et quitta l'assemblée pour s'enfoncer dans le cimetière. Emma s'éclipsa, suivie de près par sa garde rapprochée. Au détour d'une allée, elle retrouva la gamine adossée à un mausolée en train d'ajuster de façon outrancière la fixation de son porte-jarretelles à son bas noir. Une fois son travail accompli, cette dernière sortit une sucette de sa poche et souleva son voile pour la lécher de façon fort provoquante.

A la vue du visage de l'enfant, Emma faillit hurler. Elle n'avait pas oublié cet horrible moment où son amant Nicolaï s'était fait dévoré par le monstre qu'était devenu Natacha sa propre fille.

- Avant de me foudroyer, laisse-moi te parler si la vie de ton frère compte pour toi.

Emma était déjà sur elle et l'empoigna par la gorge. La gamine ne fit aucun geste pour la repousser mais ses yeux devinrent ceux d'un reptile. Les membres de la Shining Force qui avaient été affectés à sa sécurité étaient déjà prêts à intervenir armes à la main.

- Ne la tuez pas, ordonna Emma.

Elle relâcha son emprise et laissa la fille retrouver sa respiration.

- Si tu veux revoir ton petit frère vivant, il va falloir obéir à mes ordres. Il est si innocent, si charmant. Je m'occuperai bien de lui en temps utile.

Emma frissonna. Natacha éclata de rire. La rose épineuse avait les larmes aux yeux.

- Parle avant que je ne te tue.

Une information mentale lui fut transmise par la monstrueuse créature.

-Viens seule à cette adresse ce soir et n'en parle à personne sinon je m'occuperai personnellement de ton frangin. Est-ce bien compris ?

- Oui, dit-elle en serrant les dents. Laissez-la partir, ordonna-t-elle à ses gardes du corps.

Natacha se retira avec sa sucette dans la bouche tout en dodelinant des fesses de façon exagérée.

Emma tapa du point contre le mur et fut prise de sanglots. Elle ne put se retenir de vomir. Toutes les émotions refoulées de par sa formation ressortaient maintenant. William était là-bas et il se trouvait seul et désespéré. Il était le seul survivant de son cocon familial. Hier encore, elle jouait avec lui à la console de jeux vidéo.

Le taxi la déposa sur les berges de la Tamise devant les grilles d'un manoir géorgien couvert de lierres. Il avait été particulièrement compliqué de semer ses anges gardiens. Encore maintenant, elle n'était pas certaine qu'ils ne la pistaient pas à l'aide de leur technologie avancée. Le professeur Brain était sans doute en train de scruter Londres ou bien le vaisseau Paradisien dissimulé à proximité de Mars balayait-il la surface de la planète avec ses puissants capteurs.

Les gardes sans prendre la peine de la fouiller la conduisirent à l'intérieur de la demeure. A aucun instant, elle ne fut menottée ou entravée. Soit, ils sous-estimaient sa puissance, soit la puissance des ravisseurs était telle qu'ils n'en avaient cure.

Elle se retrouva seule dans le grand hall inquiétant.

- Emma Hasting, comme nous nous retrouvons.

La rose épineuse accusa le coup en apercevant Țepeș.

- C'est vous qui vous cachez derrière cet odieux kidnapping.

- Disons que j'y ai contribué pour une part certaine au même titre que Natacha.

L'adolescente fit son apparition dans le dos de son maitre en surgissant de l'obscurité. Elle était définitivement diabolique et enchanteresse à la fois. Sa robe s'accordait parfaitement aux vêtements victoriens portaient par le vampire. De couleur noire et mauve, elle tombait sur le sol en formant de nombreux plis. Largement échancrée jusqu'à ses hanches, son habit laissait voir l'une de ses jambes entièrement nue. Un corset violet soulevait sa poitrine de façon affolante et de longues guêtres décoraient ses bras. De nombreux voiles virevoltaient autour d'elle lui donnant presque l'image d'une créature ténébreuse éthérée. Ses longs cheveux blonds ondulants et son teint blafard juvénile renforçaient cette impression d'être de l'au-delà.

Une voix envoutante se fit entendre dans son dos. Emma se retourna et ne put cacher sa peur. Une peur viscérale qu'elle avait déjà expérimentée le jour de son voyage astral sur Enfer.

Lilith, Mère de toutes les démones, Princesse des Striges et commandante en chef des légions succubes se tenait devant elle.

La créature aux longs cheveux bruns et au corps parfait portait son tiare et faisait crisser ses serres de rapace sur le carrelage. A la vue de la terrienne, Lilith laissa échapper une infime expression de surprise, brève mais suffisante pour avertir Emma de son émoi en la découvrant. Cette dernière dut reconnaitre que la terrible démone de ses cauchemars apparaissait comme éblouissante et magnifique. Son aversion, sa peur et sa haine vola en éclat pour se transformer en attirance.

- Ne t'avais-je pas dit que je retrouverai ta trace et que tu te prosternerais devant moi, Terrienne.

- Où est mon frère, demanda Emma ?

Lilith fit un geste avec ses griffes et Mahalath apparut par l'ouverture d'une porte. Elle tenait William dans ses bras. Par bonheur, l'enfant était profondément assoupi.

- Tu sers Paradis et nous sommes convaincus qu'ils t'ont raconté bien des horreurs à notre sujet. Mais, vois-tu, nous ne sommes pas pire qu'eux. Dans l'horreur, nous sommes tous égaux. La donne a changé depuis notre dernière rencontre. J'ai des renseignements qui font que je ne souhaite plus ta mort, pour le moment en tout cas.

- Je ne suis là que pour la vie de mon frère. Laissez-le en paix.

Emma fut soudainement prise de convulsion. Elle s'effondra au sol et vit son ventre se mettre à gonfler horriblement. Un liquide chaud se rependit sur ses cuisses.

- Qu'est-ce que vous êtes en train de me faire ?

- Nous n'y sommes pour rien. Mes renseignements étaient donc vrais. Plusieurs de mes meilleurs espions y ont laissé la vie pour ça, répondit Lililth.

La terrienne sentit une puissante onde mentale l'effleurer. Elle n'avait pas la force de lui résister mais tenta cependant de dresser une protection pour la ralentir.

- Laisse-moi pénétrer ton esprit, Emma, je vais t'aider à comprendre.

L'onde n'attendit pas de réponse et s'immisça sans difficulté dans l'esprit de sa victime. De toute évidence la princesse démone disposait d'une puissance mentale sans précédent.

Emma se retrouva sur une plage au pied d'une falaise dont le sommet était si haut qu'elle ne pouvait pas le voir. Lilith se trouvait à ses côtés. La mer semblait monter rapidement et allait les submerger dans quelques instants.

- Il faut grimper au plus vite, cria la démone.

Elles se ruèrent vers la paroi et entamèrent une escalade longue et périlleuse. Emma, mystérieusement exténuée lâcha prise mais Lilith la retint avant qu'elle ne chute dans la mer déchainée en contre-bas. Les éléments se déchainaient pour ralentir leur ascension. Le vent, la pluie et les éclairs tentaient par tous les moyens de les faire abandonner cette folle escalade.

Finalement, à bout de souffle, elles parvinrent au sommet de la falaise. Cette ascension lui avait paru plus éprouvante que son dernier stage « Survival, Evasion, Resistance and Extraction ». Un camp militaire composé d'un grand blockhaus en béton entouré d'un double mur de barbelés était gardé par de nombreux miliciens lourdement armés.

- Où sommes-nous ?

- Dans ta tête, jeune fille. Je viens de t'aider à faire sauter le premier verrou mental qui t'a été implanté. Il nous reste plus qu'à débusquer et interroger ton subconscient. Il doit se trouver à l'intérieur de cette forteresse. Cependant, reste vigilante. Au moindre faux pas, tu risques de perdre l'esprit à tout jamais.

- Comment nous nous y prenons ?

- Une attaque frontale est à proscrire. Nous devons nous introduire là-dedans et mettre la main sur le maitre des lieux sans donner l'alerte. Il va falloir jouer vite et bien.

La créature agrippa Emma dans ses bras, la plaqua contre elle et s'envola sans bruit. Collée à sa partenaire ailée, Emma ressentit une étrange impression. Elle se surprit à trouver ce contact charnel presque excitant.

Lilith monta assez haut dans le ciel malgré les intempéries. Les deux femmes étaient trempées. Puis, elle piqua abruptement vers le complexe. Au dernier moment, la créature déploya ses ailes membraneuses et atterrit en douceur sur le toit du bâtiment. Les faisceaux des projecteurs manipulés par des gardes installés dans les miradors ne les avaient pas repérées.

Lilith agrippa un soldat en faction devant une meurtrière. Sa force incommensurable lui permit de le faire passer par la fente en lui brisant les os et en lui meurtrissant la chair. L'homme n'eut pas le temps de crier. Le succube muta en une jolie jeune femme ayant perdu tous ses traits diabolique. Une tenue moulante en Licra noire la recouvrit presque instantanément. Elles pouvaient maintenant pénétrer dans le blockhaus par cette étroite ouverture.

Au sortir de la pièce, un long corridor éclairé par des néons usés conduisait à une nouvelle pièce d'où s'échappaient des rires bruyants. Un groupe de soldats attablé à une table festoyait sans retenu en vociférant des chassons paillardes.

- Charmant, ils sont trop nombreux. Si nous les tuons, ton subconscient va s'en rendre compte et prendre la fuite.

Elle retourna dans la petite pièce et se mit à fouiller les armoires en métal.

- Passe cet uniforme et ce casque intégral. Je serai ta prisonnière.

La princesse déchira sa tenue pour faire apparaitre ses principaux atours.

- Je m'occupe d'eux. Continue ton chemin vers le centre de la forteresse en prétextant que tu vas informer le chef de ta prise.

Emma ligota les poignets de Lilith. Un instant, elle se dit qu'elle n'avait qu'un geste à faire pour la tuer. Cependant, elle la poussa devant elle et la fit entrer arme à la main dans la salle à manger.

Les soldats estomaqués par cette soudaine intrusion, reprirent leurs rires quand ils aperçurent la prisonnière.

- Occupez-vous d'elle, cadeau de la maison. Je vais prévenir le chef, annonça d'une voix grave Emma par le commutateur de son casque. Elle fit tomber au sol la démone et s'éclipsa rapidement par la porte opposée. Elle fit mine de ne pas entendre les cris de Lilith quand les soldats décidèrent de prendre possession de ce présent charnel.

Il lui fallut un certain temps pour trouver l'accès au poste de commandement dans ce méandre de couloir en béton. La porte blindée n'avait rien à envier à celle d'un coffre-fort de banque.

- Comment rentrer là-dedans ?

- Je peux t'y aider Emma, annonça Hugo. Cela ne me prendra que quelques minutes.

- Alors vas-y.

Soudain une sirène se mit à hurler et les gyrophares baignèrent la zone d'une lueur rougeâtre inquiétante.

- Mon intrusion dans le système de sécurité a été détectée. Ils ne pourront pas bloquer mon programme d'infiltration mais ils vont envoyer du monde ici.

Plusieurs balles s'écrasèrent à quelques centimètres de l'intruse couvrant son visage de poussières de béton. La guerrière plongea dans une alcôve et répliqua méthodiquement avec son arme. La troupe d'assaut était nombreuse et particulièrement bien entrainée. Son maigre abri ne tiendrait pas longtemps. Une grenade perça la fumée et roula dans sa direction. Par réflexe, elle shoota dedans et profita de l'explosion pour changer de position tout en ouvrant le feu pour couvrir sa retraite.

Finalement un grincement se fit entendre et les lourds barreaux coulissèrent. La porte s'entrouvrit permettant à Emma de se jeter dans l'ouverture.

- Referme la porte et bloque-la.

- Ok, ma belle, mais je ne tiendrai pas longtemps. Toutes tes défenses internes sont maintenant mobilisées. Dans quelques minutes, nous serons totalement submergés.

Elle se retrouvait dans une chambre qu'elle connaissait que trop bien. C'était sa propre chambre quand elle était gamine. Un poster du tableau périodique des éléments trônait sur le mur au-dessus de son lit.

Une voix d'enfant se fit entendre dans son dos.

Elle se retourna et fit face à une môme. C'était elle à l'âge de dix ans. Son portrait craché qui portait la même tenue d'écolière anglaise.

- Qu'est-ce que vous faite ici ? demanda-t-elle effrayée.

-N'ai pas peur, répondit Emma

L'enfant se mit à pleurer.

- Je ne te veux aucun mal. Nous sommes la seule et même personne après tout.

Elle s'approcha de son jeune double. A cet instant, cette dernière sortit un couteau de boucher de derrière son dos et le planta dans l'épaule d'Emma. Le choc et la surprise furent tels qu'elle s'écroula au sol en gémissant. La petite se mit à la regarder avec un regard carnassier.

- Croyais-tu vraiment qu'il aurait été si simple de me questionner ? Je suis ton subconscient. J'ai appris à me défendre et on m'a très bien formé.

La lame fila en direction de la gorge de la rose épineuse mais quelqu'un retint le poignet de l'enfant à la dernière minute. Lilith envoya valdinguer l'assassin contre le placard.

- On dirait que tu me dois une nouvelle fois la vie, humaine. Montre-moi ta blessure. La veine a été touchée, tu es mortellement blessée. Nous n'avons pas de temps à perdre.

- Je peux m'auto-cicatriser.

- Tes améliorations physiques et psychiques ne te seront d'aucun secours ici.

Elle releva la fillette inconsciente et entreprit de la ligoter sur une chaise à l'aide de morceaux de draps. Une bonne paire de gifles la fit sortir de son inconscience.

- Je ne suis pas aussi douée que Candidia la Démone de la torture mais mes talents sont reconnus dans la galaxie d'Andromède. Voyons voir si tu vas tenir suffisamment longtemps.

- Elle crèvera avant que je parle.

- C'est ce qu'on va voir, petite garce.

Lilith fit apparaitre ses mains griffues et se mit à lacérer lentement les bras et les jambes de sa victime. Ses cris réveillaient en elle, un malsain plaisir. Au moment où elle lui creva un œil, Emma se mit à vomir devant cet horrible spectacle. A chaque fois que l'enfant perdait conscience, Lilith s'arranger pour lui faire retrouver son esprit. Etripée, écorchée vive et mutilée, elle lui tenait encore tête. La démone dut se résoudre à l'attaquer mentalement. Cette entreprise était dangereuse pour l'intégrité psychique de la vraie Emma mais le temps lui était compté. Par ailleurs, elle était passée maitresse dans l'art de la manipulation mentale.

Sa protégée perdait beaucoup de sang. La princesse démone travailla chirurgicalement les défenses mentales du subconscient afin de se créer un minuscule passage en direction du point névralgique le plus proche. Une action à ce niveau serait plus efficace que toutes les tortures du monde.

La petite peste hurla de terreur. La douleur et l'horreur s'accommodait parfaitement pour la faire parler.

- Je n'en peux plus. Par pitié laissez-moi en paix. Cessez ce supplice. Je vous en conjure. Que voulez-vous savoir ?

Elles entendirent des coups frappés à la porte d'entrée en bas. Quelqu'un essayait de défoncer l'ouverture.

- Dévoile nous ce qui a été effacé de sa mémoire par Paradis.

Emma se retrouva sur un brancard qui lévitait dans un grand couloir lumineux. Elle portait la même nuisette qui lui avait été donnée lors de son séjour sur Paradis. On la conduisit dans un bloc opératoire en tout cas ça y ressemblait fortement. A sa grande surprise, elle n'était qu'observatrice et ne pouvait ni bouger, ni parler.

Un homme en soutane noire entra dans la pièce. Il positionna des électrodes sur son crâne et dénuda ses parties intimes. En écartant ses cuisses, il introduisit une sorte de tube fin dans son vagin.

-Nous sommes prêt pour l'implantation du programme M.E.S.S.I.E. Initiez l'opération.

Emma rouvrit les yeux. Elle était couchée dans sa chambre d'hôtel sur Paradis. L'archange Gabriel se pencha sur elle et ne sembla pas remarquer qu'elle était éveillée.

-Ma douce enfant, sans le savoir tu es porteuse en toi du fils de Dieu. Tes gènes conjugués aux siennes feront de son fils, un messie. Il sera l'Elu qui détruira nos ennemis infernaux.

De nouveau la scène changea et elle revécut l'horrible scène de son viol à bord de l'Amargasaurus. Ce qui avait été pour elle, un rêve enchanteur devint un cauchemar épouvantable.

Emma rouvrit les yeux, couchée sur le sol du manoir londonien.

- Tu perds les eaux, cria Lilith. Nous allons agir rapidement, jeune et jolie Emma. Conduisez-la immédiatement à mon vaisseau et ramenez comme promis son frère, sain et sauf chez lui. Effacez sa mémoire qu'il n'ait plus aucun souvenir de tout ça.

La terrienne se réveilla en sursaut. Allongée sur une table d'opération, les pieds glissés dans des étriers, elle aperçut de nombreux tuyaux qui l'alimentaient par intraveineuse. Sa blouse faite d'une matière partiellement transparente était maculée de sang. Une créature grotesque et bedonnante avec un faciès de crapaud s'approcha d'elle. A la vue de son ventre à nouveau plat et d'une large cicatrice parfaitement refermée, des larmes se formèrent à la commissure de ses yeux. Emma arracha le tube enfoncé dans sa gorge et déglutit un liquide jaunâtre infâme. L'extraterrestre se précipita mais elle ne lui laissa pas le temps d'ouvrir la bouche. D'un geste vif, elle lui fracassa le crane avec un plateau en métal chargé d'instruments étranges.

En se relevant, elle tituba et trouva difficilement le sas de sortie. La porte coulissa vers le haut et la jeune femme se retrouva dans l'espace. Du moins, c'est ce qu'elle crut car les parois de la grande salle étaient parfaitement transparentes. L'illusion était parfaite. Non loin d'elle, assise sur un trône en os, Lilith l'attendait. Elle était en train de donner le sein à son bébé.

Emma se mit à pleurer.

- Approche, Emma, c'est ton fils après-tout. Un jeune male plutôt gourmand. Nourris-le !

Elle fit quelques pas et lui tendit l'enfant.

Etait-ce son fils ? Elle n'avait pas vécu sa grossesse et on lui avait imposé de mettre au monde ce bébé. Cependant, quand ses grands yeux bruns la fixèrent, elle ne put étouffer plus longtemps son instinct maternel. Oui, elle était sa mère. Il se mit à geindre et elle lui présenta à son tour son sein pour le nourrir.

- Quel sera le nom de ce messie, Emma ?

- Ethan. Et ce n'est pas un messie.

Ce prénom s'était imposé à elle de façon innée. Pourquoi ? Elle n'en avait aucune idée. Avait-il également été implanté dans son cerveau ?

La jolie terrienne, exténuée mentalement, se mit à pleurer en voyant l'enfant se nourrir goulument.

- Laissons-le se reposer à présent. Mes servants vont s'occuper de lui.

- Pourquoi, suis-je, ici ?

- Paradis a voulu créer cet enfant dans un but précis qui nous est encore inconnu. Il renferme un génome inédit composé de tes propres gènes et de celles de votre soit disant Dieu. En parcourant tes pensées, j'en ai conclu que l'affreux capitaine qui t'a violé n'a fait qu'activer prématurément ta grossesse. Mon travail mental sur ton subconscient ont dû déclencher la fabrication de l'enfant et son accouchement de façon accélérée. Ne me demande pas pourquoi, mais ceux qui t'ont implantés ça n'avaient sans doute pas dans l'idée que tu rencontres l'une des plus puissantes télépathes d'Enfer. Leur programme génétique a été perturbé et a mal fonctionné.

- Arrêtez, je ne peux entendre de telles horreurs.

- Pourtant, c'est la vérité, il va grandir très vite et acquérir des facultés incroyables. Heureusement, nous serons là pour le former et le modeler. Rejoins-moi et élevons cet enfant comme il se doit. Enfer n'est pas fait pour les humains mais tu régneras sur des milliers de mondes magnifiques. Tout n'est pas qu'horreurs et désespoirs dans notre galaxie. As-tu déjà vu un troupeau d'ombrevals galoper dans les plaines dorées de Galapagraal ? Ce spectacle n'a rien de démoniaque, je puis te l'assurer.

Un couffin lévita jusqu'à Emma et elle dut se résoudre à déposer l'enfant dedans. Il s'éloigna encadré par deux jolies femmes légèrement vêtues.

- Je ferai de toi, une archiduchesse des enfers. Tes ennemis te craindront et tes amis te vénéreront.

- Je ne souhaite pas devenir une déesse. J'aspire juste au bonheur avec les miens.

Une douce et mélodieuse musique se mit à résonner dans l'immense salle. Lilith s'approcha d'Emma. Elle était magnifique et resplendissante. Les cornes de béliers qui lui sortaient du crâne étaient incrustées de joyaux précieux comme s'il s'agissait d'une couronne. Ses longs cheveux teintés de rose retombaient jusqu'à ses fesses et masquaient en partie sa forte poitrine totalement dévêtue. Un corset étroit en étoffe soyeuse noire gainait parfaitement son ventre plat. Des bas brillants de la même étoffe paraient ses longues jambes fuselées.

Elle s'approcha d'Emma et la prit dans ses bras pour la faire danser. Tout d'abord réticente, la jeune mère, se retrouva rapidement enivrée. Lilith l'envoutait littéralement. Son parfum, son corps, tout en elle appelait au bonheur. Ses gènes de Bastet l'incitaient à accepter cette invitation érotique. Elle tenta de résister mais capitula quand le succube lui déposa un baiser sur les lèvres. Les deux femmes s'embrassèrent passionnément. La démone dévêtit la terrienne et la conduisit en tournoyant jusqu'à son trône. Elle s'assit et se mit à chanter. Sa voix hypnotique et son timbre suave firent chavirer le cœur d'Emma. Etait-ce un sortilège démoniaque ou une manipulation mentale ? Maitrisait-elle à perfection l'art des geishas ? Lilith ne réservait ce type de cérémonie qu'à ceux qu'elle aimait vraiment.

- J'ai envie de toi, Emma, fille de la terre.

Un membre viril se dressa entre les cuisses du succube.

Voyant la surprise dans les yeux de sa vulnérable partenaire, Lilith ajouta :

- Mon hermaphrodisme t'inquiète-il ? Préfères-tu que je garde uniquement des attributs féminins ?

Sans répondre, Emma s'agenouilla devant le trône et commença à caresser le phallus. La démone se mit alors à gémir. Cette humaine éveillait en elle des sensations depuis longtemps disparues. Serait-elle en train de voir son cœur chavirer ? Succombait-elle à son propre jeu ? Emma pressa sa poitrine gonflé de lait contre la verge et se mit à l'excitait en se frottant sensuellement dessus. A chaque mouvement, du liquide nourricier giclait de ses mamelles et aspergeait leurs corps parfaits. N'en pouvant plus, Lilith redressa sa partenaire et d'une facilité déconcertante la fit assoir sur elle en la pénétrant. Emma ne ressentit aucune douleur. Elle s'offrit à la démone se démenant comme une diablesse sur ce pieu de chair qui lui était offert. Sa partenaire tira sa longue chevelure en arrière pour mieux pouvoir téter ses seins généreusement offert. Puis elle laissa couler entre ses lèvres le lait afin qu'il forme d'excitantes rigoles sur les courbes affolantes de son corps en sueur.

N'y tenant plus et malgré tous les interdits, Lilith, submergée par les émotions, ne put retenir sa jouissance et s'épancha en elle en hurlant. La chose était faite et elle pourrait payer de sa vie ce geste impie. La loi d'Enfer était ainsi conçue.

Elles se regardèrent amoureusement quand leur étreinte fut perturbée par l'intrusion d'une servante démoniaque.

- Maitresse, un croiseur de Paradis vient de faire son apparition dans le système.

Elle put voir le gros vaisseau à travers la cloison transparente.

- Je crois que tes amis sont venus te chercher.

- Ma place est auprès de toi, Lilith, ajouta Emma sans l'ombre d'une hésitation.

- Nous allons emprunter un tunnel interstellaire pour rejoindre la station de Serpens Cauda. Là-bas, le trou de ver nous permettra de rejoindre ma galaxie puis Enfer.

- Qu'adviendra-t-il de mon fils ?

- Une nouvelle vie commence pour toi et ton fils, ma douce chérie. Une nuée de météores destructeurs de mondes est déjà en route vers la station. Lorsqu'ils auront franchi le trou, ils ne pourront plus être arrêtés. Nos calculs sont infaillibles. Ta planète sera définitivement détruite. Elle ne dispose pas de la technologie suffisante pour contrer cette odieuse attaque. Enfer ne peut se permettre de laisser une seule trace de notre passage ici.

- Et ma famille, mes amis ?

Soudain une boule d'énergie apparut dans la pièce et se mit à crépiter. Un ange vengeur en surgit et décapita la servante. Il poussa de côté Emma puis il engagea le combat avec la démone.

Plusieurs démons apparurent ainsi que Ţepeş et Natacha. La boule libéra l'inquisiteur de l'ordre de Saint-Dominique accompagné d'un commando de guerriers paradisiens en armure de combat ainsi que le Kohana armé de sa lance sacrée. Les échanges de lasers et les affrontements au corps à corps s'engagèrent immédiatement. Comment avaient-ils pu créer un passage interstellaire dans sa salle du trône malgré tous les systèmes de sécurité ?

Natacha et son vampire formaient un couple d'amants redoutables. Ils taillaient en pièces les soldats mais durent battre en retraite face à la puissance de l'inquisiteur qui brulait toutes les créatures impies avec son bâton solaire. Mahalath et une cohorte infernale surgirent d'une grande arche. Les renforts arrivés, le combat allait rapidement trouver une issue fatale pour le clan des paridisiens. Galahad, quant à lui, avait engagé le combat avec Lilith. L'affrontement ne tournait pas en sa faveur et sa troupe commençait à se faire décimer. Cependant, il n'était là que pour une chose, récupérer Emma.

- Tu ne t'attendais pas à ça, créature infernale. On a greffé en catimini à Emma un perforateur d'espace. Où qu'elle se trouve nous pouvions emprunter un trou de vers pour la rejoindre. Tu t'es faite piéger.

Lilith tituba. En temps normal, elle aurait écrasé cet avorton comme un insecte mais sa danse nuptiale et ses ébats amoureux avec Emma avaient considérablement amoindri ses capacités. Finalement, elle trébucha et tomba. L'ange vengeur abattit son épée pour terrasser son adversaire mais une puissance inconnue l'en empêcha. Emma se trouvait entre lui et sa proie. Elle avait bloqué son épée entre les paumes de ses mains.

- Pourquoi ? demanda-t-il l'air troublé.

Elle ne répondit pas et son corps se vaporisa pour se reformer l'instant d'après dans une bulle d'énergie à bord du croiseur paradisien en compagnie des survivants du groupe d'assaut.

- Elle devait vivre, dit-elle avant de s'effondrer sur le sol, nue, en pleurant à chaudes larmes.

Que lui arrivait-il ? La présence de la démone était comme une drogue. Emma devrait se sevrer et annihiler le lien d'affection et de soumission que Lilith avait créé avec elle. Comment avait-elle pu coucher avec elle ? Pourquoi sa pire ennemie s'était transformée en amante adulée ?

A l'instant même où trois vaisseaux-mères Néphilim apparurent dans l'espace, le navire de Lilith se volatilisa pour rejoindre le passage de Serpens Cauda.

- Ils ont quadrillé l'espace, nous ne pouvons pas emprunter de trous de ver. Il va falloir percer leur blocus et rejoindre le trou le plus proche, annonça l'amiral paradisien.

- On ne tiendra pas face au feu de trois vaisseaux, bien que redoutable, notre croiseur à ses limites, précisa son second, l'air soucieux.

- Il faudra bien. Nous ne nous rendrons pas sans combattre.

Un hologramme criant de vérité se forma au centre du poste de commandement dans la zone de réception prévue à cet effet. Un Néphilim s'adressa alors à l'amiral.

- Je suis Avkash de la colonie Mahadevi, commandant en chef des Néphilim dans ce secteur. Ce système solaire est maintenant sous notre juridiction. Vous pouvez vous rendre immédiatement en désactivant votre bouclier psychique ou être détruit par le feu croisé de notre armada ? Mon offre expirera dans cinq minutes.

Déjà des chasseurs Néphilim décollaient en masse comme l'aurait fait un essaim de moustiques quittant son nid.

Emma surgit dans le centre de commandement. Elle avait passé une jolie toge blanche qui lui donnait un air d'ambassadrice romaine.

- Ils n'ont pas de reine mère présente sur place. Leur coordination sera limitée.

- Si le conflit se déroulait sur une plus grande échelle cette information aurait pu nous sauver la vie mais ils sont beaucoup trop proches de nous maintenant. Leur lien télépathique est fonctionnel sur courte distance. Ils seront donc redoutables même si je reconnais que leur assaut sera bien moins efficace que celui d'un escadron en lien avec une reine. Préparez la chasse, nous allons concentrer notre attaque sur le vaisseau le plus proche afin de briser leur encerclement, ordonna l'amiral.

L'affrontement des deux escadrilles de chasseurs tourna rapidement à l'avantage de l'attaquant Néphilim. Ils étaient bien plus nombreux et plus rapides que les paradisiens même si ces derniers les surpassaient en compétence et en armement.

L'amiral allait ordonner le repli de ses troupes quand un nouveau vaisseau mère fit son apparition.

- Nos chances de nous en tirer viennent de voler en éclat face à quatre appareils ennemis. Faites revenir la chasse, nous ne nous rendrons pas à ces vauriens.

Dans un dernier baroud d'honneur, l'amiral ordonna de charger toutes les rampes de missiles et de faire chauffer les canons énergétiques.

- Nous allons leur foncer dessus. Concentrer les boucliers à l'avant.

- Attendez, hurla Emma. Activez vos récepteurs à longue portée et acceptez la transmission codée qui va nous parvenir.

Elle se mit à sourire.

Charlotte se matérialisa sur le plateau de réception holographique.

- Je suis Chandraleksha, nouvelle reine du clan Uma de ce secteur. Il me revient de droit et nous vous ordonnons de vous retirer immédiatement.

L'image du commandant en chef apparut à son tour.

- Ma reine, c'est avec un grand honneur que nous partagerons notre connexion avec la vôtre afin de ne faire plus qu'un pour écraser cet envahisseur.

- N'avez-vous pas compris mon ordre commandant ? Il s'adresse à vous. Retirez-vous immédiatement, je ne le répèterai pas.

- Mais pourquoi ? Ils sont à notre merci. Un mot de votre part et nous les pulvérisons. Vos ordres sont incohérents.

- Vous osez discuter mes ordres.

- Pourquoi, souhaitez-vous faire quartier à ces paradisiens ? Auriez-vous pactisé avec l'ennemi ? Les reines de votre clan ont toujours été manipulatrices. Même si je reconnais que votre rang vous octroie le commandement de nos forces, je souhaite en référer à notre hiérarchie suprême et à ma propre reine.

- Notre hiérarchie suprême n'a que faire de ce système perdu sans intérêt. Et si votre colonie n'a jamais dépêché de reine pour en prendre le commandement, c'est bien la preuve qu'ils s'en désintéressent complétement. Nous n'avons pas l'ordre d'envahir, ni même de détruire mais d'infiltrer afin de ne pas éveiller les soupçons des paradisiens. Nous sommes dans leur galaxie, loin de nos principales forces. S'ils décidaient d'envoyer une escadre dans le secteur nous serions exterminés sans pouvoir établir une base solide. La planète Terre est à notre merci, nous avons placé nos espions à des postes cruciaux sans qu'ils puissent se douter de rien.

- Si nous laissons partir ce croiseur, pensez-vous vraiment qu'il ne reviendra pas avec des renforts ? Il nous suffit de l'exterminer et de faire disparaitre les traces. Il sera référencé comme perdu corps et âmes s'il ne donne pas de nouvelles.

- C'est trop risqué. Je ne souhaite pas de représailles et d'enquêtes.

- Il suffit ma reine. Je pense que votre croissance au sein de l'œuf de survivance a été inachevée. Vous montrez trop d'inexpérience. Restez en arrière, nous allons les anéantir.

- Vous n'anéantirez personne aujourd'hui, commandant, dit Judith en apparaissant à côté de Charlotte impassible.

Elle muta en un Néphilim, trapu et massif de couleur blanche.

Le commandant fit un pas en arrière et sembla étonnamment surpris.

- Maréchal Nandi, vous ici.

Tous les Néphilim, quelle que soit leur colonie, connaissait Nandi, le taureau blanc. Pourquoi le grand explorateur des Néphilim, Maréchal des forces armées Néphilim, faisait soudainement sa réapparition ici dans ce coin perdu de l'univers.

Avait-il tout abandonné pour se cacher sur cette misérable planète. Etait-ce une manipulation politique ou le dessein d'un puissant en Enfer ? Même la reine supérieure du clan dominant des Mahadevi avait montré sa surprise lors de sa mystérieuse disparition. Alors pourquoi avait-il pactisé avec la jeune Reine des Uma ?

Quoi qu'il en soit, la situation le dépassait. Il était hors de question d'affronter leur chef militaire suprême et de toute façon, malgré son infériorité numérique, ce fin tacticien aurait très facilement mis en déroute l'escadre Néphilim. Aussi, il valait mieux faire profil bas et prendre ses renseignements en plus haut lieu.

- Je n'irais pas à l'encontre du Maréchal Nandi. Les forces Mahadevi se replient et laisse le secteur sous votre juridiction. Nous en référerons à notre reine qui prendra les décisions qui s'imposent.

Les trois vaisseaux Néphilim disparurent en empruntant un trou de ver qui les emmena instantanément loin du système solaire.

IX

Les échanges houleux entre les différents représentants résonnaient dans la grande salle du conseil du croiseur.

Pour l'occasion un inédit conseil galactique avait été réuni. Charlotte représentait naturellement le clan de son secteur partiellement décimé et s'était fait accompagné par Judith resplendissante de puissance et de beauté. De l'autre côté de la grande table ronde en métaux précieux se trouvaient l'amiral paradisien Entiorès, l'ange Galahad et le grand inquisiteur Ephaeus. La planète terre était représentée par Nelson Minos le président des forces armées terriennes, plusieurs haut-gradés et quelques diplomates. Emma avait exceptionnellement été conviée.

Nelson Minos prit la parole. Massif et mesurant bien deux mètres, ce géant noir était aussi impressionnant physiquement qu'intellectuellement.

- La situation est grave. Cependant, nous ne pactiserons pas avec les Néphilim. Nous sommes en guerre avec eux depuis bien trop longtemps pour leur faire confiance. Tout ceci n'est peut-être qu'une ruse.

- Paradis partage le même point de vue. Certes, votre intervention nous a permis d'échapper à nos agresseurs mais tout ceci reste particulièrement troublant, ajouta l'amiral.

Les différents groupes continuèrent à s'invectiver poliment et lorsque Charlotte décontenancée prit son apparence de reine, les soldats du Consortium sortirent leur arme de leur étui.

- Arrêtez, cria Emma. Nous perdons un temps précieux. A cet instant, des bolides destructeurs foncent en direction de notre planète pour la détruire. Lilith me l'a dévoilé avant de disparaitre. S'ils atteignent la station de Serpens Cauda tout sera fini a-t-elle dit.

- C'est bien dans l'esprit du conglomérat d'agir de la sorte. Nous n'avons pas suffisamment de temps pour dresser une défense efficace contre ce type de menace. Il faut agir et vite dit Entiorès.

- Et que suggérez-vous, demanda Charlotte.

- Evacuons nos principaux ressortissants…

- Et laissons mourir des milliards d'innocents, coupa Emma. Il n'en est pas question.

- Ce n'est pas une jeune fille comme vous qui va nous dicter ce qu'il y a à faire.

- Cette jeune fille a détruit un croiseur sous votre commandement Amiral, s'est échappée d'Aclamédia, a fait sauter un vaisseau-mère et sa reine puis s'est tiré des griffes d'une princesse Démone de la pire espèce.

- J'ajouterai qu'elle est sous la protection de l'ordre de Saint-Dominique et qu'elle a officiellement voyagé astralement jusqu'à Enfer, termina l'inquisiteur. Les paroles de cet enfant sont à écouter avec attention.

Judith intervient calmement.

- Nous allons porter une attaque éclaire sur Serpens Cauda. La station est la propriété de la maison Artémis. Elle est neutre dans le conflit, servant aussi bien le Conglomérat que le Consortium. Le bastion est solidement défendu par une flotte d'Ultima ainsi qu'une discrète délégation de la colonie Kali. Une attaque frontale serait un suicide. Nous devons récupérer des codes d'accès, pénétrer dans la base discrètement et désactiver les défenses. Nos chasseurs pourront alors faire sauter le transmetteur d'énergie autonome pour bloquer définitivement le passage. Il leur faudra des mois pour réparer ce qui nous donnera le temps d'installer les défenses technologiques adéquates pour contrer toutes prochaines tentatives d'attaque à l'aide de météores.

- Excellent plan, madame, et comment allons-nous récupérer ces codes ? ajouta le président.

- Mon réseau y travaille et j'aurai très rapidement l'information pour se les procurer. Cependant, cette information ne sera pas gratuite.

- Et que demandez-vous en échange ?

- La direction de Starburst. Sir Hubert est malheureusement décédé, je souhaite reprendre sa fonction.

- Un Néphilim rebelle à la tête de notre école de formation la plus prestigieuse. Ça serait donner les clefs de la ville à notre ennemi sans combattre. Il n'en est pas question.

- C'est à prendre ou à laisser. Si vous n'avez pas suffisamment confiance en nous alors les terriens mourront.

Galahad se leva.

- J'ai toujours combattu avec ferveur les acolytes du Conglomérat. Le maréchal Nandi est aussi légendaire que l'archange Saint-Michel à mes yeux. Il a remporté bon nombre de batailles pour le compte du Conglomérat. Je ne sais pas pourquoi il a abandonné la lutte et a décidé subitement de rejoindre la terre. Son absence a beaucoup couté aux siens. Si plan machiavélique il y a la dessous, je ne parviens pas à le cerner. Par ailleurs, je ne décèle pas de malice dans son cœur. Dieu me guide et m'incite à accepter son marché. Je propose le compromis suivant. Le maréchal Nandi prendra la direction de l'académie terrienne et sera surveillé par un conseil d'administration composé d'Entiorès et d'un représentant terrien.

Les yeux d'Emma croisèrent ceux de Judith mais elle ne parvint pas à y déceler quoi que ce soit.

Après avoir repris sa forme humaine, Charlotte s'adressa solennellement à tous. Sa très longue chevelure rousse nouée en queue de cheval flottait étrangement dans les airs. Ses vêtements minimalistes se composaient d'un semblant de culotte en métal doré et d'un mince bandeau recouvrant à peine sa poitrine. Deux bracelets en laiton décoraient ses poignets.

- Aujourd'hui, nous souhaitons créer le comité de défense de la terre. Ni le Consortium et encore moins le Conglomérat n'ont le droit de s'approprier cette planète. Elle doit retrouver sa neutralité. Je sais que vous, paradisiens, vous ne pourrez jamais faire scission avec les vôtres. Les terriens, comme des chiens vous suivront fidèlement. Cependant, nous veillerons, nous Néphilim du clan Uma, à ce que la terre puisse se défendre de toute oppression.

- Et pourquoi tant de volonté à prendre la défense de notre planète ?

- Parce que c'est ma planète natale, président. J'ai choisi mon camp et ça sera celui de la terre. Certes, un bon nombre d'ennemis s'y trouve encore et un bon nombre va la rejoindre, mais tant que je serai vivante, les Néphilim qui me sont dévoués la défendront comme leur planète mère.

Emma descendit les escaliers de son dortoir pour se rendre dans la salle de réunion ultra-sécurisé de son école. Après avoir montrée patte blanche, elle poussa la porte et se retrouva face à Fauvette et Kurgan. L'émotion lui fit couler les larmes aux yeux et elle ne put s'empêcher de penser à la disparition de Gary. Elle sauta au coup du contrebandier et enlaça la petite femme oiseau, toujours aussi ravissante.

- Qu'est-ce-que vous faites ici ?

- On a entendu parler de ta disparition et même si je ne suis pas un très bon enquêteur, j'ai mes réseaux. Heureusement, tu es saine et sauve. Banguisa m'a dit que vous montiez une expédition de la dernière chance et que c'était plutôt bien payé alors nous voilà.

Elle lui sourit. Il la trouva fatigué et imagina qu'elle avait dû vivre l'enfer sur Aclamédia, la planète d'où l'on ne revient normalement pas. La jeune fille qu'il avait laissée, s'était transformée en quelqu'un de plus expérimenté et de beaucoup plus dangereux aussi.

- C'est quoi le plan ? demanda Emma.

- J'emmène un groupe jusqu'au Awashima. C'est un paquebot intersidéral de luxe qui gravite non loin de la station de Serpens Cauda. Là-bas on devra obtenir les codes de sureté du chef de la sécurité qui semble passer un peu trop de temps au casino. Il me semble que toi aussi tu as une mission secrète à réaliser ?

-O ui, Nandi attend beaucoup de moi et de mes précieux talents de rose épineuse.

- Je vois. Qu'est-ce qu'ils t'ont fait là-bas, ma chérie ? demanda Fauvette en lui passant sa main duveteuse dans les cheveux.

Emma ne répondit pas et la regarda en souriant tendrement. Ses yeux s'embuèrent à nouveau et elle dut activer ses améliorations pour réfréner le flot d'émotions qui la submergeait. Son fils enlevé, sa relation avec la démone, ses mois de formations intenses et toutes les épreuves passées l'assaillirent subitement.

- Qui compose ton équipage ? demanda-elle en détournant la tête, le temps de reprendre le contrôle de son corps.

- Chul-Hei, Banguisa, Fauvette et moi. Une équipe de choc comme l'année dernière.

- Ils sont doués. Vous partez quand ?

- Demain, à la première heure. Il n'y a pas un instant à perdre si j'ai bien compris.

- Que Dieu vous garde, mes amis.

Elle se demandait si Dieu était vraiment de son côté après les révélations faites par Lilith. Elle n'avait plus confiance en personne si ce n'est en ses véritables amis.

Stecy cligna des yeux. Avait-elle rêvé tout ça ? On la prenait pour une folle. C'est pour cette raison qu'elle était clouée sur un lit dans une cellule. Sa dernière tentative d'évasion s'était transformée en échec et on lui avait passée une camisole de force. Puis la voix s'était mise à parler.

- Tu n'es qu'une bonne à rien. Il va falloir que je m'occupe de nous faire sortir d'ici.

- Qui, qui êtes-vous ? demanda-t-elle en bégayant, terrorisé à l'idée que la créature qui l'avait possédée soit revenue la hanter.

- Je ne suis qu'une IAI biologique pervertie, rien d'autre. L'intrusion de Mahalath a dissocié ta personnalité. J'incarne la dominatrice, la perverse et la destructrice que tu caches en toi. Je suis le côté sombre de ton âme, Stecy. Il nous reste de grandes choses à accomplir ensemble.

La porte s'ouvrit et un infirmier pénétra dans la chambre. Ce pourceau s'amusait toujours à reluquer ses seins ou à caresser ses cuisses. Une fois, il avait même tenté sans succès de lui coller son truc dans la bouche. Les drogues qu'il lui injectait ne semblaient avoir aucun effet sur elle. Stecy fit mine d'être endormie. Solidement ficelée comme elle l'était, il lui était impossible de se défendre contre toute nouvelle agression. Elle réprima un sanglot. Le type lui adressa la parole en la traitant de petite salope puis lui fourra dans la bouche un bout de linge. Incapable de crier et de bouger, elle ne put qu'attendre le début de son jeu pervers. Mais à sa grande surprise, l'infirmier s'écroula au sol. Ses liens se desserrèrent par magie et elle se retrouva libre d'agir.

- Je nous ai ouvert un passage jusqu'à la sortie. Fonce sans t'arrêter et sans regarder autour de nous.

Stecy prit ses jambes à son cou. Toutes les portes étaient déverrouillées, les gardiens et le personnel médical gisaient au sol inconscient. Elle parvint à la sortie de la clinique privée et se retrouva dans le parc.

- On fait quoi maintenant ?

- On emprunte une voiture et on trouve des vêtements plus adaptés. Ensuite je te guiderai jusqu'à Starburst.

- Starburst, je dois encore mettre les pieds dans cette école de malheur.

- Oui, tel est notre destin, Stecy. Le professeur Brain va nous guider.

Banguisa chargea une dernière caisse à bord de l'Abadan, le vaisseau contrebandier de Kurgan. Alors qu'il se redressait en bandant ses muscles améliorés, il se retrouva nez-à-nez avec une charmante blondinette.

- Vous n'êtes pas autorisée à entrer dans cette zone, ma jolie.

- C'est le professeur Brain qui m'envoie. Il m'a dit de rejoindre votre expédition.

- Je te le confirme Banguisa, Stecy se montrera très utile. Elle est novice mais dispose de nombreux talents cachés. C'est une personne digne de confiance.

- Ma foi prof, si c'est vous qui le dites. Grimpez et présentez-vous à Kurgan. On va bientôt décoller.

Il admira la jeune femme grimper par la rampe du vaisseau en trémoussant ses fesses. Pour sûr la fille avait sans aucun doute de nombreux talents cachés.

Stecy poussa la porte du saloon. Il était bondé de desperados assoiffés et de joueurs de cartes prêts à en découdre au moindre signe de tricheries. Son accoutrement de prostituée lui valut quelques regards malsains accompagnés de plusieurs sifflets provocateurs. Elle rejoignit le bar et demanda un whisky au barman.

- Alors Beckie, les affaires ont l'air de bien marcher pour toi ? demanda ce dernier, en déposant devant elle un verre plein de whisky.

- Cette ville de l'Ouest m'épuise, Jonathan mais je me fais un paquet de dollars. Tu ne saurais pas où loge le type là-bas ?

Elle désigna un grand brun à l'allure sévère assit à une table de poker, plongé dans une partie endiablée. Il portait un long imperméable marron, un stetson usé et une ceinture soutenant deux revolvers.

- Méfie-toi de ce type-là, il est dangereux. On l'appelle le juge. Il a pris une chambre ici. La 24.

Stecy grimpa à l'étage et trouva sans difficulté la chambre. Elle força la serrure et s'introduit à l'intérieur. Quelques instants plus tard, le juge Barton entrait sans prévenir.

- Que fais-tu dans ma chambre, putain ? Tu voulais me voler.

- Non, je suis là pour m'offrir à toi. Un cadeau d'un ami.

Barton reporta son attention sur Stecy et lui sourit avec un air malsain. Son regard se porta un long moment sur son décolleté proéminant. Elle était petite et rudement bien foutue avec une voix fluette excitante.

- Tu n'aurais pas dû rentrer dans ma chambre pour me voler, petite putain.

- Je ne voulais pas vous voler…

Elle devint toute rouge.

- Lève tes mains en l'air et approche.

Il sortit une cordelette de l'une de ses poches et la fixa à ses poignets. Le chef de la sécurité prit ensuite un malin plaisir à palper sa prisonnière afin de vérifier si elle ne cachait pas quelque chose sur elle. Stecy eut un mouvement de recul mais ne put se soustraire à ses attouchements impudiques.

- Voyons voir si tu ne caches rien là-dessous.

D'un geste violent, le pervers passa sa main dans son décolleté et dénuda sa poitrine en arrachant son corset.

- Arrêtez, je vous en supplie, pleurnicha Stecy.

- Tais-toi, garce. Tu étais ici pour une bonne raison et crois-moi, je sais comment te faire parler.

Il la gifla et l'envoya rouler au sol. D'une main ferme, il agrippa sa tignasse blonde et la tira sans ménagement jusqu'à son bureau. Il la fit assoir sur le rebord, les bras ligotés dans le dos et le gout du sang dans la bouche.

Barton ouvrit un tiroir, y glissa la main à l'intérieur et en ressortit une espèce de dé à coudre muni d'une minuscule aiguille à son sommet. Il le passa à son doigt, prit par le cou la fille et lui enfonça l'aiguille à la base de la nuque. Stecy ressentit une vive douleur qui s'estompa rapidement.

Son tortionnaire écarta ses jupons et releva sa robe pour dévoiler le haut de ses bas blancs.

- Banco, cria-t-il.

Il sortit de son étui le petit Derringer caché sur sa cuisse.

-Tu voulais me faire la peau avec ce jouet, n'est-ce pas ? Demanda-t-il tout excité en tirant de nouveau ses cheveux en arrière.

Il la coucha sur le bureau. La fille était toute en forme mais définitivement excitante. Barton ne put s'empêcher de saliver de plaisir en l'entendant gémir alors qu'il lui écartait les cuisses. Ses gros seins gigotaient dans tous les sens. Pourtant, dans un instant, elle le supplierait d'en finir avec elle. Les sens de Stecy étaient exacerbés. Elle ressentait tout de façon exponentielle. Lorsqu'il la pénétra, elle faillit défaillir.

Une voix raisonna dans sa tête.

- Tiens bon jolie cœur, nous venons d'établir le contact. Il va falloir qu'on pirate en douceur son pare-feu mental sans éveiller ses soupçons.

Barton prenait un malin plaisir à violer cette intruse. Plus il l'entendait couiner et plus il intensifiait ses coups de butoirs. Il plaça les deux jambes de la fille sur ses épaules et posa sa main libre sur la bouche et le nez de la jeune comptable afin de l'empêcher de respirer.

Stecy suffoqua. Tout son corps maltraité lui hurlait de sombrer dans l'inconscience mais elle luttait pour garder ses esprits. Son bourreau relâcha un instant son emprise et elle put inspirer un mince filet d'air pour atténuer le feu qui brulait en elle. Mais ce répit ne fut que de courte durée. Elle sentit la virilité de son violeur chercher à s'immiscer dans un autre endroit de son anatomie intime. La pénétration fut si violente qu'elle se cambra manquant de se briser la colonne vertébrale. Il releva plus fortement ses jambes et la pourfendit profondément.

Stecy se mit à hurler de douleur. Des larmes coulaient abondamment sur ses joues.

- Qui t'envoie pour me tuer ?

Même si elle avait voulu parler, elle en était bien incapable. Elle avait commandé à son esprit de rester fermé quoi qu'il advienne. Tout ceci après tout n'était qu'un rêve contrôlé.

Il accentua la pression de son doigt sur sa nuque.

- Très bien.

Il remit sa main sur sa bouche pour la priver d'air et lui cracha au visage. Ses yeux commencèrent à se voiler. Doucement mais surement, elle sombrait inéluctablement vers la mort. Un châle noir apparut finalement devant ses yeux. Son corps se mit à vibrer mécaniquement. Puis d'un coup la douleur intense se mua en jouissance extrême. Une lumière banche perça le voile d'obscurité. Le tunnel menant au paradis était donc réel. Son plaisir n'en finissait plus. Puis, elle explosa dans un orgasme incommensurable et salvateur. Elle rouvrit les yeux et hurla malgré sa gorge en feu. L'instant d'après, son geôlier souillait ses seins et son visage d'une semence abondante. La fille s'effondra en haletant incapable de retrouver son souffle.

- Si tu avais quelque chose à te reprocher, tu l'aurais hurlé pendant cet interrogatoire hors du commun. Fous le camp d'ici immédiatement.

Manu militari, il la traina hors de sa chambre et referma la porte derrière elle.

Stecy se releva sur la couchette. Elle était trempée et épuisée. Banguisa déconnecta l'électrode connectée sur le front de la fille et qui la reliait à un individu profondément endormi sur un autre lit à proximité.

- Vous avez pu récupérer le code ? dit-elle avec difficulté.

- Oui, madame, répondit Kurgan. Ni vu, ni connu. Il n'y a vu que du feu. Tu n'as pas trop morflé ? Ces rêves en immersion mentale contrôlée sont plus vrais que nature.

- J'ai adoré s'exclama-t-elle à son grand étonnement.

Maudite IAI, elle devrait apprendre à la contrôler.

- Bon, on se tire d'ici maintenant. Fauvette et Chul-Hei sont déjà à bord de l'Abadan.

- C'est quoi ce voyant rouge qui clignote sur la montre de Barton ?

- Une alarme silencieuse. On a dû être repéré par un mouchard biochimique.

Ils sortirent en hâte de la cabine et filèrent en direction de l'entrepôt. Une troupe conséquente de gardes armés débouchèrent du couloir face à eux. De toute évidence, ils disposaient d'informations à leur sujet car sans sommation, ils ouvrirent le feu sur eux.

- Planquez-vous, hurla Kurgan en arrosant copieusement les soldats avec son pistolet à cartouches explosives.

Il sortit de sa besace deux petits drones ayant la forme de poignard et les lança dans le couloir. Les deux projectiles meurtriers s'envolèrent immédiatement pour pourfendre méticuleusement leurs ennemis.

- C'est notre chance, on file.

Ils rejoignirent le vaisseau au pas de courses esquivant les tirs dans leur dos.

Chul-Hei, armé d'un fusil d'assaut, les couvrait du mieux possible.

- Fauvette, fais décoller ce tas de ferrailles, ordonna le contrebandier, à l'instant même où il pénétrait dans le poste de pilotage.

Les réacteurs de l'engin hurlèrent et l'Abadan arracha l'ancrage magnétique pour rejoindre la piste d'envol.

- Il va falloir faire sauter le sas d'entrée. L'appel d'air va nous propulser à l'extérieur mais ça risque de secouer. Bouclez vos harnais de sécurité, la bleusaille.

Il pressa le bouton de son manche à balai et un missile fut propulsé en direction de la lourde porte du quai. Elle explosa et l'air fut immédiatement chassé dans le vide sidéral entrainant avec lui le transporteur. Il franchit l'ouverture et esquiva les débris. Le contrebandier mit les gaz et slaloma entre les autres engins arrimés à l'extérieur. Il fut rapidement rejoint par les chasseurs en charge de la protection du paquebot de luxe intersidéral.

- Ils sont plus rapides, plus maniables et mieux armés que nous, commenta Fauvette. De plus, ils ne vont pas hésiter à utiliser les tourelles laser du paquebot pour nous prendre en étau.

-Tu te rappelles de ma manœuvre à Texadrine ?

-Tu ne vas pas encore nous faire ce coup-là. La dernière fois, c'est un miracle si on en a réchappé.

- Calcule les coordonnées du saut, c'est un ordre.

- C'est quoi cette manœuvre, demanda timidement Stecy. Elle serrait nerveusement l'accoudoir de son siège, tremblant à chaque secousse. Les vols spatiaux en mode combat n'étaient pas vraiment son truc. A y réfléchir, elle préférait se faire défoncer par le chef de la sécurité afin de lui soutirer les codes d'accès. Elle regretta un instant ses épais dossiers plein de chiffres.

- On va emprunter un trou de ver aléatoire. Il y en a partout de ces trucs là mais on a de bonnes chances de ne jamais réapparaitre s'il se ferme avant la fin du voyage. Le vaisseau est équipé d'un générateur de particules noires. Kurgan l'a volé dans un laboratoire de recherche du Consortium. Il permet en théorie de maintenir le trou ouvert plus longtemps. Naturellement, ce truc est expérimental.

Un nouvel impact de laser fit tanguer dangereusement l'engin spatial. Il manqua de s'écraser sur un gros cargo.

- Maintenant.

Des zébrures apparurent sur la coque et l'Abadan se mit à vibrer. L'instant d'après, il se volatilisa en une myriade de particules noires qui se dispersèrent dans l'espace.

X

Kennocha examina attentivement la nouvelle venue. Elle portait comme toutes les autres élèves l'uniforme strict du Convent, une robe noire austère et une coiffe de religieuse. Pourtant quelque chose de mystérieux se dégageait d'elle. La fille tourna la tête et lui sourit. Sa peau bronzée et ses formes très féminines contribuaient sans doute à la rendre attirante au premier regard, mais il y avait autre chose. Kennocha Artémis en avait vu des courtisanes lui tournaient autour. Elle avait côtoyé les plus belles créatures de la galaxie. Elle-même avait été conçue génétiquement pour être parfaite. Une héritière de la prestigieuse maison Artémis se devait d'être parfaite aussi bien physiquement qu'intellectuellement. Son programme d'apprentissage toucherait bientôt à sa fin et elle pourrait prendre sa place au conseil d'administration qui l'attendait depuis presque vingt ans. Mais le temps n'était pas un souci car depuis des lustres la science parvenait à rendre immortelle toute personne suffisaient riche pour s'approprier ce don. Les Artémis contrôlaient cette technologie et bien d'autres encore.

La mère-supérieure autorisa les élèves à quitter la classe pour rejoindre leur cellule afin de méditer. Kennocha congédia les filles de son groupe qui s'agglutinaient autour d'elles. Toutes de riches héritières de maisons puissantes. On reconnaissait la force d'une maison aux nombres de courtisanes qui se pressaient autour de leur représentante. Artémis était une famille puissante et neutre même s'il en existait d'autres encore plus impressionnantes. Mais ici dans cet établissement, c'était le clan des Artémis qui dominait.

Kennocha s'approcha de la nouvelle. Le passage au couvent était une obligation pour toutes les héritières de maison qui souhaitaient pouvoir un jour exercer une fonction importante dans l'univers. En tant que maison neutre, Artémis envoyait ses jeunes suivre des cours dans des institutions du Conglomérat et du Consortium. Pour sa part, Kennocha était entrée au Couvent à l'âge de six mois et devait en sortir à l'âge de vingt ans. Cette institution du Consortium formait l'élite de certaines grandes familles. L'éduction était stricte et austère. Une grande partie de l'enseignement se faisait par voie neuronale et les cours étaient dispensés par les plus grands professeurs de la galaxie.

- Bonjour, ma sœur, tu viens d'arriver dans notre couvent aujourd'hui. Je te souhaite la bienvenue. Je suis sœur Kennocha et toi ?

- Je suis sœur Cassiopée. Ravie de faire ta connaissance.

La voix suave de la jolie brune brouilla les sens de Kennocha. Elle était définitivement sous son charme. En temps normal rien ne la touchait. Les multiples défenses psychiques implantées dans son esprit par les plus puissants maitres psyoniques la protégeaient définitivement de toutes tentatives de persuasion. Une fille de son rang disposait de nombreuses protections physiques et mentales pour éviter toutes tentatives d'agressions. Elle s'en était accommodée et considérait alors les autres avec une certaine hauteur.

- Je vais étudier dans ma chambre, veux-tu que je te fasse visiter l'établissement ? Nous pourrions ensuite travailler ensemble.

Comment avait-elle pu dire une chose pareille à une inconnue. C'était un véritable signe de faiblesse. Elle se mordit la lèvre inférieure. Emma lui sourit tendrement et passa son doigt sur sa bouche pour essuyer la marque de salive. Kennocha capitula.

L'héritière Artemis guida la nouvelle dans les couloirs obscurs et froids de l'abbaye. Elles ne tardèrent pas à atteindre la chambre de la jeune femme. La petite cellule se devait d'être austère mais Kennocha n'avait jamais rien connu d'autre. On ne leur imposait pas la dévotion mais on leur suggérait habilement. De par sa nature neutre, elle avait été conçue pour refuser toute croyance afin de ne pas compromettre les relations de sa maison. Pourtant secrètement, elle avait embrassé la cause de Dieu contournant les programmes génétiques qui avaient été implantées en elle. Depuis qu'elle avait commis un terrible péché, Dieu lui permettait de se rassurer.

Quelque chose de divin s'échappait de la nouvelle arrivante.

Les deux jeunes femmes s'installèrent autour d'une petite table en pierre.

- Tu viens d'où ?

- La Terre.

- Je ne connais pas personnellement mais mon IAI m'informe que c'est une jeune planète qui embrasse la cause du Consortium.

Quelque chose en toi m'a troublé Cassiopée de la Terre. Je ne saurai dire quoi mais je me sens irrésistiblement attirée par toi.

Elle effleura sa main de façon imperceptible puis se reprit immédiatement.

- C'est ta famille qui t'envoie ici. Il est rare de voir des nouvelles arriver si tardivement au Couvent.

- Je suis là pour servir la cause de Dieu. Il m'a parlé et m'a dit de venir ici pour te rencontrer.

Kennocha parut troublée. En temps normal, elle aurait explosé de rire et aurait congédié sur le champ cette illuminée. Mais aujourd'hui, cette révélation n'apparaissait pas comme extravagante.

- Dieu a de grande chose à te confier.

- Parle, je t'en conjure.

- Pas ici, les murs ont des oreilles. Nous devons aller dans la forêt.

- C'est interdit d'aller à l'extérieur pour notre propre sécurité. Nous pourrions être attaquées ou enlevées. Seule la bâtisse et le parc sont protégés par de puissants télépathes qui bloquent toutes tentatives de téléportation.

Emma lui sourit à nouveau et prit sa main délicatement. Kennocha ressentit un profond bien être. La terrienne se mit à chanter une mélopée envoutante. La jolie héritière commença alors à haleter doucement. D'intenses émotions bouleversaient son corps. Elle ne parvenait plus à contrôler ses sens exacerbés. Honteusement, elle sentit un intense orgasme naitre au bas de son ventre. Elle tenta une dernière fois de réprimer cette sensation plus qu'agréable mais se laissa finalement emporter par la berceuse de l'inconnue. Ses cuisses s'écartèrent et elle inonda sa robe de puissants jets de cyprine en hurlant de plaisir.

Main dans la main, les deux sœurs courraient à perdre haleine dans la forêt. Kennocha s'en était remise à sa guide, certaine que cette dernière la mènerait devant Dieu. Elle en était convaincue maintenant.

- Où sommes-nous, demanda-t-elle lorsqu'elles s'arrêtèrent dans une petite clairière ?

Plusieurs Néphilim surgirent de derrière les arbres en quittant leur protection holographique.

- Je suis désolée Kennocha d'avoir usé de mes talents de geisha sur toi. C'était le seul moyen de te prendre en otage.

La splendide héritière revient très rapidement à la réalité. Des larmes de haine se formèrent dans ses yeux. Elle serra les poings et s'apprêtait à terrasser mentalement la traitresse quand un rayon paralysant la mit hors d'état de nuire.

A bord du vaisseau mère Néphilim, les préparatifs battaient leur plein.

- Nous allons envoyer un commando à l'intérieur de Serpens Cauda à l'aide d'une navette d'infiltration. Il sera chargé d'entrer les codes manuellement récupérés nos espions ici présents.

Tout le monde se retourna vers le groupe de Kurgan revenu victorieux de leur mission.

- Qui sera en charge de l'opération ?

- Une escouade de sangs obscurs appuyée par des Néphilim devrait faire l'affaire, répondit l'ange.

- Je participerai à l'assaut, ajouta Emma. Il faut bien une représentante terrienne et je pense être la mieux placée pour ça.

Le vaisseau d'infiltration se matérialisa à proximité immédiate de Serpens Cauda. L'immense station spatiale avait la forme d'un disque au centre duquel se trouvait un trou d'où s'échappaient des éclairs inquiétants. Le transporteur transmit ses codes d'accès et se dirigea en direction du plus proche hangar. Le plus étrange provenait du silence de la base, elle-même. Les senseurs ne parvenaient pas à détecter l'activité à l'intérieur de cette dernière. Un signal d'accord leur fut transmis par la tour de contrôle. Tout l'équipage se montra plus détendu.

La navette approcha lentement du sas nord. L'installation était colossale, aussi grosse qu'une lune. Comment était-il possible de construire quelque chose d'aussi gigantesque ? Emma avait revêtu l'armure complète des sangs obscurs. Ce groupe d'intervention paradisien était spécialisé dans l'abordage de vaisseau ennemi. Leur armure de combat, véritable scaphandre spatial mécaniquement assisté, était dotée des dernières technologies militaires du consortium. Leur apparence effrayante n'avait d'égale que leur puissance impressionnante. Cette combinaison transformait son porteur en véritable machine de guerre.

La porte du sas coulissa pour dévoiler un hangar sans activité. Il n'y avait aucun comité d'accueil. Tout cela semblait particulièrement étrange et révélait sans aucun doute un piège.

Emma attisa ses sens jusqu'à l'extrême pour éviter toute embuscade. Ils commencèrent leur exploration. C'est dans les obscurs sous-sols qu'ils aperçurent une trace blanchâtre sur le sol. Ils la suivirent arme lourde à la main jusqu'à une petite salle de maintenance. Un androïde d'apparence féminine se trainait pitoyablement sur le sol. La moitié de son corps avait été déchiqueté et il n'avançait que grâce à ses bras. A chaque mouvement, du liquide hydraulique blanc suintait des câbles arrachés sortant de son tronc coupé. Elle semblait vouloir se diriger vers une armoire métallique au fond du local. Ça sentait très mauvais là-dedans : une odeur de cadavérine.

Lorsqu'elle aperçut le groupe, elle sourit et s'adressa à lui avec une voix métallique déréglée toute en bavant du liquide blanchâtre.

- Il est parti ? s'interrogea-elle.

- Qui est parti ? demanda le chef d'escouade.

- VERO est parti ? répondit-elle énigmatiquement.

- Qui est VERO ? s'impatienta Emma.

-VIRUS EXTERMINATEUR de REMISE à ZERO.

- Dis-moi ce que tu sais une bonne fois pour toute, cria le sergent en secouant l'androïde qui cracha de plus belle.

- Il a été activé. Il se cachait en attendant son heure.

Elle pointa son doigt vers l'armoire et s'arrêta nette comme si elle avait été désactivée. Il reposa le corps de la fille robotisée sur le sol et s'avança vers l'armoire. Le militaire scarifié libéra le loquet et pressa le poignet. Quelque chose surgit de l'armoire et tomba au sol. Le sergent fit un bond en arrière mais n'ouvrit pas le feu. Le cadavre fortement décomposé et puant d'un humain était étendu par terre. Il avait péri sans aucun doute étranglé. Sa trachée était broyée et on pouvait encore voir les traces de doigts enfoncés dans la peau pourrie. La mort remontait à plusieurs jours.

Un des soldats fouilla la blouse et en sortit un petit calepin électronique couvert de sang séché qu'il tendit à son chef. Ce dernier écouta les derniers enregistrements.

« Le commandant m'a demandé d'examiner en profondeur les données de ce disque holographique. Il lui a été donné par l'escouade infernale en personne. Il s'agit bien de certificats de propriété authentiques de plusieurs planètes minières en activité. On aurait dit que la démone et toute sa clique avait le diable au trousse. Façon de parler naturellement. Quoi qu'il en soit, les infernaux ont pu payer avec ces certificats leur passage vers Andromède. »

« Ça dépasse mes compétence d'analyste. Je ne sais pas si c'est volontairement brouillé mais je ne parviens pas à déchiffrer tout l'algorithme du programme se trouvant sur le disque. Il y a quelque chose de caché là-dedans. Je ne vois qu'une façon de le savoir. Je vais l'exécuter avec une protection anti-virus complète. »

« C'est inconcevable, il se cache surement quelque chose derrière tout ça. Un simple jeu de wargame des plus primaires.»

« Que Dieu nous garde, qu'ai-je fait. Je l'ai libéré. Il a été créé pour tout annihiler que ce soit les êtres humains, la faune, la flore et les machines. Il est la solution finale. Les androïdes ont été infectés. Je les entends arriver. Je ne suis pas arrivé à les tuer. Ma fin est proche. Ils sont derrière la porte, je les entends crier et frapper. Que Dieu dans sa miséricorde m'accorde son pardon ».

 Les sens poussés à l'extrême d'Emma l'avertirent d'un danger imminent. Son cœur se mit à battre la chamade. La menace était réelle et terrifiante. Tous ses sens explosaient. Elle entendit un bruit dans le couloir.
- C'est un piège, préparez-vous au combat.
Elle referma son heaume et arma son fusil plasma.
Quand la guerrière passa à côté de l'androïde, ce dernier s'activa soudainement et se mit à pousser un atroce cri strident. Ses yeux rougeoyèrent intensément. Il tenta d'agripper sa jambe pour

l'immobiliser. Emma trébucha et tomba à terre. L'androïde se précipita en rampant et se jeta sur sa proie. La terrienne ouvrit le feu avec son arme à énergie grillant partiellement le robot. Il continua à avancer malgré les gerbes d'étincelles qui giclaient de son corps carbonisé et fumant. Après plusieurs rafales des autres membres de l'escouade, l'androïde s'écroula en poussant un long cri inhumain et se tut définitivement.

Ils foncèrent dans le couloir. Tout ceci n'avait été qu'un piège savamment orchestré. La meute de robots, petits, grands, du simple nettoyeur aux complexes androïdes de combat, tous étaient là pour se débarrasser des gênants intrus. Ils virent de multiples yeux luirent dans le couloir. Le commando était cerné.

Ils ouvrirent le feu pour ralentir leur avancée mais bientôt leurs armes s'échauffèrent. Les robots reprogrammés en assassins continuaient, quant à eux, leur impitoyable avancée.

La flotte terrienne apparut non loin de la base. Normalement, l'arrivée inopportune d'un vaisseau mère rebelle, d'un croiseur Paradisien et d'une frégate terrienne aurait dû déclencher une réaction à la mesure de l'évènement. Cependant, il n'y avait pas trace d'armada adverse, ni même de tirs d'avertissement.

Nandi examina mentalement les résultats du scan longue distance. Il n'y avait personne sur plusieurs parsecs. Cela ne signifiait pas qu'une escadre ne pouvait pas surgir à tout moment d'un trou de ver mais au moins ils auraient le temps de les voir venir.

- Seigneur Nandi, trois croiseurs de classe Ultima sont en passe de sortir des trous de vers.

Judith scruta le grand écran et put voir effectivement trois grands navires de combat qui se matérialisaient dans l'espace. L'Ultima est le plus gros et le plus puissant des vaisseaux militaires existant. Ils abritent plusieurs centaines d'appareils de chasse et de bombardiers. Ses boucliers sont très résistants et sa coque est virtuellement impénétrable. Par ailleurs, sa puissance de feu formidable peut balayer n'importe quelle petite armada grâce à ses multiples canons au plasma et ses divers lanceurs de missile. En rencontrer un état rare mais en rencontrer trois en même temps relevait de l'impossible.

- Il attaque sans sommation, seigneur. Leurs chasseurs ont décollé.

Elle put effectivement apercevoir la nuée d'engins quitter chaque navire spatial comme si elle quittait une ruche. Ils allaient bientôt être sur eux. Mais ce que ne pouvait pas prévoir l'ennemi, c'est qu'il avait face à lui le Maréchal Nandi. L'ennemi ne soupçonnait pas la puissance de son propre vaisseau mère, aussi colossal qu'un Ultima mais bien plus sophistiqué.

Judith était reliée mentalement à son navire. En fait, elle était elle-même le vaisseau, ressentant tout ce qui se passait et pouvant instantanément le faire réagir. Le maréchal était craint et respecté dans la galaxie en partie grâce à son vaisseau qu'il contrôlait mentalement. L'équipage était superflu. Judith ne servait que ses propres desseins. Ces adversaires n'avaient pas choisi le bon ennemi.

Sous ses traits humains, elle exprima ses ordres oralement bien qu'elle aurait pu le faire mentalement. Surement pour rassurer les terriens et les paradisiens présents dans le poste de commandement.

- Bouclier à plein régime, préparez moi une navette de transport furtive au quai 6 et chargez y trois missiles « gardien ». Evacuez ensuite toute la zone du quai 6. L'ennemi a fait l'erreur de nous sous-estimer en envoyant sa chasse immédiatement. Nous devons faire décoller les drones et les chasseurs disponibles mais gardez en 20% en réserve. Orientez la chasse sur les appareils ennemis. Calculez des solutions de tirs directs sur les trois vaisseaux amiraux avec des missiles à neutrons à longue portée.

Les Néphilim s'activèrent immédiatement mais toutes ces opérations étaient déjà en cours d'exécution.

- Amiral Beling, positionné votre croiseur terrien dans leur dos pour éviter toute tentative de fuite mais placez-vous suffisamment loin de leurs tirs. Vous ne devez pas entrer en conflit direct avec eux. Vous n'y survivriez pas.

- Galahad engagé le combat avec le croiseur bâbord, vous êtes de classe comparable, il devrait y réfléchir par deux fois avant d'accepter le combat contre un paradisien.

La chasse ennemie frappa rapidement et les explosions retentirent autour du vaisseau de guerre colossal. Des centaines de mitrailleuses laser automatiques arrosaient les moucherons qui se frottaient d'un peu trop prêt au navire. Les chasseurs automatiques pilotés mentalement par les Néphilim beaucoup moins nombreux mais plus rapide et plus efficace entrèrent en action pour ralentir l'assaut. Soudain une explosion provint du quai 6.

- Maréchal, nous avons détecté une brèche au quai 6, nous sommes endommagés.

Judith ne répondit pas. Elle observa les nombreux débris filer vers ses ennemis. L'un d'eux était une navette de combat furtive armée de missiles « gardien ». Personne ne prêta aux débris et quand la navette dérivante fut suffisamment proche des vaisseaux ennemis, elle tira instantanément ses armes de destruction massive. Le missile « gardien » était l'arme ultime de son arsenal de guerre. C'était son invention.

- Ouvrez le feu et envoyez tout ce que vous avez selon les solutions de tir calculées, hurla victorieux le Maréchal Nandi.

Une myriade de missiles décolla à vive allure et se répartit en trois trainées mortelles vers les mastodontes militaires. Tout le monde savait que les boucliers de ces monstres de métal ne seraient pas détruits par cet assaut ultime mais ce n'était pas le but du maréchal. Les impacts furent spectaculaires et un véritable spectacle pyrotechnique se créa sous leurs yeux quand les engins percutèrent les champs d'énergie qui se mirent à faiblir. Ces terribles explosions permirent d'évaluer la fréquence des champs de force psychique.

L'escouade à bord de la station était dépassée par les évènements. Emma examina le plafond et remarqua une grande bouche de soufflage d'air neuf. Elle tira sa dernière rafale pour faire fondre la grille au moment où le premier robot la frappa. Sans l'armure et sans sa résistance hors norme, elle aurait été écrasée par la violence du choc. Un autre androïde à l'apparence d'une pulpeuse femme se jeta sur elle. La rose épineuse esquiva son attaque mais reçut de plein fouet les plombs d'un fusil à pompe tenue par une fillette d'une dizaine d'années mi-humaine mi-cyborg. Tous avaient des yeux rougeâtres luminescents.

Son armure fut endommagée par le tir à bout portant. Sa vie était maintenant en danger. Un nouvel impact la frappa dans le dos et elle tomba au sol. Le reste du groupe résistait farouchement mais, ni les armes d'assaut, ni les rafales télépathiques ne parvenait à venir à bout de cette marée cauchemardesque de chair et d'acier.

Bien qu'handicapée par le dernier coup encaissé, elle activa ses améliorations inhumaines pour lui éviter de perdre connaissance. Elle sentait le sang chaud couler sur sa cuisse mais la blessure se refermait déjà. Il fallait fuir car ils n'étaient pas de taille à affronter une armée de robots déchainés et programmés pour tuer.

- Nous sommes sous le feu ennemi, je vais tenter une exfiltration vers la navette.

Emma se recroquevilla et bondit au plafond. Elle parvint à attraper le rebord de la bouche d'aération et à se hisser dans le conduit. Elle dut enlever son armure pour se déplacer rapidement dans la gaine empoussiérée. Derrière elle, les androïdes hurlaient mécaniquement en suivant la trainée de sang.

La navette Néphilim tira ses trois missiles à courte portée. Un missile par navire de guerre. Les radars ennemis ne purent percevoir les ogives que trop tardivement.

A vitesse lente, équipés de brouilleurs et des systèmes derniers cris en furtivité, les missiles purent pénétrer les boucliers en calant leur résonnance sur celle enregistrée lors de l'attaque d'envergure précédente. La manœuvre devait être synchronisée car ils ne disposaient pas plus d'une seconde pour ça.

Chaque missile pénétra son bouclier respectif et percuta sans exploser son navire de guerre ciblé. La chose était faite. Les missiles « gardien » telles des foreuses géantes percèrent la coque réputée invulnérable des croiseurs de classe Ultima. Une fois le blindage percé, l'ogive libéra une dizaine de Néphilim kamikaze dont le seul objectif était de réussir leur mission. En l'occurrence, ils étaient conditionnés pour faire exploser leur charge nucléaire à des endroits stratégiques.

- Maréchal Nandi, l'ennemi souhaite prendre contact avec nous.

- Ouvrez un canal de liaison.

A peine avait-il dit ça que plusieurs explosions se produisirent sur deux des mastodontes. La réaction en chaine fut immédiate et les deux croiseurs explosèrent créant une onde de choc dévastant tout astronef non protégé. Judith naturellement avait fait rentrer la chasse. Le troisième croiseur était mal en point et son écran de protection fléchissait. Il se mit à piquer du nez et à dériver.

Un jeune homme massif aux longs cheveux bouclés portant un kilt et une armure en fourrure apparut à l'écran.

- Nous capitulons. Cessez le feu, nous nous rendons.

- Ainsi donc c'est vous Ailbeart, le fils cadet du seigneur de guerre du clan Artémis, qui êtes en charge de la défense de la station. J'ai hâte de faire votre connaissance.

Le taureau blanc ordonna à Ailbeart et ses officiers de rejoindre son vaisseau de guerre.

- Je dois savoir comment activer l'autodestruction de la station et transmettre les codes à Emma. Pour ça, il faut que j'interroge leur amiral. Amenez le dans un bloc de détention en toute discrétion Envoyez une escouade de fantassins pour assurer la surveillance du classe Ultima ainsi que plusieurs officiers pour en prendre le commandement, cria-t-elle.

Ailbeart fut amené dans une petite cellule. Son père serait furieux d'une telle défaite. Il s'installa sur la couchette quand la porte s'ouvrit à nouveau.

- Kennocha, que fais-tu là, s'exclama-t-il en voyant sa sœur jumelle entrer dans la pièce.

Elle était aussi belle que la dernière fois qu'il l'avait vu dans sa robe de nonne. La jolie blonde se jeta dans ses bras et l'embrassa sur la bouche. Il voulut la repousser mais ses muscles ne purent lui répondre. Chaque année depuis leur naissance, ils se retrouvaient sur la planète originelle du clan Artemis pendant la tenue du conseil d'administration exceptionnel. Ils s'étaient tout de suite rapprochés car ils disposaient d'un lien fusionnel génétique impressionnant. Malgré des formations bien différentes et un éloignement continu, ils partageaient une passion commune dévorante. L'année dernière, ils n'avaient pas pu résister l'un et l'autre à initier une dangereuse et interdite relation incestueuse.

Kennocha le plaqua contre le mur et se mit à le caresser. Le jeune homme voulut de nouveau résister mais céda devant la tendresse qu'elle lui prodiguait. Les doigts de sa soeur se refermèrent sur son membre dressé. Elle était maintenant convaincue de son désir et l'embrassa avec passion.

- Lèche-moi, Ailbeart, ordonna-t-elle.

Il souleva sa soutane pour gouter et sucer son jardin défendu afin de lui donner du plaisir. Le grand guerrier constata que sa partenaire était aux anges.

- Prends-moi et fais-moi l'amour.

Ailbeart souleva son corps et la pénétra violement. La poitrine opulente et dénudée de sa sœur gigotait au même rythme que sa voix couinait de plaisir. Elle passa ses bras autour de son cou et l'embrassa pendant qu'il faisait entrer et sortir son membre de son intimité violentée. Finalement, il la retourna. Elle sentit le colosse s'infiltrer dans son anus doucement et calmement. Kennocha accepta cette première sodomie avec envie et poussa ses fesses pour accélérer la pénétration. Ailbeart empoigna ses seins, titilla ses tétons et l'explora d'abord doucement puis de plus en plus rapidement. La jeune héritière des Artémis succomba à ses assauts et jouit en hurlant de plaisir.

Ailbeart se coucha sur la banquette et sa sœur s'allongea sur lui.

- Que vont-ils faire de nous Ailbeart ? Père va être dans une rage folle.

- Ils veulent les codes de destruction de la base.

- Donne-leur et partons d'ici.

- Il n'y a pas de code de destruction, ma sœur. Même s'ils mettent des heures à maltraiter mon cerveau, ils ne trouveront rien. Père sera là d'un instant à l'autre avec la flotte. Je l'ai contacté avant ma capture et il est capable d'emprunter de multiples trous de ver qu'il a fait spécialement programmé pour défendre la station.

Ses yeux devinrent mélancoliques et il se mit à pleurer à chaudes larmes.

- Pourquoi, pleures-tu ?

- Je ne veux pas qu'ils te fassent du mal, Kennocha. Je t'aime d'un amour fou.

Elle essuya les larmes en passant une langue mutine sur ses joues et s'empala nouveau sur lui.

-Tu es sûr qu'ils ne peuvent pas détruire la station, mon frère. C'est le joyau de notre maison, dit-elle d'une voix haletante en se dandinant doucement sur son membre.

Il attrapa sa tête et la colla à la sienne. Puis son frère lui répondit mentalement par une connexion physique protégée.

- C'est toi notre joyau. Tes gènes renferment le code de désactivation de la centrale énergétique. C'est le seul moyen pour eux de désactiver le bouclier magnétique invulnérable du générateur permettant l'ouverture du tunnel de transport intergalactique.

Son visage de crispa quand il sentit la jouissance le posséder. Kennocha se releva subitement et accueillit avidement dans sa bouche le fruit de leur union. Puis ses traits changèrent. Sa jolie sœur prit l'apparence tout aussi attirante de l'ennemi qui l'avait vaincu. Quel était ce cauchemar ? Avant qu'il ne puisse la repousser, Judith pratiqua une pression continue sur l'un de ses points vitaux. Il fut instantanément paralysé. Elle laissa s'écouler entre ses lèvres la semence de l'héritier. Bon nombre de courtisane de par l'univers aurait payé très cher pour gouter à cette liqueur organique qui devait un jour contribuer à la fabrication du futur dirigeant du clan Artémis.

-Nous nous reverrons, Ailbeart, je t'en fais la promesse. Mais pour l'heure j'ai besoin de toi pour faire plier ton père.

Elle se rendit dans la salle de commande. Les officiers la saluèrent. Judith désigna la chasseresse.

- Nora, je vous donne le commandement du classe Ultima. Rejoignez votre affectation et appareillez de suite vers les coordonnées que je viens de vous communiquer.

Nora salua son supérieur mentalement et quitta le pont devant les regards effarés de certains officiers mieux gradés et plus expérimentés. La chasseresse s'était montrée fidèle et dévouée, Judith pouvait lui faire une entière confiance.

Emma s'équipa de la seule et unique armure d'Exterminator encore opérationnelle dans la navette. Un lourd canon 20 mm et un tranchoir électrifié composait son armement redoutable. C'était le modèle d'assaut lourd des sangs impurs. Ce véritable exosquelette de combat était peu maniable mais particulièrement destructeur. Elle prit également quelques grenades explosives et la dernière mine IEM.

Les pans de la porte d'accès coulissèrent tout doucement ce qui lui permit de lancer plusieurs grenades par l'ouverture. S'il y avait des robots, ils étaient maintenant en pièces. En tout cas, elle avait bien ressenti l'explosion et sans son armure elle aurait été soufflée comme une bougie.

Emma entra et scruta la zone avec ses capteurs de mouvements. L'explosion avait mis le feu mais déjà les systèmes sprinkler entraient en action. Bientôt, l'eau se mit à couler à flot pour venir à bout de l'incendie. Des mouvements se rapprochaient et les échos se multiplièrent rapidement sur son détecteur. Hugo projeta dans son esprit un plan complet de l'installation. La salle de commande de la centrale d'énergie était assez éloignée de sa position. Elle parcourut des centaines de mètres de couloirs sans rencontrer aucune résistance. Les premiers ennemis apparurent non loin de son but en chargeant de façon désordonnée. Il s'était sans doute regroupé là pour protéger le seul point vulnérable de la station. Elle ouvrit le feu et fit vrombir sa sulfateuse qui cracha la mort réduisant en miettes les robots sans grande difficulté.

Son avancée fut cependant beaucoup plus compliquée par la suite. Le premier couloir passé, la rose épineuse tomba sur une troupe bien organisée et bien armée d'androïdes humanoïdes accompagnée d'une multitude de petits robots en forme de rats. Son armure encaissa les premiers tirs ennemis. Elle appuya sur la gâchette et distribua copieusement du plomb en fusion à ses adversaires. Plus elle taillait dans les rangs ennemis, plus elle avait l'impression qu'ils étaient nombreux. Elle aperçut des droïdes aux formes impensables, imaginés par un esprit inhumain, composés de divers matériaux de récupération. Ils étaient des centaines, voir des milliers. A croire qu'une fabrique infernale reconstituait les trépassés pour les remettre en service ou en fabriquait infiniment des nouveaux. Seule la pénurie de matériau l'arrêterait. La vague de métal s'avança sur elle. Emma dut courir à sa rencontre crachant la mort pour se frayer un étroit passage. Son canon brulant rougeoyait dans la pénombre. Le flot de rats mécaniques l'engloutit. La terrienne continua néanmoins à avancer, se taillant un chemin à l'aide du redoutable

tranchoir. Hélas, ses munitions commencèrent à manquer. Ses capteurs étaient tous au rouge. L'armure encaissait les chocs mais elle ne tiendrait pas bien longtemps. Enfin, elle aperçut l'entrée de la salle de commande. Les cyborgs qui esquivaient ses balles et ses coups dévastateurs tentaient de percer son exosquelette.
Elle lâcha la mine au sol, avança encore de quelques mètres et la déclencha. Une onde lumineuse en forme de bulle se propagea alors à partir de l'engin désactivant instantanément tout équipement électronique. Les robots tombèrent au sol sans bouger. Son armure fut prise dans la bulle et se désactiva également.

Il fallait faire vite, car Emma entendait déjà de nouveaux poursuivants accourir. Elle activa manuellement l'éjection mécanique et s'extirpa du colosse de métal. Elle se mit à courir en zigzaguant autour des cadavres métalliques jonchant le sol, arriva à la porte et enclencha sa fermeture hydraulique en tournant un volant. Les monstres de métal approchaient en hurlant et par centaines. Elle parvint au prix d'efforts surhumains à verrouiller la porte quelques secondes avant que la houle mécanique ne s'écrase dessus. Emma entendit les cyborgs taper, frapper et hurler. Il fallait faire très vite car malgré sa résistance la porte blindée ne tiendrait pas éternellement. Elle courra vers la console centrale et y inséra le code génétique de Kennocha que Judith lui avait transmis.
La coupure de l'énergie centrale et de tous les relais de secours annihila immédiatement le champ de protection magnétique.

La flotte ennemie de la maison Artémis ne tarda pas à apparaitre. Il y avait des dizaines de croiseurs Ultima et quatre vaisseaux-mères Néphilim. L'ennemi s'était déplacé en masse.

Une image holographique criante de vérité se matérialisa au centre du poste de commandement. Elle représentait un colossal guerrier en armure de combat blanche décorée de morceaux de fourrures nobles. Murchadh, le duc des Artémis, prit la parole :
- Nous vous sommons immédiatement de déposer les armes sinon nous vous détruirons sans sommation.

- Je pense plutôt que c'est vous qui allez retirer votre flotte de cette partie de la galaxie, seigneur, répondit le maréchal Nandi sous sa forme Néphilim.

Le géant aux cheveux longs se mit à rire.

- Et qu'est-ce qui vous fait penser que je vais obtempérer, Maréchal. Votre réputation n'est plus à faire mais votre puissance tactique ne pourra rien contre ma flotte interstellaire. Vous avez attaqué une propriété des Artémis, estimez-vous heureux que je vous laisse une chance de fuir.

Une nouvelle projection apparue dans la salle. Le corps nu d'Ailbeart était pendu et se balançait dans les airs. La jolie Kennocha également nue gisait sur le sol sous son frère. Elle était enserrée par un ligotage complexe fait de cordelette sans aucun doute mis en place par un maitre en bondage.

- Vos deux seuls héritiers sont à ma merci, Murchadh. Je viens de vous transmettre un échantillon de leur ADN. Vous voyez bien que ce n'est pas une supercherie. Dans quelques minutes, Ailbeart succombera. On dit que les pendus jouissent une dernière fois avant de mourir. Vos propres légendes racontent que les sorcières récoltaient au pied des arbres aux pendus la mandragore qui poussait grâce à la semence des suppliciés. Vous ne voudriez pas voir votre jeune et jolie héritière couverte par le foutre de votre fils trépassé.

Retirez votre armada ou bien ils ne survivront pas à notre confrontation. Je vous donne ma parole d'honneur que vos enfants vous seront rendus sains et saufs si vous obtempérez. Notre cause aujourd'hui est juste. Votre station vous sera rendue dans très peu de temps.

Le duc réfléchit un long moment. Si elle avait été capturée, sa progéniture ne méritait pas de survivre. Mais c'étaient ses enfants, des jumeaux en plus, les héritiers. Dans son clan, les liens du sang étaient sacrés. Cet affront, il leur ferait payer à tous mais pas maintenant.

- Nous nous retirons. Donnez l'ordre à l'armada de retourner sur notre planète.

Les Ultima disparurent rapidement. Cependant les quatre vaisseaux mère ne bougèrent pas. La colonie Kali n'avait que faire de la vie des héritiers et souhaitait apparemment en découdre. La station était sous leur protection et elle agissait directement pour le compte d'Enfer. De toute évidence, la princesse démone avait fait passer des ordres.

Judith ordonna de désactiver le champ de force.

- Sans écran nous ne tiendrons pas deux minutes, Maréchal.

- Mais qui vous dit que nous devons tenir. Nous devons juste gagner du temps. Nous n'avons plus d'armes pour les affronter. Envoyer toute la chasse pour faire un semblant de diversion et assister nos alliés puis marche arrière toute, empruntez le trou de ver du secteur 24.798.58. Ils vont nous pourchasser. Faites passer le message à nos alliés.

La ruse fonctionna et le vaisseau put passer par un tunnel galactique avant l'attaque meurtrière.

- Nous allons devoir stopper notre fuite, Maréchal, les moteurs subluminiques ont besoin de repos.

- Faites les tenir encore un peu. Nous réaliserons notre dernier baroud d'honneur à proximité de cette planète.

Le vaisseau prit place derrière la planète et tira les derniers missiles à sa disposition. Lorsque deux de ses ennemis surgirent dans le système sans bouclier activé, les missiles les frappèrent créant une sérieuse désorganisation. Mais il en fallait bien plus pour es faire plier. Les Néphilim remis de leurs émotions ouvrirent le feu de concert. De toute évidence une reine était parmi eux pour les commander.

Près de Serpens Cauda, le croiseur Paradisien et la frégate terrienne engagèrent le combat avec les deux vaisseaux Néphilim restés sur place. Les chasseurs des deux camps ouvrirent les hostilités.

La désactivation de la centrale d'énergie avait sérieusement enrayait la menace cyborg. L'ensemble du parc était en train de se réinitialiser. Le virus avait été mis à mort lors de la coupure de courant, comme ils l'escomptaient.

Emma se fraya un chemin entre des androïdes désemparés ou tout simplement désactivés jusqu'au hall d'envol. La pilote qu'elle était n'eut aucune difficulté à faire décoller la navette d'assaut pour quitter cet endroit maudit.

Une fois dans l'espace, l'ampleur des combats l'assaillit immédiatement. La jolie brune aperçut plusieurs chasseurs ennemis convergeaient dans sa direction. Aucune chance de leur échapper dans ce coucou. Elle slaloma à proximité de la base et emprunta les galeries creusées à même l'installation pour esquiver les tirs de laser mais plusieurs impacts la déstabilisèrent dangereusement.

- Un petit coup de main, ma grande ? cria l'Ancien dans son communicateur.

Son chasseur dépassa la navette comme une flèche et entra en contact avec les poursuivants. Le vieux semblait particulièrement adroit un manche à balais entre les mains. En plus d'être un fin tacticien et un meneur d'hommes, il s'avérait être un excellent pilote de chasse. Les soucoupes ennemies explosèrent les unes après les autres.

La planète et sa gravité protégea un temps le vaisseau du Maréchal puis les premiers missiles frappèrent le champ de force. Le monstre de métal trembla mais tint bon. La protection psychique diminuée à chaque impact et le niveau critique fut atteint après plusieurs dizaines de minutes de feu intensif. La reine pilonnait l'ennemi et quand la bête serait acculée et blessée, elle l'achèverait avec ses centaines de redoutables chasseurs.

Finalement, le bouclier céda et les premières explosions retentirent. Judith ressentit les douleurs du vaisseau. De la fumée avait envahi la salle de contrôle. Il ne leur restait qu'une dizaine de minutes à vivre. C'est alors qu'un croiseur Ultima surgit juste devant eux.

- Un dernier baroud d'honneur, Maréchal, cria la voix de Nora.

La masse de l'Ultima fit écran et ses missiles parvinrent à repousser l'ennemi.

- Nora, téléportez l'ensemble de l'équipage. Nous allons tous activer notre réseau neuronal de communication Néphilim. L'opération ne va prendre que quelques minutes. Les humains et les paradisiens présents seront transportés par navette.

- L'opération va consommer toutes nos réserves énergétiques. Sauf votre respect, nous avons besoin de cette énergie pour renforcer nos boucliers. De plus, ils vont nous tracer et nous poursuivre à travers le trou de ver que nous ouvrirons.

- J'assurerai personnellement votre protection. Mon vaisseau-mère n'a pas dit son dernier mot. Commencez l'évacuation immédiatement.

Le vaisseau Néphilim prit position entre les deux ennemis et le classe Ultima. Il reçut de plein fouet les missiles et tir d'énergie de ses adversaires. Bientôt, des chasseurs ennemis décollèrent. L'opération d'évacuation prenait plus de temps que prévu. Il fallait agir et vite. Judith était maintenant seule dans le poste de contrôle. Les dernières navettes quittaient le vaisseau mais les chasseurs seraient bientôt sur eux. Elle activa les réacteurs et les régla à la puissance maximum. Puis mentalement, le Néphilim ordonna à son navire de foncer en direction de l'essaim meurtrier. L'ensemble des armes de courtes portées entra en action pulvérisant les chasseurs qui se montraient trop téméraires. Puis l'engin se retrouva à portée des deux autres vaisseaux-mères. Plusieurs sections étaient hors service et l'immense navire allait rendre l'âme dans quelques instants.

Le maréchal programma sa trajectoire pour qu'elle rencontre celle des ennemis puis se cramponna à son siège. La fin était proche mais elle ne partirait pas sans emporter un adversaire de taille avec elle. Un nouveau vaisseau-mère fit son apparition. Un nouvel ennemi, non, elle ressentit immédiatement la connexion du nid.

Puis une reine-mère se métamorphosa dans la salle de contrôle. Sa propre reine était là.

- Nandi, nous avons besoin de vous. Je vous ramène à bord.

- Ma reine, je vous croyais en sécurité sur terre. Vous ne deviez pas participer à cette opération.

Charlotte sous sa forme originelle attrapa dans ses griffes le Néphilim et grâce à sa seule puissance mentale les téléporta à bord de son propre vaisseau-mère.

Le navire en perdition du Nandi lancé à pleine vitesse percuta l'un des mastodontes ennemis. Les deux engins explosèrent.

L'Ultima suivi du vaisseau-mère plongèrent dans un trou de ver pour disparaitre loin de leur dernier adversaire déboussolé.

Puis les éclairs au centre de Serpens Cauda disparurent soudainement. Une lumière aveuglante transperça le disque. Le passage du trou de ver était à nouveau ouvert. Les sondeurs de la navette d'Emma indiquèrent l'arrivée imminente de nombreux objets massifs lancés à pleine vitesse. Les météores allaient franchir le passage d'un instant à l'autre.

- Pourquoi le passage s'est-il ouvert ? Il n'y a plus de source d'énergie.

- Le trou de ver doit être alimenté par une installation secondaire de secours installé du côté d'Andromède, suggéra l'Ancien.

- C'est foutu.

- Rien n'est foutu.

Le chasseur de l'Ancien pénétra à l'intérieur du trou et se retrouva instantanément de l'autre côté dans la galaxie d'Andromède. Il s'y était rendu déjà plusieurs fois pour affaires. Effectivement, une petite base spatiale était en charge d'assurer l'ouverture et la fermeture du trou en cas de pénurie d'énergie dans la base principale située dans la Voie Lactée. C'était une bonne technique en cas de conflits de l'autre côté. Il détecta immédiatement la myriade d'astéroïdes qui se dirigeait à une vitesse folle en direction du passage.

- Adieu, Emma.

- Non, hurla la jeune femme.

L'Ancien déclencha la post combustion de son engin et fit chauffer ses moteurs pour les monter en température. Le réacteur thermonucléaire de l'engin s'emballa rapidement. A l'instant où il percuta la station, une explosion nucléaire se déclencha pulvérisant les installations.

Le passage se referma instantanément devant les yeux en larmes d'Emma. L'Ancien s'était sacrifié pour une planète qu'il ne connaissait même pas mais pour une cause qu'il avait embrassée et qu'il croyait juste.

La mémorable bataille de Serpens Cauda était finie.

XI

Emma pénétra dans le bureau de la direction de l'académie.

Judith Fishburn alias le redoutable maréchal Nandi occupait le fauteuil de Sir Hubert. L'amiral Entiorès siégeait à ses côtés ainsi que l'amiral Beling qui représentait les terriens. Emma était heureuse de retrouver celle qui lui avait remis ses galons de Lieutenant et sa première médaille. La commandante d'un des principaux croiseurs terriens avait accepté de quitter son navire pour administrer l'école. Cette dernière lui fit un discret clin d'œil.

Un homme installé discrètement dans un coin de la pièce sortit de l'ombre à son arrivée.

Son teint était particulièrement pale. Son costume trois pièces d'époque victorienne était complétement démodé mais lui donnait cependant une certaine prestance. Sa longue chevelure bouclée noire retombait sur ses épaules. Des petites lunettes légèrement teintées cachaient son regard. Il portait une barbe et une moustache qu'Emma associa rapidement au style du célèbre d'Artagnan des trois mousquetaires.

- Je te présente, Robert Dupont de Vieux Pont.

- Je suis ravie de faire votre connaissance, monsieur, répondit poliment Emma.

- Tout le plaisir est pour moi, jeune fille, ajouta-t-il en lui prenant la main et en la baisant.

La jolie brune frissonna lorsqu'il la toucha mais elle ne sut dire si c'était de plaisir ou de peur. La rose épineuse s'interdit de chercher à fouiller dans son esprit. S'il était là, c'était que tous les autres avaient confiance en lui. Pourtant, il lui rappelait dans une certaine mesure l'étrange Țepeș.

- Vous avez été nommée récemment capitaine de la RAF, félicitation. Je suis certain que, malgré vos incroyables capacités, nous aurons encore quelques éléments à vous enseigner l'année prochaine. Votre curie sera envoyée en immersion une année complète dans l'académie Arcania sur la planète Sombrether.

- Je n'ai jamais entendu parler de cet endroit, s'étonna Emma malgré l'imposante bibliothèque de savoir qu'elle avait emmagasiné dans la mémoire d'Hugo.

- C'est normal, il s'agit d'un lieu protégé comme la terre. Son école est, disons-le, particulière. Avez-vous entendu parler de la magie et des arcanes mystiques ainsi que du monde des esprits ?

- Oui, je me suis déjà rendu quelque fois là-bas.

- Très bien, vous allez donc y passer une excellente année car l'école se trouve dans cet étrange univers parallèle. Je serai votre guide, là-bas.

La jeune femme sortit dans le parc. Rencontrerait-elle à nouveau Gary ? Ce lieu semblait particulièrement dangereux. De toute évidence, des troisièmes années n'auraient pas dû y être envoyés. Pour sa part, elle ne rêvait que d'une chose, retrouver son fils et celle qui l'avait enlevé. Mais elle souhaitait également ardemment savoir ce que Paradis lui avait fait subir. Quels étranges desseins suivaient-ils tous ?

A ce jour, elle n'avait annoncé à personne son étrange accouchement et la naissance d'Ethan. Emma enfouissait au plus profond de son esprit cette information. Personne ne devait savoir car alors sa vie et celles des siens seraient en danger. Il s'était écoulé déjà deux mois depuis l'accouchement. Pourtant, elle souffrait toujours de nausée et d'aménorrhée.

Elle avait donc décidé de faire un examen complet avec l'aide d'Hugo en s'infiltrant dans l'infirmerie de l'école.

- Je viens de procéder à l'examen complet, annonça Hugo. Je t'administre par sécurité quelques calmants. Es-tu prêtes, ma grande ?

- Parle, idiot.

- Tu es enceinte de deux mois. Je ne pouvais pas te l'annoncer avant car j'ai été reprogrammé pour protéger cet enfant.

Emma s'effondra. C'était impossible, elle sortait d'une grossesse. Elle avait envie de hurler.

- C'est impossible. Qui ? Qui m'a fait ça ?

- Tu portes l'enfant de la princesse des enfers, l'héritier de Satan en personne.

- Quelle est cette bouffonnerie ?

Emma se mit à exploser d'un rire hystérique. Mère du fils de Dieu et Mère du fils de Satan. La prophétie se réalisait d'une bien étrange manière. Quel sombre destin se profilait à l'horizon pour ses deux enfants ?

Elle sortit en courant de l'infirmerie en pleurs. Cette fois, elle irait jusqu'au bout de sa grossesse et personne ne lui retirerait son enfant même s'il s'agissait d'un abjecte monstre du Conglomérat.
Galahad surgit devant elle. Il perçut sa détresse mais s'interdit de lui poser des questions. L'ange attira l'humaine à lui et l'embrassa amoureusement pour la réconforter.

 A une vingtaine de mètres d'eux, dissimulé derrière un arbre, quelqu'un les observait. Il serra fortement ses poings jusqu'à ce qu'un mince filet de sang s'écoule sur l'herbe fraichement tondue. Christophe fit demi-tour, le visage dénué d'émotions. Il était revenu de là-bas pour elle. Comment avait-elle pu l'oublier aussi rapidement ? Bientôt, elle comprendrait qu'il était le seul à mériter son amour.

A suivre… .